ESTRELA ESCURA EM BRASAS, NEVE CAINDO EM CINZAS

燃星落烬

Amélie Wen Zhao

A LENDA DO ÚLTIMO REINO – VOLUME 2

Estrela Escura em Brasas, Neve Caindo em Cinzas

燃星落烬

TRADUÇÃO: Lígia Azevedo

GUTENBERG

Copyright © 2024 Amélie Wen Zhao
Copyright desta edição © 2025 Editora Gutenberg

Título original: *Dark Star Burning, Ash Falls White*

Todos os direitos reservados pela Editora Gutenberg. Nenhuma parte desta publicação poderá ser reproduzida, seja por meios mecânicos, eletrônicos, seja via cópia xerográfica, sem a autorização prévia da Editora.

EDITORA RESPONSÁVEL
Flavia Lago

EDITORAS ASSISTENTES
Samira Vilela
Natália Chagas Máximo

PREPARAÇÃO DE TEXTO
Yonghui Qio Pan

REVISÃO
Claudia Barros Vilas Gomes

PROJETO GRÁFICO DA CAPA
HarperCollins Publishers Ltd

ILUSTRAÇÃO DA CAPA
Dong Qiu/Caper Illustration

ADAPTAÇÃO DA CAPA
Alberto Bittencourt

DIAGRAMAÇÃO
Guilherme Fagundes

Dados Internacionais de Catalogação na Publicação (CIP)
Câmara Brasileira do Livro, SP, Brasil

Zhao, Amélie Wen

Estrela escura em brasas, neve caindo em cinzas / Amélie Wen Zhao ; tradução Lígia Azevedo. -- 1. ed. -- São Paulo : Gutenberg, 2025. -- (A Lenda do Último Reino ; 2)

Título original: Dark Star Burning, Ash Falls White.
ISBN 978-85-8235-807-8

1. Ficção chinesa I. Título. II. Série.

25-268155 CDD-895.13

Índices para catálogo sistemático:

1. Ficção : Literatura chinesa 895.13

Eliete Marques da Silva - Bibliotecária - CRB-8/9380

A **GUTENBERG** É UMA EDITORA DO **GRUPO AUTÊNTICA**

São Paulo
Av. Paulista, 2.073 . Conjunto Nacional
Horsa I . Salas 404-406 . Bela Vista
01311-940 . São Paulo . SP
Tel.: (55 11) 3034 4468

Belo Horizonte
Rua Carlos Turner, 420
Silveira . 31140-520
Belo Horizonte . MG
Tel.: (55 31) 3465 4500

www.editoragutenberg.com.br
SAC : atendimentoleitor@grupoautentica.com.br

Àqueles que a história deixou para trás

CRONOLOGIA

Era dos Clãs Combatentes
CERCA DE 500 CICLOS
Os 99 clãs lutam uns contra os outros para defender suas terras. Variados clãs dominantes sobrevivem (mais notavelmente os mansorianos das Estepes ao Norte e os sòng dos Vales ao Sul) e se tornam hegemônicos transformando os outros membros de outros clãs em seus vassalos.

Primeiro Reino
CICLOS 0-591
Os clãs hegemônicos estabelecem cortes poderosas e seus governantes assumem o título de "rei" em uma tentativa de consolidar o poder. Ocorrem disputas territoriais. Os clãs hegemônicos passam a maior parte desse período em um impasse.

Perto do fim dessa era, o general Zhào Jùng, do poderoso reino de Hin Central, dá início a uma guerra com o intuito de absorver os outros clãs hegemônicos e formar um único reino de Hin. O clã mansoriano – e seus vassalos – oferece uma brava resistência, porém sofre duras perdas. O clã sòng se rende e seus membros se tornam conselheiros do imperador. O general Zhào se torna o primeiro imperador da dinastia Jīn.

Reino do Meio
CICLOS 591-1344
A unificação dos clãs outrora fragmentados dá início a uma era de estabilidade, com o Primeiro Imperador Jīn e seus sucessores implementando

políticas para incentivar o desenvolvimento econômico do reino recém-formado. Mais notadamente, eles delineiam o Caminho para padronizar toda a prática no Reino do Meio como maneira de limitar o poder dos clãs conquistados. Confrontos e levantes por parte dos clãs rebeldes são logo reprimidos pelo Exército Imperial.

Ao fim da era, o imperador Yán'lóng – o Imperador Dragão – se mostra obcecado pela possibilidade de uma revolta mansoriana. Ele acredita que a política do imperador Jīn de permitir que os 99 clãs mantivessem suas terras, sua cultura e sua identidade só pode terminar em uma revolução. Fraco e ganancioso, com medo de perder seu poder, o imperador invoca a Fênix Escarlate, o deus-demônio que permanecia dormente sob o controle de sua família, e dá início a uma campanha militar que ficou conhecida como o Massacre dos Noventa e Nove Líderes.

O general mansoriano Xan Tolürigin, aliado ao deus-demônio Tartaruga Preta do Norte, lidera o contra-ataque e recebe o apoio de antigos clãs aliados. Eles perdem, no entanto, e em um acesso de fúria Xan Tolürigin foge para o norte, destruindo cidades e massacrando civis ao longo do caminho. Até hoje, não está claro onde seu espírito descansa – se é que descansa.

Último Reino
CICLOS 1344-1424

Os 99 clãs estão quase erradicados. Dispersos, foram forçados a se assimilar à identidade hin. O Último Reino dura apenas oitenta ciclos. Então, no trigésimo segundo da dinastia Qīng, sob o governo do imperador Shuò'lóng, o Dragão Luminoso, os elantianos invadem.

Era Elantiana
ANO 1 (CICLO 1424)-DIAS DE HOJE

PRÓLOGO

*E quando o primeiro membro da humanidade
contemplou a luz do Criador e seus anjos, sentiu despertar
em seu sangue a magia do metal: um poder a ser usado
para trazer luz a um mundo que via apenas escuridão.*

O livro sagrado da Criação,
primeira escritura, versículo treze

Ciclo 12 da Era Elantiana
Para Onde os Rios Fluem e o Céu Termina

Neve caía sobre o templo nas montanhas. Cobria os pinheiros brancos de cinzas e congelava os rios outrora borbulhantes. Tapeçarias de seda pendiam imóveis entre os beirais com ornamentação vazada de um corredor cuja cascata não corria mais. No silêncio de um inverno entre jacarandá e pedra, céu e gelo, ouviu-se o som cortante de botas de metal.

– Alto general Erascius, trago notícias de nossos batedores.

Erascius pousou o volume hin ao lado da tradução elantiana em que vinha trabalhando. Os braceletes de metal em seus punhos cintilavam à luz cinza do sol quando ele levantou a cabeça, seu cabelo branco como neve, a pele clara como leite, marcada por cicatrizes de feridas que ainda não haviam se curado por completo.

– Fale – ele ordenou, a palavra saindo como uma baforada brusca no frio.

O anjo branco, um soldado atribuído ao exército elantiano na nova base naquela montanha, curvou a cabeça coberta por um elmo.

– Nossos batedores revistaram a Escola dos Punhos Protegidos e seus arredores. Não há nenhum vestígio de mapa estelar, de instrumento musical ou do Tigre Azul.

Erascius notou que se concentrava no brilho irritante da armadura do anjo enquanto ele lhe comunicava aquilo. Sua respiração acelerou, com sua fúria se elevando tal qual chamas ardentes.

Um mês. Um mês *inteiro* investido na busca do Tigre Azul – um dos quatro deuses-demônios que concediam poder imenso aos hins –, e não haviam obtido nada. Eles, os elantianos, haviam atravessado o Mar do Esplendor Celestial para levar luz àquele reino arrasado, para colocá--lo, com seus recursos, sob a asa do grande Império Elantiano. Tinham derrubado o imperador do Último Reino e eliminado os praticantes de magia daquela terra – a não ser por alguns poucos. No entanto, durante o ataque à última escola de prática, no mês anterior, haviam deixado escapar um rapaz e uma moça, cada um deles canalizando um deus-demônio: a Tartaruga Preta e o Dragão Prateado.

Sozinhos, os dois haviam chegado perto de derrotar todo o exército elantiano. E talvez tivessem sido bem-sucedidos se soubessem como usar plenamente o poder dos deuses-demônios.

Aquilo havia deixado os elantianos em uma posição complicada e levado Erascius a concentrar seus esforços em encontrar ele mesmo o deus-demônio que restava. Tinham conseguido rastrear o Tigre Azul até a Escola dos Pinheiros Brancos, porém os mestres hins o haviam libertado antes que os elantianos o capturassem.

A morte desses homens não chegava a servir de consolo pela perda do deus-demônio.

– Nenhum sinal do rapaz? – Erascius perguntou.

– Ainda não, alto general.

– E a moça? – Sua voz soou perigosamente suave. – O que aconteceu com ela?

– Foi vista pela última vez perto da base ocidental. Desapareceu no deserto de Emarã, com dois companheiros.

– Quando foi isso?

– Muitos dias atrás, alto general.

Seus braceletes brilharam quando Erascius invocou a magia do metal. Magia esta que outrora havia penetrado as fracas defesas do Exército Imperial hin e de seus praticantes tal qual flechas penetrariam um pergaminho. Magia esta que em questão de semanas havia expandido o Império Elantiano por aquele reino vasto e rico em recursos.

Era ela que diferenciava os feiticeiros da grande maioria do exército, e era por conta dela que os eles comandavam e os outros obedeciam. Os feiticeiros reais haviam sido escolhidos por intervenção divina para canalizar o poder de seu deus. E o mais poderoso dentre eles era Erascius. Através de seus braceletes de diferentes cores, o mais forte dos outros ligas talvez conseguisse dominar a magia de dois ou três metais. Erascius, no entanto, dominava a de treze.

Aquilo lhe dava o poder de comandar o universo.

No entanto, não o alçava à altura de dois deuses-demônios.

Aproveitando-se da armadura de aço do anjo branco, Erascius o ergueu no ar. Devagar, começou a apertá-la como se fosse uma lata. O soldado perdeu o ar, seus olhos saltaram, sua boca se abriu. Erascius pensou no peixinho que o governador de seu reino mantinha em seu palácio confortável na Capital Celestial.

– *Muitos* dias – Erascius repetiu, com toda a calma. – Minha prioridade é justamente aquilo que pode ameaçar nosso domínio nesta terra, e você leva *muitos* dias para me informar? Você, um anjo branco, suposto membro de elite do Império Elantiano?

O anjo chutava o ar; seus lábios, já azuis, moviam-se em uma tentativa de responder.

– O... governador...

Mais um segundo e Erascius teria arrancado o coração do homem do peito, apelando ao metal presente em seu sangue. No entanto, aquelas palavras fizeram com que se detivesse.

– O governador tem uma mensagem para mim? – Erascius perguntou, então mandou o soldado para o chão com um movimento lento e deliberado do dedo. O sangue do homem salpicou a ardósia cinza polida por milhares de pés hins ao longo do tempo.

Tremendo, o anjo conseguiu se apoiar em um joelho. A armadura amassada ainda apertava as costelas e os pulmões. Erascius conseguia sentir o sangue escorrendo e os ossos quebrados de onde se encontrava, porém o homem recitou com valentia a mensagem, parando apenas para respirar.

– O governador... pediu... uma atualização... da repressão... da rebelião hin...

Àquela altura, a irritação de Erascius havia diminuído. Tinha tanta consideração pelo governador quanto pelo verme diante de si, porém o político fora apontado pelo rei elantiano, do outro lado do Mar do Esplendor Celestial, que por sua vez fora coroado pelo Criador. Erascius havia vindo à terra para servir ao Criador através do rei, por isso precisava acreditar que o governador também desempenhava um papel naquele sentido.

Rebelião, o governador chamara, e a palavra ressoara por aquele salão dos conquistados, em meio a volumes, histórias e dinastias do conhecimento da prática hin. Erascius não gostava de como aquilo soava e diminuiu sua importância com um aceno.

– Diga ao governador para dar continuidade a seus joguinhos políticos e econômicos, enquanto eu me concentro em vencer a guerra por nós.

E mande buscar a tenente Lishabeth. Partiremos para o deserto de Emarã ao pôr do sol. Quero que todas as bases a oeste daqui se mantenham alertas à possível presença daquela hin. Se a encontrarmos, encontraremos os mapas estelares e os deuses-demônios restantes.

Erascius retornou ao livro hin, mal reconhecendo a saída do mensageiro, que deixou um rastro de sangue em seu encalço. *Anais de inverno*, ele havia traduzido, a língua elantiana seguindo da esquerda para a direita à sua frente, direta e reta como uma espada, em oposição à cascata confusa dos caracteres hins. O livro contava a história dos clãs, portanto havia sido banido das livrarias de todo o Último Reino pela Corte Imperial. Erascius se concentrara em uma única página, que continha todas as informações de que precisava.

Ele se debruçou, a tinta dourada da caneta-tinteiro brilhando enquanto concluía o capítulo, depois se afastou para avaliar seu trabalho.

A *canalização dos deuses-demônios*. Metade da chave para adentrar esse novo universo que ele viria a conquistar.

E a outra metade... Erascius olhou para o leste, para além das cortinas de seda e do céu de inverno sem cor, emoldurado pela janela ornamentada de jacarandá do templo.

A outra metade estava com aquela garota hin. Ela detinha os mapas estelares que conduziam aos quatro deuses-demônios. Era ela que precisavam encontrar para conquistar aquela terra.

– Corra, minha pequena cantora – Erascius sussurrou, e o vento levou as palavras de seus lábios. – E seja rápida, porque estou chegando...

Encontrarei você, Sòng Lián.

1

*Poder é sobrevivência. Poder é necessidade.
Quem busca o poder deve tomá-lo;
se ele não existe, deve criá-lo.*

Autoria desconhecida, *Clássico dos deuses e demônios*

Ciclo 12 da Era Elantiana
Estepes ao Norte

As ruínas se erguiam diante dele tal qual um cemitério, ossos escurecidos despontando do solo na direção do céu cinza de tempestade.

Xan Temurezen parou. O pisar constante de suas botas de pele de ovelha sobre a neve cessou e o silêncio tomou conta, rompido apenas pela lamúria distante do vento e pelas batidas do próprio coração. À sua volta, uma paisagem coberta de branco até onde a vista alcançava. A cor do luto. Era como se a terra lamentasse o dia em que um povo e uma civilização haviam morrido, seus últimos momentos agora enterrados sob a passagem do tempo, a sequência dos ciclos.

Zen prendeu a respiração enquanto se ajoelhava perante os resquícios de uma parede carbonizada. Todos os volumes antigos e pedaços de mapa que havia estudado apontavam para aquele lugar, onde o palácio do grande clã mansoriano se erguera no passado – e aonde ele, Xan Temurezen, herdeiro do clã, havia ido para reivindicá-lo.

Afastou um monte de neve, revelando uma placa de pedra gravada. Reconheceu de imediato a escrita linear e sinuosa mansoriana, em forte contraste com os caracteres claros e quadrados dos hins. Alguns clãs, como o mansoriano, tinham culturas tão diferentes que incluíam um sistema de escrita próprio, em detrimento da língua hin padronizada que a Corte Imperial forçava todos a adotar.

A lembrança de Zen da escrita mansoriana era vaga, porém ele ainda era capaz de ler o que estava escrito ali:

Palácio da Paz Eterna

A mão tremia; o coração batia forte. Era ali, o palácio perdido de seus ancestrais. O lugar de onde Xan Tolürigin, o Assassino da Noite, governara até o fim de sua civilização. O ponto de partida da revolução de Zen.

Ele mesmo havia nascido duas gerações após a queda do outrora poderoso clã mansoriano, na sequência da guerra travada por seu bisavô contra o Exército Imperial do Reino do Meio. O avô de Zen, na época um menino, havia escapado com uma pequena facção de mansorianos e se retirado para o interior das planícies implacáveis das Estepes ao Norte, onde passaram a levar uma vida nômade, escondidos da mão de ferro de Yán'lóng, o Imperador Dragão. Aquela era a única vida que Zen conhecia até o Exército Imperial massacrar o que restava de seu clã, treze ciclos atrás... Então, um ciclo depois, o conquistador foi conquistado e os hins sucumbiram diante dos elantianos.

Eu voltei, Zen disse em silêncio para as almas inquietas que dormiam sob a neve. *Formarei um exército e trarei nosso clã de volta.*

A neve ganhou força e a noite pareceu mais próxima. Então ele ouviu um sussurro que se aproximava de uma faca raspando o osso de sua espinha: *Exército? Você chamaria cerca de trinta crianças despreparadas de exército?*

Havia aprendido a temer aquela voz: a voz de seu deus-demônio, o ser que o tornava poderoso além de qualquer limite, a criatura que personificava sua vergonha. A prática demoníaca era perigosa e proibida; os mestres que o haviam criado tinham lhe explicado o porquê.

Zen traíra tudo o que conhecia e amava para adquirir o poder da Tartaruga Preta.

Afastando tais pensamentos, voltou-se para a pequena caravana que o seguia. Eles também haviam parado e agora se encontravam reunidos no frio, as vestes longas e claras feitas para os invernos amenos do sul, e não para o clima rigoroso do norte. Tratava-se de discípulos do que havia sido a Escola dos Pinheiros Brancos, a última escola de prática hin, onde ele mesmo crescera. Menos de uma lua antes, o lugar havia ruído em uma batalha contra o exército elantiano e seus poderosos feiticeiros reais.

Os discípulos da escola haviam sido os primeiros a evacuar, escapando pelas trilhas escondidas nas montanhas e encontrando segurança nas florestas que levavam para longe do leste, onde a ocupação elantiana se mantinha forte. Não fora difícil encontrá-los. Aquela noite, enquanto se preparava para deixar Para Onde os Rios Fluem e o Céu Termina de uma vez por todas, Zen sentira o qì deles. Sentira sua tristeza, o terror absoluto de ter perdido seu lar e seu estilo de vida.

Aquilo havia despertado uma memória enterrada fundo em sua mente.

Um menino de não mais de 11 ciclos, vagando pelas gramíneas queimadas de sua terra natal, chorando sozinho.

Zen encontrara os discípulos e lhes fizera uma oferta: se jurassem lealdade e se juntassem à rebelião, poderiam contar com sua proteção.

Com quase todos os mestres mortos e seu lar destruído, os discípulos, que não passavam de crianças e adolescentes, tinham concordado. E os dois mestres que restavam – Nur, das Artes Leves, e o mestre anônimo de Assassinos – também.

Zen não sabia ao certo por que havia feito essa proposta. Seria tolice sua acreditar que um grupo de tão poucos praticantes, a maioria ainda na metade de seu treinamento, formaria um exército capaz de derrubar o Império Elantiano.

Não, ele pensou, enquanto retornava às ruínas do Palácio da Paz Eterna: o exército que buscava estava enterrado nas profundezas daquele lugar, com os ossos e a magia de seu povo.

Na infância, Zen ouvira cochichos entre aqueles que restavam de seu clã sobre um exército temível de cavaleiros que Xan Tolürigin liderara, com um poder inimaginável e invocado por *magia*. Diziam que o Assassino da Noite e seu exército haviam derrotado clãs inteiros, conquistado territórios e transformado os mansorianos em um dos clãs mais poderosos da história, atrás apenas da família imperial. Zen se lembrava de ficar acordado até tarde em sua iurte, envolto em lãs, vendo a fogueira tremeluzir lá fora e delinear a sombra dos adultos em torno, que sussurravam meio admirados, meio temerosos. Os fiéis cavaleiros de Xan Tolürigin ainda existiam, segundo murmuravam, e podiam ser despertados com certa magia, uma magia tão perigosa e poderosa que apenas o próprio Assassino da Noite fora capaz de invocar, com a ajuda da Tartaruga Preta.

Agora, Zen havia herdado o deus-demônio de seu bisavô; encontraria e despertaria aquele exército lendário, declarando guerra contra os elantianos. E, se restassem quaisquer pistas dos segredos e da magia antiga que Xan Tolürigin havia usado para invocar aquele exército, seriam encontradas na tumba coletiva de seu povo e em sua herança cultural.

O primeiro alvo seriam os feiticeiros reais – Zen já havia pensado em tudo. A estratégia vinha de um antigo provérbio mansoriano: *Uma víbora* só é tão venenosa quanto suas presas. Os elantianos só eram tão poderosos quanto seus feiticeiros. Sem eles, o exército inteiro ruiria.

Zen olhou para o grupo de discípulos, sabendo que, não importava quantas vezes procurasse, nunca encontraria ali o rosto que buscava. Olhos brilhantes e travessos; lábios como pétalas de flores, marcados por um sorriso; cabelo feito seda preta na altura do queixo, que esvoaçavam quando ela se virava para olhá-lo.

Sentiu uma pontada no peito, depois a torrente de lembranças e a tristeza esmagadora que sempre vinham quando pensava nela. O lago escuro, engolindo a luz das estrelas. Lan na mesma margem e a mil lǐ de distância ao mesmo tempo, a traição em seus olhos quando descobriu o acordo que ele havia feito com a Tartaruga Preta.

Por favor, Zen, não escolha isto.

Então ele pronunciara as palavras que os haviam separado de uma vez por todas:

Se não está comigo, você está contra mim.

Agora, Zen cravou as unhas nas palmas para retornar ao presente.

– Shàn'jūn.

Sua voz cortou o assovio do vento. Um discípulo à frente do grupo se virou para ele, um jovem mais ou menos da sua idade. O rosto magro, antes tranquilo como a água de um rio, agora estava marcado pela exaustão; o cabelo preto comprido, que antes se derramava como tinta, agora desgrenhado. A boca estava ressecada, e a fissura em seu lábio superior coberta por uma crosta de sangue seco. Os olhos gentis de Shàn'jūn antes se voltavam para Zen de maneira calorosa; agora, sua chama bruxuleou e se apagou enquanto ele abaixava a cabeça.

– Sim, Temurezen.

Sua voz soou calma. Fria, com uma dose de cautela. Ele havia começado a chamar Zen pelo nome inteiro na frente dos outros.

Talvez os dois tivessem sido amigos no passado – quando Zen era apenas Zen, praticante e discípulo da Escola dos Pinheiros Brancos.

Agora ele era Xan Temurezen, o único herdeiro do clã mansoriano e bisneto de seu antigo líder, o rebelde Xan Tolürigin.

Ele não tinha mais amigos. Apenas aliados.

– Fique aqui até segunda ordem. Este lugar é dominado por yīn – Zen disse bruscamente, depois se virou e atravessou os portões abertos.

Detritos e resquícios da fundação cobriam o que devia ter sido um pátio magnífico. Como fazia na maioria dos lugares que lhe eram novos, Zen se concentrou no fluxo de qì. A energia que constituía tudo no mundo, tanto físico quanto metafísico, se dividia em yáng, a energia da vida, da luz e do calor, e yīn, a energia da morte, da escuridão e do frio. O qì também era a base da prática – ou da *magia*, como as pessoas comuns costumavam dizer. Existia em toda a parte e em todo o mundo; praticantes apenas nasciam com a capacidade de senti-lo e entrelaçá-lo para formar selos.

Zen sentia uma camada grossa de yīn sobre as ruínas. Todo o sangue derramado, toda a dor, todo o medo em seus últimos dias... Antes, no entanto... Fechou os olhos e foi mais fundo. Antes... havia luz e *vida*, que ele agora sentia cintilando sob as camadas de yīn, como o calor perdido de uma xícara de chá que esfriou.

Rastros da vida que deveria ter sido sua, uma vida que Zen nunca conheceu.

Ah. A voz inevitável retornou, como o estrondo de um trovão distante. A voz que ele passara a temer nas horas de escuridão, depois que as fogueiras eram apagadas e as vozes de seus companheiros cediam espaço ao silêncio. *Mas eu conheci.*

No céu, as nuvens escureceram com uma sombra se movimentando atrás delas, acordando com um bocejo e se estendendo por metade do céu. Uma sombra que apenas Zen era capaz de ver, com uma voz que apenas ele era capaz de ouvir. Uma existência que havia vinculado a si mesmo e que continuaria a se expandir dentro dele, dia após a dia, até ameaçar afogá-lo.

O corpo de Zen enrijeceu quando a Tartaruga Preta ganhou nitidez. Seus olhos carmesins feito guerra, feito sangue derramado, ardiam quando se voltaram para o rapaz; uma garra se moveu como se agarrasse as montanhas ao longe quando o deus-demônio baixou a cabeça para ele.

Eu me lembro do seu legado. Posso lhe mostrar o que foi roubado de você. O que deseja reconstruir.

Isso fez Zen parar por um momento. O deus-demônio existia desde muito antes do nascimento daquele mundo. Havia testemunhado as reviravoltas da história e todos os triunfos e fracassos da humanidade.

A Tartaruga Preta estivera com o bisavô de Zen quando ele lutara guerras com seu exército lendário. E se ela pudesse oferecer pistas quanto à magia antiga que Xan Tolürigin usara?

Desde que canalizara o deus-demônio em si no lago Pérola Negra, quase uma lua atrás, Zen devotava toda sua energia a contê-la. Um pacto demoníaco sempre envolvia uma troca: entregar um olho, um braço, uma perna ou, em casos mais extremos, o corpo todo para acessar o poder do demônio. Se Zen evitasse usar a Tartaruga Preta, não precisaria entregar mais nada de si àquele ser.

O acordo que havia selado ecoava em sua mente, assombrando-o como acontecera ao longo das semanas anteriores.

A cada vez que usar meu poder, a cada alma que me entregar, entregará também parte de seu corpo. Da sua mente. Por último, sua alma.

Não. Ele não daria atenção às tentações perversas do deus-demônio. Havia cedido o controle de sua mente à Tartaruga Preta em seu acordo, porém se recusava a perder rápido demais para a criatura. O que implicava se abster de usar seu poder a menos que fosse absolutamente necessário – ou seja, na batalha final contra os elantianos, quando Zen planejava dar-lhe rédea solta.

Zen seguiu em frente, seus passos soando mais rápidos e determinados. Logo à frente, havia um templo abandonado. As arquiteturas tradicionais mansoriana e hin se assemelhavam nos telhados verdes curvados para cima e nos motivos vermelhos – afinal, as duas culturas haviam tido milhares de ciclos de intersecção e convivência. No entanto, aqui e ali, Zen identificava diferenças: as cúpulas laterais, aludindo às iurtes que seu povo habitava; os toques de dourado e azul, representando o sol e o Céu Eterno que seu povo venerava.

O templo não tinha portas. A entrada era marcada por dois pilares de pedra. Zen pôs um pé no primeiro degrau e parou, sentindo os pelos do braço se arrepiarem com a corrente de ar que chegava de dentro, como se algo respirasse ali.

Seu foco se intensificou, voltado para o qì na parte interior do templo. Não havia dado muita atenção ao yīn sufocante antes – apenas o atribuíra aos horrores da guerra que aquele lugar havia visto. Agora, no entanto, enquanto fechava os olhos e analisava tudo, começava a se preocupar.

Havia mesmo algo ali dentro, algo fervilhando sob o yīn deixado para trás pela morte, pela dor, pelo massacre.

Fogo da Noite – uma das poucas relíquias de família que restavam a Zen, uma espada forjada pelo melhor ferreiro do norte, infundida com a essência do fogo – sibilou quando Zen a desembainhou. Seus dedos roçaram a algibeira de seda preta presa à sua cintura, com um bordado de chamas carmesins, o símbolo do clã mansoriano. O selo que a encantava permitia que contivesse muito mais do que seu tamanho fazia acreditar. Praticantes usavam aquelas algibeiras para carregar todo tipo de arma mágica, e com Zen não era diferente. A sua estava cheia de fú, selos escritos em tiras de papel de bambu prontos para serem ativados com uma faísca de qì.

Era munição o bastante para o que quer que o aguardasse lá dentro.

Com a lâmina brilhando prateada à pouca luz, Zen avançou.

Os antigos sábios e mestres da prática concordavam em um princípio: que o qì precisava ser equilibrado. Em um lugar com excesso de yīn, as energias podiam acabar corrompidas, se transformando em algo monstruoso e pouco natural.

Algo demoníaco.

Assim que Zen adentrou as ruínas do templo, a temperatura pareceu cair. Sua exalação condensava. Ele continuou avançando, com a espada em uma das mãos e a algibeira na outra, de onde tirou três incensos e uma tira de papel amarelo com um símbolo vermelho desenhado.

Com um movimento de punho e uma propulsão de qì, Zen ativou o selo de chamas.

O corredor imenso foi tomado pela luz. De canto de olho, Zen pensou ter visto algo se escondendo nas sombras. Com o fú queimando, ele acendeu os incensos. As pontas brilharam vermelhas, deixando o templo mais nítido.

Pilares conduziam a um corredor engolido pela escuridão. Havia traços de refinamento ali: um quadro torto na parede; um cavalo de jade quebrado no meio; joias, prata e cacos de cerâmica parcialmente enterrados nos montes de neve carregados para dentro pelo vento. Também havia vestígios de fogo: paredes pretas de fuligem, móveis de madeira chamuscada apodrecendo no chão.

A fumaça dos incensos de Zen começou a se espalhar, seguindo a corrente de ar fria que vinha da entrada aberta. Ele se atentou à visão peculiar por um momento.

As pessoas comuns acendiam varetas para rezar para seus deuses – independentemente do panteão que escolhessem venerar –, porém a origem do incenso se perdia no tempo. Era feito com uma mistura de ervas que detectavam energias yīn fortes, porque o yīn repelia a fumaça.

O que significava que, qualquer que fosse a criatura que espreitasse ali, encontrava-se na direção oposta daquela para a qual a fumaça ia.

Zen seguiu o vento fantasma.

O que você tem a temer, rapaz? A risada grave da Tartaruga Preta ribombou pelo templo, como um trovão. *Você é a criatura mais assustadora que já caminhou por estas ruínas.*

O deus-demônio estava certo. O que Zen mais temia não eram os demônios que aguardavam nas sombras do templo.

Era o ser que descansava em seu próprio interior.

Silêncio, ele ordenou à Tartaruga Preta, através da ponte que conectava seus pensamentos. Ao longo da lua anterior, Zen havia aprendido que o deus-demônio só podia ouvir os pensamentos dirigidos a ele; no restante do tempo, desde que Zen mantivesse a conexão entre ambos rompida e a menos que sua vida estivesse em perigo, a criatura se mantinha adormecida, uma entidade separada.

Fora assim até então.

Zen ergueu o muro mental que havia entre ambos, lembrando a si mesmo, como fazia com cada vez mais frequência, de mantê-lo assim.

A fumaça dos incensos ganhou força, e a temperatura caiu ainda mais.

Uma forma apareceu à sua frente, na escuridão.

Zen empunhou a espada e a outra mão, pronto para traçar um selo, porém os incensos iluminaram apenas uma estátua. Ele levou um momento para perceber do que se tratava.

Mais alta que um urso, uma tartaruga de obsidiana os encarava ao fim do corredor. Zen ergueu os incensos, e a fumaça fugiu dela em uma linha reta. Quando os olhos pretos da estátua refletiram as pontas acesas dos incensos, ele teve a estranha impressão de que ela estava viva.

Observando.

Há um selo nela, pensou. Então levou uma das mãos à estátua para seguir o caminho vago de qì que o denotava. O selo fora inscrito em sangue, que desaparecera com os ciclos, enquanto o qì permanecera. Os traços eram mais complicados que qualquer coisa que Zen já houvesse estudado, e ele se deu conta de que o silabário era diferente. Havia curvas e volteios que nunca tinham aparecido na prática que Zen aprendera.

Aquele era um selo *mansoriano*.

Zen sentiu o coração batendo na garganta. Um tremor de empolgação percorreu seu corpo. Seu povo havia inventado aquele ramo da prática e se especializado nele, um ramo que fora apagado dos livros de história quando da proibição da prática demoníaca mansoriana e do massacre de seu povo pelo Exército Imperial. Os praticantes que restavam do clã deviam ter usado a escrita de selo mansoriana como sua última linha de defesa, apostando no fato de que os praticantes hins não a dominavam. Quaisquer segredos que os mansorianos guardassem permanecera em segurança por quase cem ciclos – o que poderia muito bem incluir o exército de cavaleiros de Xan Tolürigin.

O êxtase de Zen foi interrompido por um pensamento devastador: ele não tinha como decifrar o selo.

Ah, a Tartaruga Preta se pronunciou, *mas eu tenho*.

Zen ficou paralisado, com a mão na barriga da tartaruga de obsidiana. Em meio à empolgação, havia se esquecido de proteger seus pensamentos do deus-demônio. Cada palavra da Tartaruga Preta o lembrava do acordo que pendia como uma espada sobre seu pescoço.

Sabia muito bem como aquele tipo de pacto terminava; era o destino que se abatera sobre seu bisavô, o último praticante demoníaco mansoriano. No passado, ele havia sido um general justo, lutando pela liberdade de seu clã, porém seu fim fora escrito em sangue e tragédia, quando perdera a guerra para o Imperador Dragão, e depois seu corpo, sua mente e sua alma para o mesmo deus-demônio que Zen agora canalizava.

O legado de Xan Tolürigin fora marcado por seu fracasso em controlar a Tartaruga Preta, que o havia levado à loucura. Toda a sua história fora ofuscada pelo massacre de milhares de civis inocentes em seus momentos finais.

Zen engoliu em seco. O qì do selo mansoriano parecia pulsar, chamando seu herdeiro. O legado há tanto tempo perdido de seu clã estava literalmente ao alcance de seus dedos. Ele podia obter redenção, reescrever a trágica história de seu povo. Poderia simplesmente dar as costas àquilo?

Só desta vez, pensou. Por que não usar um pingo do poder do deus-demônio para abrir aquela única porta?

Só desta vez.

Ele deu a ordem: *Abra*.

O ar à sua volta pareceu se agitar com a satisfação do deus-demônio. Então o poder veio a Zen. Sentiu o núcleo de qì demoníaco em seu interior – a Tartaruga Preta, a concentração de qì que lhe dava poder e vitalidade – se expandir por um breve instante, as energias jorrando e se misturando com o qì de seu próprio corpo, correndo até a ponta dos dedos. Entre o horror e o fascínio, Zen viu sua mão se mover por vontade própria e traçar um selo a partir de uma memória que não era sua. Ele se sentiu manipulando os milhares de feixes de qì que compunham o mundo – ferro, pedra, madeira, ar, ouro, fogo – e os entrelaçando em padrões difíceis demais de seguir. Aquele era um nível de prática que nem mesmo os mestres da Escola dos Pinheiros Brancos haviam alcançado.

Tratava-se da obra de um deus.

Em segundos, a Tartaruga Preta guiava os dedos de Zen para que ele traçasse o círculo que continha o selo. Quando o fim e o princípio se uniram, o selo surtiu efeito.

Zen observou os padrões e traços, incompreensíveis a ele, brilharem de um vermelho-escuro envolto por preto. Então a estátua começou a se mexer, a barriga ficando lisa como a superfície de um lago escuro. Zen franziu a testa e apertou os olhos. Dentro, uma névoa parecia se juntar nas sombras…

Um grito cortou o ar e um borrão disparou da barriga da estátua. Zen reagiu por instinto. Sua espada atacou, e ele sentiu a leve resistência da carne, então tendões e osso. A criatura urrou e cambaleou para trás, enquanto a outra mão de Zen já trabalhava, utilizando feixes de energias yáng e conjurando o selo de fogo e luz – ele precisava de luz.

O papel explodiu em uma chuva de faíscas douradas, iluminando a câmara e a criatura.

Era uma mulher – ou fora uma. A carne havia sido mordiscada por larvas e ratos, deixando um rosto cheio de buracos que chegavam até os ossos. Olhos leitosos, parcialmente devorados por vermes, olhavam diretamente, sem enxergar, através de tufos de cabelo preto e comprido. O mais perturbador, no entanto, era o qípáo de brocado grosso, um manto com pele na gola e padrão de pequenas chamas douradas e pretas, a marca dos praticantes do clã mansoriano.

Mó, Zen pensou. Um demônio, a mais aterrorizante das quatro classes de seres sobrenaturais. Ele já havia se deparado com um, de um grão-mestre que vendera a alma a um demônio e permitido que ele habitasse seu corpo após a morte, como um último recurso para proteger sua escola dos elantianos.

Um mó se formava a partir de uma fossa malévola de yīn que o ódio e a ira putrefaziam; para acabar com ele, era preciso rebater suas energias com fogo, luz do sol, calor e o mais importante: as emoções intangíveis que constituíam o yáng. Paz. Amor. Alegria. Tudo o que fazia viver valer a pena, tudo o que separava os vivos dos mortos.

A ideia de invocar tudo aquilo agora parecia a Zen como acender um fogo apenas com cinzas.

Ele canalizou o qì na ponta dos dedos e traçou um selo na parte chata da lâmina da Fogo da Noite. Cerrou os dentes e imbuiu o selo de uma dose a mais de fogo e calor antes de fechá-lo. As palavras brilharam brevemente antes que a luz ondulasse por todo o comprimento da espada.

Zen começou a erguer sua jiàn, porém parou. Escapara por pouco de seu encontro prévio com o grão-mestre transformado em demônio, uma criatura perversa e astuta, capaz de manipular o qì para conjurar selos. E havia algo de estranho com o demônio de agora – algo de descoordenado e desajeitado em seus movimentos.

A criatura se virou para Zen, com o rosto flácido e a boca aberta em um rosnado, e atacou. O rapaz desviou e ergueu a espada, sentindo primeiro resistência, depois apenas ar. A cabeça do demônio foi ao chão com um baque. Ele aguardou, esperando que o cadáver corrompido retornasse à forma original. Para seu horror, a cabeça continuou batendo os dentes e o cadáver continuou se arrastando em sua direção.

Hesitante, Zen voltou a erguer a Fogo da Noite. Mutilar um corpo era tabu na cultura popular hin, porque as pessoas comuns acreditavam que a alma não passaria inteira pelo Rio da Morte Esquecida para a próxima vida. Era uma superstição – Zen sabia que as almas eram feitas de qì e a maioria retornava ao fluxo natural do mundo após a morte do corpo.

Parecia um sacrilégio, no entanto, voltar a ferir a praticante mansoriana. No entanto, a criatura não morria. Suas unhas escuras arranhavam o piso de pedra.

Então um objeto na cintura dela chamou a atenção de Zen. Ele se inclinou e o pegou antes que as mãos do demônio se debatendo o alcançassem. Zen ativou outro fú de luz para enxergar do que se tratava.

Era uma pequena flâmula, com um padrão primoroso de cavalos e tartarugas dourados. Bordado em cima, com um fio preto que emanava qì, havia um selo: um selo mansoriano saturado de yáng. Em seu centro, traços indicavam uma espécie de túnel de via única... uma armadilha para yīn.

Yáng atraía yīn. No entanto, em vez de equilibrar as energias, aquela flâmula parecia canalizar e reunir yīn no corpo de quem a usava. Não havia um núcleo demoníaco ancorado naquele cadáver; na verdade, ele seguia o princípio do yāo, um espírito sobrenatural formado a partir de uma poça de yīn que cultivara um despertar. Naquele caso, a flâmula havia criado o espírito atraindo yīn para o cadáver.

Não é um mó. É um zǒu shī, Zen pensou. *Um morto-vivo.*

Excelente, a Tartaruga Preta disse, e Zen sentiu que ela sorria. *Seus ancestrais criavam mortos-vivos para servirem como guardas irracionais e ignorantes, que seguiam ordens sem questioná-las. Onde zǒu shī eram encontrados, residiam os segredos mais sombrios de seus mestres.*

O coração de Zen começou a bater mais forte. Então aquela era outra arte perdida da prática mansoriana. Olhando para o cadáver se contorcendo no chão, pensou que talvez algumas artes não devessem ser praticadas.

E quem decide quais artes devem ser permitidas e quais não devem?, perguntou o deus-demônio, maliciosamente.

Zen afastou a voz do pensamento e voltou sua atenção ao lugar de onde a morta-viva tinha saído.

A barriga da tartaruga de obsidiana estava aberta, e a corrente de ar que ele sentira antes entrava por ali. Era um portal. O selo que ele – que seu deus-demônio, na verdade – havia desbloqueado mais cedo consistia em alguma forma de selo de portal, que levava a outro lugar. E do outro lado... mais sombras caminhavam a movimentos lentos, pesados e a esmo. O yīn se agitava feito ondas, frias, escuras e envolventes.

Havia mais mortos-vivos do outro lado do portal. Dezenas, talvez até centenas deles.

Onde zǒu shī eram encontrados, residiam os segredos mais sombrios de seus mestres.

Zen segurou com mais força a flâmula com o selo mansoriano e deu um passo à frente.

Às suas costas, alguém sussurrou seu nome.

Ele deu meia-volta, com a Fogo da Noite em riste. Estava tão envolvido com o portal que não sentira alguém se aproximando. De repente, se deu conta de que a escuridão à sua volta caía como uma capa apertada e sufocante, que distorcia os sentidos. Sua visão embaçou; as sombras se retorceram. Sabia que havia um monstro ali, uma criatura pálida que se aproximava, pronta para devorá-lo.

– Zen? Sou eu.

Ele piscou. As sombras se retraíram diante da luz de uma lanterna. Por que não a vira pouco antes? Agora, ela iluminava o rosto de alguém familiar.

Shàn'jūn parou a uma boa distância dele, com as mãos espalmadas de maneira a tranquilizá-lo.

– Você... você está bem?

Zen baixou a espada.

– Eu... – Ele pressionou a têmpora com um único dedo. – Sim. Perdão. Eu não sabia quem era.

– O yīn é forte aqui – Shàn'jūn comentou, procurando não estremecer enquanto olhava em volta. Seus olhos se arregalaram ao encontrar o cadáver. – O quê...?

Zen deu um passo à frente, escondendo o zǒu shī de Shàn'jūn.

– O que está fazendo aqui? – perguntou. – Eu disse para aguardar até segunda ordem.

– Sentimos uma perturbação no qì e ficamos preocupados com você – Shàn'jūn disse, baixando a cabeça. – Vim conferir.

Preocupados com você. Zen sentiu uma dor suave no peito. A gentileza de Shàn'jūn o desarmava a ponto de ameaçar destruir a armadura que o protegia.

Não podia se dar a esse luxo.

– Então mandaram você, o único discípulo incapaz de invocar um selo simples que seja? – Zen questionou, com frieza.

Shàn'jūn era um discípulo de Medicina, hábil em analisar e identificar diferentes feixes de qì e treinado nas artes da cura, ainda que não tivesse a capacidade de manipular o qì, como a maioria dos praticantes.

O comentário deixou Shàn'jūn de ombros caídos, porém quem respondeu foi alguém atrás dele.

– Ele não veio sozinho.

Das sombras, saiu uma segunda figura. Zen segurou sua jiàn com mais força quando o mestre anônimo de Assassinos se colocou ao lado do outro discípulo, seus passos leves como veludo, sua presença discreta como o ar. Seu rosto era fácil de ser esquecido, os traços tão ordinariamente hins e genéricos que, se Zen precisasse descrevê-lo, não seria capaz de recordar uma única característica além dos olhos, pretos e frios como a noite, que o observavam com um vazio cauteloso.

Entre todos os mestres da escola, aquele era o único que inspirava algo próximo de medo em Zen.

Ele não sabe, lembrou a si mesmo. *Ele não sabe*.

A maioria das pessoas não sabia que havia matado Dé'zǐ, o amado grão-mestre da Escola dos Pinheiros Brancos. Com exceção de...

Os olhos de Zen encontraram Shàn'jūn. Outra semente de medo brotou. O que os discípulos fariam se o rapaz contasse que fora Zen quem matara o grão-mestre?

– Obrigado – Zen disse. Quanto tempo fazia que o mestre anônimo o observava das sombras? – Não há motivo para se preocuparem. Fiquem me aguardando com os outros, por favor. Garantirei primeiro que o lugar é seguro.

Zen aguardou que os dois sumissem de vista para retornar ao que estava fazendo. A porta para seus ancestrais e os segredos de seu clã estava entreaberta. A escuridão aguardava, convidando-o a entrar.

E ele aceitou o convite.

2

*Que o Céu Eterno receba
minha alma. Que a Grande Terra
receba meu corpo.*

Rito funerário mansoriano, primeiro verso

Zen se deparou com uma escada caracol descendo. Reprimiu o desejo de produzir uma chama com fú, porque o medo de escuridão era uma falha humana demais. Ele abraçaria as sombras, o desconhecido. Poderia se virar através da leitura do movimento do qì naquele lugar.

E havia movimento lá embaixo.

Conjurou um selo de barreira à barriga da tartaruga de obsidiana, para alertá-lo da passagem de qì. Então começou a descer.

O yīn ficava mais forte a cada passo, e não demorou muito para que algo se juntasse à mescla: o cheiro doce e doentio de carne apodrecendo.

Demorou um pouco para que seus pés tocassem o chão, e ele sentiu a madeira sucedendo a pedra à sua frente. E mais além... a pressão do yīn, como água contra uma barragem.

Zen tirou um fú da algibeira. Com um ruído que lembrava um fósforo sendo riscado, ele o ativou, e uma luz dourada iluminou uma porta vermelha adiante. Onde a maçaneta deveria estar, havia um selo morto, onde não fluía mais qì. Também havia manchas marrons na madeira. Ele não sabia ler aquele, assim como não sabia ler os outros selos mansorianos, no entanto tomou consciência do que deveria fazer.

Ergueu a Fogo da Noite e pressionou as pontas dos dedos contra a lâmina. Com uma picada, o sangue começou a escorrer.

Zen pressionou a mão contra o selo e qì fluiu de si na forma de sangue. O selo mansoriano começou a brilhar – e, sobre a tinta, caracteres começaram a se formar. Caracteres *mansorianos*, apagados da existência pelo Imperador Dragão e sua Corte Imperial. Caracteres que Zen mal chegara a conhecer antes de serem proibidos.

Ele sentiu uma pontada de raiva no peito olhando para as palavras que deveria conhecer como as linhas da palma de sua mão. Aquela raiva o tornava imprudente, fazia com que abrisse a mente e convocasse a voz que lembrava o ruído seco de folhas caídas e coisas mortas.

– "Bem-vindo, filho de Mansória" – o deus-demônio leu para ele. – *Seu instinto está correto. Este selo apenas se abre com o sangue de um descendente do clã mansoriano.*

Com um rangido, a porta se abriu diante dele.

Os mortos-vivos vieram todos de uma vez, em uma enxurrada de membros, cabelos e pele descascando, as bocas abertas em gritos atrapalhados pelas cordas vocais apodrecidas. Zen mal teve tempo de erguer a Fogo da Noite e já estava cortando tendões e ossos. Atirou um punhado de fú e sentiu as faíscas de qì quando foram ativados e explodiram. Tripas e nervos respingaram nas paredes e em suas roupas. O cheiro aversivo de carne apodrecendo era avassalador, e sua cabeça começou a girar... Precisava de ajuda, precisava de...

Zen nem sentiu o deus-demônio assumir o controle, mas sentiu quando ele voltou a se retrair. Quando abriu os olhos, a câmara estava vazia. Um selo ardia à sua frente, envolto em fogo e sombra, emprestando sua luz vermelha às cinzas que caíam como neve. Zen sentia a presença de qì por todo o lugar e soube que vinha dele, ou da outra consciência que habitava seu corpo.

– Não pedi sua ajuda – ele disse para o silêncio.

E o silêncio respondeu: *Não, mas precisava dela.*

A raiva ardia em sua garganta, porém ele redirecionou seus pensamentos. Camadas de selos mansorianos poderosos protegiam aquele local. Havia inúmeros mortos-vivos de guarda. Segredos tinham sido escondidos ali.

Só então Zen notou os túmulos.

Havia cerca de quarenta deles, os caixões parcialmente enterrados ao longo de toda a câmara retangular. Eram feitos de pedra e estavam fechados, o que era incomum porque o povo de Zen acreditava que o Céu Eterno e a Grande Terra recebiam sua alma e seu corpo após a morte. Chegando mais perto, ele viu que havia uma efígie de uma pessoa usando trajes mansorianos clássicos em cada caixão. Seus olhos eram retratados como abertos em vez de fechados, o que parecia estranho. Zen teve a sensação de que estava sendo observado.

No meio da barriga de cada efígie havia outro selo mansoriano.

A frustração ardeu dentro dele. Havia algo ali, algo tão bem protegido por seus ancestrais que sobrevivera a um século inteiro de invasão estrangeira. E ele, Xan Temurezen, descendente de Xan Tolürigin, não poderia acessá-lo, porque não dominava aquela língua.

Zen conteve a raiva e tomou uma decisão.

– Use o contrasselo – ele ordenou, e seu deus-demônio obedeceu.

Um estrondo grave ecoou pela câmara quando o tampo de pedra do primeiro caixão foi aberto. Zen se debruçou sobre ele, sentindo o próprio corpo gelar.

Havia um cadáver dentro, sem dúvida mansoriano. De um general de alto escalão, concluiu o rapaz a partir do sabre com punho de ouro entre seus dedos, da túnica de seda fina que usava e da faixa de samito enrolada em sua cintura. Estava tão perfeitamente preservado que Zen poderia ter acreditado se tratar de um homem dormindo, não fosse pelo vórtex de yīn que o cercava. A trama de suas energias era muito mais complexa que os selos mais grosseiros dos mortos-vivos: criaturas irracionais e fracas, já se desfazendo. Não, aquele cadáver era... diferente.

Ah, fez o deus-demônio, com um tom diferente. Peculiar. De reconhecimento. *Os Quarenta e Quatro.*

– O que é isso? – Zen perguntou, odiando que a criatura soubesse mais sobre seus ancestrais que ele mesmo.

Depois de um momento de silêncio, ouviu da Tartaruga Preta: *Posso mostrar a você.*

Zen cerrou os dentes.

– Mostre.

A câmara funerária bruxuleou, e o rapaz teve a sensação de que as paredes passavam por ele, como se voltassem no tempo. O piso congelado se transformou em grama, tão verde quanto esmeraldas sob o céu safira. Um exército de várias dezenas se encontrava montado em cavalos mansorianos de pelos longos. A atenção de Zen foi atraída de imediato pelo homem sentado sobre um garanhão preto.

Seu bisavô tinha o cabelo comprido e parecia orgulhoso. A pele terrosa estava coberta por uma armadura cintilante preta e vermelha, e ele segurava uma lança em uma das mãos e as rédeas na outra.

Do outro lado do platô via-se a sombra de outro exército: dez vezes maior, a cavalo também, embora seus animais tivessem pelos mais curtos, pernas mais finas e tremessem, claramente desacostumados ao frio rigoroso das Estepes ao Norte. Zen quase não acreditou quando reconheceu o símbolo tremulando em sua bandeira: sabres cruzados nas garras de um falcão.

Era o clã de aço jorshen, de Yeshin Noro Ulara e Dilaya, da Escola dos Pinheiros Brancos. Lutando em uma batalha ancestral contra o clã dele... antes que o Exército Imperial destruísse ambos.

A matriarca Yeshin Noro que liderava o exército ergueu seus sabres e vociferou uma ordem. Com um estrondo que pareceu emanar da própria terra, seu exército atacou.

Xan Tolürigin tinha um sorriso no rosto, um sorriso que só se alargou mais e mais, até que o homem jogasse a cabeça para trás e soltasse uma gargalhada. Seus cavaleiros se juntaram a ele, até que as risadas de todos evoluíram para gritos de guerra.

Eles atacaram.

A princípio, cavalgaram rápido, com os corpos achatados contra os corcéis galopando firme. Suas sombras se alongavam sobre as gramíneas por que passavam a toda a velocidade. Zen quase sentia o yīn se adensando no ar à medida que a escuridão envolvia mais e mais cada cavaleiro mansoriano, erguendo-se do chão e se transformando em monstros.

Quando o primeiro atravessou as linhas inimigas, seu demônio abriu as asas amorfas sobre dez homens e varreu todos. Fez-se um redemoinho de escuridão, e tudo o que restou foram selas vazias e cavalos relinchando e derrapando sozinhos, com o pelo manchado de sangue.

Com outro movimento de asas, mais uma dúzia de guerreiros inimigos se foi.

O medo era algo poderoso, e Zen ficou apenas observando, entre o terror e a admiração, enquanto ele se espalhava pelas fileiras do exército do clã de aço jorshen. Os homens começaram a bater em retirada diante dos outros cavaleiros mansorianos e seus demônios – mas era tarde demais.

A cena chegou ao fim, e Zen se viu de volta ao silêncio da câmara funerária, embora os gritos do clã de aço jorshen ainda ecoassem em seus ouvidos.

Os Quarenta e Quatro, a Tartaruga Preta sussurrou. *Também conhecidos em suas histórias como os Cavaleiros da Morte de Mansória. Quarenta e quatro dos mais poderosos praticantes demoníacos, leais a Xan Tolürigin. No passado, dominaram as Estepes ao Norte, tornando a base do clã mansoriano um dos centros de maior poder do Último Reino.*

O coração de Zen batia forte. Tratava-se do exército mágico de seu bisavô que ele vinha procurando. Quando viera às ruínas do palácio mansoriano, era com a esperança apenas de encontrar pistas de sua existência.

Não esperava, no entanto, encontrar o exército mais poderoso da história sepultado naquelas ruínas.

Era como se a lembrança antiga que havia presenciado o impregnasse de um instinto que agora o atraía para o fundo da câmara. Ali, no espaço entre dois caixões, havia um baú de madeira de bétula. Com reverência, Zen levou uma mão a ele. A passagem de centenas de ciclos o deixara coberto de pó. Embaixo, gravuras brilhavam à luz do fú. A tinta havia desbotado com o tempo, porém Zen ainda conseguia distinguir as figuras: palácios nas nuvens, imortais girando em longas faixas de seda em meio ao panteão de deuses que os 99 clãs veneravam, cujo legado havia sido passado para os hins.

E, entre eles, algo que o fez perder o ar: as formas inconfundíveis dos quatro deuses-demônios, correspondendo aos quatro pontos cardeais: a Tartaruga Preta do Norte, a Fênix Escarlate do Sul, o Dragão Prateado do Leste e o Tigre Azul do Oeste. Imortais dançavam entre as criaturas, outros deuses se misturavam com eles.

Zen ficou olhando para as imagens. O que os quatro seres mais malévolos faziam entre os deuses tradicionalmente venerados? Seus ancestrais também veneravam a Tartaruga Preta, porém Zen nunca chegara a pensar nos deuses-demônios como *deuses* de fato. Sempre haviam parecido integrar uma categoria à parte: seres demoníacos com poderes divinos.

Seu coração voltou a bater mais forte. Estava certo de que encontraria as respostas que buscava naquele baú.

– Abra – Zen ordenou ao deus-demônio.

Com uma faísca de qì, um selo mansoriano chamuscou no ar, diante dele. Os símbolos entalhados se iluminaram como lava derretida.

O baú se abriu com um clique.

Zen se inclinou para a frente. O que viu lhe provocou uma pontada intensa.

O baú estava cheio de tesouros mansorianos. Com as mãos trêmulas, ele ergueu um manto de brocado com o característico motivo das chamas vermelhas e pretas bordado. Ornamentos e adornos de cabeça feitos de coral e contas turquesa; anéis de jade e outras joias; sinos de bronze e lanças de ferro – uma parte rica de sua herança que Zen nunca havia visto. Na infância, vagara pelas estepes com o que restava de seu clã. Seus pais usavam roupas práticas e grosseiras, apropriadas para o trabalho duro, e botas resistentes de pele de ovelha, que protegiam do frio e ficavam firmes nos pés caso precisassem fugir.

Zen ergueu um adorno cintilante. Tentou conjurar o rosto de sua mãe e como ela teria ficado linda com aquilo, no entanto percebeu que mal se lembrava de suas feições – restava apenas o fantasma de sua risada, a profundidade de seu olhar. Uma impressão dela, tão desbotada quanto a neve na virada da estação.

Ele deixou o adorno de lado e retornou ao baú. Seus dedos roçaram algo duro. Quando ergueu o objeto, soube que era diferente dos demais.

O volume havia sido produzido com o cuidado de muitas dinastias atrás e continuava em bom estado. A costura fora feita com fio de ouro, e o título estava inscrito com seda preta entrelaçada com penas de uma espécie de grou que ostentava uma coroa vermelha. Zen traçou o silabário volteado da escrita mansoriana e se deu conta de que conhecia aqueles caracteres.

Clássico dos deuses e demônios

Um calafrio percorreu sua espinha. Jamais havia ouvido falar daquele clássico. Apenas quatro eram conhecidos por todas as escolas de prática, graças à memória dos mestres que haviam sobrevivido à passagem do Reino do Meio para o Último Reino.

Ele ergueu o fú de luz e passou um dedo pelas páginas do livro. Estava prestes a abri-lo quando, de canto de olho, percebeu um movimento.

Sem soltar o livro, Zen se virou para a porta aberta. Na escuridão, distinguiu um par de olhos o observando. E um rosto contorcido, de um *demônio*, sorrindo para ele das sombras, os dentes brilhando e a língua para fora.

Zen não hesitou: um selo ganhou vida em seus dedos. O intruso foi recebido com uma rajada de chamas.

As sombras à sua frente se dissiparam quando a luz de outro fú foi dirigida à porta. Não havia nada onde Zen pensou ter visto o rosto da criatura.

E ainda assim... ele olhou para os degraus de pedra da escada caracol. Não havia dúvida: o ar ali parecia ter sido agitado por uma capa que acabara de sumir de vista.

Alguém – ou algo – estivera ali. Poderia ser poderoso o bastante para passar despercebido pelo selo de barreira? Zen só conseguia pensar em duas pessoas que talvez tivessem aquela habilidade: os dois antigos mestres da Escola dos Pinheiros Brancos, que entretanto não tinham um rosto demoníaco.

Uma gota de suor escorreu por sua têmpora. Seus nós dos dedos estavam brancos contra a capa preta do livro.

No momento, apenas três coisas eram certas.

Primeira: seus ancestrais haviam selado um exército com seus praticantes demoníacos mais poderosos naquela câmara.

Segunda: ele precisava encontrar uma maneira de despertá-los.

E terceira: alguém mais sabia daquilo. Havia um espião no palácio.

Com cuidado, Zen devolveu o *Clássico dos deuses e demônios* ao baú, junto com o restante dos tesouros mansorianos. Tinha a sensação de que o segredo para os trazer de volta residia nas páginas do volume.

Mas já fazia tempo demais que deixara os outros. Não podia se demorar mais ali sem levantar suspeitas.

Precisaria retornar mais tarde.

Quando chegou à porta, Zen olhou uma última vez para a câmara, que mantivera os segredos do clã mansoriano guardados por centenas de ciclos. Quarenta e quatro caixões, quarenta e quatro praticantes demoníacos. Um exército lendário ao alcance de seus dedos.

Com eles, Zen poderia arrasar o exército elantiano. Com eles, poderia reestabelecer o Último Reino e garantir o retorno dos mansorianos ao poder. A honra de seu bisavô seria recuperada e o reino, poupado do regime que tirara tudo dele.

Quarenta e quatro Cavaleiros da Morte mansorianos, dormindo havia uma centena de ciclos.

Zen despertaria todos.

Ele extinguiu a luz do fú e selou a porta. Do outro lado, os mortos permaneceram em seu descanso insone.

À espera.

Quando Zen deixou as ruínas, os discípulos estavam reunidos na neve, aparentemente discutindo com Shàn'jūn. O mestre anônimo e Nur, mestre das Artes Leves, conversavam baixo e se separaram assim que viram Zen.

Ainda que derrotar o exército elantiano não dependesse daqueles praticantes, talvez fosse melhor ter aliados mesmo assim. Zen precisava recuperar o respeito e a confiança deles.

E precisava fazê-lo de imediato.

Usaria o poder do deus-demônio mais uma vez, para estabelecer sua base naquela terra que pertencera a seus ancestrais.

Zen se virou para as ruínas do Palácio da Paz Eterna e acessou sua ponte com o deus-demônio que o habitava: *Ordeno que devolva este lugar à sua antiga glória. Livre-o da neve, da decadência e dos danos. Restaure sua beleza como puder.*

Sentiu os olhos vermelhos e astutos da Tartaruga Preta o observando de toda parte e de lugar nenhum ao mesmo tempo. *Como quiser*, ribombou a resposta, e Zen sentiu o qì fluir por suas veias, controlando seu corpo.

O selo varreu o terreno, e foi como se voltassem no tempo. A neve e o gelo se desprenderam e revelaram telhados verdes e beirais curvos e dourados. O entulho e os detritos das estruturas quebradas se recompuseram; emblemas da flora, da fauna e dos quatro deuses-demônios se livraram da poeira e do mofo que os cobria e seu bronze recuperou o brilho. As rachaduras nas paredes se fecharam e as cores retornaram à pedra: azul para o Céu Eterno e marrom para a Grande Terra, os elementos que os mansorianos acreditavam que equilibravam o mundo. Chamas ganharam vida nas arandelas, iluminando tudo.

Quando a Tartaruga Preta terminou, Zen se sentiu diante de uma janela para o passado. A terra à sua volta permanecia desolada, qualquer vida e civilização que existira ali erradicada pelo Exército Imperial hin e, posteriormente, pela passagem implacável do tempo. No entanto, à sua frente erguia-se um palácio magnífico, em ouro cintilante e fogo ardente. Estava longe de ser perfeito – ele via as fissuras na ilusão nas partes danificadas demais para serem consertadas, na pedra chamuscada de maneira irremediável.

Mas aquilo já era algo. Um começo.

Zen olhou para o palácio de seus ancestrais e sentiu ao mesmo tempo entusiasmo e um abismo de solidão se abrindo dentro dele. Antes, aquele palácio era cheio de vida: os relinchos dos cavalos e o balido das ovelhas, as risadas das crianças e o rufar dos tambores, o barulho dos guardas e guerreiros atravessando os longos corredores. Quase sentia os fantasmas de suas almas o envolvendo no pátio agora vazio. Era como se, estendendo a mão e puxando a cortina do tempo, Zen fosse ver seu bisavô sentado em seu trono, seu avô ainda jovem, saltitando com os cães.

Um dia, ele pensou, *vou trazer tudo de volta. Em breve. Eu juro.*

Se os espíritos de seus ancestrais enterrados na terra adormecida ouviram sua promessa, não reagiram a ela.

Zen sentiu algo úmido e frio na bochecha. Surpreso, ele olhou para cima.

Estava nevando. Flocos caíam do céu. *Pesados como as penas de um ganso*, seu pai costumava dizer.

Uma música lhe veio à mente, uma lembrança que o assombrava nas noites mais longas. Uma lembrança que ameaçava destruir a fortaleza que havia construído em torno de seu coração. Uma floresta de bambus, uma moça com olhos rápidos e um sorriso travesso, girando na frente dele, usando um qípáo branco como a neve.

Qual é sua canção preferida? Estou de tão bom humor que vou cantar para você. A risada dela tilintou em seus ouvidos como um sino de prata.

Você não conhece, ele havia dito.

Você vai ter que me ensinar.

Não. Sou um péssimo cantor.

Posso compensar isso tranquilamente. Um sorriso doce como açúcar. *Você está zombando de mim.*

A neve molhava suas bochechas. Zen passou os dedos pelo rosto e se virou para o grupo que se encontrava do lado de fora dos portões do palácio: seu séquito.

— Caros discípulos — ele disse, depois inclinou a cabeça para Nur e o mestre anônimo. — Mestres... shī'fù. Bem-vindos ao Palácio da Paz Eterna.

Ficou em silêncio por um momento. A maioria dos lugares onde Zen estivera tinha um nome para a construção e um nome para onde ela se encontrava — a montanha, a floresta ou o rio em questão. A Escola dos Pinheiros Brancos ficava em Para Onde os Rios Fluem e o Céu Termina.

Não sabia se seus ancestrais haviam dado um nome àquela terra escura e fria, porém precisava de um agora. Um que relacionaria o passado, o presente e o futuro. Um que pertencesse a ele ao mesmo tempo que homenageasse seus ancestrais.

Na extensão da noite profunda, uma luz dourada repentina cortou o céu preto como tinta. Uma estrela cadente, que se foi tão logo surgiu, ardendo forte nos breves instantes em que esteve lá no alto. Quase um fenômeno impossível, em uma noite de neve e nuvens de tempestade.

Os antigos xamãs de seu clã a interpretariam como um sinal.

Zen tocou as chamas vermelhas em sua algibeira de seda preta. O nome lhe veio tão naturalmente quanto se estivesse destinado a ser assim.

— Bem-vindos à Onde as Chamas se Erguem e as Estrelas Caem.

Xan Temurezen abriu um sorriso, embora não sentisse nada.

Então, nos últimos segundos de luz dourada e sob o fogo das tochas, deu um passo à frente.

Dali, começaria a mudar o mundo.

3

*No grande deserto de Emarã,
quando as areias cantam, é a música da morte.*

Comerciante de especiarias anônimo,
Registros da Trilha de Jade, Era dos Clãs Combatentes

Ciclo 12 da Era Elantiana
Sudoeste da Trilha de Jade

As areias cantavam de novo.

Sòng Lián parou e ouviu, ajeitando seu dǒu'lì na cabeça e puxando o véu do chapéu de bambu sobre o rosto.

Sob o sol do fim de tarde, as dunas do deserto de Emarã se moviam em um mar cintilante de ouro, o silêncio reinando sobre a extensão infinita. Quando a noite caiu, no entanto, o vento ganhou força e o deserto começou a cantar. Os comerciantes da Trilha de Jade viajavam em caravanas de camelos, e as pessoas que moravam nos assentamentos esparsos e pardos daquela parte do reino nomeavam o fenômeno como shā'míng, "o canto da areia".

Na opinião de Lan, o ruído era mais parecido com os uivos de um cão moribundo.

Fazia semanas que ela, Dilaya e Tai seguiam a trilha para oeste, na direção da fronteira com o Último Reino, que terminava onde o deserto começava. Mais além, era terra de ninguém, levando aos reinos de Endira e Masíria, o grande Império Achaemano... e a cidade mítica de Shaklahira. Lan agora temia o canto da areia e o que ele significava. Era um sinal de que o tempo pioraria, de que havia uma tempestade de areia no horizonte. Entre os comerciantes e os locais, corria a superstição de que uma tempestade shā'míng não era uma tempestade comum: era conjurada pelos espíritos e demônios do deserto. Embora a magia e a prática tivessem havia muito desaparecido do imaginário das pessoas comuns, que acreditavam se tratar de mitos e lendas, superstições ainda eram importantes no Último Reino, como se o povo sentisse o eco de sua verdadeira história nos ossos.

Lan e seus companheiros haviam passado sua primeira noite no deserto encolhidos entre as paredes de terra batida de uma ruína, ouvindo os céus gritarem e vendo as estrelas se apagarem. No entanto, quando ela se sintonizara com o qì da tempestade, não encontrara nada de sobrenatural. Nada que indicasse um desequilíbrio entre yīn e yáng, os dois componentes de todas as energias do mundo.

Algumas superstições não passavam daquilo: superstição.

De qualquer maneira, eles precisavam encontrar abrigo antes que a tempestade de areia tivesse início e dificultasse sua visão, até mesmo sua respiração.

Lan protegeu os olhos para enxergar a distância. Dunas. *Em toda parte*. Ela havia visto areia o bastante para uma vida toda. Para muitas vidas, na verdade.

– Já chega por hoje.

A sombra de Yeshin Noro Dilaya recaiu sobre Lan quando a companheira parou ao seu lado. Alguns dias sob o sol escaldante haviam bronzeado sua pele clara do norte. Trocara seu véu fino por um menos transparente, que escondia seu rosto inteiro, e por um bom motivo. Era fácil reconhecer Dilaya, por conta do tapa-olho. Ela era uma dos três praticantes hins que haviam superado um feiticeiro real elantiano de alto escalão, e todo o exército deles devia estar procurando pelos três.

Lan se preparou para a dor que sempre vinha quando pensava na batalha travada em Céu Termina. A ferida era recente, e a dor era um lago de pesar no qual ela poderia se afogar. Menos de uma lua atrás, o exército elantiano enfim descobrira a localização clandestina da última escola de prática. Dois mestres haviam fugido com os discípulos, crianças e adolescentes com o treinamento incompleto; o paradeiro deles era desconhecido. Os outros oito mestres, incluindo o grão-mestre, haviam ficado para lutar.

Fora um massacre.

Lan piscou para afastar os fantasmas.

Durante a queda de Céu Termina e da Escola dos Pinheiros Brancos, nos últimos suspiros do grão-mestre, Lan descobriu que sua mãe, Sòng Méi, fizera parte de um movimento de resistência que pretendia pôr um fim nos ciclos de disputa entre os hins e os clãs pelo domínio sobre os quatro deuses-demônios. Após a queda dos 99 clãs e a invasão elantiana, a Ordem das Dez Mil Flores dera sequência à sua operação em segredo na escola, trabalhando para localizar os deuses-demônios perdidos... e a arma que devolveria sua essência ao qì do mundo.

A Assassina de Deuses, criada com o propósito de moderar o poder infinito dos deuses-demônios, vinha sendo escondida ao longo de dinastias pela família imperial, que buscava controlar todos os quatro e construíra um palácio secreto para guardar suas mais sagradas posses: Shaklahira, a Cidade Esquecida do Oeste. Sua localização e sua aparência foram mantidas em segredo ao longo de tantas eras que muitos acreditavam se tratar de um mito.

Restava um único lugar no Último Reino onde os mitos e lendas daquelas terras eram preservados: a Cidade dos Imortais, cujos habitantes faziam as vezes de seus guardiões. Outrora governada pelo clã yuè, que os rumores diziam conhecer o segredo da imortalidade através da cultivação, a cidade supostamente guardava volumes antigos de história em uma biblioteca mágica que aparecia toda lua cheia. Se havia um mapa ou registro de Shaklahira, seria encontrado lá.

O mais importante era que o lugar havia sobrevivido ao tempo, à guerra e às mudanças de regime. Permanecia de pé no deserto de Emarã, como um entreposto comercial da Trilha de Jade, conhecido pelos locais como Nakkar e fortemente guardado pelas forças elantianas.

Lan olhou para o caminho que vinham seguindo. Àquela hora, estava quase vazio, a não ser por algumas caravanas distantes, suas sombras se esticando como dedos sobre as dunas. Logo atrás dela, vestindo um turbante roxo e uma túnica preta que eles haviam conseguido com um comerciante achaemano, caminhava Chó Tài a duras penas. Ele soubera da Cidade Esquecida por ninguém menos que o príncipe, com quem havia crescido no palácio imperial. Tai fora criado para servir o imperador como seu invocador de espíritos – como membro do clã Chó, ele comungava com fantasmas e ouvia os sussurros dos mortos.

Aquilo ficava evidente pelo sininho de prata pendurado em seu cinto. Não se tratava de um sino ordinário, mas de uma herança de família, do clã dos invocadores de espíritos. O instrumento tilintava apenas na presença de qì sobrenatural.

– Vamos, Chó Tài – Lan o incentivou. – Se sua mãe deu pernas assim compridas a você, é melhor usá-las.

Haviam tomado a decisão de seguir a Trilha de Jade disfarçados de mercadores, para se misturar com o fluxo de comerciantes vindo de todos os cantos a leste e oeste. No entanto, enquanto as caravanas comerciais ficavam felizes em parar para descansar ou reabastecer nos postos de controle, Lan, Dilaya e Tai os evitavam, deixando a trilha para dormir sob as estrelas, encolhidos sob os tecidos que carregavam. Tinham um bom motivo para tal: embora o exército elantiano se fizesse mais presente na costa leste do Último Reino, soldados guardavam os portões de todas as cidades ao longo da Trilha de Jade, para monitorar as atividades a oeste. Parar em um posto de controle poderia atrair a atenção deles – ou pior: de feiticeiros reais.

Viajar pela Trilha de Jade também significava que não podiam usar as Artes Leves para ir mais rápido, uma vez que, executando qualquer forma de prática, se arriscariam a entregar sua localização e sua identidade aos feiticeiros reais. Embora os praticantes hins se utilizassem de um ramo diferente da magia dos metais elantiana, todos eram capazes de sentir a presença de magia dos outros, que se baseava em qì. Assim, Lan não podia aproveitar suas duas posses mais preciosas: uma ocarina de argila preta com um lótus de madrepérola e uma adaga pequena que brilhava feito as estrelas.

A garota sentia a garganta seca enquanto observava Tai subir uma duna com dificuldade.

– Por acaso... – o invocador de espíritos começou a dizer, ofegante – ...dei permissão para me chamar por meu nome?

Ele desabou na areia logo em seguida.

Lan se agachou ao seu lado.

– Você deveria deixar a prepotência de lado, considerando as circunstâncias. – Ela puxou seu turbante roxo, que estava torto. – Embora eu precise admitir que essa cor combina com seus olhos cinza. Cai bem em você.

– Quem cai bem sou eu, pelo visto – lamentou-se Tai.

Ao longo daquelas semanas, o sarcasmo do invocador de espíritos retornara lentamente. Era quase como se ele tivesse voltado a ser quem era. Mas havia momentos em que Lan o pegara olhando a distância e soubera no que o rapaz pensava: Shàn'jūn, o gentil discípulo de Medicina que Tai amava.

Pensar em Shàn'jūn fez com que ela mesma sentisse uma pontada no peito. Da última vez que o havia visto, ele estava ajoelhado na chuva, tentando reviver o grão-mestre.

O pai dela.

Que havia sido morto por Zen.

Zen.

A dor lancinante no coração dificultava a respiração de Lan, em meio a um sofrimento torrencial e a uma fúria ardente. Sob aquilo, uma amarga aversão a si própria por ter confiado nele, por tê-lo amado, por

Zen ter se aproveitado disso e a traído. Ele havia feito um acordo com a Tartaruga Preta, trocado sua mente, seu corpo e sua alma por um poder inimaginável, em uma forma sombria e perigosa da prática que havia destruído o Último Reino.

Assim, Zen matara o grão-mestre, que o havia criado.

Em uma lembrança que assombrava todo momento que Lan passava acordada e era a causa de seus pesadelos, Zen se encontrava à frente dela, a chuva castigando ambos em uma tempestade de qì demoníaco, os olhos dele completamente pretos, o rosto desprovido de emoção. O rapaz era lindo, e sempre fora assim. Além de aterrorizador.

E demoníaco.

Escolhi meu caminho. Se não está comigo, você está contra mim.

– Talvez não consigamos chegar à cidade esta noite.

Os pensamentos de Lan retornaram ao presente. Dilaya afastara o véu: seu único olho era cinza como a lâmina de uma espada, sua boca um talho vermelho no rosto comprido e anguloso, com uma beleza única em sua ferocidade. Ela abriu o mapa com sua única mão.

– Ruínas. Mais ruínas abandonadas – Tai resmungou do chão. – Dormir em pedras frias. Houve um tempo em que eu dormia entre lençóis de seda do palácio.

Lan se aproximou de Dilaya para verificar o mapa. Segundo seus cálculos, deveriam chegar a Nakkar pouco depois que a noite caísse, porém, com o crepúsculo assomando no horizonte e as areias começando a cantar, a perspectiva de uma refeição de verdade e uma cama macia se tornava um sonho distante.

Ela passou um dedo pela Trilha de Jade, procurando por sua localização atual. Haviam conseguido o mapa com um mercador, que os ensinara a lê-lo: um camelo representava os caravançarás (onde podiam reabastecer seus odres e comprar alimentos secos para um ou dois dias), uma casa representava uma cidade com abrigo e uma coroa com asas representava um posto de controle elantiano, em cidades movimentadas que ofereciam recursos e suprimentos tendo em mente os viajantes da Trilha de Jade.

– Não há nenhum entreposto comercial na periferia – Dilaya disse. – Já verifiquei.

Ela levantou a cabeça e suspirou. A ideia de passar outra noite dormindo no chão duro e frio era desanimadora a todos.

Dilaya revirou sua algibeira, cujo bordado estava relacionado à sua identidade, como costumava acontecer com os praticantes. A dela era de pele de ovelha e tinha dois sabres cruzados nas garras de um falcão, enquanto a de Tai era de seda cinza e tinha um sino branco. Eram ambos símbolos de clãs outrora poderosos que haviam sido extirpados no reinado brutal do Imperador Dragão, na era do Último Reino.

Dilaya recolheu a mão. Entre seus dedos, havia um objeto que lembrava duas tábuas concêntricas de jacarandá, com símbolos obscuros de fēng'shuǐ pintados e borda dourada. O movimento fazia uma agulha de prata no meio oscilar de leve. A luó'pán, uma bússola de magnetita, era uma ferramenta da geomancia e um completo mistério para Lan. Pelo visto, tinha sido projetada pelos antigos sábios para rastrear as estrelas no céu e o movimento do solo com o objetivo de apontar a direção de um lugar ou objeto.

No entanto, a luó'pán era absolutamente inútil a quem não sabia lê-la.

– Para que precisa disso? – Lan perguntou. – Já temos o mapa.

Dilaya posicionou a bússola sobre a mão espalmada e apertou os olhos para o objeto. A agulha oscilou um pouco, como se por conta do vento, depois se estabilizou.

– A luó'pán depende de uma combinação de astrologia e qì e pode identificar coisas que não aparecem no mapa. Quero procurar ondulações no qì que sugiram estruturas de madeira ou barro. Só preciso entender este símbolo... Chó Tài, você lembra o que o primeiro trigrama da placa terrestre coincidindo com o sétimo trigrama da placa celeste e a agulha apontando para uma flauta e um cavalo indicam?

Lan não conseguiu se segurar:

– Uma pilha monumental de bosta de cavalo.

Dilaya lhe lançou um olhar tão afiado que foi como se Lan visse fisicamente todos os *Analectos kontencianos* subindo pela garganta dela. O relacionamento entre ambas havia progredido da antipatia mútua a uma forma de aliança e até mesmo respeito, por conta de um objetivo em comum. No entanto, Lan não conseguia resistir a alfinetar Dilaya de vez em quando, só para se divertir, e a outra ficava mais do que feliz em retribuir.

– Hilário – Dilaya retrucou. – Talvez você também fosse capaz de ajudar se tivesse prestado mais atenção nas aulas de mestre Fēng...

Ela se interrompeu de repente, respirando fundo. O sorriso de Lan desapareceu, e Tai se sentou devagar, seus olhos com íris contornadas de dourado refletindo o pôr do sol sob os cachos pretos. Lan sabia que os três compartilhavam uma lembrança enquanto o canto da areia preenchia o silêncio com seus lamentos tristes: da queda de Céu Termina, dos mestres ficando para trás para proteger o Tigre Azul, o deus-demônio que haviam mantido escondido na montanha por um longo período. Do lar que haviam perdido para os elantianos em uma noite de chuva, fogo e sangue. E, no caso de Dilaya, da morte da mãe, Yeshin Noro Ulara, mestra de espadas da escola e matriarca do clã de aço jorshen, papel que agora era seu.

Os três carregavam um sentimento tácito de culpa diante de como as coisas poderiam ter sido. E se tivessem ficado para trás, para lutar com os mestres? E se tivessem conseguido atrair o exército elantiano para longe de Céu Termina?

E se Lan tivesse conseguido invocar o poder do Dragão Prateado do Leste, o deus-demônio que a mãe havia canalizado nela?

Lan o sentia agora, dentro de si, seus pensamentos uma mistura de medo e aversão. Ao longo das semanas anteriores, ela havia descoberto que conseguia se comunicar com o deus-demônio se assim o desejasse; e, se não o desejasse, ele permanecia adormecido em seu interior, um núcleo de prata com um poder inimaginável. Os pactos da prática demoníaca variavam, e o único que Lan conhecia era o que Zen havia firmado: cada vez que ele acessava o poder da Tartaruga Preta, entregava um pouco mais de seu corpo, sua mente e sua alma ao deus.

Havia sido a mãe de Lan, em seus últimos momentos, que encerrara o deus-demônio nela, em uma tentativa desesperada de escondê-lo dos elantianos, doze ciclos antes. O preço que pagara fora sua alma.

Lan havia substituído aquele pacto por outro: ao fim de seu acordo com o deus-demônio, ele libertaria a alma de Sòng Méi – e ficaria com a de Lan, por toda a eternidade.

Ela tocou o selo que o Dragão Prateado deixara em seu pulso, contendo os termos do acordo. As areias cantavam mais alto agora, seu coro fantasmagórico varrendo o céu que escurecia rapidamente.

– Vamos usar as Artes Leves – Lan sugeriu a Dilaya.

– E correr o risco de sermos descobertos? Não passei *dias* me arrastando por estas malditas areias só para entregar nosso disfarce...

– Não há nenhum posto de controle por perto – Lan apontou. – E, a esta altura, com a tempestade de areia assim próxima, qualquer feiticeiro real ou soldado elantiano já deve ter retornado à cidade.

Qualquer pessoa com bom senso já teria encontrado abrigo àquela altura.

Lan viu que Dilaya hesitava quando foram assolados por outra rajada de areia.

– Eu concordo – Tai se intrometeu, parecendo mais animado, enquanto areia escorria de seu cabelo desgrenhado. Ele levou a mão ao sino, que permaneceu em silêncio enquanto era espanado com cuidado. – Ou saímos daqui ou a tempestade de areia será nosso fim.

– Ainda temos a opção de deixar que nossa alma seja sugada pelos demônios da areia – Lan acrescentou, fazendo barulho como se estivesse chupando um fio de macarrão e estalando os lábios em seguida.

Dilaya pareceu estar pensando a sério na possibilidade de matá-la.

– *Está bem* – a matriarca do clã de aço jorshen acabou dizendo. – Mas, se nos depararmos com feiticeiros, Sòng Lián e Chó Tài, juro pelo túmulo de seus ancestrais que vou resgatar os dois do Rio da Morte Esquecida só para acabar com vocês de novo.

Ela pegou sua luó'pán.

E congelou.

A agulha de prata da bússola de magnetita, que brilhava dourada ao crepúsculo, se movia. Apontou para a esquerda, depois para a direita, depois para a esquerda de novo, e começou a girar. Cada vez mais rápido, até virar um borrão.

Os lábios de Dilaya se entreabriram.

– O quê...

Lan já olhava para outra coisa.

A oeste, uma escuridão sobrenatural se espalhava, obscurecendo o pôr do sol. Sobre as dunas, sombras haviam surgido, longas e distorcidas.

Uma caravana. Lan distinguia a forma de camelos, o que não era incomum na Trilha de Jade. Havia algo de errado, no entanto. Os animais se aproximavam rápido demais, em dispersão. Como se fugissem de algo.

Lan abriu a boca para falar, mas foi interrompida pelos gritos distantes abafando a triste ascensão do canto da areia.

Uma rajada de vento os atingiu, fria e mordaz, carregada de um odor de energia que sufocou Lan. Ela havia se deparado com aquele tipo de qì poucas vezes na vida.

Qì demoníaco.

Um estrondo grave ecoou pelo deserto, como o rufar de um tambor celestial.

Então o sino de Tai começou a tilintar.

4

*O mais misterioso dos 99 clãs talvez seja o yuè,
que há muito aperfeiçoou os segredos do cultivo da
imortalidade e cujas origens talvez nem sejam os mortais.*

Vários autores, *Estudos sobre os 99 clãs*

Lan já tirava a ocarina da algibeira que trazia no cinto, o coração batendo no ritmo do tilintar estridente do sino de Tai. A areia sob seus pés tremia, e pequenas marcas se formavam, como se gotas invisíveis caíssem nela.

As dunas se erguiam ao céu, formando ondas cada vez mais altas. Vindo na direção deles.

– Mó – Tai soltou. *Demônio.*

O medo fechou a garganta de Lan, o que fez a criatura em seu interior voltar à vida. Olhos azuis como gelo se abriram. Escamas prateadas cintilaram na escuridão. Uma voz similar ao vento noturno ocupou sua cabeça.

Mó, o Dragão Prateado do Leste afirmou, com tranquilidade. *Sinto a ira em seu âmago.*

Lan cerrou os dentes, interrompendo a conexão. A única obrigação do deus-demônio era protegê-la quando sua vida corria perigo; em qualquer outro momento, ela precisava ter o cuidado de manter um muro mental erguido, para que o Dragão Prateado não acessasse seus pensamentos.

Com o retraimento do deus-demônio, Lan voltou a ouvir o mundo à sua volta: os gritos distantes dos mercadores se dispersando, o uivo do canto da areia, o espírito da areia avançando e cobrindo o sol.

À sua frente, Dilaya sacou a Garra de Falcão. A dāo curvada era uma herança do clã de aço jorshen e sua posse mais valiosa, deixada pela mãe momentos antes de sua morte. Daquele ângulo, Lan conseguia ver apenas a manga esquerda vazia de Dilaya ao vento, o tapa-olho preto, o maxilar cerrado em teimosia para enfrentar o espírito malévolo.

— Dilaya, não. *Não* — Tai gritou, atrás dela. — Você não pode derrotá-lo. De forma alguma. Os feiticeiros elantianos vão nos encontrar.

Os três haviam evitado a prática na última lua justamente para não ser detectados pelos feiticeiros reais. Havia uma chance de que o qì do espírito da areia mascarasse o deles, caso lutassem. No entanto, também havia uma chance de que sua localização fosse descoberta.

Dilaya inclinou a cabeça. À luz fraca e amarela, sua boca parecia um corte escarlate.

— Que opção temos, Chó Tài? Correr e deixar os mercadores à mercê do mó?

— Não — ele murmurou. — Não foi isso o que eu quis dizer.

Garra de Falcão cortou o ar, sua lâmina refletindo os últimos resquícios de luz que atravessavam o céu encoberto.

— Sobrevivemos a Céu Termina para ver nosso povo morrendo? Nossos mestres nos treinaram para que nos acovardássemos diante do mal? — Os olhos de Dilaya brilhavam enquanto olhava para seus companheiros. Lan sabia que neles residiam os fantasmas de tudo o que haviam perdido. Os mestres. A mãe de Dilaya. Os pais de Lan. Shàn'jūn. O lar de todos. — Sou uma discípula da Escola dos Pinheiros Brancos. Sou a matriarca do clã de aço jorshen. Sou uma praticante do Último Reino. Não ficarei parada enquanto meu povo morre.

Ela deu um salto, canalizando um jato poderoso de qì através das solas dos pés, que a impulsionou ao alto.

Lan segurou a ocarina com mais firmeza, o polegar passando pelos sulcos familiares do lótus de madrepérolas incrustadas na superfície preta e lisa. Era através daquele instrumento que ela canalizava a Arte da Música, uma magia havia muito perdida que corria no sangue de seu clã. Praticantes dela manejavam o qì através da música, compondo selos com uma combinação de notas e melodias que recorriam aos infinitos fios de energia no mundo. A mãe de Lan fora a última pessoa a dominar aquela arte e deixara a ocarina para a filha.

No instrumento, a mulher havia escondido a chave para encontrar os deuses-demônios: quatro mapas estelares, que apenas Lan era capaz de invocar, através da arte de seu clã. A Tartaruga Preta estava com Zen e o Dragão Prateado com ela, de modo que restavam apenas duas criaturas cujo paradeiro era desconhecido: o Tigre Azul e a Fênix Escarlate.

Aquilo explicava por que todos os feiticeiros reais elantianos estavam atrás de Lan. Erascius, que liderava a guerra contra os praticantes hins, tinha seus próprios planos para ela: havia matado sua mãe doze ciclos antes e agora pretendia matar Lan e canalizar o Dragão Prateado em si, assim como os outros deuses-demônios. Depois, esmagaria o restante dos praticantes hins e quaisquer esperanças de rebelião que alimentassem.

Lan olhou para Dilaya, que não passava de um ponto vermelho ao longe, avançando na direção do demônio da areia, das pessoas desaparecendo sob suas garras sufocantes. Os nós dos dedos de Lan ficaram brancos em volta da ocarina. Se lutassem, arriscariam revelar sua localização ao exército elantiano. Se fugissem, condenariam dezenas de inocentes à morte.

Tudo sempre se resumia àquilo: escolhas em uma terra conquistada. Enquanto a indecisão a paralisava, uma lembrança veio à sua mente: Zen, à frente dela, junto ao lago de águas escuras, o rosto contorcido de fúria e mágoa. *Escolhas são para os privilegiados, Lan. Você mesma disse que recebemos opções de merda e temos que tirar o melhor proveito delas!*

Sua garganta se fechou, sua vista embaçou. Sentiu uma dor aguda no peito, porque as palavras do rapaz que vinha encarando como um inimigo e um traidor de repente soavam verdadeiras.

Opções de merda, Lan pensou, endireitando os ombros. Ela sabia o que sempre escolheria, não importava o que acontecesse. Māma dizia que o poder deveria ser usado para proteger aqueles que não o possuíam.

Lan intensificou seus sentidos, encheu-se de qì e o direcionou para as solas dos pés.

E saltou.

O céu estava tingido de um tom sufocante de amarelo. O vento agora gritava, as energias yīn avançando como a maré, ameaçando derrubá-la. Ela aterrissou, cambaleou um pouco e caiu de joelhos, com uma mão erguida para proteger o rosto da pressão do yīn contra seu peito.

– Dilaya – conseguiu dizer. – *Dilaya...*

O vento lhe arrancava a voz. Areia entrava em seu nariz e sua garganta. O fedor do qì demoníaco ameaçava asfixiá-la.

Uma sombra de canto de olho. O soar vago de um sino.

Tai se ajoelhou ao seu lado. Qì brotou das pontas dos dedos dele e formou um selo, cintilando em um tom fantasmagórico de roxo. Lan reconheceu o arranjo que conjurava um escudo, tanto contra as energias que os assolavam quanto contra a areia e os detritos carregados pelo vento.

À medida que sua visão ficou mais nítida, um movimento ficou claro à sua frente.

Sob a tempestade, uma figura dançava e tramava, em um dueto de aço e tecido. Rajadas de qì irrompiam da ponta da dāo de Dilaya, formando selos com seu rastro escarlate. Ao longo da viagem, Lan aprendera que a moça com uma única mão desenvolvera com a mãe, a mestra de Espadas, uma maneira de canalizar seu qì na lâmina, já que para ela era impossível lutar com uma arma em uma das mãos e conjurar selos com a outra, como fazia a maior parte dos praticantes.

Garra de Falcão golpeava como uma extensão do corpo de Dilaya, cortando um redemoinho de areia.

Por meio segundo, um buraco se formou, expondo o núcleo do demônio: um ser cintilante, um rio de luz estelar, areia transformada em neve.

Lan o viu por apenas um instante antes que o buraco voltasse a se fechar. Dilaya também devia tê-lo notado. Seus movimentos desaceleram quando ela se virou para olhar para onde a criatura havia aparecido.

Um monte de areia atingiu seu abdome, deixando-a sem ar.

Lan gritou. A cor se esvaiu do rosto de Tai, cuja expressão confirmava o que a garota temia: eles não iam sair vivos dali.

Não sem um milagre.

As mãos de Lan tremiam quando ela pegou a ocarina. Mal fazia uma lua que vinha treinando na Escola dos Pinheiros Brancos quando os elantianos a invadiram, e seu qì forte e habilidades inatas estavam em grande parte relacionados ao deus-demônio que a mãe havia selado em uma cicatriz em seu pulso.

Enquanto não canalizasse o Dragão Prateado, ela não era nada. Apenas uma discípula que mal concluíra o treinamento. Um rato de rua que sobrevivia em uma terra colonizada com base na esperteza e na sorte.

Tai gesticulava, seu qì se agitando e fluindo para as pontas dos dedos, onde um selo começava a se formar. Por um momento, ele cintilou, crepitando contra a ventania do demônio da areia antes de se apagar. Como invocador de espírito, o rapaz fora treinado na arte de buscar qì espiritual e ouvir a voz dos mortos. Selos e combates não eram seu ponto forte.

Lan olhou para a figura caída de Dilaya, uma dezena de passos à frente, depois para o vórtex de areia que havia se aberto no céu, um túnel de escuridão e qì demoníaco que uivava a dor e a ira de todas as almas que o demônio havia consumido.

É dever dos poderosos proteger quem não tem poder.

Lan avançou em um salto. Enquanto rompia as barreiras do selo de escudo, ouviu Tai chamá-la. A tempestade havia atingido o auge, com raios cortando a escuridão e o qì demoníaco ameaçando afogá-la.

Ela aterrissou ao lado de Dilaya, que estava inconsciente. Algumas mechas haviam se soltado das duas tranças presas em coques que a outra sempre usava. A goela disforme do demônio da areia assomava, contendo os lamentos de mil almas.

Malditos sejam os céus se eu morrer salvando a vida de Yeshin Noro Dilaya, entre todas as pessoas, Lan pensou. *Nunca vou deixá-la em paz no outro mundo se isso acontecer.*

Bem quando ela levava a ocarina aos lábios, um torrão de areia endurecida atingiu seu estômago.

Lan mal registrou o impacto. Tudo o que sabia é que em um momento estava ajoelhada, com o instrumento na boca, e no outro estava deitada no chão, sem fôlego e tonta, enquanto um abismo de escuridão e energia demoníaca a encurralava.

A morte fechara seus dentes nela.

E algo mordera de volta.

O mundo assumiu um tom escaldante de branco quando chamas da cor do gelo se acenderam na areia rodopiante. As sombras recuaram diante de uma luz pálida, com escamas feito a neve e uma forma sinuosa brilhando feito o luar.

O Dragão Prateado se ergueu, assomando sobre o demônio da areia. Piscou devagar com seus olhos azuis e gélidos, de maneira quase preguiçosa. E atacou.

O rugido do demônio da areia fez o chão vibrar quando ele desmoronou sob o poder do deus-demônio, como papel se dobraria sob aço. O Dragão Prateado ficou em silêncio enquanto seu corpo, comprido o bastante para ocupar todo o horizonte, envolvia a forma do demônio da areia.

E apertava.

Houve uma explosão de qì demoníaco. Lan segurou Dilaya enquanto a areia sob elas se remexia e o mundo sacolejava como o mar durante uma tempestade.

Devagar, tudo se apaziguou.

Lan abriu os olhos. O céu estava violeta e límpido, com um toque de coral do pôr do sol. As nuvens tinham assumido a cor rosada das magnólias e corriam sobre o horizonte cada vez mais escuro feito um rio celestial. A tempestade de areia cessou, o canto da areia também. Distinguiam-se pontos mais à frente, entre as dunas: dos membros das caravanas da Trilha de Jade, atrapalhadas pelo demônio, movendo-se lentamente.

E todos vivos.

A cabeça de Lan latejava. Dilaya estava imóvel, a não ser pelo subir e descer do peito. Seu qì estava fraco, mas se mantinha constante. A garota ia sobreviver – embora precisasse de um curandeiro, e rápido.

Lan respirou fundo algumas vezes antes de se colocar de pé. Recuperou a ocarina, que estava na areia perto dela, e a enfiou na algibeira que usava na cintura, sentindo que o ar já lhe vinha mais fácil.

Foi então que ela viu.

Uma figura cintilante à sua frente, com uma saia de seda comprida e faixas tremulando à brisa invisível. Tinha uma safira em forma de crescente na testa, e as pulseiras e os broches eram de ouro.

Sem conseguir respirar, Lan ergueu a cabeça.

O Dragão Prateado assomava sobre a figura, tão vago quanto uma espiral de luar, e a encarava, imóvel, a não ser por seus bigodes e sua crina, que ondulavam à mesma brisa invisível que agitava as vestes da figura.

Tremendo, Lan assistiu ao deus-demônio baixando a cabeça para a figura, que estendia a mão. Com um toque, ambos desapareceram. Ela sentiu que o Dragão Prateado havia retornado ao seu interior e voltara a dormir.

– Yuè.

Lan se sobressaltou. Tai estava ajoelhado ao seu lado, de testa franzida enquanto ele olhava para onde a figura estivera.

– Você também viu? – a garota perguntou, gaguejando.

– Sim. Yuè – Tai repetiu. – Era uma yuè. A alma no núcleo do demônio da areia.

Embora o sino permanecesse em silêncio em sua cintura, o invocador de espíritos mantinha uma mão sobre ele, como que para se tranquilizar.

O núcleo de um demônio era parecido com o coração de um humano, e nele havia sempre uma alma: a alma do ser que fora antes da corrupção por um qì malévolo, antes que ele começasse a consumir outras almas para se fortalecer.

Lan encarou Tai.

– Você não viu mais nada?

– Eu ouvi. Eu ouvi – Tai disse, solenemente. – Tanto pesar.

Não havia nada que indicasse que o invocador de espíritos havia visto a estranha figura da alma yuè tocando a forma do Dragão Prateado. Lan sabia que, embora conseguisse ver o deus-demônio que canalizava, a criatura permanecia invisível para todos à sua volta. Ela até preferia assim. A prática demoníaca era perigosa e proibida por um bom motivo: muitas vezes se perdia o controle sobre o poder do demônio. Aquela era uma forma de prática desprezada pela maioria dos clãs, e havia um acordo tácito entre Lan e seus amigos de que ela não deveria usar o poder de seu deus-demônio, devido ao risco.

A garota nem queria imaginar o que Yeshin Noro Dilaya diria se descobrisse que o poder do Dragão Prateado havia acabado de ser liberado.

Seus pensamentos retornaram à alma yuè. Por que ela cumprimentaria algo tão maligno quanto um deus-demônio? Parecera haver certa reverência na postura da alma. Reverência e também melancolia, uma tristeza antiga estampada em seu rosto. Lan se perguntou como alguém com tamanha beleza poderia ter encontrado seu fim de maneira tão trágica, transformando-se em um demônio furioso que se alimentou de almas ao longo de milhares de ciclos.

Mas Lan não tinha muito tempo para pensar a respeito.

Com a brisa árida do deserto chegava um novo qì, um que lhe fechava a garganta e enchia seus pulmões com o cheiro de cobre. Ela o reconheceria em qualquer lugar, porque era a marca daqueles que assombravam seus pesadelos.

Elantianos. E muito perto.

Lan sacou sua adaga, Aquela que Corta as Estrelas. Era pequena e passava a impressão de que não ajudaria muito no combate mano a mano. No entanto, o verdadeiro valor de sua lâmina residia em sua habilidade especial de cortar temporariamente o qì demoníaco.

Mire no núcleo do qì do demônio, que equivale ao nosso coração. E ataque.

Uma voz que lembrava a meia-noite aveludada. Um olhar que lembrava aço escuro em chamas. Ela se lembrou da sensação dos dedos de Zen, frios e firmes, envolvendo os seus. Apontando a lâmina da adaga para o próprio coração.

Lan engoliu em seco e piscou furiosamente para afastar a recordação. Uma sombra apareceu no horizonte, menos uma silhueta e mais uma ausência de estrelas que começavam a salpicar o céu índigo. A garota ficou paralisada enquanto a figura parecia se virar. Pensou ter visto o brilho das pulseiras e da armadura de um feiticeiro elantiano. Pensou ter visto olhos gélidos a encontrando em meio ao vasto deserto.

Erascius. O último contato que tivera com ele fora caindo do alto do penhasco – morte certa para ambos, se Zen não tivesse aparecido para salvá-la. Erascius deveria ter encontrado seu fim.

Lan ajeitou Aquela que Corta as Estrelas nas mãos e deu um passo adiante, para confrontar a figura ao longe.

Então ela desapareceu. Em um piscar de olhos, tão de repente que Lan ficou se perguntando se não havia imaginado.

Ela ficou olhando para as dunas no horizonte por um momento, com a respiração acelerada, até que alguém tossindo chamou sua atenção.

Dilaya se mexia no chão. Havia aberto o olho, que já começava a ficar roxo.

– Espírito de raposa – ela chamou, com a voz baixa e áspera.

Lan se ajoelhou ao seu lado.

– Cara de cavalo – retrucou, aliviada. – Nunca pensei que diria isso, mas fico feliz que você esteja viva.

Por um instante, Dilaya ficou apenas encarando Lan, sem reação. Então sua expressão endureceu.

– Você usou.

Não havia dúvidas quanto ao que ela se referia: o poder do Dragão Prateado. Aquele que Lan havia jurado não usar. Mas ela não tivera culpa: o deus-demônio dera vazão ao próprio poder para proteger a vida de sua hospedeira.

No entanto, Lan compreendia o medo e a reprovação nos olhos de Dilaya. Os três haviam testemunhado a queda de Zen e como ele perdera controle sobre o próprio deus-demônio. Como ele conduzira os elantianos a Céu Termina.

– O Dragão Prateado tem a obrigação de salvar minha vida. Foi apenas isso – Lan explicou a Dilaya. – Nunca o invoquei por vontade própria e não farei isso por qualquer motivo. Não esqueci o que aconteceu em Céu Termina. Você tem minha palavra.

Dilaya olhou nos olhos de Lan, como se buscasse algo neles. Então suspirou. Seu rosto se contraiu de dor quando ela ajeitou o braço, depois xingou.

– Me ajude a levantar.

Juntos, Lan e Tai colocaram Dilaya de pé. Ela cambaleou um pouco, com o rosto pálido e brilhando de suor. Por um segundo, pareceu que a garota ia desmaiar de novo, porém ela cerrou os dentes e se manteve de pé, talvez por pura teimosia.

– Você precisa de um curandeiro – Lan disse. – Precisamos ir a Nakkar.

– Nakkar – Tai concordou. – Vamos para lá.

Dilaya tinha consciência o bastante de seu estado para não discordar.

Lan hesitou. A algumas dezenas de passos dali, as caravanas que haviam sobrevivido ao demônio da areia começavam a se reorganizar.

– Vamos ajudar – ela sugeriu.

– Não – Dilaya a cortou. – Já ajudamos. Não podemos nos arriscar a ser reconhecidos. Eles poderiam nos entregar, considerando quanto os elantianos estão pagando por nossa cabeça.

Dilaya tinha razão, mas Lan não pôde evitar sentir que estavam falhando. Uma mãe chorava pelo filho, um homem com o corpo inerte da esposa nos braços soluçava. À luz fraca, nenhum deles veria um grupo de três pessoas indo embora.

Lan voltou a olhar para o horizonte. Não viu nada além da noite límpida e estrelada. Poderia jurar que havia sentido a presença elantiana nas sombras das dunas.

Quem sabe um dia vivessem em uma terra onde não precisariam mais fugir?

Talvez Nakkar ficasse a uma distância curta, porém o tempo pareceu se alongar tanto quanto o deserto sem fim diante deles. Era trabalhoso: a areia estava macia e a noite ficava cada vez mais fria. Logo Dilaya respirava com dificuldade e seu qípáo estava empapado de suor. Bem quando Lan achava que a garota fosse desmaiar, avistou uma mudança na paisagem.

Nakkar.

Diferentemente das outras cidades no deserto, as muralhas de Nakkar eram brancas feito casca de ovo e desprovidas de ameias. A parte superior era incrustada de joias azuis que cintilavam como as ondas do mar ao luar. Do outro lado, erguiam-se casas de taipa, com telhados cravejados de ouro e lápis-lazúli. Ao fundo, viam-se as sombras de montanhas com neve no topo, que tocavam as nuvens. Uma cachoeira as cortava, como um lençol de seda.

– Finalmente – Dilaya resmungou, porém Lan sabia que ela estava impressionada. – A Cidade dos Imortais.

O deslumbre foi breve: com a aproximação dos portões da cidade, os três sentiam cada vez mais a pressão familiar do metal sobre o qì, que indicava magia elantiana. Eles se juntaram à multidão de mercadores e viajantes vindos da Trilha de Jade que aguardavam para entrar. À luz bruxuleante das tochas que iluminavam os portões, camelos resfolegavam, jumentos zurravam, cavalos relinchavam, e seus donos murmuravam em uma tentativa de acalmá-los.

– Coloque o véu – Lan lembrou a Dilaya. – É melhor nos dividirmos. Vou tentar entrar com uma das caravanas. Tai, finja que Dilaya é sua esposa. Diga que ela está com insolação e diarreia.

Era difícil dizer se a ideia de estarem unidos em matrimônio horrorizava mais Dilaya ou Tai, porém o disfarce funcionou. Lan e seus amigos podiam estar no topo da lista de procurados dos feiticeiros reais, mas aquilo não chegava a ser uma grande motivação para os soldados rasos nos portões de uma das maiores cidades comerciais da Trilha, os quais precisavam inspecionar os milhares de viajantes que entravam e saíam todos os dias. Um deles dirigiu apenas um olhar rápido a Dilaya e Tai antes de acenar rapidamente para que passassem (cobrindo o nariz, como se tivesse medo de pegar qualquer que fosse a condição misteriosa que acometia Dilaya).

Então chegou a vez de Lan. Seu rosto se contraiu quando uma tocha foi aproximada dele, uma luz ofuscante após tanta escuridão. Houve um momento em que ela olhou bem nos olhos verdes do soldado e pensou em um elantiano diferente, de Haak'gong, em outra vida. Lan achou que o soldado de agora identificaria o medo em seus olhos, sentiria como seu corpo estava tenso.

No entanto, ele só bocejou e acenou para que ela passasse, aproximando a tocha do rosto do comerciante a seguir.

Lan alcançou Dilaya e Tai, que a aguardavam na beira da estrada. Os três tinham conseguido entrar em Nakkar, um dos entrepostos comerciais mais movimentados da Trilha de Jade – e um dos locais mais fortemente protegidos naquela região do Último Reino. Agora, precisavam localizar a lendária biblioteca do clã yuè para descobrir se revelaria onde ficava Shaklahira, a Cidade Esquecida do Oeste.

5

*Todas as coisas neste mundo contam
com um nascimento e uma destruição.
Esse é o princípio fundamental do ciclo do qì.*

Dào'zǐ, Livro do Caminho
(Clássico das virtudes), 2.7

Zen acordou de repente, no meio da noite. Havia sonhado com uma cidade feita de areia, uma lua crescente prateada, um dragão envolto em sombras.

E havia sonhado com Lan.

Ele endireitou o corpo e passou a mão pela testa. A vela de sebo queimara até o fim do pavio, e o tinteiro estava seco; a câmara funerária onde se instalara estava agora mergulhada no silêncio e na escuridão. Era o que as pessoas comuns chamavam de "horas fantasmas", nome que tinha um significado mais profundo do que a maioria imaginava: era quando o yīn de quaisquer mundos além deste se infiltrava com mais força. Quando eram maiores as chances de se vislumbrar espíritos e almas.

Em sua mesa improvisada, havia um tambor de pele de cavalo, uma pena dourada de águia, um espelho de latão do tamanho de um punho e o *Clássico dos deuses e demônios*.

Zen havia passado o dia anterior sozinho, debruçado sobre o volume que encontrara no baú de madeira, os olhos vidrados, os ombros doendo do esforço de traduzir o silabário mansoriano – uma língua com a qual ele deveria ter sido criado, uma língua que deveria conhecer tão bem quanto as linhas na palma de sua mão – para a escrita hin. Não havia dormido, não havia comido e talvez nem tivesse bebido se Shàn'jūn não tivesse lhe levado um bule de chá pǔ'ěr, que havia muito esfriara.

A sombra da Tartaruga Preta deixara os cantos mais escuros da câmara e pairava nos espaços que a luz da vela não alcançava. Permanecera ao seu lado o dia todo, enquanto a tenacidade cedia espaço à frustração, e Zen não se dera ao trabalho de interromper a conexão. Passara a confiar no deus-demônio para preencher as lacunas quando ele empacava.

Estava percebendo que, às vezes, os limites entre sua mente e o deus-demônio começavam a se confundir. Zen se deparava com um caractere desconhecido e seu significado simplesmente lhe vinha, retirado do oceano de conhecimento que pertencia à Tartaruga Preta.

Agora, o rapaz se levantou. Acendeu uma vela nova e se aproximou do primeiro túmulo. Absorveu a imagem do general mansoriano, tão assustadoramente preservado que o homem poderia estar dormindo em uma cama de sedas funerárias. Por impulso, Zen ergueu a mão, permitiu que o qì fluísse para as pontas dos dedos e começou a conjurar o selo mansoriano que havia acabado de aprender e ainda não decifrara por completo.

Sentiu sua incompletude assim que o ativou, o qì desigual como uma colcha com buracos. A combinação de traços faiscou algumas vezes antes de se desfazer em fumaça e chiado, deixando-o à luz bruxuleante da vela.

A vontade que tinha era de atirar alguma coisa. Muitas vezes, frustrado e ressentido quanto a tudo o que haviam roubado dele, Zen havia desejado destruir aquele lugar, com uma maré de fogo preto.

Ele inspirou fundo, permitindo que as chamas da raiva se apaziguassem. Depois retornou à mesa, pegou o *Clássico dos deuses e demônios* e virou para a próxima página.

Que estava em branco.

Zen ficou olhando para ela, consternado, imaginando que sua mente lhe pregava peças. Ele virou a página de novo. E de novo. Folheou o restante do livro.

Estava tudo em branco.

Retornou à última página com algo escrito, depois passou os dedos pela primeira página em branco, avaliando-a com cuidado. Havia algo ali, impregnado no pergaminho amarelado de couro de vitelo, cintilando como vidro masírio.

Ele levou um dedo ao livro... e perdeu o ar.

Seu dedo *ardeu*. A sensação percorreu sua mão como um fogo que se espalha rapidamente, e a dor esvaziou sua mente. Zen se afastou do volume, derrubando a vela sem querer.

Chamas varreram a câmara e atingiram os túmulos como um raio. Em um segundo, embora parecesse impossível, tudo ali pegava fogo.

Zen invocou qì e traçou um selo que trazia as energias da água e repelia o ar. Era um dos princípios básicos que aprendera enquanto praticante: no grande ciclo do qì, o ar alimentava o fogo, enquanto a água o destruía. Conjurando o elemento da destruição e repelindo o elemento do nascimento, neutralizava-se o qì.

O selo de subjugação percorreu a câmara. No entanto, a água passou pelo fogo como se ele não estivesse ali; e, mesmo com o ar repelido das chamas, elas só ganhavam mais e mais força.

Uma labareda alcançou o pulso de Zen, que sentiu um lampejo de dor lancinante. Ele experimentou um fú de água, sem sucesso: ela atingiu sua pele sem controlar as chamas, que continuavam a subir pelo seu braço. O vermelho tomou conta de sua visão: um pássaro enorme, com plumas escarlates, voltou seus olhos dourados para Zen. As chamas chegaram ao seu peito, e ele não conseguiu mais respirar.

A escuridão envolveu sua mente e tomou conta da câmara. Quando Zen voltou a abrir os olhos, estava ajoelhado no chão, com o livro na mão. A vela havia voltado ao lugar e agora iluminava o espaço com uma chama lenta e constante. Não restava nenhum sinal do incêndio ou da ave escarlate. Uma quietude dominava o ambiente, enquanto água escorria gentilmente das paredes devido ao selo de subjugação que Zen havia conjurado em meio ao pânico.

Com as mãos trêmulas, ele afastou uma mecha de cabelo da testa. Seus dedos voltaram úmidos. Não tinham qualquer marca de queimadura ou ferimento. No entanto, a dor e as chamas tinham parecido tão reais. Zen sentia as energias poderosas de seu deus-demônio afrouxando o domínio sobre ele, voltando a se retrair aos lugares que a luz não alcançava.

– O que foi isso?

Zen odiou o fato de que soara esbaforido, tendo perdido a compostura.

Um selo, foi a resposta, lenta e, pela primeira vez em seu contato com a Tartaruga Preta, um tanto hesitante.

O rapaz voltou a pegar o livro e o abriu onde as páginas em branco tinham início. Ali, no meio do pergaminho, agora ardia um selo com traços indecifráveis. O rapaz ficou só olhando por um momento, hipnotizado pela complexidade do selo e pelo fato de que o qì nele parecia vivo. Cada traço parecia deixar um rastro de fogo e sangue, um poço de poder incomensurável que passava despercebido a quem não observava de perto.

Tratava-se de uma arte que nem mesmo o grão-mestre Dé'zǐ ou Gyasho, o mestre de Selos, sonhariam em dominar.

– Forme o contrasselo – ordenou ao deus-demônio.

Uma pausa confirmou a incerteza que ele havia sentido. *Não posso.*

– Por que não? – Zen vociferou.

O selo contém as chamas de um dos Quatro. Daquele que está alinhado com o sol, da cor do fogo, do sangue e da destruição. A tentativa de formar um contrasselo causaria as ilusões de fogo e dor que acabou de vivenciar.

– É a Fênix Escarlate.

O pássaro com plumas vermelhas brilhantes que Zen vira. O deus-demônio que estivera em posse da família imperial ao longo de dinastias, sem que o mundo soubesse. O quarto e último deus-demônio, que a ocarina e os mapas estelares de Lan haviam situado em um trecho desconhecido de céu e estrelas.

Sim. A outra metade deste livro foi bloqueada e roubada por seu canalizador.

Zen ficou olhando para o volume aberto, para as páginas em branco que se seguiam ao selo. Devagar, começou a dizer:

– Está me dizendo que este selo foi conjurado pelo qì da Fênix Escarlate, por ordem da família imperial... e que os assassinos do meu clã detêm a segunda metade do livro?

As sombras se alteraram enquanto a Tartaruga Preta o observava. A resposta ficou aparente no silêncio.

Zen esmurrou o chão. Com um barulho retumbante, ele se partiu. O rapaz sentiu os tremores ecoando nas profundezas da terra, pelas paredes de pedra ao redor, enquanto as ondas de sua raiva – manifestando-se em seu qì – se agitavam. Por um longo momento, não conseguia enxergar e não conseguia pensar, em consequência de uma fúria que ameaçava destroçá-lo.

A família imperial havia roubado metade daquele livro antigo que pertencia aos seus ancestrais; o livro que permitiria que ele invocasse o exército de Cavaleiros da Morte de seu bisavô.

Em meio à fúria, Zen se lembrou de algo.

A Fênix Escarlate. Um dos dois deuses-demônios perdidos que ele e Lan haviam conseguido localizar pelos mapas estelares que ela conjurara com a ocarina.

Mapas estelares que ele havia *transcrito* semanas antes.

Zen revirou sua algibeira e reconheceu os pedaços de pergaminho só pelo toque, de tanto que passava os dedos por eles para confirmar que continuavam ali. Mesmo sem desenrolá-los e olhar para os pontos pretos que representavam as estrelas no céu noturno, era capaz de ver a cena com tanta clareza quanto se ela tivesse se passado no dia anterior. Uma garota tocando uma ocarina, quatro quadrantes do céu cintilando sobre a cabeça de ambos. Vermelho, azul, prata e preto.

Zen desenrolou o pergaminho e o segurou à luz da vela. Os pontos espalhados não significavam nada ali, naquela câmara funerária, porém ele recordava distintamente que não correspondiam a nenhuma parte do céu quando se encontravam nas Planícies Centrais.

Se queria acessar a metade perdida do *Clássico dos deuses e demônios*, teria que encontrar a Fênix Escarlate para desfazer o selo no livro.

No entanto, não havia como saber se a criatura havia se movido desde que sua localização fora transcrita. E o que ele poderia oferecer ao deus-demônio para persuadi-lo a fazer o que queria?

Aquilo representava outra complicação em seu plano, outro obstáculo entre Zen e seu objetivo.

Ele se levantou e seguiu na direção da escada. Sua cabeça latejava – se de fadiga ou da fúria reprimida, Zen não tinha como saber. A luz da vela, o ar estagnado, o silêncio dos mortos de repente o asfixiava. Ele precisava de ar. Precisava ver as estrelas.

O selo de barreira que colocara na barriga da tartaruga de obsidiana sussurrou quando de sua passagem. Ele olhou em volta, com a sensação de que havia algo de errado.

O corredor aberto do antigo palácio estava escuro e frio. Uma brisa vinha da entrada, que permanecia escancarada para as montanhas adormecidas com seus picos nevados, sob o céu preto. Parecia a Zen, no entanto, que seus olhos haviam sido vendados.

Ele deu dois passos adiante e sentiu uma mudança no ar.

Uma voz mais atrás pronunciou seu nome:

– *Temurezen*...

O rapaz se virou. Aquele rosto de novo, na escuridão. A carne pálida e morta, as órbitas oculares vazias, a língua para fora, os tufos de cabelo. E, nas mãos – com unhas podres e a pele azul –, uma tigela.

O monstro que ele havia visto no dia anterior.

Zen sacou a Fogo da Noite e golpeou.

– *Temurezen* – a criatura gritou, investindo para o lado. A tigela explodiu contra a parede, e a escuridão se tornou absoluta. Apenas o eco da voz da criatura permanecia, com o fedor vagamente amargo do que quer que houvesse lá dentro. – ...*murezen... rezen... Zen... Zen!*

Zen piscou. Seu entorno entrou em foco com o luar, iluminando as rachaduras nas paredes do palácio e os escombros espalhados pelo chão. Diante dele, encontrava-se uma figura familiar, o cabelo comprido amarrado em um rabo de cavalo simples, os lábios entreabertos em choque, os olhos voltados para a tigela estilhaçada de caldo medicinal aos seus pés.

– Sh-Shàn'jūn?

Zen sentiu que havia acordado de um sonho. Um pesadelo, na verdade. Shàn'jūn abraçou o próprio corpo.

– Eu... não consegui dormir pensando em você sozinho lá embaixo. Então me levantei pensando em levar uma sopa quente, para recuperar seu yáng qì – ele disse, com a voz trêmula. – Perdão, Zen.

Zen embainhou a jiàn e procurou controlar a respiração. Sua vontade era de se ajoelhar aos pés do outro rapaz e implorar pelo perdão *dele*, a única pessoa de sua antiga vida que ficara ao seu lado, que o compreendia. Para retornar aos dias em que suas maiores preocupações eram se o mestre de Textos ia puni-los por não terem decorado antigos versos hins.

– Não, Shàn'jūn – Zen disse. – Eu que deveria pedir perdão. Todo o yīn aqui... a história...

Ele engoliu em seco, sem saber como explicar o monstro com que havia sonhado.

– Eu entendo – Shàn'jūn respondeu, compreensivo. Zen desviou os olhos. Não merecia empatia. Não quando quase havia machucado alguém que já lhe fora importante. – Vou limpar a bagunça.

– Deixe – Zen falou, com mais vigor do que pretendia, então abrandou o tom. – Por favor. Durma um pouco. Eu limpo.

Shàn'jūn hesitou.

– Os elantianos estão se reunindo no deserto de Emarã – ele comentou, e Zen soube que, se o outro estava acordado, era porque queria lhe contar aquilo. – O mestre anônimo retornou de sua patrulha. Eu o ouvi dizer ao mestre Nur que ele sente que os elantianos estão próximos de algo... de alguém. – A esperança brilhava nos olhos do rapaz, atingindo Zen com mais força que qualquer lâmina. – Acha que... acha que existe uma possibilidade de que...

Alguém. Ele sabia muito bem a quem Shàn'jūn se referia. Havia um único alvo além de Zen que faria os elantianos se reunirem como um bando de moscas.

Sòng Lián.

Zen administrava o palácio como administraria um acampamento, atribuindo funções aos discípulos que incluíam garantir comida e suprimentos. Pedira que o mestre anônimo e alguns discípulos mais velhos vasculhassem a área e ficassem atentos a qualquer movimentação das tropas elantianas. O mestre de Assassinos era capaz de rastrear qì ao longo de distâncias impossíveis, de ouvir sussurros no modo como o vento se alterava, as árvores balançavam e os rios corriam.

Se o mestre anônimo não lhe transmitira a notícia, era porque se tratava de um segredo que pretendia guardar para si.

Zen tinha seus próprios segredos. Por exemplo, que eles não eram os únicos sobreviventes da Escola dos Pinheiros Brancos. Que Chó Tài, o invocador de espíritos que Shàn'jūn amava, continuava vivo.

E que Zen havia salvado Lan aquela noite.

Ele não se sentia capaz de olhar nos olhos do amigo. Então olhou para a entrada aberta, para as estrelas que piscavam no céu escuro feito tinta.

— Por que está me contando isso? — perguntou.

— Porque... se Lan estiver viva... — Shàn'jūn engoliu em seco. — Se estiver viva, talvez ela precise de ajuda.

Zen fechou os olhos por um momento. Era típico do discípulo de Medicina, sempre tão amável, pensar aquilo.

— E, se Lan estivesse viva, você me deixaria por ela?

Os lábios de Shàn'jūn se entreabriram. Ele hesitou, porém Zen já sabia a resposta.

Zen se virou abruptamente e seguiu para a porta. Sentia os olhos de seu antigo amigo fixos nele, a resposta silenciosa à sua pergunta pairando tensa entre os dois – assim como o apelo que Shàn'jūn havia feito.

Talvez ela precise de ajuda.

Do lado de fora, as estrelas cintilavam no céu feito moedas. Zen se lembrou de uma história que sua mãe contava, um mito sobre um reino além daquele, além do Rio da Morte Esquecida e das Nove Fontes da Imortalidade, onde a alma dos mortos ia descansar. As estrelas eram as guardiãs do véu entre este mundo e o outro, imortais que haviam cedido seu núcleo de qì e sua alma em nome de resguardar a paz.

Zen se perguntou o que o aguardava no outro reino.

Ele inclinou a cabeça na direção do luar que se derramava dos céus e exalou, o ar condensando ao sair.

A verdade era que um plano tinha começado a tomar forma em sua mente assim que Shàn'jūn lhe dera a notícia. O que restava do *Clássico dos deuses e demônios* estava bloqueado por um selo criado com o poder da Fênix Escarlate, um selo tão impressionante que nem mesmo a Tartaruga Preta era capaz de produzir seu contrasselo.

Os mapas estelares que ele havia transcrito a partir da música da ocarina de Lan estavam amassados pelo uso. Zen desviou os olhos do quadrante onde a Tartaruga Preta se localizava – constatando que nunca deixava de sentir culpa ao pensar em como Lan se sentira traída quando descobrira as intenções dele de canalizá-la – e se concentrou no quadrante que apontava a localização da Fênix.

Para encontrar o ponto que o mapa indicava, era preciso deduzir que parte do mundo correspondia à vista do céu noturno representada nele. Em seu período na escola, Zen não dera grande importância à Arte da Geomancia, que incluía astrologia. A julgar pelo mapa estelar, ele imaginava que a Fênix Escarlate se encontrasse a sudoeste do palácio.

Em algum lugar do deserto de Emarã, se seus cálculos grosseiros estivessem certos.

As sombras junto aos pilares da entrada se alteraram, abrindo-se para revelar um homem que poderia ter sido esculpido nelas. Era impossível afirmar de onde ele vinha, porque não havia nenhum lugar ali onde pudesse ter se escondido. Mas era precisamente esse o talento do mestre de Assassinos.

Zen cerrou o maxilar quando o mestre anônimo surgiu à sua frente. Seu primeiro instinto foi pegar a jiàn, porém aquilo seria ridículo, porque o homem estava do seu lado. Aos olhos semicerrados dele, no entanto, nada passava despercebido. Eles correram para a cintura de Zen, para o breve movimento de seus dedos. Para o mapa estelar que o rapaz segurava e o livro que tinha debaixo do braço.

Zen se perguntou quanto de seu ataque contra Shàn'jūn o mestre anônimo havia visto. Tinha a desconfiança paranoica de que aquele homem dominava a arte impossível de ler mentes.

Não tão impossível, a Tartaruga Preta sussurrou. Sua sombra permanecia em um canto da mente de Zen. *O qì, como você bem sabe, não se limita ao reino físico. Restam alguns poucos com a habilidade de sentir o qì das emoções. Dos pensamentos. Das almas.*

Zen engoliu em seco e inclinou a cabeça.

– Shī'fù.

Não importava o quanto alguém subisse na hierarquia, seus antigos mestres de prática nunca deixavam de ser seus mestres – mesmo que agora Zen detivesse toda a autoridade.

– Então o discípulo de Medicina informou você – o mestre de Assassinos disse, sua voz como o vento em uma noite sem estrelas.

Não era a primeira vez que Zen ficou sem saber como responder.

– Posso ajudar com algo? – ele acabou perguntando, mantendo um tom neutro.

– Dispense seu deus-demônio – foi tudo o que o mestre anônimo falou.

– Você não me dá ordens.

– Passei onze ciclos como seu professor. Se tivesse alguma intenção de prejudicá-lo, você não estaria aqui hoje.

O tom de voz suave do mestre anônimo só tornava mais difícil discernir se aquilo era uma ameaça ou uma tentativa de conciliação.

Zen cerrou os dentes, porém fez a vontade do mestre, interrompendo sua conexão com a Tartaruga Preta.

As sombras pareceram se retrair. O ar pareceu se aliviar. Qualquer cautela que ele sentisse em relação ao outro se dissipou.

O mestre de Assassinos piscou.

– Você também sente.

Zen manteve a expressão neutra.

– Não sei do que está falando.

– O que levou você a atacar Shàn'jūn?

– Não sei do que está falando – o rapaz repetiu, sentindo um aperto no peito. – Foi apenas um susto.

– Então você não vivencia coisas que o fazem questionar o que é ilusão e o que é realidade? Talvez uma voz na escuridão, um rosto nas sombras, uma criatura fechando o cerco sobre você?

Os pelos da nuca de Zen se arrepiaram, e ele pensou na criatura monstruosa com órbitas oculares vazias e pele apodrecida. A sensação era de que ela sempre o observava, fora de vista, entre os mundos do yáng e do yīn, da vida e da morte.

A resposta deve ter ficado clara em sua hesitação, porque o mestre anônimo se aproximou.

– Trabalhei para o palácio imperial. Conheço os efeitos da possessão demoníaca. Especificamente, os efeitos de tanto yīn no equilíbrio do seu núcleo de qì. Se não quiser perder a cabeça para o deus-demônio em seu interior, precisa agir agora, antes que seja tarde demais. – Ele deu outro passo à frente. – Sua busca pela Fênix levará você para o oeste, mas gostaria que levasse algo mais em consideração. No passado, houve um clã que guardava as verdades deste mundo.

O mestre anônimo virou o rosto para o corredor escuro que levava às masmorras e aos segredos que os mansorianos haviam enterrado nelas, todas as histórias perdidas ao longo do tempo, depois prosseguiu:

– Diziam que a família imperial o consultava, e foi ficando cada vez mais poderosa com os segredos que lhe eram revelados. Com a ajuda desse clã, ela foi capaz de manter a sanidade ao mesmo tempo que canalizava um deus-demônio, o que lhe permitiu governar ao longo de dinastias. Com a ajuda desse clã, a família imperial obteve acesso aos segredos dos deuses-demônios.

Por fim, o mestre ergueu os olhos para encarar Zen. Havia certa dose de pena neles, além de algo que parecia empatia.

— A mente de seu bisavô foi engolida pelas energias yīn da Tartaruga Preta rápido demais. Esse é um fardo pesado a se carregar, Xan Temurezen. Há um motivo para os antepassados da prática defenderem o equilíbrio como o Caminho. Yīn em excesso é capaz de envenenar o qì. Torná-lo instável.

Instável. Zen pensou no último ato de Xan Tolürigin, no sangue inocente que derramara e manchara sua reputação. *Loucura*, o povo cochichava. *Possessão demoníaca.*

Mal puro.

Ele segurou o punho da Fogo da Noite com mais força.

— Quanto tempo a família imperial teve antes de ser consumida? — perguntou.

— Não me entenda mal — o mestre respondeu. — O fim de um pacto demoníaco é inevitável. Mas eles conseguiram viver em controle da própria mente. Foi a conclusão a que cheguei, com base em minha observação do médico imperial no tempo que passei no palácio.

Zen, no entanto, não ouvia mais. Não estava no controle.

Ao prometer sua alma à Tartaruga Preta, dera um fim a qualquer esperança que restasse de ter algo que se assemelhasse a uma vida, a um futuro. Jurara entregar tudo o que restava dele — seu corpo, sua mente, sua alma — para recuperar aquela terra de seus colonizadores e devolvê-la aos 99 clãs, de quem nunca deveria ter sido tirada.

O Zen de um ciclo antes — rígido, disciplinado, sem qualquer outro desejo no mundo — não teria nenhum arrependimento.

Isso até que seu caminho se ligasse irreversivelmente com o de uma cantora de casa de chá do sul. Quando Zen sonhava, quando pensava nos lampejos de alegria que conhecera na vida, suas lembranças dançavam com ela — com Lan. Naquele pequeno vilarejo nas montanhas, protegido do mundo pela névoa e pela garoa, uma nova esperança criara raízes dentro dele.

Talvez... só talvez... houvesse uma maneira de usar o poder da Tartaruga Preta sem perder a mente — pelo menos por mais certo tempo. Talvez ele pudesse recuperar aquela terra *e* viver para governá-la, para ver os clãs se restabelecerem e os praticantes voltarem a caminhar pelos rios e lagos de outrora.

E talvez, só talvez... ele pudesse fazer tudo aquilo com a pessoa que amava ao seu lado.

A esperança era algo cruel. Havia se esforçado ao máximo para apagar aquelas brasas, mas bastaram as palavras do mestre anônimo para que elas voltassem a arder.

– Onde fica esse clã? – Zen perguntou.

O homem não pareceu surpreso. Era como se seus olhos astutos tivessem observado cada pensamento que se passara pela mente de Zen.

– No deserto de Emarã, perto dos limites deste reino, fica a Cidade dos Imortais. Nakkar, que já foi habitada pelo clã yuè.

Zen havia se deparado com referências esparsas aos yuès, que agora eram vistos quase como míticos.

– O clã yuè se extinguiu há muitas dinastias – ele afirmou.

– Eles desapareceram – o mestre anônimo o corrigiu. – O clã yuè conhece os segredos da imortalidade, dos reinos que pode haver além do nosso. Quando mortais começaram a buscar esses segredos para satisfazer a suas próprias ambições, esse fardo se tornou pesado demais. E eles simplesmente desapareceram. No entanto, dizem que, em noites de lua cheia, quando o yīn é mais forte, os limites entre nosso mundo e os outros, o mundo dos espíritos, dos fantasmas, das almas, se confundem. Talvez você possa encontrar respostas em Nakkar.

As faíscas de esperança pegaram fogo. Nakkar. Uma cidade real. Qual seria a sensação de controlar de fato o poder da Tartaruga Preta, sem temer por sua própria sanidade, sem sentir como se o tempo fosse areia escorrendo lentamente por uma ampulheta, até o fim inevitável?

– Por que está me ajudando? – Zen perguntou.

O mestre anônimo o encarou, inexpressivo.

– Por conhecimento de causa. Você age em nome do que acredita ser o bem maior. Já fui o mestre de Assassinos da corte imperial e tirei vidas em nome do bem maior. Mas o que é o bem maior? Quem decide? Quem detém o poder. Não tenho como impedi-lo, no entanto, posso oferecer orientação e conselhos na esperança de que encontre o melhor caminho. Seria de se esperar que, por se tratar de um discípulo de Dé'zǐ, você seguiria os ensinamentos dele. Aprenderia a fazer escolhas por amor, e não por ganância ou ódio.

Foi como se o mestre anônimo tivesse cortado Zen com uma lâmina quente, tamanho o impacto de suas palavras e a lembrança que evocavam. Dé'zǐ, deitado em uma poça de sangue, olhando para Zen.

Espero que suas escolhas sejam guiadas pelo amor, e não pela vingança. Espero que se lembre do quanto o poder pode custar.

– Espere – Zen disse, porém o mestre anônimo já havia desaparecido por onde viera, sem qualquer movimento no ar ou nas sombras. Ele ficou sozinho, atordoado sob o céu estrelado.

Tinha uma longa jornada à sua frente, para encontrar a Fênix Escarlate e acessar a segunda metade do *Clássicos dos deuses e demônios*. E, quando fosse bem-sucedido nisso, precisaria do poder da Tartaruga Preta para invocar o exército de Cavaleiros da Morte e liderar a guerra contra os elantianos.

Não poderia fazê-lo enquanto perdia a mente aos poucos. Os cacos da tigela permaneciam no corredor, o caldo agora frio. Zen sentiu intensamente a ausência de Shàn'jūn.

Seus olhos se voltaram para sudoeste. Haveria uma resposta para a pergunta aparentemente irrespondível na cidade outrora governada por imortais lendários? Seria ele capaz de usar o poder do deus-demônio sem perder a sanidade?

E se fosse o caso... haveria algo depois daquilo tudo, uma vida em que passaria o restante de seus dias em um vilarejo na montanha, em meio à névoa e à chuva, com Lan?

Para descobrir, Zen precisava ir à Cidade dos Imortais.

Ele se abriu para o qì do deus-demônio e o sentiu percorrendo seu interior. Um selo de portal se abriu à sua frente: uma cidade no deserto, sob uma lua nítida, envolta na chama preta de seu qì.

Sem olhar para trás, Zen o atravessou.

6

*Existem poucos registros dos yuès além
de contos dispersos espalhados por caçadores,
praticantes que buscavam os segredos da imortalidade
e dedicavam sua vida à procura de uma abertura para
outro reino na Cidade dos Imortais.*

Vários autores, Estudos sobre os 99 clãs

A conversa dos clientes e o aroma de especiarias preenchia a kè'zhàn iluminada por uma profusão colorida de abajures de latão, lustres de teto e lanternas hins. Lan desceu os degraus de madeira da estalagem e escolheu um assento próximo ao balcão, entre um joalheiro achaemano e um comerciante endirano que discutiam o preço do lápis-lazúli e da canela.

Era a segunda noite deles em Nakkar. Na anterior, com medo de serem reconhecidos pelos elantianos, os três haviam entrado às pressas na primeira kè'zhàn disposta a recebê-los apesar do canto da areia. Lan e Tai haviam se dedicado imediatamente a Dilaya, ele experimentando todos os selos curativos que aprendera com Shàn'jūn, ela convencendo o cozinheiro a fazer caldo de galinha com ginseng e depois levando as colheradas aos lábios ressecados da outra garota. Por sorte, os ferimentos da matriarca jorshen eram menos físicos e mais relacionados ao qì, por conta da energia demoníaca opressiva do mó da areia. Ao nascer do sol, a cor já retornara a suas bochechas. Exaustos, Lan e Tai haviam se deitado em uma cama de palha e dormido.

Agora era noite. Mais cedo, as ruas tinham sido ocupadas por lonas de todas as cores e padrões, onde comerciantes expunham sedas e sais, perfumes e pergaminhos, marfim e tintas, todo tipo de produto imaginável. A cena lembrara Lan do mercado noturno de Haak'gong, onde ela no passado oferecia mercadorias e visitava um velho doente que vendia contrabando em uma lojinha decadente.

Lan pediu uma tigela de caldo de carne com macarrão, cuja massa era puxada à mão. Dilaya se encontrava no andar de cima, aos cuidados de Tai, porque seria fácil reconhecê-la, considerando o tapa-olho e a manga esquerda vazia. Além disso, Lan também estava mais acostumada "a se misturar com os outros". Dilaya fungara e dissera, com a arrogância que lhe era característica:

— Vá usar sua lábia para alguma coisa de útil.

Boatos sobre o ataque de um demônio da areia tinham se espalhado rapidamente, embora permanecesse um mistério como alguém havia sobrevivido para contar a história. Pelo visto, vinham ganhando força os protestos contra o regime elantiano e o fato de que haviam acabado com os praticantes hins, que antes viajavam pela Trilha de Jade combatendo espíritos, demônios e monstros. Agora a Trilha de Jade e o Último Reino se encontravam vulneráveis, e comerciantes de reinos vizinhos hesitavam cada vez mais em arriscar sua vida ali.

— Não costumava ser assim — o estalajadeiro comentou. O jovem poliglota parecia ser fluente em todas as línguas faladas na kè'zhàn e tinha cabelo escuro e pele bronzeada por conta da exposição ao sol. — Não quando os praticantes hins caminhavam sobre os rios e lagos. Eles nos protegiam.

Lan deu uma olhada nas tiras de papel dourado grudadas à porta com cola de arroz. Inscrições feitas com cinábrio cascateavam à luz das lamparinas. Ela já havia visto aquele tipo de dístico em lares em vilarejos remotos, muitas vezes em lugares discretos, para passar despercebidas. O papel folheado a ouro, para quem podia pagar, imitava o fú amarelo que os praticantes usavam, os caracteres escritos em vermelho e encerrados em círculos imitavam os selos que os praticantes escreviam com o próprio sangue. É claro que não havia nem um grama de qì naqueles dísticos em papel, porém as superstições tinham sua maneira de se misturar com o que já fora real.

— Esta taverna é da sua família? — Lan perguntou ao estalajadeiro enquanto comia. O macarrão apimentado com carne estava tão delicioso que ela poderia chorar. — Uma xícara de chá, por favor.

O rapaz entregou um pouco de chá preto fumegante, com um leve perfume de canela e rosas, a Lan e disse, orgulhoso:

— Cuidamos da Nuvem de Areia Fragrante desde antes do Primeiro Reino.

Era impressionante como a história sobrevivia nas pessoas comuns, que suportavam as mudanças do tempo com resiliência. Se Lan procurava um palácio no deserto onde a família imperial tentara enterrar seus segredos, não havia maneira melhor de começar que perguntando àqueles cujas famílias e cujos lares sempre tinham estado ali.

Ela arregalou os olhos e se inclinou para a frente, com as mãos envolvendo a xícara de chá.

– E as histórias são verdadeiras? – Lan questionou. – Meus tios passaram a vida na Trilha de Jade, mas é a primeira vez que venho a Nakkar.

– E com o que trabalha? – o estalajadeiro perguntou.

Ela sorriu e pegou a ocarina.

– Eu me apresento. Vou tocar uma música para você.

A garota soprou o instrumento, seus dedos leves e rápidos ao manipular o qì yáng, transmitindo conforto, alegria e confiança na exata medida para tranquilizar o homem e melhorar seu humor ligeiramente, sem que ninguém percebesse.

Quando ela terminou, o estalajadeiro sorria.

– Você é muito boa – ele elogiou. – As pessoas pagariam um bom dinheiro para ouvi-la tocar. Já tem trabalho por aqui?

– Infelizmente, sim. – Lan deu uma piscadela. – Sou muito requisitada. – Ela voltou a guardar a ocarina na algibeira e se inclinou para a frente, apoiando o queixo na mão. – Esta é mesmo a Cidade dos Imortais?

– Claro. É isso que "Nakkar" quer dizer no idioma hin.

– E há mesmo uma biblioteca ancestral mantida pelos imortais?

– Ah – o homem disse, assentindo. – O Templo das Verdades. Reza a lenda que costumava ficar no pico da Montanha de Luz Öshangma, atrás da cidade. Dizem que seus campanários roçavam as nuvens e que havia uma entrada para outro reino ali.

Costumava ficar. Lan inclinou a cabeça.

– É possível visitar o templo?

Uma expressão curiosa tomou o rosto do estalajadeiro, que não sorria mais.

– Não – ele respondeu, devagar. – Não há mais nada ali. O Templo das Verdades e os monges do clã yuè que eram responsáveis por ele desapareceram centenas de ciclos atrás.

Lan precisou de um momento para processar aquelas palavras.

– Desapareceram? – repetiu, decepcionada. – Como assim? O templo todo se foi?

– Parece que sim – o rapaz respondeu. – Segundo minha avó, um dia, as pessoas subiram até a montanha onde o Templo das Verdades ficava e não encontraram nada além de terra, neve e pinheiros. Ele havia desaparecido, como se nunca tivesse estado lá.

Lan xingou baixo. O homem não a ouviu, porque no exato momento um chamado interrompeu o burburinho na taverna, em uma língua tão dura que rompia a harmonia de todos os outros idiomas que eram falados no estabelecimento.

– *Toque de recolher!*

Lan se deu conta tarde demais de uma mudança no ar, da pressão fria e agourenta do qì metálico invadindo lentamente a multidão alegre da kè'zhàn. Dois soldados elantianos haviam entrado, e agora se encontravam vários passos atrás dela, que permanecia à sua mesa próxima ao balcão.

– Não se preocupe – o estalajadeiro disse, parecendo ter sentido o desconforto de Lan. – Eles não vão incomodar ninguém. Não seria bom para as relações comerciais assustarem os comerciantes de outros reinos.

Mas não fora aquilo que a paralisara. Os dois soldados elantianos passavam de mesa em mesa, apontando para o retrato de uma moça no pergaminho que tinham nas mãos e falando baixo com os clientes. Um retrato acima do qual estava escrito o nome *dela*: SÒNG LIÁN.

Seu coração batia tão rápido quanto o de um coelho. De repente, era como se seu deus-demônio, suas habilidades de praticante e a Arte da Música sumissem e ela voltasse a ser uma menina impotente de uma casa de chá em Haak'gong, obrigada a suportar os dedos cruéis e os olhos verdes se divertindo.

Lan deixou seus palitinhos de lado e entregou algumas moedas ao estalajadeiro.

– Pode ficar com o troco.

Quando já ia embora, ele a chamou:

– Espere, senhorita!

O chamado atravessou a kè'zhàn, e Lan congelou. De canto de olho, ela notou que a atenção dos soldados elantianos se voltando em sua direção.

– Não é seguro lá fora, ainda mais à noite!

Lan baixou a cabeça e se virou de modo a ficar de costas para os soldados.

– Por que não? – perguntou, mas mal ouviu a resposta. Com seus sentidos aguçados para o qì em volta, ela identificou uma movimentação entre os elantianos, as armaduras de metal se aproximando. Eles pararam na mesa ao lado.

Diversas opções dispararam por sua cabeça. Dilaya e Tai estavam seguros no andar de cima, ou pelo menos mais seguros que ela, que poderia ser descoberta bem ali. Como o estalajadeiro havia dito, os elantianos não aterrorizariam comerciantes estrangeiros, para não azedar as relações comerciais. As escolhas mais seguras eram ela se esconder ou sair da kè'zhàn.

– É noite de lua cheia – o rapaz explicou, e algo em seu tom a fez parar. – Em noites de lua cheia, as pessoas dizem ouvir coisas lá fora que... não estão lá. É diferente para cada um. Alguns clientes disseram ter ouvido os lamentos de amantes há muito mortos. Outros, o tique-taque de um relógio, um sino tocando, crianças cantando no escuro... E por aí vai. – Ele baixou a voz. – Você estava procurando a Cidade dos Imortais. Bom, alguns dizem que essas ocorrências se dão quando os imortais do Templo das Verdades retornam como fantasmas para assombrar Nakkar... e que a Cidade dos Imortais ressurge em nosso mundo.

Os soldados elantianos agora se encontravam virados para o outro lado, debruçados sobre uma mesa. Lan conseguiu abrir um sorriso trêmulo para o estalajadeiro.

– Se encontrar as tais crianças cantando, vou me juntar a elas. Estou atrás de clientes para quem me apresentar. Nos vemos logo!

Ela saiu pela porta da taverna, sem dar ao homem a chance de dizer mais nada.

O medo que lhe subira pela garganta se apaziguou um pouco assim que adentrou o manto da escuridão do lado de fora, a noite iluminada apenas pelo brilho branco e sinistro da lua parcialmente encoberta no céu nublado. O vento frio do deserto uivava contra as paredes caiadas. As ruas agora vazias não contavam mais com as lonas coloridas do mercado diurno; não havia nem um sinal das pedras preciosas, das ervas amargas e das especiarias em pó. As kè'zhàns e casas de vinho tinham apagado as lanternas e fechado as portas, de modo que a única luz era a que bruxuleava por trás das janelas de papel, que deixavam passar ocasionalmente risos ou uma cítara tocando.

Lan se recostou à taverna, sentindo a parede castigada pela areia no couro cabeludo, e procurou respirar para acalmar as batidas frenéticas de seu coração. Ao longe, via-se a Montanha da Luz Öshangma, seu pico nevado desaparecendo entre as nuvens.

– Ei! Você!

Ela sentiu as palavras em seu sangue. Quando se virou, deu com dois outros soldados elantianos, as armaduras de metal brilhando, vindo em sua direção desde o outro lado da rua. Lan precisava ser cautelosa. Havia visto um bom número de soldados na noite anterior, porém apenas nos portões e nas muralhas da cidade. As ruas tinham parecido livres deles.

De repente, as figuras que havia visto delineadas contra as dunas e o horizonte lhe voltaram à mente. A sensação de que olhos frios vasculhavam seu rosto. Era como se um laço se fechasse em volta de seu pescoço agora. O maior número de soldados. Os dois na taverna, com o retrato dela.

A Cidade dos Imortais não era segura para Lan e seus companheiros.

De canto de olho, ela notou um brilho prata. Os soldados elantianos continuavam vindo em sua direção.

– Já passou do toque de recolher – ela os ouviu dizer, porém sua mente tinha dificuldade de compreender as palavras elantianas, após tanto tempo distante delas. – Por que está na rua?

De novo, as opções lhe vieram à mente. Sua mão estava na ocarina, sua mente a meio caminho do núcleo do Dragão Prateado adormecido em seu interior. Acessá-lo, no entanto, estragaria seu disfarce. Mesmo que usasse o poder do deus-demônio para garantir a segurança de Tai, Dilaya e dela mesma, depois precisariam fugir de Nakkar... e perderiam a chance de descobrir qualquer coisa relacionada a Shaklahira ali. A cidade seria fechada, a população seria interrogada... Lan pensou no Velho Wei, o vendedor de quem ficara amiga em Haak'gong. Ele morrera nas mãos de um anjo branco só porque havia recebido uma colher de prata dela.

Lan não fazia ideia do que aconteceria caso ficasse ali. Seria possível que a reconhecessem, que relacionassem uma moça sozinha à descrição de uma das praticantes hins mais procuradas do reino? Ou então... A mente dela retornou ao general elantiano que tentara comprá-la uma noite, na casa de chá em Haak'gong. Seus dedos se fechando em volta do pescoço dela, sua risada casual enquanto a enforcava.

Ela olhou rapidamente em volta: uma rua residencial, lanternas apagadas, tudo escuro a não ser pelos lampejos de luz do outro lado das janelas de papel ornamentadas.

Então fugiu. Lan ouviu os gritos dos elantianos acima do *tum-tum-tum* de suas botas e seu coração acelerado. Sentiu o qì metálico das armaduras que a seguiam, o calor do deserto se misturando com o vento frio, vestígios de chá, tecido e especiarias que chegavam pelo ar... e em meio a tudo isso, um qì que pareceu envolver seu queixo e forçá-la a olhar em sua direção.

Um qì tão familiar... e impossível.

Ele saiu das sombras de um beco, desprendendo-se da escuridão feito um pedaço da noite. Sua mão pegando o braço dela e puxando-a consigo enquanto corria.

Lan o seguiu, em parte pelo choque, em parte por instinto. Os gritos dos soldados elantianos ficaram mais distantes, as ruas e casas desaparecendo até que houvesse apenas ele: sua mão na dela, a curva familiar de seu pescoço, o qì de sombra e chamas que ela conhecia tão bem quanto o próprio coração.

Zen estava ali.

Zen estava vivo.

À medida que o choque inicial passava, a lógica retornava, junto das lembranças. Um lago de água escura. Olhos frios, mortos. Uma boca distorcida e cruel, proferindo palavras distorcidas e cruéis.

Eles chegaram ao fim do beco. As portas dos pagodes de vários andares onde se situavam casas de chá estavam abertas, músicas e risadas escapando para o ar da noite com o brilho das lanternas, que delineavam as feições bruscas do rapaz.

Foi o fim do sonho. De repente, ela não suportava tocá-lo. Não suportava a sensação dos dedos dele em sua pele.

Lan puxou a mão de volta. No mesmo movimento, desembainhou Aquela que Corta as Estrelas, a adaga com que Zen a presenteara, e a pressionou contra o pescoço dele.

– Me dê um bom motivo para não fazer isso – ela disse, baixo.

Ele a encarava, com os lábios entreabertos, os olhos tão profundos quanto as águas escuras de um lago abismal. O que quer que estivesse prestes a dizer foi reprimido por conta do som de passos – mais uma dupla de soldados, vinda de outra direção.

Zen olhou para cima.

– Ali – ele instruiu, e seu pomo de adão roçou contra a lâmina.

Ela acompanhou seu olhar. Do outro lado da rua havia um pagode bem iluminado. Lanternas rosa tinham sido penduradas dos telhados curvados de terracota, o som de cítara e risadas escapava pela porta aberta. CASA DAS ORQUÍDEAS ÉBRIAS, uma placa de jacarandá anunciava.

Os passos ficaram mais altos, ecoando pelo beco. Encurralando-os.

Lan deu as costas para Zen, guardou a adaga nas dobras da manga e seguiu para o bordel. Sedas magenta encostaram em seu rosto quando ela se agachou para entrar. O aroma pungente de incenso de sândalo misturado com os perfumes de várias flores a envolveu, assim como a visão dos corpos emaranhados nas namoradeiras. Lan passou por cima de um jarro de vinho tombado e de um vestido de seda translúcida jogado no chão para alcançar um canto vazio.

Ela olhou para trás. Quatro soldados elantianos haviam entrado, a armadura pesada de metal destoando das sedas suaves e da carne macia. Não havia dúvida de que estava sendo perseguida.

Era tarde demais para sair. Os soldados impediam a passagem e se aproximavam cada vez mais dela. A qualquer minuto, eles a veriam, uma moça sozinha, em trajes de viagem, destacando-se no estabelecimento.

A mão de alguém se fechou em seu pulso. Lan se virou, com a adaga erguida, mas foi puxada para trás de uma cortina de seda que separava uma seção do bordel. Ela cambaleou, perdendo o equilíbrio por um momento. Seu ombro bateu na parede. Lan endireitou o corpo e se virou para golpear com a adaga.

Zen congelou, de respiração pesada. A lâmina cortou a pele do pescoço dele, a um fio de cabelo de uma artéria importante. As mãos do rapaz estavam espalmadas na parede, uma de cada lado do corpo de Lan. Ela o encarou, e Zen as ergueu lentamente, em um gesto de rendição. Os dois estavam tão próximos um do outro que a roupa dele pressionava contra a dela, o movimento fazendo com que roçasse nos joelhos de Lan.

A garota olhou por cima do ombro dele. Compreendia sua intenção: imitar aquilo que os clientes haviam ido fazer no bordel. Somente Zen seria capaz de fazê-lo com gentileza. Lan odiava aquilo, odiava que ele permanecesse cortês, terno, paciente e tudo o mais que a havia atraído no passado, mesmo depois do que Zen havia feito.

Ela moveu a lâmina ligeiramente, e ele estremeceu. Sangue escorreu pelo pescoço dele.

Parecia impossível, mas o tempo o havia deixado mais bonito, a palidez anormal de sua pele lembrando porcelana fria, os cílios pretos e as sobrancelhas retas similares a pinceladas de tinta. No entanto, também houvera mudanças no rosto que ela conhecera: as maçãs do rosto excessivamente pronunciadas, as olheiras escuras. Algo o mantinha acordado, tornando mais áspero o exterior antes brando.

Ótimo, Lan pensou, com crueldade. Então perguntou, com a voz baixa e seca:

– O que está fazendo aqui?

Os lábios dele se entreabriram.

– Eu... – Zen começou a dizer, então os dois sentiram o cheiro forte de qì metálico chegando. O rapaz ficou em silêncio. Seus olhos escureceram, e por um momento Lan sentiu um qì diferente emanando dele. Um qì demoníaco.

Ela compreendia a escolha diante da qual se viam. O poder dos deuses-demônios poderia destruir com facilidade todos os soldados elantianos por perto. Provavelmente levaria todos os outros junto: os hins, os comerciantes estrangeiros. Os inocentes.

Zen engoliu em seco, parecendo chegar à mesma conclusão. Ele hesitou, seus olhos analisando a expressão de Lan. Devagar, o rapaz baixou os braços como se fosse envolvê-la, porém não a tocou: uma das mãos pairava acima do pescoço de Lan, a outra descansava acima de sua cintura. Ela sentiu o roçar dos dedos dele em sua roupa, a respiração curta misturada à sua própria.

— Você não me respondeu — Lan sussurrou. Ela se perguntou se Zen sentiria seu coração batendo. A pressão do pingente que ele havia lhe dado e que ainda repousava sobre seu peito. Lan devia ter queimado aquela coisa havia muito tempo. — Por que está aqui, *Xan Temurezen?*

Ele estremeceu, quase imperceptivelmente, diante do tom mordaz que Lan usou ao pronunciar seu nome completo. Ela nunca o havia chamado assim.

— Vim a Nakkar atrás de respostas para uma pergunta — Zen explicou. — Então senti você... o qì da sua música.

A música que ela havia tocado para o estalajadeiro, Lan se deu conta, com uma pontada no peito. Zen conhecia seu qì tão bem que a havia encontrado mesmo em uma cidade grande e cheia de gente.

— Então vim até você — ele concluiu.

Lan avaliou seu rosto. O rapaz não estava mentindo. A constatação só lhe trouxe raiva.

— *Por quê?*

Lan viu quando ele engoliu em seco.

— Preciso encontrar a Fênix Escarlate — Zen admitiu, soltando o ar. — O mapa estelar que transcrevemos... preciso que você confirme se a Fênix permanece onde se encontrava semanas atrás.

Atrás deles, do outro lado da seda quase transparente que os separava do restante do bordel, uma moça embriagada proferiu um insulto contra um soldado elantiano, e o comerciante com quem ela estava se agarrando grunhiu algo parecido. O soldado se virou. Seus olhos encontraram os de Lan.

O terror correu por suas veias, ao mesmo tempo ardente e congelante. Lan se lembrou do ocorrido na loja de penhores de Haak'gong, dos olhos verdes como o verão do soldado que havia falado de maneira tão casual e cruel sobre a possibilidade de fazer o que quisesse com ela. Agora, vendo que o soldado se aproximava, Lan tomou uma decisão.

Uma de suas mãos disparou para a nuca de Zen, os dedos se enfiando no cabelo dele. A outra encontrou a bochecha do rapaz. Ela o puxou para si e o beijou, de maneira tão apaixonada e trôpega quanto lhe era possível. Zen soltou um ruído surpreso do fundo da garganta, porém não se afastou.

Por entre os olhos semicerrados, Lan viu os lábios do soldado se retorcerem em aversão. Ela sabia do que os hins daquele bordel provavelmente o lembravam: animais inferiores, presos, alimentados pelo medo e pelo desespero, operando no nível dos instintos básicos.

Lan sentiu quando Zen exalou. As mãos dele a envolveram, os dedos de uma das mãos em sua nuca, a outra em sua lombar. Os olhos do rapaz estavam fechados, e Zen a beijava devagar e com delicadeza, com desejo e uma incredulidade terna. Havia algo de vulnerável e aberto no beijo, que fez com que, por um breve momento, Lan acreditasse nele. A sensação dos lábios de Zen nos seus lhe era tão familiar, tão doce, que ela não pôde evitar voltar a um passado não muito distante em que confiava nele. Em que o amava.

Lan fechou os olhos. A muralha de raiva que havia construído em torno de seu coração rachava diante do sonho que ela outrora conhecera: o sonho de um vilarejo na chuva, as gotas escorrendo pelos telhados de terracota do outro lado das persianas que se abriam para as montanhas em meio à névoa. O rapaz que havia segurado seu queixo como se segurasse seu mundo todo, com gosto de neve, noites sem estrelas... e esperança. O rapaz que a abraçara nos momentos mais solitários e prometera segui-la naquela vida e na outra.

Seus dedos se agarraram ao cabelo dele com mais força. Uma dor surgiu no fundo de sua garganta. Zen havia quebrado sua promessa, estilhaçado a confiança que Lan depositara nele. Com a lembrança do vilarejo na chuva, vinha inevitavelmente a consciência do que acontecera depois. Do que ele fizera. De sua traição, roubando os mapas estelares para encontrar e canalizar a Tartaruga Preta.

Talvez Zen fosse o melhor mentiroso que Lan já tinha conhecido. Talvez ele nunca a houvesse amado, talvez só pretendesse usá-la. E, mesmo agora, ela caía novamente em seus ardis.

Seus olhos se abriram. Os elantianos haviam ido embora.

Ela pegou Zen pelos ombros e virou seu corpo, empurrando-o contra a parede. Em um piscar de olhos, sua adaga apontava para o peito dele.

Zen pareceu em choque. O corte foi superficial, a ponta da lâmina na altura do osso da caixa torácica. Mas com um movimento de mão, uma mudança na pressão, Lan poderia enfiá-la entre as costelas dele, chegando à carne mole do peito e indo direto para o coração. Ela deveria mesmo seguir em frente com esse plano, considerando o que ele havia feito.

Os olhos de Zen se voltaram para o punho da adaga, depois para Lan. Sangue começava a brotar do corte, escorrendo pela lâmina até a mão dela.

O rapaz poderia dominá-la facilmente, mas não se mexeu. Para qualquer pessoa olhando, tratava-se de dois amantes imprensados contra a parede.

Lan olhou nos olhos e começou a dizer, devagar:

– Então você quer que eu conjure os mapas estelares que levam aos deuses-demônios. Como da última vez. Para que você possa... me deixe adivinhar: usá-los para canalizar outro deus-demônio e me trair uma vez mais.

Zen baixou os olhos.

– Não pretendo canalizar a Fênix Escarlate.

Ela franziu a testa.

– Então por que precisa dela?

– Para vencer os elantianos.

– Você já tem a Tartaruga Preta. Use seu poder e lance os Dez Infernos contra eles. Não era esse o plano?

– Não seria o bastante – Zen respondeu. Fosse sua intenção ou não, as palavras tinham uma insinuação clara: Lan também continha um deus-demônio. Se ambos trabalhassem juntos, talvez tivessem uma chance contra seus inimigos.

No entanto, da última vez que haviam dado vazão a todo o poder de seus deuses-demônios, ambos haviam chegado perto de destruir tudo o que lhes era importante. Ao tentar proteger Céu Termina e a Escola dos Pinheiros Brancos dos elantianos, Lan quase havia perdido o controle do Dragão Prateado e arrasado com seu entorno. Os deuses-demônios não eram meras fontes de poder para serem usadas e suprimidas segundo os caprichos daqueles que os continham. Tratava-se de criaturas sencientes com objetivos próprios. Quando seu poder se tornava irrestrito, podiam dobrar a vontade de quem os canalizava. A história havia ensinado aquilo a ambos.

O bisavô de Zen havia deixado aquilo bem claro.

Era por isso que Lan precisava encontrar a Assassina de Deuses, a arma feita para destruir os quatro deuses-demônios. Era a única maneira de proteger seu povo.

Ela voltou à realidade, lembrando-se de como tudo aquilo terminaria, do propósito de sua busca por Shaklahira. Não havia como separar uma alma de um deus-demônio depois que se vinculavam. Caso destruísse os quatro, Lan destruiria a si mesma e a Zen junto.

Esse pensamento fez com que ela amolecesse um pouco. Lan afastou a lâmina do peito de Zen e a segurou contra seu pescoço. O rapaz ficou só olhando. Um cacho de cabelo caiu em seu rosto; o fogo em seus olhos diminuíra.

– Então por quê? – ela perguntou. – Por que está procurando a Fênix?

Zen não desviou os olhos enquanto falava, e Lan odiou a facilidade com que o rapaz baixava a guarda para ela.

– Meu bisavô comandava um exército, que foi preservado por uma magia que a Fênix roubou. Pretendo recuperar essa magia para invocar esses soldados e com eles derrotar os elantianos. Depois vou restabelecer os 99 clãs, e tudo retornará a como era e como deveria ser. – Seus dedos tocaram a mão de Lan na adaga. – Queremos a mesma coisa. Ou estou enganado?

A garota ficou olhando para o sangue que escorria da pele dele, manchando a lâmina da adaga de vermelho. Zen não parecia se importar. Mantinha os olhos fixos nos dela, com uma intensidade ardente, e Lan teve a sensação de que o rapaz deixaria que cortasse sua garganta se ela quisesse.

– O que queremos não importa – respondeu. – O que importa é como chegamos lá. Não desejo derrotar os elantianos apenas para emergir vitoriosa de um caminho sangrento. Não vou usar o poder do meu deus-demônio para vencer esta guerra se inocentes saírem prejudicados.

Ela mesma estava entre aqueles inocentes: era uma pessoa comum, uma moça qualquer de um vilarejo qualquer, um peão em um jogo de xadrez. Não arriscaria mais vidas em nome de uma vitória rápida.

– Nunca houve uma guerra sem que sangue fosse derramado – Zen retrucou. – E nunca se conseguiu uma vida melhor sem uma guerra.

– É assim que você chama os joguinhos de poder dos imperadores ao longo das últimas eras? Os mansorianos derrotando clãs menores para obter poder? Acha que foi tudo em nome de uma vida melhor?

– Foi necessário. Sem poder, meu clã nunca teria chance de se voltar contra o Exército imperial. – Zen inclinou a cabeça. O movimento fez com que a adaga penetrasse mais em sua pele. Sangue escorreu até sua clavícula. – Talvez os poderosos estejam destinados a devorar os impotentes neste mundo.

Uma resposta surgiu nos lábios dela, a lanterna na escuridão que mantinha seus pés firmemente plantados na luz:

– E é dever dos poderosos proteger quem não tem poder.

Eram as palavras de sua mãe, que Lan se lembrava de ter proferido a Zen muito tempo atrás. Ela pensava que os dois compartilhavam dessa crença – e talvez fosse isso que a motivasse agora. Faria uma última tentativa de compreendê-lo. Para verificar se ainda era possível salvá-lo.

– Zen, você acha que os deuses-demônios devem ser destruídos?

Os lábios dele se entreabriram. O rapaz hesitou. Era a resposta de que ela precisava.

Lan recuou. Um ar frio ocupou o espaço entre os dois enquanto ela baixava Aquela que Corta as Estrelas.

– Você vai ter que me matar para conseguir a localização da Fênix Escarlate – declarou, embainhando a lâmina com um movimento decidido. – E da próxima vez, Xan Temurezen, não vou errar. Como você me ensinou.

Lan o deixou ali, sentindo apenas a ausência do qì dele. Quando saiu para a rua, o ar da noite lhe pareceu mordaz e refrescante em comparação com o incenso sufocante da Casa das Orquídeas Ébrias. Lan lembrou a si mesma de que aquela era a realidade. Era melhor encarar a verdade fria e dura do que acreditar em sonhos e ilusões.

Ela piscou. Um som estranho se espalhava na noite. Lento e ritmado, sob os lamentos do vento do deserto, permeando as ruas de Nakkar: os pagodes de telhados curvos e as casas de taipa, os becos e as ruas de terra. Um som que abafava as risadas fracas que emanavam do bordel. Que se sobrepunha à melodia distante das cítaras e dos alaúdes nas casas de vinho, até que o ar parecesse vibrar.

Eram os repiques sonoros de um sino, cada vez mais altos.

As mãos de Lan correram para a ocarina e a adaga em sua cintura. As palavras do estalajadeiro voltaram a ela: *O tique-taque de um relógio, um sino tocando, crianças cantando no escuro...*

Uma rajada de energias yīn varreu a cidade. A lua brilhou mais forte atrás das nuvens.

Os braços de Lan se arrepiaram.

No topo da Montanha de Luz Öshangma, em meio às nuvens densas se movimentando, surgiu a forma de um templo ancestral.

7

*E os imortais dançaram em um jardim de flores
nas nuvens, sob um palácio de jade em meio às estrelas,
suas sombras lançadas sobre a terra apenas
quando a lua brilhava mais forte.*

"Os imortais",
Contos do folclore hin: Uma coletânea

Lan conjurou um selo pequeno com a ocarina, um que trazia o qì das sombras em sua direção, apenas o bastante para permitir que ela se misturasse por completo com os trechos de escuridão oferecidos pelas ruas silenciosas. A garota se esgueirou pelos becos, passando por casas de vinho, tavernas e moradias onde as pessoas já dormiam, até que, de repente, as ruas e casas terminaram e ela se viu ao pé da Montanha de Luz Öshangma.

As montanhas daquele lado do Último Reino eram diferentes de suas contrapartes verdejantes e enevoadas nas regiões centrais: seus rochedos despontavam em picos afiados e implacáveis. A Montanha de Luz Öshangma se erguia impossivelmente íngreme, os zimbros altos ensombreciam quaisquer caminhos que poderiam levar até seu topo, alternando-se com pedras secas até desaparecer nas nuvens.

O coração de Lan martelava. Por um milagre, a história do estalajadeiro era verdadeira; ali, diante dela, estava a chance de conseguir respostas para suas perguntas. A chance de descobrir o caminho para Shaklahira.

Lan olhou para cima. Preocupava-lhe que a montanha fosse tão íngreme, e ela não via uma maneira viável de subir a não ser usando as Artes Leves.

O som dos sinos havia se alterado um pouco, e agora Lan percebia que se tratava de qì que se apresentava em forma de música, vindo do alto da montanha e serpenteando por entre os abetos e pinheiros. Seu tom suave e oco se misturava com o vento. Ela sabia que a melodia na verdade era um selo, uma pergunta aguardando uma resposta. Um semicírculo aguardando sua conclusão.

Quem é você?

Levou a ocarina aos lábios, fechou os olhos e tocou em resposta, pontuando com notas os intervalos da canção fantasmagórica, correspondendo a cada nota como se traçasse uma lua cheia, um círculo completo.

Sou Sòng Lián, sobrevivente do clã sòng, herdeira da Ordem das Dez Mil Flores. Porei um fim aos quatro deuses-demônios e ao círculo vicioso de poder, guerra e carnificina que eles infligiram a esta terra e a seus povos.

A música da ocarina se alterou, tornou-se uma chave para uma fechadura. Diante dela, a superfície da montanha ondulou. A rocha tornou-se translúcida, uma essência que capturava o luar.

Um selo de divisa esquecido.

Lan deu um passo à frente. Cada selo era distinto, e dependia da intenção do praticante e do tipo de qì colocado nele. O selo que protegera a Escola dos Pinheiros Brancos acessava o qì da alma de uma pessoa que tentava passar por ele, com o propósito de garantir que não tivesse más intenções. Aquele selo de divisa, no entanto, parecia ligeiramente diferente; quando Lan passou por ele, sentiu correntes frias de qì, como se pessoas invisíveis sussurrassem a alguns passos dela.

Do outro lado, havia uma espécie de caverna. Degraus de pedra levavam para cima e para fora, desaparecendo na lateral da montanha. Estava mais claro ali; o luar entrava, iluminando murais nas paredes e conferindo a eles uma camada prateada.

As imagens eram de pessoas nas nuvens, envoltas em sedas e faixas esvoaçantes. Entre elas, havia criaturas mitológicas: os deuses-demônios, uma raposa de nove caudas, um lobo com um crânio pelado, um pássaro com quatro olhos. As lendas dos imortais persistiam entre os hins, mas enquanto Lan estudava as figuras flutuando entre estrelas e nuvens em espirais, sentia ao mesmo tempo admiração e tristeza. Quanto da beleza da vida naquela terra os humanos teriam destruído ao longo do tempo?

Enquanto passava de um mural a outro, Lan ficou maravilhada com o nível de detalhes. Havia lido em um dos volumes da biblioteca da escola que os yuès tinham criado murais encantados que podiam se mover, como pinturas que ganhavam vida. Aqueles, no entanto, permaneciam frios e imóveis, gravados em pedra. Perdidos para o tempo.

Lan chegou ao fim da caverna e começou a subir os degraus que sumiam de vista. Sentiu uma risada se formando em seu peito. *Não há atalhos no Caminho.*

Ela invocou seu qì e o dirigiu para as solas dos pés. Então partiu, impulsionando-se para cima, um salto após o outro. Assim, a subida se deu de maneira relativamente rápida, com o vento assobiando em seus ouvidos. Logo o chão se inclinava com suavidade, os zimbros e lariços rareando, a terra pedregosa coberta pela neve. Uma neblina começou a chegar por entre as árvores, lançando sombras sobre tudo. Lá em cima, o ar era quase gelado, e a exalação condensava.

Lan passou a subir mais devagar os degraus polvilhados de neve. O nevoeiro se tornou tão denso que ela sentia a umidade penetrando suas roupas – devia estar tão alto que alcançara as nuvens. O silêncio era tamanho que Lan sentiu que entrara em outro mundo. Havia algo de diferente no qì ali... algo que ela não conseguia determinar.

Alguém começou a cantar em meio à névoa. A música era diferente de tudo o que já havia ouvido, um canto monótono e rítmico. Ela o seguiu.

Mais degraus de pedra apareceram à sua frente, que Lan poderia jurar que não estavam ali antes. Escritos yuès em azul profundo brilhavam sobre eles, feito lápis-lazúli.

A garota continuou subindo, e o mundo se alterou. A neblina à sua volta se dissipou, e foi como se alguém tivesse aberto as cortinas de seda e a janela para outro reino. Se antes a lua parecia uma moeda de prata no céu de tão brilhante, agora a luz do dia banhava, como mel derretido, um palácio resplandecente de jade e pedras claras. Flores de pessegueiro, orquídeas e magnólias balançavam à brisa suave, espalhando seu perfume no ar. O lugar parecia completamente vazio.

Em sua breve passagem pela Escola dos Pinheiros Brancos, Lan havia ouvido falar de selos de portal notáveis, que não apenas transportavam a outro lugar, mas alteravam a realidade de fato. Aquele era um encantamento de um tipo com que ela nunca havia deparado. Enquanto Lan seguia para as portas do palácio, um sino soou em algum lugar, ecoando no silêncio. O vento ganhou força, dispersando as nuvens e revelando dois pilares de pedra, um de cada lado da entrada, com figuras em lápis-lazúli, jade, rubis e outras pedras preciosas – as mesmas que ela havia visto nos murais na caverna. Acima da entrada, havia uma placa de ouro desbotado, com caracteres yuès incrustados de joias. Lan cruzou o limiar e passou pelos pilares, cujas figuras tinham tamanho real. Seus olhos pareciam brilhar e segui-la, embora Lan não soubesse se era por conta da névoa ou apenas sua imaginação.

Ela se encontrava em um longo corredor, que cintilava como se em um sonho. À medida que avançava, seu entorno parecia se tornar cada vez mais sólido. Paredes de alabastro ladeadas por pilares, tetos com as mesmas figuras pintadas nas nuvens, um tapete de fios de ouro que se desenrolava a cada passo que Lan dava.

A névoa ainda se movimentava à sua volta. No entanto, dentro dela, sombras começaram a se mover. Figuras vestidas de seda se ajoelharam, de mãos entrelaçadas, seus sussurros agitando o ar. Sempre que Lan tentava olhar diretamente em sua direção, elas desapareciam.

Uma mulher surgiu à sua frente, usando vestes transpassadas de um azul-celeste profundo, a costura em fio de ouro cintilando feito fragmentos de luz refletindo nas águas frescas de um rio. Em seu encalço, uma faixa ondulava à brisa sussurrante. O cabelo estava preso em um coque elaborado, safiras, jades, rubis e ouro brilhando em seus adornos. O mais impressionante eram seus olhos: de um branco puro, como a luz das estrelas.

Uma imortal, Lan pensou. Ou o fantasma de uma imortal, se a história do estalajadeiro era digna de confiança. O que quer que fosse aquilo – ilusão, imaginação, sonho ou traços da história –, claramente os lendários imortais do clã yuè não haviam desaparecido por completo.

Lan inclinou a cabeça e levou um punho à outra palma, em cumprimento.

— Venerável mestra — ela disse, com educação.

— *Não devemos ser venerados, e não somos mestres* — veio a resposta, ecoando gentilmente pelo corredor. Os lábios da mulher não tinham se movido. Ela continuava a olhar para Lan com serenidade, como se nada no mundo a perturbasse. — *Levante-se, criança.*

Lan obedeceu. Olhou em volta, absorvendo os sussurros sobrenaturais, o movimento das nuvens, as flâmulas tremulando à brisa errante.

— Onde estou?

— *Você cruzou uma espécie de fronteira* — veio a resposta, após um momento. — *Um selo de divisa, composto pelo qì de almas, que preserva tudo o que já foi nosso reino.*

— Qì de almas? — Lan sabia que almas tinham qì, porque Tai podia ouvir as marcas que deixavam para trás. Ela mesma havia se deparado com fantasmas vagando pelo mundo, e uma vez chegara a entrar em uma cena do passado. Porém, nunca ouvira falar em um selo formado pelo qì de almas.

— *O qì de almas, de fantasmas, de todos aqueles que passaram para o outro mundo, além do Rio da Morte Esquecida. Trata-se de um ramo antigo da prática, abandonado desde nosso desaparecimento.*

No entanto, há maneiras de fazer com que aqueles que caminharam neste mundo retornem a ele, de segredos perdidos serem encontrados. A alma dos imortais permanece depois que nosso corpo físico se esvai, guardando todas as verdades do seu mundo e do próximo. Quando o yīn da lua está mais forte, este reino do passado, preservado na fronteira, aparece no seu mundo.

Todas as verdades do seu mundo, Lan repetiu em sua mente.

– Este é o Templo das Verdades? – perguntou.

– *Certa época, foi.*

A imortal aguardou, observando Lan, que baixou a cabeça.

– Então, por favor, me ajude a encontrar o caminho para Shaklahira.

A imortal não disse nada. Parecia estar esperando mais.

A garota engoliu em seco.

– Procuro a Assassina de Deuses, para destruir os deuses-demônios.

– *Destruir.* – A imortal fechou os olhos, pronunciando a palavra com um movimento amplo da língua, como se saboreasse as lembranças das cinzas e da guerra. – *Por quê?*

Lan pensou em tudo o que ela havia ouvido sobre esses seres. Pensou na Ordem das Dez Mil Flores, em seus pais, que tinham arriscado a vida pela causa e para lhe transmitirem esse dever em seus últimos suspiros. A raiva se acendeu dentro dela.

– Os deuses-demônios são o motivo por trás de toda guerra, toda morte e toda destruição que meu reino passou – Lan respondeu. – Desde que os primeiros praticantes xamânicos se vincularam a eles, inúmeras batalhas foram travadas por seu poder, e muito sangue foi derramado. Muitas vidas inocentes foram perdidas. – O posto avançado central dos elantianos, o olhar vazio e corrompido de Zen depois. – Eles são perigosos. Nós, os praticantes, os canalizamos, mas... os deuses-demônios é que nos controlam.

A imortal continuou olhando para ela, impassível.

– *Eles são o motivo da guerra e da carnificina neste mundo?*

– Eles corromperam a família imperial. Deixaram o Assassino da Noite, Xan Tolürigin, louco, fizeram com que ele matasse cidades inteiras de inocentes. É claro que são o motivo.

A imortal ficou em silêncio por um longo tempo. Quando voltou a falar, foi com resignação:

– *Siga para noroeste até a nascente da lua crescente. Quando as estrelas queimarem, você verá o caminho até a cidade, esculpido em suas águas.*

O caminho para Shaklahira.

Em algum lugar, um sino começou a tocar.

O ruído de água correndo tomou conta do templo. O piso de mármore e os tapetes passaram a uma luminescência prateada. Os tetos abobadados começaram a desaparecer, suas figuras de pedras incrustradas, cintilando há pouco, desfizeram-se na névoa. O vento cada vez mais forte ergueu as vestes da imortal. Era impossível tirar qualquer conclusão que fosse a partir de sua expressão quando ela disse:

– A *Assassina de Deuses* não trabalhará para você a menos que entenda a verdade. Toda a verdade.

– A verdade? – Lan repetiu. – Como assim?

– *Para manejar qualquer ferramenta do qì, é preciso compreender a intenção por trás delas. Assim como um selo não pode ser conjurado sem força de vontade e uma compreensão fundamental de como será usado, a Assassina de Deuses também exige clareza de propósito.*

Lan sabia de monges e praticantes que haviam passado a vida toda cultivando seus poderes para destravar um único artefato mágico ou invocar um único selo. Eles haviam dedicado a vida a ler textos filosóficos e entender os caminhos do mundo.

Uma ferramenta do qì, ela pensou. Sempre imaginara que a Assassina de Deuses fosse uma espada, uma adaga, algum tipo de arma. Porém o modo como a imortal falava era vago.

– O que é a Assassina de Deuses e como posso encontrar a verdade? – Lan perguntou, mas suas palavras se perderam com a rajada de vento que atravessou aquele reino. A figura da imortal tremeluziu e ela começou a se dissipar, como uma nuvem à luz do sol.

– *A verdade. Dois lados da mesma moeda. O yīn e o yáng deste mundo. A dualidade da realidade. A verdade, criança, deste conto de deuses e demônios, de demônios e deuses.*

– Espere – Lan pediu, mas o templo já estava vazio, a não ser pelas flâmulas de seda tremulando e da névoa penetrante. Então o próprio templo foi varrido, as paredes de alabastro, os pilares com lápis-lazúli incrustado caindo feito cachoeiras, formando um rio de luz rugindo.

De qì.

Lan se virou para correr, porém a frente do templo não se encontrava mais lá. A noite entrava, o luar brilhando de maneira sinistra no céu. O rio de luz era forte demais, envolvendo-a e puxando-a de volta. Enquanto o templo ruía ao seu redor, o sino tocava em um crescendo, as correntes de qì cada vez mais radiantes, até chegar a um branco ofuscante.

Então tudo sumiu.

Lan se encontrava no topo da Montanha de Luz Öshangma. A escuridão era quase completa, com a lua escondida pelas nuvens. Um vento forte assoviava pela paisagem árida, coberta pela neve. A noite se encheu do fedor do qì metálico.

Ela tentou se mover, porém algo frio a agarrava pelo pescoço, pelos pulsos, pelos tornozelos.

Metal.

Estava ancorada à montanha, o metal saindo das pedras em laços pouco naturais, cravando-se nela.

Um rosto pálido assomou, um talho de sorriso branco que ela conhecia bem demais.

Erascius.

Lan tentou gritar, porém uma tira de metal tapou sua boca.

– Olá, pequena cantora – o feiticeiro real disse, na língua elantiana. Ele se ajoelhou, debruçando-se sobre Lan com aquele seu sorriso terrível, que estava gravado nos pesadelos dela. – É uma pena não poder ouvir sua música agora.

Erascius passou um dedo frio pelo pescoço de Lan.

O terror tomou conta dela, tão opressor que sua visão escureceu e, por um momento, tudo o que Lan conseguia ver era a mão daquele homem segurando o coração vermelho e ainda batendo da mãe dela.

– Posso deixá-la ir – Erascius prosseguiu. – Tenho apenas um pedido a fazer. – Seu olhar se tornou inexpressivo, sua voz, direta e reta. – Quero os mapas estelares que conduzem aos dois deuses-demônios que continuam soltos. Podemos começar com o do Tigre Azul.

O poder que jazia dentro dela, junto a seu coração, se agitou. Um olho gelado se abriu, as pupilas brancas feito gelo, quando o Dragão Prateado sentiu seu medo e o perigo que a cercava. As escamas da cor da neve cintilaram na mente de Lan quando a criatura começou a se levantar.

Não, pensou. *Não lhe dou permissão.* O deus-demônio tinha o dever de proteger a vida dela, e mais nada. Ela não usaria seu poder se significasse colocar em risco uma cidade inteira ao pé da montanha.

Lan procurou manter a respiração sob controle. O pânico se esvaiu e sua mente voltou a funcionar.

Quando capturou Lan e Zen no posto avançado central dos elantianos, Erascius a forçara a lhe entregar os mapas estelares, com a intenção de rastrear os quatro deuses-demônios e se vincular a eles. Mais tarde, quando o exército elantiano atacou Céu Termina, os mestres da escola tomaram a decisão de libertar o Tigre Azul, que haviam encerrado no coração da montanha.

Teria a Fênix se deslocado desde a última vez que Lan conjurara os mapas, ou Erascius simplesmente não havia conseguido localizá-la? Independentemente da resposta, agora o elantiano arriscava a própria vida para encontrar Lan e se assegurar do paradeiro tanto da Fênix Escarlate quanto do Tigre Azul.

Mas... onde estava seu exército? Lan procurou acessar as correntes de qì em torno deles, em busca de vestígios de metal.

– Meu exército está sem armadura, se é isso que você procura – Erascius disse, observando-a de maneira quase analítica. – Pelo que sei, os praticantes hins são capazes de sentir os diferentes tipos de energias que os elementos exalam. O *qì*, correto?

Os dedos dele pousaram sobre a tira de metal que a amordaçava. Com um toque, ela começou a se mover, deslizando pelo pulso de Erascius até desaparecer em um dos braceletes de metal que ele usava.

– Por que está aqui? – Lan perguntou. Seu elantiano era grosseiro, e sua língua se arqueava de maneira desconfortável nas sílabas depois de tanto tempo sem usá-lo. – Sabe que posso matar você. Tenho o Dragão Prateado.

– Então o use.

Ela ficou imóvel.

Erascius sorriu.

– Não vai usar? Imaginei que fosse ser o caso. Igual ao rapaz. Vocês, hins, têm acesso a esse nível de poder e escolhem dar as costas a ele.

O feiticeiro elantiano ergueu uma das mãos. Seus braceletes reluziram sob o luar fraco. Ele apontou para um de cor marrom-avermelhada. Lan notou que ali havia uma gravação, as letras elantianas correndo da esquerda para a direita, na horizontal – algo com que ela ainda não havia se acostumado, mesmo doze ciclos após a Conquista.

– Suposições à parte, vim preparado, claro. Este bracelete é feito de um metal que chamamos de cobre. É um bom condutor da energia que circula pelo corpo humano vivo. Um tipo de qì. – Erascius fez uma pausa e olhou para Lan, para se certificar de que ela estava entendendo. – A gravação é de um feitiço que lancei, interligado às placas de cobre que meus soldados usam. Se eu for assassinado, ele irá se desfazer e meu exército saberá que morri. Então os soldados e feiticeiros estacionados em Nakkar desde ontem acabarão com a vida de todos na cidade. E não pararão aí. Queimaremos esta terra até que não reste mais nada.

Aquelas palavras fizeram Lan gelar.

– Seu *monstro* – ela sussurrou.

– Imagino que seja isso que aqueles que não têm poder sempre pensam daqueles que têm – Erascius disse. – Como seus civis, mortos pelo que sua gente chama de Assassino da Noite. Como seus clãs, quando foram massacrados por seu próprio imperador. Como seu Exército imperial, quando foi dominado pelo nosso. O mundo é assim, Sòng Lián.

Ela odiou a maneira como Erascius pronunciou seu nome – de maneira quase perfeita, o que só a deixava com vontade de arrancar a língua do elantiano. Odiou seu modo de falar, como se houvesse um motivo por trás de tudo o que ele e sua nação haviam feito com ela e seu povo. Acima de tudo, Lan odiou como as palavras dele talvez contivessem um resquício de verdade.

Os olhos de Erascius brilharam quando se inclinou na direção dela.

– E então, pequena cantora? Vai tocar para mim hoje?

8

> *Quem toma decisões no*
> *calor do momento perde a guerra.*
>
> General Haci Ulu Kercin,
> do clã de aço jorshen, *Clássico da guerra*

O perfume de lírios permaneceu com ele até muito depois de ela ter ido embora. Fora fácil conjurar um selo sobre o corte no peito. Lan havia mirado sua caixa torácica, ou seja, osso, e amortecido a conexão dele com a Tartaruga Preta usando uma adaga conhecida por cortar temporariamente o qì demoníaco. A lâmina havia entrado em contato com o qì do rapaz, porém não fora tão fundo a ponto de causar dano permanente. Zen se lembrava de haver treinado com Lan usando aquela adaga, da sensação dos dedos dela nos seus quando ele levara a ponta ao peito e dissera que ela não podia errar.

Lan era a única que não precisava de uma adaga para atingir seu coração.

Agachou-se junto ao muro de uma casa, puxando lentamente o ar gelado da noite, com a cabeça nas mãos.

Ela o odiava. Claro que sim. Zen havia visto seus olhos: magoados, ferozes, implacáveis. Nunca quis vê-la chorar, muito menos ser o motivo de suas lágrimas. Acima de tudo, nunca quis machucá-la.

Zen cerrou os dentes e puxou o ar pela boca. Pensara que havia deixado tudo para trás, que seria capaz de cortar os laços com seu passado e suas emoções pelo bem maior – mas, pelos deuses, o que era o bem maior? Vê-la, no entanto, fora como cutucar uma casca de ferida repetidamente. Beijá-la fora como ar para um homem se afogando. E agora água cobria sua cabeça e Zen afundava.

Jamais devia ter vindo. O que esperava ao procurá-la para pedir ajuda com a Fênix? Zen a havia traído, havia levado o inimigo até a casa que ela aprendera a amar, ainda que por acidente. Havia matado o homem que ela havia acabado de descobrir ser seu pai.

Uma mudança no qì chamou sua atenção, porém não era a pressão agourenta das energias metálicas que os elantianos emanavam. Não. Era uma convocação. Alguém o chamava, do topo da Montanha de Luz Öshangma.

Zen se levantou. Podia ouvir, tão vagamente quanto o assovio do vento: vozes chamando seu nome.

Temurezen... Temurezen...

Ele se arrepiou todo. *Aba*, pensou. *Amu*.

Eram as vozes de seus pais. Derramando-se com o luar tênue que penetrava as nuvens.

Ele seguiu as vozes, como se um fio invisível o puxasse. Era estranho que as ruas haviam se esvaziado em menos da metade de um toque de sino. Não se via nenhum soldado elantiano, como se tivessem sido convocados a se retirar pela noite. Havia também outro qì entremeado às correntes do caminho que Zen seguia, feito uma trama em uma tapeçaria. Um qì familiar, gravado em sua mente com as lembranças de uma risada tilintada, cabelos pretos sedosos e olhos brilhantes e curvos.

Foi só depois que passou por alguns abetos e se deparou com os resquícios de um selo de divisa que Zen se deu conta de que havia algo de errado. O qì do selo se espalhava pelas pedras feito teias de aranha. Não havia sido destravado com o cuidado de um praticante experiente e um contrasselo – fora aberto à força e de maneira canhestra, violentamente rasgado porque não cedia.

Agora Zen também notava outro qì cortando a harmonia da noite.

Metal.

Assim que o identificou, as energias explodiram, cascateando do topo da montanha como uma avalanche. No silêncio lúgubre que recaiu sobre Nakkar, Zen pensou ter ouvido alguém gritar.

Lan.

Ele disparou, sentindo o vento assoviar em seus ouvidos, as estrelas como um borrão no céu enquanto subia os degraus da montanha a toda. Sentia o qì crescendo; na ventania havia uma canção, uma canção familiar, que despertava lembranças nele. Um vilarejo na chuva. Uma moça tocando uma ocarina, o brilho das estrelas refletido em seus olhos.

Zen chegou ao topo da montanha. E o que viu quase o fez cair de joelhos.

Lan se encontrava à beira do penhasco, com algemas de metal nos pulsos e nos tornozelos, presas às rochas. Ela tocava a ocarina, os mapas estelares iluminando o terror e as lágrimas em seu rosto.

Por um momento – apenas um momento –, Zen ficou olhando para os mapas estelares dos quatro deuses-demônios pairando sobre sua cabeça. Para o quadrante brilhando em vermelho, cintilando feito chamas no céu. Para a envergadura de asas e a longa cauda da Fênix Escarlate.

Ele notou que as estrelas no céu começaram a se misturar com as estrelas no mapa.

Então as imagens se apagaram, e uma sombra atrás de Lan se moveu. Zen tirou os olhos do céu, com o mapa da Fênix Escarlate gravado na memória.

Os dentes de Erascius brilhavam feito o reflexo do luar em sua adaga quando ele olhou para Zen.

– Ah – o feiticeiro elantiano fez. – Então nos reencontramos. O que acontecerá desta vez? Finalmente liberará todo o potencial de seu deus-demônio para me matar, *Xan Temurezen*?

Zen havia passado ciclos aprendendo a língua elantiana, para usá-la nas missões que realizava para Dé'zĭ. Ainda assim, ela fazia seu sangue gelar, conjurando lembranças de uma masmorra, de bisturis afiados e de mãos pálidas no escuro.

Ele recorreu ao próprio qì. Ainda era um praticante da Escola dos Pinheiros Brancos. Mesmo sem a Tartaruga Preta, podia lutar.

–Não faça isso, Zen.

O rapaz virou a cabeça na direção de Lan. Naquele momento, nada mais importava. Erascius a havia puxado para si; como cobras, as algemas de metal se desenrolaram dos pulsos e tornozelos dela e retornaram aos braceletes de metal do feiticeiro elantiano. Ele a segurava como uma boneca, como um prêmio, a lâmina pressionada contra o pescoço dela.

O peito de Zen se comprimiu. A fúria se espalhou por suas veias.

– Lan...

– Ele tem soldados por toda a Nakkar – ela disse, com desapego e uma precisão clínica, como se a escolha que discutiam não estivesse relacionada à própria vida. Como se um conquistador não segurasse uma adaga contra sua garganta. – E em outras cidades também. Se resistirmos, pessoas inocentes morrerão.

Que morram, sussurrou a voz vaga em meio à escuridão e à fumaça na cabeça de Zen. *Guerras sempre têm um custo. Para que serve o poder, se não para proteger aqueles que amamos?*

O estômago dele se revirou diante da maneira como seu deus-demônio distorcia as palavras outrora usadas por Lan. Não, ele não iria se tornar Xan Tolürigin. Não iria usar seu poder sem necessidade, não faria sacrifícios despropositados.

– Vocês hins... – Erascius suspirou. – Sempre nobres. Não há poder sem sacrifício. Não há vitória sem morte.

Ele golpeou a têmpora de Lan com o punho da adaga e a empurrou da beira do penhasco.

Zen não pensou. Não piscou. Só reagiu.

O vento rugiu contra seu rosto quando ele pulou atrás de Lan, um borrão de sombras e formas, galhos de árvores e pedras se projetando. Ela mergulhava à sua frente, o qípáo claro esvoaçando ao luar. Zen foi capaz de sentir as energias demoníacas despertando dentro de Lan: a pele começou a emanar um brilho prateado, assim como seu entorno; uma forma sinuosa e grandiosa a envolveu.

Racionalmente, Zen sabia – *sabia* – que o deus-demônio dentro dela salvaria sua vida. No entanto, sempre lhe parecera quase impossível agir racionalmente em se tratando de Lan. De jeito nenhum que ele ficaria assistindo à moça que amava despencando em queda livre.

Zen sempre pularia atrás dela, naquela vida, na próxima e nas dez mil seguintes.

Ele direcionou seu qì para os calcanhares, com a intenção de cair mais e mais rápido. Sentia o qì da terra sólida e das árvores se erguendo para alcançá-lo. Mesmo assim, Lan chegaria ao chão antes que Zen chegasse a ela.

O rapaz cerrou os dentes e se esforçou mais. Estendeu as mãos. O vento gritava em seus ouvidos. O chão se aproximava ameaçadoramente. As pontas de seus dedos roçaram as mangas dela... então Zen a pegou pelo pulso e a puxou para seus braços.

O chão se abriu diante deles. Zen sabia que não morreria, porque o deus-demônio dentro era obrigado a proteger sua vida. Porém lhe restava pouco tempo e pouco espaço antes que a Tartaruga Preta assumisse o controle.

Ele se virou bruscamente, usando o que podia de seu qì para invocar um selo, na expectativa de que seu deus-demônio se manifestasse.

O que não aconteceu.

Com um baque, Zen atingiu o chão. Antes que o mundo se apagasse, sentiu a dor aguda de cada osso em seu corpo se estilhaçando.

9

*Uma vez formados, os deuses-demônios
são seres com vontade e mente próprias.*

Xan Tolürigin, governante do Céu Eterno
e da Grande Terra, *Clássico dos deuses e demônios*

O mundo se reconstituiu, um pedaço por vez, apesar da cabeça latejando de Lan. As estrelas se cristalizaram. Os pinheiros balançavam. As montanhas respiravam. E, sob tudo aquilo, uma corrente de qì corria tão profunda e sombria quanto água estagnada.

Ela sentiu algo quente escorrendo pela têmpora esquerda. Levou um dedo ao local, que voltou reluzindo. *Sangue,* Lan pensou, e as lembranças retornaram. Erascius, as ameaças, os mapas estelares.

Seus olhos encontraram o topo da Montanha de Luz Öshangma. Ela não sentia mais o qì metálico do feiticeiro elantiano. O homem havia ido embora.

Lan não se lembrava de como havia ido parar lá embaixo.

As correntes de qì no ar se intensificaram, atingindo-a em ondas frias e furiosas. *Qì demoníaco.*

Lan se virou. Deitado no chão, a alguns passos de distância, estava Zen. À luz tênue da lua escondida atrás das nuvens, conseguiu distinguir os ângulos estranhos de seu corpo, o sangue se acumulando como tinta debaixo dele, penetrando a terra.

Ela pensou em Erascius a segurando na beira do penhasco, na dor que sentira quando o homem batera com o punho da adaga em sua têmpora. Ele devia tê-la empurrado, em uma tentativa covarde de fugir depois de obrigá-la a revelar os mapas estelares. Sabendo que Zen teria que escolher entre enfrentá-lo e salvá-la.

E Zen havia escolhido salvá-la.

Ela se ajoelhou ao lado dele. O peito do rapaz estava imóvel, o corpo quebrado em centenas de lugares, porém sua expressão era pacífica.

O luar fraco o pintava em tons de preto e branco. Ele poderia estar apenas dormindo.

A respiração de Lan saía entrecortada. Tudo em que conseguia pensar era que havia um cacho de cabelo caído sobre o rosto dele, como acontecia com frequência, e em seu desejo também frequente de afastá-lo. No passado, Lan havia se segurado. Agora, sua mão tremia quando ela prendeu o cabelo atrás da orelha dele. Seus dedos descansaram na bochecha macia, manchada de sangue, cada vez mais fria.

Foi assim que ela sentiu o exato momento em que ele puxou o ar.

Lan se sobressaltou, sua outra mão voando para o cabo da adaga. Os lábios de Zen se entreabriram, e sua respiração seguinte foi violenta, fazendo todo o seu corpo quebrado estremecer. Sangue se acumulou em sua boca. Seus olhos se abriram, insondáveis e infinitamente pretos, o branco engolido pela escuridão. Um qì demoníaco emanou dele quando o deus-demônio se agitou em seu interior. O qì se intensificou, unindo-se até que Lan quase pudesse ver um olho enorme, vermelho como sangue, guerra e morte, se abrir. Uma sombra pairando sobre o corpo de Zen.

– Não. – A palavra escapou de seus lábios quando percebeu o que a Tartaruga Preta pretendia fazer. – *Pare!*

O corpo de Zen começava a se recuperar. Os cortes desapareciam, com a carne se fechando. As partes que se encontravam em ângulos estranhos se endireitaram, os ossos se reconstituíram e os tendões voltaram a se ligar. Era nauseante. Uma *atrocidade*.

Lan desembainhou Aquela que Corta as Estrelas. O qì se alterou; ela sentiu que a atenção do ser se voltava em sua direção. Em resposta, acessou seu próprio deus-demônio.

Dentro dela, o olho azul do Dragão Prateado se abriu para absorver a cena com o que parecia ser uma curiosidade distante. Lan se encolheu ao ouvir a voz dele. *É melhor não interferir nesse pacto demoníaco.*

A garota apertou a adaga com mais firmeza.

– Ele não concordou com isso – Lan disse, com a voz falhando.

Enquanto seu coração bater, o pacto é válido. A menos que...

Ela puxou o ar.

– A menos que o quê?

No entanto, o Dragão Prateado havia desviado seus olhos astutos dela e se retraído, deixando-a sozinha no mar de qì demoníaco.

O pacto. Sempre que Zen usava a Tartaruga Preta, o domínio do deus-demônio sobre seu corpo, sua mente e sua alma aumentava. A Tartaruga Preta poderia ter usado todo o seu poder para impedir que o rapaz colidisse com o chão. No entanto, preferira deixá-lo à beira da morte para inundá-lo de qì e curá-lo. Aquilo exigiria muito mais energia, e, portanto, constituía um caminho mais rápido para dominá-lo por completo.

Lan pressionou a ponta da adaga contra o coração dele. Se atingisse o qì do deus-demônio agora, Zen morreria.

Suas mãos tremeram. A adaga permaneceu onde estava até que o último corte no rosto do rapaz fosse curado. Ele ficou deitado ao luar, a pele parecendo porcelana em contraste com a poça de sangue. Seu peito subia e descia contra a adaga.

Quando Zen abriu os olhos, ainda completamente pretos, Lan soube que era tarde demais para cravar a lâmina na carne macia da lateral de seu corpo. O rapaz olhou para ela, com sangue escorrendo dos lábios. Não restava nada do Zen que Lan conhecera naquele rosto. Quem a encarava de volta era um deus-demônio, sua fúria vingativa temperada pela astúcia milenar que curvava os olhos de Zen. A verdade permanecia entre eles: as estrelas podiam queimar e cinzas podiam chover dos céus, porém faltava a Lan a força para tirar com as próprias mãos a vida do rapaz que amara.

E ela se odiava por isso.

O qì demoníaco se deteve. O preto se retirou dos olhos de Zen até que fosse ele, ele de verdade, que olhava para Lan através da névoa de dor. Seus lábios se entreabriram; Zen estendeu uma das mãos na direção dela.

Lan congelou. Sua mente lhe dizia para recuar, para fugir e não olhar para trás, mas seu coração pedia outra coisa. Os dedos dele, pegajosos de sangue, tocaram sua bochecha. Lan estremeceu e fechou os olhos. Ela se permitiu se inclinar na direção do toque de Zen, ainda que a lista de crimes dele passasse por sua cabeça: *Traição. Assassinato. Prática demoníaca.*

Como se Lan se recordar de todas as coisas terríveis que ele era e havia feito fossem fazê-la odiá-lo como deveria.

A palma de sua mão pareceu gentil e quente à pele dela. Lan conhecia aquele toque, aquelas mãos – dolorosamente familiares e ternas – que nunca a machucariam. Aquele era o rapaz por quem tinha se apaixonado. Ela entrelaçou a mão com a de Zen. Suas lágrimas se tornaram a chuva de uma lembrança, um sonho distante.

Na verdade, era simples.

Lan havia entregado seu coração a um rapaz.

E ele havia entregado a própria alma a um demônio.

Zen não existia mais.

Uma energia pulsava no ar. Zen exalou audivelmente. Havia algo de errado. As sombras e a escuridão voltavam a ocupar o branco de seus olhos.

O poder demoníaco que se retraía agora retornava a toda. A familiaridade do qì dele foi sufocada pelo qì da Tartaruga Preta, que vibrava em suas veias.

Uma náusea fria dominava o estômago de Lan. Se Aquela que Corta as Estrelas era capaz de interromper o qì demoníaco, por que a Tartaruga Preta não havia ido embora como havia acontecido da vez anterior que ela a usara contra Zen e contra si? Por que o qì do rapaz ainda estava sendo dominado pelo do deus-demônio?

As costas de Zen se arquearam, a boca aberta em um arquejo silencioso. O que restava do branco de seus olhos sumiu enquanto ele olhava para Lan, desesperado.

– Vá – Zen conseguiu dizer. – Não... consigo... controlar...

Lan cravou a adaga na lateral do corpo dele. Sangue voltou a escorrer, porém Zen nem reagiu. A lâmina estava completamente vermelha.

O que está acontecendo? A pergunta era dirigida ao Dragão Prateado. *Eu o cortei com minha adaga. Por que o qì da Tartaruga Preta permanece intacto?*

O qì de ambos está começando a se fundir, veio a resposta. *O ser que você chama de Tartaruga Preta se utilizou de grande poder para trazer o rapaz de volta. A conexão entre os dois não pode mais ser rompida com tanta facilidade.*

Zen iria perder o controle. O poder da Tartaruga Preta se tornaria desenfreado, perigoso, e destruiria tudo em seu caminho – como quase havia acontecido em Céu Termina. Alguém precisava impedir.

As mãos de Lan tremiam quando ergueram a adaga sobre o peito de Zen. Ela se esforçou para mantê-las firmes.

Não, veio o aviso do Dragão. Seu núcleo se agitou. Lan pensou ter visto de relance o brilho das escamas se desenrolando às suas costas. *Você não pode matar o rapaz sem provocar a ira da Tartaruga Preta ou dar início a uma guerra contra um dos Quatro.*

Com a respiração entrecortada, ela baixou a adaga lentamente e cortou sua conexão com o Dragão. Sua mente ficou em silêncio.

Não tinha como ajudá-lo. O poder d'Aquela que Corta as Estrelas era ineficaz contra um deus-demônio que começara a reivindicar quem o canalizava. Não, a única maneira de destruir a Tartaruga Preta e libertar Zen era encontrando a Assassina de Deuses.

Invocando todo o qì que podia, Lan se virou e partiu, utilizando-se das Artes Leves. O mundo se tornou um borrão. O olhar de Zen estava gravado em sua mente.

Queremos a mesma coisa, ele havia dito. *Ou estou enganado?*

Não, ela pensava agora, passando uma das mãos pelo rosto. Sua visão se tornou mais clara. *Você não está enganado, Zen. Queremos a mesma coisa, mas escolhemos maneiras diferentes de atingi-la.* Seguir o caminho desgarrado, recorrendo ao poder e à corrupção, em vez de ao equilíbrio, para atingir o bem maior não justificava as ações de ninguém. Os fins não justificavam os meios e o rastro de sofrimento deixado para trás.

Talvez as escolhas deles não importassem. O que os aguardava depois de tudo aquilo era o mesmo final, expresso nos mapas estelares e nos legados que haviam recebido – um conto iniciado e um destino escrito muito tempo atrás.

Os deuses-demônios precisavam ser destruídos.

E, com eles, a alma de quem os canalizava.

10

Assim que desperta, o imperador toma seu caldo, servido em uma tigela de porcelana. Logo seu qì se estabiliza e sua mente clareia, permitindo que ele comece a conduzir os assuntos de Estado.

Rén Fǔ, médico imperial,
Registro das visitas do médico imperial à corte,
Era do Reino do Meio

Ele estava à deriva em um lago de escuridão. As correntes estavam geladas, as águas incomensuravelmente pretas, carregando-o como se ele fosse uma folha em um vendaval. Não conseguia ver nada, não conseguia ouvir nada. Talvez tivesse se tornado uma parte da água.

Havia formas. Fumaça no ar, formando silhuetas à sua frente.

Ele a viu primeiro: o qípáo de seda clara, o cabelo preto na altura do queixo, o sorriso cedendo espaço à tristeza, o brilho das lágrimas. Estendeu a mão para ela, com a intenção de enxugá-las.

Com seu toque, ela se desfez como um reflexo na água, restando nada em seu lugar.

Na escuridão, outras formas vieram. Vozes, ecos. *Temurezen*, diziam. *Temurezen...*

Ele as reconhecia como parte de seu passado, vozes que haviam juntado pó e se reduzido a sussurros em sua mente. Pessoas que agora eram fantasmas. Lá em cima, tão fraca que o rapaz poderia ter deixado passar, uma luz surgiu. Ele começou a nadar na direção dela.

Aba, tentou chamar, porém era um daqueles sonhos em que a voz lhe faltava. *Amu...*

Seus chamados foram engolidos pelas águas, que haviam tomado forma à sua frente.

Xan Temurezen, veio o estrondo familiar, trazido pelas correntes. Sentia a presença do deus-demônio fechando-se à sua volta. De repente, as águas em que nadava não eram águas, e sim grandes ondas de qì. A Tartaruga Preta era um lago, um oceano; e ele era apenas um grão de areia se agitando dentro.

Não. Impossível. O presente começou a se infiltrar em sua mente, com uma dor lancinante nas costas. Entre os surtos de consciência e inconsciência, ele se lembrou de que Lan o havia atingido com Aquela que Corta as Estrelas, o que deveria ter rompido as energias demoníacas em seu interior.

O deus-demônio não deveria estar ali. A mente e o corpo de Zen deveriam ser apenas suas.

Quando o rapaz voltou a puxar o ar, viu-se deitado no chão frio e duro. Ainda era noite, e ele estava congelando.

Havia algo de errado.

Zen não conseguia se mover.

Ele tentou se sentar. Uma força invisível o retinha no lugar, vinda de algum lugar em seu interior. A vontade da Tartaruga Preta dominava seu corpo, mantendo-o imóvel. Ele não estava mais preso em sua mente, mas em seu corpo. O qì do deus-demônio era forte o bastante para controlar sua carne e seus ossos mesmos após a ação da adaga.

Zen sentiu que o deus-demônio sorria, com crueldade, astúcia, de maneira calculada. *Usei grande parte do meu poder para trazê-lo de volta da beira da morte. Nosso qì começou a se mesclar. Nossa conexão não é mais algo que possa ser rompida fácil ou rapidamente.*

– Você não pode fazer isso – Zen conseguiu dizer. – Me solte. ME SOLTE!

Sua voz se ergueu, cortante e descontrolada em meio ao pânico.

A Tartaruga Preta dava gargalhadas em sua cabeça. *Muito bem*, o deus-demônio respondeu, e Zen sentiu suas garras começarem a se afrouxar em sua mente. À medida que sua presença se retirava, a criatura o deixou com um comentário final agourento: *Por um preço, jurei proteger sua vida. Não importa o quanto resista, seu fim é inevitável.*

O mundo pareceu clarear. Zen voltou a respirar. Havia muito passara da meia-noite – a hora dos fantasmas. Enquanto estivera inconsciente, nuvens haviam se acumulado no céu, sufocando a lua de maneira a deixar passar apenas uma luz pálida. A Tartaruga Preta havia usado seu poder para estancar o sangramento da ferida na lateral do corpo dele, mas não o bastante para eliminar a dor. Zen se perguntou se aquilo fora intencional.

Ele se pôs de quatro e permaneceu assim por algum tempo, esperando a tontura passar. Sua respiração acelerou, com o sofrimento dando lugar à fúria pelo ardil do deus-demônio.

Zen gritou e socou o chão de pedra com as duas mãos. O qì de sua raiva fez com que ele rachasse. Ofegante, o rapaz ficou olhando para as fraturas em forma de teia de aranha que irradiavam de seus punhos. Lágrimas escorriam por suas bochechas, chegando aos dedos e se misturando com sangue e lama.

Ele detinha um dos maiores poderes daquela terra, daquele reino... ninguém o superava. No entanto, tratava-se de um poder que Zen era incapaz de dominar, que ameaçava sufocá-lo. Sempre soubera do fim inevitável, mas não imaginava que as coisas sairiam do controle tão rápido.

Ainda tinha muito a fazer. Precisava encontrar a Fênix Escarlate, destravar o restante do *Clássico dos deuses e demônios*, invocar o exército que seu bisavô havia liderado. Precisava derrubar o regime elantiano, restabelecer os 99 clãs e reconstruir o legado mansoriano. Ele se atrevera a imaginar toda uma vida à sua frente, uma terra reivindicada, liberdade para seu povo, ciclos passados com sua amada ao seu lado.

Todos os seus planos, tudo com o que sonhara, tinham se transformado em cinzas bem diante de seus olhos.

Encolhido ali, Zen se lembrou de alguém que o havia visto perto daquele desespero. Em Onde as Chamas se Erguem e as Estrelas Caem, o mestre anônimo falara sobre como a família imperial conseguira manter a sanidade ao mesmo tempo que canalizava um deus-demônio. Eles haviam governado de maneira eficaz ao longo de dinastias, com o auxílio do antigo clã dos imortais de Nakkar.

Zen se levantou. No céu, o luar se intensificou, iluminando a neve no topo da Montanha de Luz Öshangma. Fantasmagóricas, as nuvens tocavam o cume, e entre elas Zen pensou ter visto formas se movendo: árvores e templos, a sombra de um palácio grandioso.

As instruções do mestre anônimo lhe ocorreram: *Dizem que, em noites de lua cheia, quando o yīn é mais forte, os limites entre nosso mundo e os outros, o mundo dos espíritos, dos fantasmas, das almas, se confundem.*

O vento ganhou força, trazendo vozes consigo. *Temurezen... Temurezen...*

Os espíritos de seus pais o chamavam do topo da montanha, onde se acreditava que um reino inteiro de imortais vivera, em um palácio de jade. Uma corrente de ar sobrenatural o empurrava naquela direção, e Zen teve a sensação de que, naquela noite, os deuses conspiravam para brincar com o destino daquele mundo.

Como se atraído por uma força invisível, ele partiu na direção do pico, seus passos acelerados pelas Artes Leves. O selo de divisa, rompido pela entrada violenta de Erascius, continuava assim. O qì metálico permanecia no ar, um fedor amargo resultante da magia dissonante dos elantianos. O feiticeiro, no entanto, havia partido.

Quando Zen chegou ao topo, a névoa que envolvia o lugar deixava tudo cinza.

Ele parou, notando que seus pés não produziam som. O qì havia se alterado para algo que Zen não conseguia identificar, algo amorfo, intangível e... novo. Os chamados incorpóreos de seus pais continuavam, atraindo-o na direção da neblina.

O palácio apareceu entre um passo e o outro, como se num sonho. A noite havia retrocedido ao pôr do sol, os tons ardentes de coral no céu contornando as flores e os salgueiros de vermelho. A cor se espalhava pelo chão, transformando os degraus de pedra claros em cornalina, lembrando uma trilha de sangue.

Ele havia visto ilustrações dos supostos palácios dos imortais: amplos e esplêndidos, de jade e outras pedras preciosas, os jardins com flores exuberantes em meio às nuvens. Nas pinturas preservadas nos poucos livros que vira na biblioteca da escola, tais reinos — escondidos por selos de divisa — eram repletos de vida. Os imortais do clã yuè eram retratados em suas vestes longas características, enquanto qí'líns parecidos com cervos passeavam entre as coníferas e espíritos de flores se agachavam em meio às begônias.

O clã yuè conhece os segredos da imortalidade, dos reinos que pode haver além do nosso.

O palácio se encontrava vazio, desprovido de vida. Zen caminhou sozinho ao pôr do sol. As nuvens continuavam se movendo devagar, como um mar preguiçoso. Uma ou duas vezes, ele pensou ter notado algo de canto de olho. Resquícios de fantasmas, ou talvez espíritos, que ainda assombravam qualquer que fosse o reino do passado em que adentrara.

Zen parou diante de portas grandiosas que conduziam a um corredor comprido. A luz do sol entrava, tornando carmesim o tapete antes dourado. Ao fim dele, havia uma figura, apenas uma silhueta em meio a um emaranhado de sedas esvoaçando ligeiramente e uma névoa turbulenta. Os chamados de seus pais tinham cessado.

Talvez você possa encontrar respostas em Nakkar.

Zen passou pelas portas abertas.

11

*A deusa da misericórdia possuía um frasco
com a água da pureza. Uma gota e o movimento de um
galho de salgueiro revelava selos ocultos a quem o portasse.*

O Caminho do Praticante, seção dez: "Artefatos"

A respiração de Lan se espalhava pelas estrelas como fumaça. Uma semana de viagem a noroeste, seguindo as instruções da imortal que Dilaya traduziu para sua luó'pán, havia levado a uma queda acentuada de temperatura e noites mais longas. À medida que viajavam, a agulha da bússola de fēng'shuǐ, que a princípio oscilava, se estabilizara e passara a apontar com firmeza, um sinal de que se aproximavam de seu destino. Lan não entendia como haviam chegado à localização precisa de Shaklahira apontando os oito trigramas para vários símbolos em uma tábua de madeira – uma lua crescente, uma chuva de primavera, um dragão de jade, um pardal vermelho –, porém sabia que se perguntasse a qualquer coisa a Dilaya teria que ouvir uma aula sobre os *Analectos kontencianos* e geomancia.

A partir daquela maldita luó'pán, a matriarca do clã de aço jorshen havia concluído que Shaklahira se encontrava perto da Nascente Crescente, um oásis próximo à fronteira noroeste do Último Reino. De fato, a imortal havia mencionado a nascente da lua crescente a Lan.

Navegar as dunas do deserto de Emarã fora relativamente tranquilo. Não tinham ouvido o canto da areia à noite, e para o norte e oeste as cidades e caravanas rareavam – o que significava que a presença elantiana se tornava uma ameaça distante.

Lan sabia, no entanto, que eles nunca estavam longe de verdade.

Erascius vira os mapas estelares; ela escolhera trocá-los pela vida de milhares de pessoas – por seu povo. Lan e o feiticeiro real tinham se visto em um impasse bizarro: o homem não tinha como machucá-la enquanto canalizasse um deus-demônio, e ela se recusava a usar o poder do Dragão Prateado para matá-lo.

A corrida tivera início. Ao fim, mesmo que Erascius conseguisse encontrar o Tigre Azul e a Fênix Escarlate, Lan os destruiria com a Assassina de Deuses.

Precisava apenas encontrá-la. E estava cada vez mais perto disso.

Cada passo na areia era como se o tempo escorresse sob seus pés – e não apenas na frente elantiana. Sem muito para ocupar a mente enquanto atravessava o deserto usando as Artes Leves, os pensamentos de Lan se voltavam inevitavelmente para Zen.

Ela o deixara ferido, lutando contra o deus-demônio em seu interior pelo controle da própria vida.

Ajoelhada diante do rapaz, com a adaga apontado para o peito dele, Lan considerara suas opções. Tentar matá-lo seria inútil, uma vez que sua vida e sua alma eram protegidas por um deus-demônio. No entanto, enquanto contemplava a perspectiva de cravar a adaga em Zen, ela se perguntara se conseguiria fazê-lo mesmo sabendo que ele sobreviveria.

Agora, Lan pousou sobre uma duna de areia, sentindo uma pontada na lateral do corpo e um nó na garganta. *Não quero que você vá a lugar nenhum sem mim. Neste mundo ou no próximo.*

Ela piscou para conter as lágrimas.

– Mentiroso – sussurrou. Seu hálito se condensou no ar, transformando o céu límpido e o luar claro em uma névoa de prata fria. Lan esfregou o rosto com a mão. A noite voltou a entrar em foco, e só então a garota percebeu algo estranho.

– Dilaya. – Lan dirigiu seu chamado ao borrão que avançava com uma persistência teimosa à sua frente. – Dilaya. Dilaya! CARA DE CAVALO!

A várias dunas de distância, uma silhueta parou e se virou para encarar Lan com uma sobrancelha erguida.

– Não temos tempo para descansar, seu espírito de raposa com pulmões fracos – Dilaya exclamou. – Se o invocador de espíritos que transita entre a vida e a morte todo dia consegue acompanhar, você consegue também.

– Não consigo. E eu não *transito*. – Tai surgiu na duna ao lado de Lan, com a testa franzida. – Eu *ouço* as almas e os espíritos entre a vida e a...

– É modo de dizer, rapaz dos fantasmas – Dilaya o interrompeu, exasperada.

Lan apontou para o céu.

– Vejam só as estrelas.

Dilaya a censurou.

– Vou acabar com você se nos fez parar para olhar as estrelas quando estamos a poucos lĩ de...

— Estão iguais — Tai falou, sem fôlego. — Estão iguais a... um tempo atrás.

— Dilaya — Lan disse, devagar. — Há quanto tempo estamos a alguns lĭ de distância da Nascente Crescente?

A matriarca do clã de aço jorshen inclinou a cabeça para o céu, estreitou os olhos e tentou distinguir os padrões nas constelações.

Depois xingou e bateu o pé com tanta força que parte da duna em que se encontrava se desfez.

Tai levou a mão à algibeira, o que fez seu sino de espíritos cintilar ao luar, e tirou dela um frasco de vidro cheio de água cristalina. Um pedacinho de ramo de salgueiro flutuava nele.

Lan observou o frasco com interesse. No período em que passara na escola, havia lido sobre a água da pureza, abençoada pela deusa da misericórdia, que revelava selos escondidos a praticantes.

Tai abriu o frasco e derramou uma única gota na areia. Ela permaneceu ali por um momento, reluzindo feito uma pérola, depois desapareceu.

Fumaça — ou algo que parecia fumaça — saiu do ponto onde a água estivera. Galhos fantasmagóricos de salgueiro se formaram, as folhas se desenrolando e se erguendo no ar. Logo, havia uma ramaria brilhante de galhos de salgueiro ali.

Tai levou a mão à cintura e protegeu os olhos para fitar o luar forte e a ramaria translúcida que se estendia até onde a vista alcançava, parecendo abranger o tamanho de uma cidade inteira.

— Um selo — ele murmurou, guardando o frasco na algibeira. — Esse tempo todo, estamos andando em círculos por conta de um selo de ilusão.

Lan ouviu um *tum* às suas costas. Dilaya havia aterrissado em sua duna.

— O selo cobre uma área enorme — ela comentou, parecendo em dúvida. — Será difícil conjurar um contrasselo.

Lan diminuiu a importância daquilo com um movimento de mão.

— Não podemos seguir pelos galhos da árvore fantasmagórica de Tai?

— Não. *Não* — Tai declarou, de maneira enfática e a testa franzida para ela.

— Alguém claramente não prestou muita atenção na aula de selos — Dilaya zombou, então começou a explicar, com certa paciência. — O propósito de um selo de ilusão é enganar, e o objetivo foi atingido nesse caso. Faz um sino que estamos andando em círculos sem perceber. Alguns praticantes nunca se dão conta de que toparam com um selo de ilusão e morrem, perdidos e sozinhos.

Ela cerrou os dentes, olhando para as dunas como se fossem as culpadas.

Um pensamento muito diferente ocorreu a Lan.

— Quem quer que tenha conjurado esse selo tinha muito a esconder — ela supôs. — É uma área extensa, de pelo menos alguns lǐ. Grande o bastante para as ruínas de um palácio.

— Você até que tem seus momentos, espiritozinho de raposa — Dilaya disse, o que, vindo dela, poderia ser interpretado como uma forma de carinho.

— Silêncio. *Silêncio* — Tai ordenou, erguendo a mão. Era a primeira vez que Lan o via exercendo autoridade sobre Dilaya. A matriarca do clã de aço jorshen reconheceu a importância daquilo e ficou quieta, observando-o com os lábios vermelhos crispados.

Da algibeira, Tai tirou um sino de bronze, cuja superfície era coberta de espinhos. Com a outra mão, ele pegou um martelo de madeira com o símbolo de seu clã em dourado.

Dilaya grunhiu.

— Míng'zhōng — disse apenas, impressionada.

— O "sino claro"? — Lan perguntou.

— Sim. Companheiro do líng'zhōng, o sino de espíritos de Tai. Míng'zhōng soa apenas quando está voltado em uma direção na qual não há selos.

Tai deu um passo à frente e bateu no míng'zhōng com o martelo de madeira.

O instrumento não produziu som. O vento da noite varreu o deserto. As areias cochicharam. Nuvens apareceram no céu.

Então, de um espaço vazio além das folhas do salgueiro fantasma, uma nota baixa reverberou.

— Sigam — foi tudo o que Tai disse, já andando naquela direção. A ordem não admitia discussão. Muito diferente do de costume, Dilaya foi complacente e caminhou à frente de Lan.

Àquela altura, os galhos de salgueiro conjurados pela água da pureza haviam quase desaparecido. Enquanto os três passavam por suas últimas folhas, o deserto à sua volta se deformava, como vidro sendo moldado. As estrelas se tornaram mais esparsas. A lua crescente se esticou. As dunas diante deles ondularam como se distorcidas por um calor intenso.

Eles se encontravam no cerne da ilusão.

Era vertiginoso ver o chão sob seus pés se alterar a cada passo dado. Eles andavam e paravam em resposta a cada nota do míng'zhōng.

Lan não sabia ao certo quanto tempo havia se passado quando aconteceu. Entre um passo e outro, uma duna se dividiu em duas, depois quatro, depois mais, causando um efeito desorientador. Um trecho de terra plana surgiu, e nele, entre as dunas e o horizonte, viu-se um oásis prateado ao luar.

Dilaya produziu um ruído no fundo da garganta. Tai parou e voltou a bater com o martelo no míng'zhōng.

Daquela vez, ouviu-se uma nota, clara e pura, na direção do oásis.

O luar parecia ficar mais forte com a aproximação deles. No meio do oásis, havia uma nascente em forma de lua crescente – exatamente como a alma da yuè imortal havia descrito. A água se agitava de leve à brisa, brilhando como se capturasse a fluorescência da lua e das estrelas. Lentilhas-d'água mergulhavam com gentileza na nascente, como se dormissem, o farfalhar silencioso carregando os sussurros dos sonhos.

Os três haviam chegado à Nascente Crescente. No entanto, olhando para o oásis sonolento e o deserto vasto e vazio que o cercava, uma pergunta surgiu.

– Onde fica? – Dilaya se voltou para Lan. – Não estou vendo nenhum palácio em ruínas.

– "Quando as estrelas queimarem, você verá o caminho até a cidade, esculpido em suas águas" – Lan repetiu, cada palavra passando por sua língua com todo o cuidado.

– Por que esses imortais gostam tanto de se comunicar através de enigmas? – Dilaya questionou, com as mãos na cintura. – Torna tudo desnecessariamente complicado. É por isso que, no clã de aço jorshen, preferimos falar através de nossas espadas. Não preciso dizer a uma pessoa que ela não me agrada. Posso simplesmente…

Ela concluiu a frase com um movimento de estocada.

– Enigmas – Tai repetiu. – Quando as estrelas queimarem. Quando as estrelas… *queimarem.*

Lan tocou a ocarina sem prestar muita atenção enquanto olhava para o reflexo das estrelas na água. Elas cintilavam feito joias – azuis, prateadas, roxas –, mas certamente não ardiam. Como se fazia uma estrela queimar?

Então a resposta lhe ocorreu.

– "Muito tempo atrás, o Céu se dividiu" – ela sussurrou, recordando a antiga balada. – "Como lágrimas, seus fragmentos foram ao chão. Um pedaço do sol aflorou na Fênix Escarlate."

Sabia quando tinha visto as estrelas queimarem. Lembrava-se vividamente do momento: estava sentada, em um vilarejo banhado pela chuva, e a música da ocarina se ergueu e conjurou quatro quadrantes. Aquele com o mapa estelar da fênix, uma constelação delineada em vermelho no céu noturno, fora o mais próximo que ela havia visto de estrelas queimando.

Era um palpite. Os dedos de Lan se posicionaram sobre os buracos da ocarina. Ela olhou para as estrelas e começou a tocar.

A melodia soou, e o qì formou os mapas estelares. Preto, prata, azul... e depois vermelho. As imagens pairaram no céu e desapareceram. Com exceção de um.

O quadrante da Fênix Escarlate pareceu crescer até se estabelecer como um rio de fogo e espelhar exatamente as constelações acima.

Então, sem produzir som, as estrelas começaram a cair, feito chuva. Dilaya gritou e recuou quando a nascente pegou fogo. Lan, no entanto, permaneceu onde estava, enquanto sua mente girava.

– Um selo – Tai concluiu, pasmo. – As estrelas criaram um selo.

Chamas varreram a superfície da água, criando padrões indiscerníveis. Lan conseguia sentir o qì queimando no fogo, formando ondas. Visualizou aquilo mentalmente, com pressa de decifrar os traços. Porém, antes que conseguisse encontrar algum sentido, o fogo desenhou um enorme anel e o selo se encaixou nele.

Foi como se o mundo tivesse se deslocado e o céu rachado, tamanha a força do impacto do qì que vinha do selo. Um vento forte se formou, uivando e girando sobre o centro da nascente, onde o selo ardia. Dali, emergiu uma criatura de água de rio e fogo, lembrando um pouco uma serpente alada. Seu grito fez uma onda de yīn atravessar Lan.

Um olho azul se abriu dentro dela.

O céu escureceu e começou a queimar de uma vez só enquanto uma maré colossal de água e fogo vinha em sua direção. O qì atingiu Lan primeiro, fazendo-a cair de joelhos. Então ela sentiu as chamas, tão quentes que teve que se perguntar se seria a última sensação que teria antes de morrer.

Tentou pegar a ocarina quando outra onda de água se lançou sobre ela, forte o bastante para quebrar seus ossos.

Mas aquilo nunca a atingiu.

Qì fluiu de Lan para encontrar o demônio da água em uma explosão de luz prateada. Uma rajada de ar frio passou, e ela sentiu a terra tremer sob seus pés.

Quando abriu os olhos, a garota se deparou com uma vista impressionante.

Duas formas sinuosas pairavam sobre ela. O qì do Dragão Prateado se estendia como uma rede sobre Lan e seus amigos, protegendo-os do fogo que chovia do rio-demônio. Ao ver o brilho pálido refletido nos rostos atordoados de Dilaya e Tai, Lan se deu conta de que, daquela vez, seu deus-demônio era visível a todos.

O Dragão Prateado atacou, seu qì explodindo em torrentes de pétalas brancas. O demônio da água gritou quando a garra do Dragão arranhou sua barriga; escamas se desprenderam e caíram na nascente, espirrando água.

Quando o Dragão Prateado se afastou em preparação para outro ataque, ocorreu uma mudança no ar. O demônio da água congelou, com a cabeça inclinada como se ouvisse uma voz ao vento. Depois se curvou para o deus-demônio, jorrando água e extinguindo as chamas. Ele se encolheu, dissolvendo-se até que a nascente o engolisse por inteiro. Onde antes estivera, restavam apenas brasas, bruxuleando fracamente em um padrão. O padrão de um selo.

O crepitar do qì no ar já se acalmava quando o Dragão Prateado se voltou para Lan. A criatura assomou sobre ela, com a cabeça coroando o céu noturno. Lan nunca havia se sentido tão pequena e impotente quanto naquele momento, encarando aquele ser grandioso – aquele deus.

O Dragão Prateado piscou devagar, e Lan se deu conta de que havia cravado as unhas na palma com tanta força que tirara sangue. Mesmo que escondesse seus pensamentos do deus-demônio, ele sentia os ecos de suas emoções.

Se sentia o medo opressivo de Lan, no entanto, o Dragão Prateado não dava nenhum sinal daquilo. Ambos ficaram se observando até que a figura dele bruxuleasse e desaparecesse, como se nunca tivesse estado ali.

– Lan...

Ela pulou quando a mão de alguém tocou seu ombro. Quando levantou a cabeça, deu com Dilaya, de rosto pálido como um fantasma, o pavor claro em seu olho cinza. As duas se encararam por um instante. Lan sabia que pensavam em sua promessa de nunca invocar o poder de seu deus-demônio.

Não tinha sido o caso. O Dragão era obrigado a proteger sua vida. Porém Lan não sabia se Dilaya se importaria. Um deus-demônio solto era sempre um risco.

Tensa, a garota se preparou para a fúria da matriarca do clã de aço jorshen.

Fúria que não veio. A boca de Dilaya só se comprimiu de leve enquanto apertava o ombro de Lan.

– Está tudo bem – ela disse. – Levante-se.

Um grito cortou o ar.

– Olhem. *Olhem* – Tai exclamou, apontando com vigor para o meio da nascente.

As brasas do demônio da água, em suas últimas faíscas, pareciam flutuar abaixo da superfície, onde se desenrolaram como uma pintura.

Uma pintura do palácio.

Ele ficava na beirada de uma nascente que parecia se estender a partir daquela, como se o lugar e o tempo se dividissem. Uma ponte arqueada de pedra a atravessava, com areias douradas de ambos os lados. Luz emanava de lanternas vermelhas que balançavam gentilmente com a brisa noturna, cobrindo de dourado os telhados curvos e os pilares vermelhos do palácio, assim como os pinheiros verdes de seus jardins.

Ali era Shaklahira.

– Não acredito – Dilaya sussurrou, deslumbrada.

Os três se encontravam à beira da Nascente Crescente, olhando para o reflexo que não era um reflexo na água. Para um palácio que haviam pensado que encontrariam em ruínas, mas que permanecia intacto e resplandecente.

Tai se ajoelhou à margem, com as sobrancelhas franzidas e o maxilar cerrado em concentração.

– Um selo de portal – ele murmurou. – Há um selo de portal nesta nascente. De um tipo que nunca vi.

Enquanto o rapaz falava, a superfície da Nascente Crescente parecia se descamar, revelando uma ponte arqueada de pedra no fundo. Musgo cobria as laterais da ponte, e algas cobriam seus corrimões, que exibiam espirais de ouro que não haviam se desgastado com o tempo ou o uso. As águas da nascente se abriram, e aquela ponte se conectou com uma ponte do outro lado.

Era como se os três recebessem as boas-vindas da Cidade Esquecida.

– Pensei que o palácio estaria caindo aos pedaços – Dilaya comentou, virando-se para Tai. Seu tom era neutro, porém Lan sabia que a matriarca do clã de aço jorshen disfarçava sua incerteza. Talvez até seu medo. – Por que as luzes?

Lan olhou para o invocador de espíritos. Seus olhos com íris contornadas de dourado brilharam ao captar o brilho das lanternas distantes, de uma cidade que parecia ter vindo a eles de outro mundo.

– Não sei – ele murmurou, quase que para si mesmo. – Não sei. Mas... devemos começar por ali se pretendemos encontrar a Assassina de Deuses.

Os lábios de Dilaya se tensionaram. Ela e Lan tinham feito o mesmo juramento a suas respectivas mães, que serviam a Ordem das Dez Mil Flores: encontrar a Assassina de Deuses, destruir os deuses-demônios e trazer paz ao povo do Último Reino.

Lan olhou para o céu e externou o pensamento que lhe ocorrera desde que as estrelas haviam começado a queimar.

– A Assassina de Deuses não é tudo o que encontraremos na Cidade Esquecida – ela disse. – Vocês viram o mapa estelar da Fênix Escarlate?

Os dois assentiram, porém apenas a expressão de Tai se iluminou com o choque da compreensão.

– Era igual – ele concluiu, rouco. – Era igual ao céu. A Fênix Escarlate...

Os olhos de Dilaya se arregalaram. Sem dúvida, ela havia estudado mapas estelares em geomancia, na Escola dos Pinheiros Brancos. Quando um deles correspondia ao céu acima, era porque se estava na localização representada, ou perto dela.

Lan levou uma das mãos Àquela que Corta as Estrelas e a outra à ocarina.

– Se não estou enganada – ela disse, em voz baixa –, um deus-demônio aguarda na cidade em que estamos prestes a entrar.

Os três ficaram olhando em silêncio para a imagem do palácio dourado. Não tinham como saber os demais perigos com que se depariam do outro lado da ponte, do outro lado da nascente.

Lan fechou os dedos em torno do amuleto que descansava sob seu qípáo. Tinha se tornado uma espécie de hábito, uma maneira de lembrar da vida pela qual lutava: os primeiros raios de sol atravessando as montanhas enevoadas, o toque de um sino de escola, as vozes nítidas dos discípulos, as promessas do rapaz que a amava. Lembranças que haviam virado cinzas, um passado que ela nunca ressuscitaria – porém talvez houvesse um futuro que ela pudesse construir para o que restava de seu povo, destruindo as fontes de caos que tinham assolado sua terra ao longo da história.

Sòng Lián foi para a ponte arqueada de pedra e iniciou seu trajeto rumo à luz de Shaklahira, a Cidade Esquecida.

12

> *Um jantar imperial deve se dividir em quinze partes e incluir os cinco paladares – doce, azedo, salgado, apimentado e amargo –, representando a harmonia entre os cinco elementos. O equilíbrio deve ser buscado através de um número equivalente de pratos frios e quentes, crus e cozidos, carnes, vegetais e cereais. Eis um exemplo.*
>
> Registros da culinária imperial hin, capítulo 4: "Jantares"

As águas daquele lado do mundo refletiam as mesmas estrelas. O brilho do palácio deixava o céu em um tom cristalino de ametista. À medida que avançava, Lan notou formas sob a nascente: carpas fugindo de sua sombra, com a barriga pálida e as escamas brilhando feito joias.

O lugar como um todo parecia uma cena arrancada do tempo – como se os eventos dos doze ciclos anteriores nunca tivessem acontecido e Lan rumasse para um palácio imperial que ainda comandava o Último Reino. Os jardins verdejantes tinham flores de todos os tipos, de jasmins-do-imperador a narcisos, begônias e azaleias, e pinheiros bem cuidados espalhados uniformemente. A pintura em tons vibrantes de vermelho-alaranjado, com detalhes e verde profundo e dourado, era recente, e reluzia à luz das lanternas.

– Tem algo de estranho – Dilaya murmurou. Ela se mantinha próxima a Lan, com a mão no punho de Garra de Falcão, e o olho cinza sempre alerta ao perigo.

– Pessoas. – O tom grave de Tai era marcado pela urgência. – Tem pessoas aqui.

A luz delineava silhuetas do outro lado da ponte. Conforme Lan se aproximou, conseguiu distinguir duas pessoas com a cabeça raspada, usando uniformes cor de areia. Uma tinha uma lança com as duas pontas em forma de lua crescente. A outra parecia trazer consigo apenas um colar de contas de madeira. Dilaya murmurou:

– Impossível. Parecem monges táng. Um clã de monges guerreiros que se extinguiu no fim da era do Reino do Meio – ela explicou, notando a confusão de Lan.

Entre as duas figuras, havia uma menina. A princípio, Lan pensou se tratar de uma aparição, já que o cabelo dela caía até o ombro em uma cascata branca e seu rosto era liso e desprovido de cor. A menina tinha um nariz delicado e lábios de flor de cerejeira. O mais intrigante era a faixa amarrada sobre seus olhos, com os mesmos bordados que o qípáo que ela usava, um brocado claro em tons de bronze e violeta. A menina segurava um leque na mão direita e outro na esquerda, embora a noite estivesse fria.

Seus lábios se entreabriram quando os três se aproximaram. Lan teve a estranha sensação de que a menina era capaz de ver mesmo com aquela venda.

– Vocês vieram de longe – a menina disse, com uma voz tênue e doce. – Por aqui, por favor.

Lan estava inquieta. Havia um palácio completo e em funcionamento no meio do deserto de Emarã. Habitado por pessoas de um clã desaparecido. Como era possível?

Enquanto seguia a menina de olhos vendados, seus dedos roçaram a algibeira onde a ocarina se encontrava.

Eles foram conduzidos por um lance de escadas feito de uma pedra branca que Lan reconheceu como mármore: um material muito cobiçado, comercializado nos mercados da Trilha de Jade e originário de um reino junto a um mar temperado no ocidente distante. Os degraus brilhavam como se incrustados de cacos de estrelas.

Se antes Lan considerava a Casa de Chá do Pavilhão das Rosas, em Haak'gong, ostensiva, agora se dava conta de que não conhecia o verdadeiro luxo até ver os portões vermelhos grandiosos daquele palácio perdido no tempo e seu interior dourado.

Havia jade, safira, lápis-lazúli e centenas de outras pedras preciosas nas paredes e no teto. Motivos dourados dos quatro deuses-demônios, com outros deuses do panteão hin, reluziam nas cornijas. Pilares vermelho-alaranjados se erguiam como os dedos de titãs.

Ao fim do corredor, havia um palanque dourado e um trono reclinável esculpido em jacarandá amarelo. E que estava ocupado.

Lan sentiu Tai ficar tenso ao seu lado e ouviu Dilaya puxar o ar, surpresa. Eles pararam a cerca de nove passos do palanque – nove, o número de imperadores.

O jovem no trono se levantou, e Lan teve a impressão de estar olhando para um deus. Tudo nele tinha um ar de muito tempo atrás, desde o hàn'fú avermelhado que usava, com suas mangas compridas e esvoaçantes e saia longa, até o caimento do cabelo, sem corte. Ele se abria na testa, revelando um olho pintado em cinábrio. O rapaz tinha altura e constituição medianas, e embora fosse jovem – talvez apenas alguns ciclos mais velho que os três –, havia algo de ancestral em sua beleza, na profundidade de seus olhos. As bochechas estavam coradas como se ele tivesse febre, os lábios vermelhos como se pintados.

A menina vendada subiu no palanque. Lan nem a viu se mover: o tecido do qípáo e da venda farfalharam uma vez, depois retornaram à imobilidade.

– Ah – o jovem fez, e sua voz saiu em um tenor imponente, melodioso e suave. – Que inesperado.

– Digo o mesmo – Lan falou –, ainda mais depois do demônio da água que mandou para nos receber.

A mente dela estava em polvorosa. A última coisa que esperavam encontrar em Shaklahira era algo que parecia o palácio imperial perdido doze ciclos antes. Se a cidade havia sido bem cuidada e mantida em segredo do mundo exterior ao longo de todo aquele tempo, aquele jovem devia ser...

Ele jogou a cabeça para trás e riu. Foi uma risada longa, que ecoou pelos corredores dourados, depois evoluiu para um acesso de tosse. O rapaz se curvou, pressionando um lenço de seda vermelha contra a boca. Quando terminou, endireitou-se, deixando uma mancha escura para trás.

Uma lembrança surgiu na mente de Lan: a tosse reumática de um velho vendedor, sua respiração chiada. Ela sabia o que era tuberculose, uma doença facilmente encontrada em vilarejos hins mais pobres. Como aquele jovem, que vivia recluso em seu palácio de ouro, havia contraído aquilo?

– Pelos Quatro – ele exclamou, descendo os degraus do palanque e olhando demoradamente para Lan e seus amigos. – Que encantador.

– Quem é você? – Dilaya perguntou, parecendo enfim ter reencontrado sua voz.

O rapaz olhou para ela, mas não respondeu à pergunta.

Quem o fez foi Tai.

– Hóng'yì – ele sussurrou.

O nome abalou Lan. Despertou lembranças de doze ciclo antes, de um mundo que até aquele momento parecera perdido. Ela se lembrou de sua casa, das ocasiões em que se sentara com Māma no gabinete para ouvir histórias sobre a corte imperial, o imperador e seu único herdeiro homem, porque a imperatriz e as concubinas haviam se revelado fracas demais para lhe dar outro filho. Pensou nos vilarejos nos dias que se seguiram à Conquista, nos sussurros e nas lágrimas derramadas pelo imperador Shuò'lóng, o Dragão Luminoso, e seu único filho, o herdeiro perdido do Último Reino. Que havia partido cedo demais, jovem demais.

Hóng'yì, Hóng'yì, as pessoas exclamavam. *O jovem herdeiro, o príncipe Vermelho Radiante!*

O rapaz pareceu pensativo.

— Costumavam usar esse nome acompanhado de "sua alteza imperial" — ele disse. — Embora eu tenha perdido o direito ao título. — O príncipe abriu os braços com um floreio das mangas compridas e vermelhas. — Bem-vindos. Zhào Hóng'yì, antigo príncipe e herdeiro imperial do Último Reino, que caiu. Governante de Shaklahira e de todos dentro deste selo de divisa. Espero que Xuě'ér tenha oferecido uma recepção calorosa em meu nome.

Lan permaneceu paralisada pelo choque. Aquele era o herdeiro imperial do Último Reino, em carne e osso. Filho do governante que havia perseguido o clã dela e a família de Zen.

— E então? — o príncipe Hóng'yì continuou, avaliando os três com curiosidade. — Não vai me apresentar a suas amigas, Chó Tài? Faz tanto tempo.

Tudo o que sabia sobre os antigos imperadores Lan havia aprendido com as histórias da mãe, e depois com Zen. Pensava que estavam todos mortos, que haviam se tornado irrelevantes a tudo e a todos. Se o príncipe estava vivo, o que fazia ali, em um palácio no deserto, escondido do mundo, com criados à disposição? Por que não havia lutado pelo Último Reino ou tentado reunir tropas para fazer frente aos elantianos?

Aquilo significava que ele detinha tanto a Assassina de Deuses quanto a Fênix Escarlate? Ou também fora vítima das mentiras da linhagem imperial?

Havia uma única maneira de descobrir.

Os lábios de Lan formaram um sorriso e sua cabeça se curvou.

— Meu nome é Lán'ér — ela disse, mudando de dialeto e passando usar o tom sulista que havia adquirido em Haak'gong. — Venho de Haak'gong, de uma casa de chá recentemente destruída pelos elantianos.

— Dí'ér — Dilaya se apresentou, tendo percebido que Lan pretendia mascarar o nome e a identidade deles. — Sou de um vilarejo no norte que caiu durante a Conquista.

O príncipe Hóng'yì abriu um sorriso fraco. Ainda havia vestígio de sangue em seu lábio, mas ou ele estava acostumado com aquilo, ou não havia notado.

– Onde estão meus modos? A viagem deve ter exaurido e esfomeado vocês. Jantem comigo.

Os três foram conduzidos pelos jardins junto à água que haviam visto ao cruzar a ponte arqueada e atravessar o selo de divisa. O ar estava fresco e cheirava a pinheiros quando os se sentaram a uma bela mesa redonda de jacarandá que fora preparada para eles. Os dois monges táng se retiraram, mas Xuě'ér permaneceu ao lado do príncipe, feito uma sombra pálida.

Criados chegavam com bandejas de comida quente. Lan nunca havia visto uma refeição tão suntuosa: codorna assada com rabanetes e decoradas com jasmim-do-imperador, pato defumado com cogumelos e feijão doce, bolos de arroz com tigelas de mel e uma panela de barro com sopa de carneiro fumegante, tudo acompanhado por uma variedade de pratos frios.

– Por favor – o herdeiro imperial disse.

Um criado havia colocado uma cumbuca de jade à sua frente. Quando ele a destampou, revelou o que parecia ser uma única semente de lótus em uma travessa de porcelana pequena. Era perfeitamente redonda, polida feito uma pérola e cintilava como se feita de mel líquido.

– Remédio – o príncipe explicou, ao notar que os três o observavam. – Para a tosse. Comam, por favor. Não precisam esperar por mim.

O rapaz enfiou a semente na boca e engoliu. Algo em seu interior pareceu se agitar: um qì, Lan sentiu, tremendo como um terremoto. Hóng'yì manteve os olhos fechados e as sobrancelhas franzidas.

Passou rapidamente. Quando ele voltou a abrir os olhos, a pele havia perdido o tom pálido de antes e brilhava em um dourado saudável. O príncipe pegou um pedaço de pato defumado com seus palitinhos e riu ao constatar que todos o olhavam.

– Como eu disse, podem comer. Da próxima vez, não cometerei a indelicadeza de tomar meu remédio para tuberculose à mesa.

Tuberculose. Então ela estava certa. Uma doença de evolução lenta que levava à morte.

– Tuberculose – Tai repetiu. – Você não estava doente quando éramos pequenos.

Hóng'yì deu de ombros.

– A vida é cheia de surpresas. Algumas agradáveis, outras nem tanto.

Dilaya começou a tomar sua sopa, fazendo barulho. Lan mordeu um pedaço de codorna e mudou de assunto.

– Onde conseguiu tudo isso? Não há muitos mercados por perto.

O herdeiro se recostou na cadeira, feita do mesmo jacarandá amarelo de seu trono. Segurando uma xícara de chá com uma das mãos e pegando frutas secas de um pratinho esmaltado com a outra, ele explicou:

— Na Trilha de Jade. Meus guerreiros muitas vezes são contratados por mercadores para proteger caravanas dos demônios do deserto. O pagamento é em bens.

— Eu não esperava por isto — Tai comentou, ainda olhando para Hóng'yì como se fosse despertar de um delírio a qualquer momento. — Não esperava encontrá-lo. *Vivo*.

— Claro. E o que você esperava?

Simples assim, o tom do príncipe se tornou cortante, a pergunta rápida como uma flecha.

— Um mito vazio. Ruínas.

— E então me encontrou. Por acaso eu... — O herdeiro imperial teve outro acesso de tosse, depois ofereceu um sorriso trêmulo enquanto limpava a boca. Um pouco rouco, perguntou: — Não sou o que esperava?

Lan deixou os palitinhos de lado. De repente, a suntuosidade da comida a nauseava.

— Você esteve aqui esse tempo todo — ela murmurou. — Por quê? É o príncipe, o herdeiro imperial do Último Reino. Onde estava quando o reino caiu e seu povo precisou de sua ajuda?

O príncipe deixou o chá de lado. Não olhou para Lan quando respondeu:

— Escondido. Quando a resistência à invasão elantiana começou a fracassar, papai quis me mandar embora, mas não teve tempo, porque faleceu antes disso. O poderio da casa imperial se foi com ele, assim como o Último Reino. Eu fugi. Era fraco e doente, e quase morri para chegar ao palácio secreto que meus ancestrais haviam construído na eventualidade de um dia como aquele.

Lan prendia o fôlego enquanto ouvia com atenção cada palavra de Hóng'yì. Dilaya e Tai se mantinham imóveis, fisgados pela narrativa do herdeiro imperial.

— Passei ciclos tentando sobreviver, elaborando uma rota de suprimentos. Outros abrigados neste vasto deserto encontraram o caminho até mim... e, aos poucos, comecei a montar um exército. Eu não sabia se ainda havia sentido no que estava fazendo, principalmente considerando a rapidez e a totalidade da queda do meu reino diante dos elantianos.

— Então ganhou tempo. — Lan não conseguiu impedir que o tremor da frustração marcasse sua voz. — Você é capaz de conjurar um demônio da água poderoso. Tem guardas e guerreiros que derrotam monstros no deserto. E vira as costas para os monstros reais, que dominam nosso reino. Para as pessoas que vêm sofrendo nesses dozes ciclos e aguardam um salvador.

A voz dela tinha se elevado e falhou na última palavra.

Lan havia sido uma daquelas pessoas.

O príncipe curvou a cabeça.

– Eu era jovem e tinha medo. Fui... um covarde. Não pedirei seu perdão, mas talvez possa me retratar por minha negligência nos últimos doze ciclos. – Ele finalmente olhou nos olhos dela, e não os desviou mais. – Vocês são praticantes, não são? Esconderam-se dos elantianos e sobreviveram para me encontrar. Ajudem-me. Ajudem-me a salvar este reino.

Os lábios de Lan se entreabriram. O queixo de Dilaya caiu. Tai piscou, observando o príncipe com uma expressão indecifrável.

Hóng'yì pigarreou. Com um movimento de suas mangas compridas, o desespero desapareceu. Em seu lugar, via-se um príncipe alegre, recebendo convidados para um banquete opulento.

– Peço perdão. Mal faz um sino que nos conhecemos e já quero formar uma aliança. Um assunto assim pesado pode ficar para amanhã.

– Alguns de nós não contam com o luxo do tempo – Dilaya disse, dura. Por baixo da mesa, Lan chutou a amiga, que a ignorou. – Não tenho o costume de medir minhas palavras. Permita-me ser direta e reta desde o começo. Sou Yeshin Noro Dilaya, do clã de aço jorshen. Isso lhe soa familiar?

Lan quis estrangular Dilaya. A matriarca não havia sido feita para a arte da negociação e dos jogos de palavras entre os jantares finos e as sedas da corte; sua língua era a da guerra e da espada. Com uma única frase, havia entregado o disfarce deles.

Hóng'yì inclinou a cabeça.

– Nossos ancestrais guerrearam. Os meus lutaram para erradicar os seus. – O herdeiro imperial do Último Reino fez então algo inimaginável: levantou-se e se ajoelhou. – Minha vida foi salva por membros dos 99 clãs. Não posso mudar o passado, mas talvez possa compensar isso construindo um novo futuro.

A respiração de Lan se tranquilizou. Aquilo podia ter corrido de maneira muito diferente e muito desagradável. Por um momento, Dilaya ficou em um silêncio chocado. Então seu olho cinza se estreitou.

– Que bom – ela disse, e Lan soube que o príncipe a havia convencido com sua confissão. Ver Yeshin Noro Dilaya dando qualquer forma de reação positiva era como ver o sol nascendo a oeste.

Hóng'yì se ergueu.

– Imagino que vão passar a noite aqui. – Ele não aguardou a resposta.
– Meus guardas acompanharão vocês até seus aposentos. Considerem-se em casa, por favor. Faz tempo que não recebo ninguém.

Todos se levantaram. Lan sentiu a mão de alguém em seu ombro. Quando se virou, descobriu que era do príncipe.

– Gostaria de acompanhá-la, se me permitir – ele disse.

Ela deixou que o príncipe a guiasse pelos corredores do palácio. As portas estavam abertas para o ar fresco do deserto, e o luar entrava pelas janelas de papel. Cortinas de seda dourada balançavam gentilmente à brisa que soprava nos corredores.

Hóng'yì parou diante de portas de correr de jacarandá.

– Nem sempre foi assim – ele comentou. – Quando os elantianos invadiram e Tiān'jīng, a Capital Celestial, caiu, eu me senti impotente. Contava apenas com um esquadrão de guardas e este palácio luxuoso e vazio. Uma gaiola de ouro.

– E agora as coisas mudaram? – Lan perguntou.

Os olhos do rapaz a observaram sob os cílios longos.

– Talvez – ele respondeu. – Você me perguntou onde estive nos últimos doze ciclos enquanto meu povo sofria. Se eu lhe dissesse que estava esperando o momento certo ao mesmo tempo que reunia recursos e buscava uma maneira de recuperar este reino, você acreditaria?

Ela ficou em silêncio.

O príncipe chegou mais perto. Lan teve a impressão de que, por baixo dos perfumes e das sedas, seu cheiro era amargo; cheiro de fogo e coisas queimando, fumaça entrando na garganta. Devia ser o remédio que ele tomava para a tuberculose.

– Entendo que tenha segredos – o príncipe murmurou. – Todos temos. Mas também sei que uma praticante comum não derrotaria o demônio do meu selo de portal. Espero que aprendamos a confiar um no outro. Espero que venhamos a nos tornar aliados, Lán'ér.

Segredos. A garota pensou no dragão encolhido em seu interior. No mapa e em como o quadrante da Fênix Escarlate se alinhara com as estrelas daquele trecho do céu, tingindo-as da cor do sangue.

Tai havia dito que a família imperial tinha muitos segredos, incluindo seu próprio deus-demônio. Algo não fazia sentido.

– Você falou que seu poder se foi junto com seu pai – Lan começou. – Estava se referindo à Fênix Escarlate?

O rapaz piscou, seus longos cílios tocando as maçãs do rosto. Uma expressão aterrorizada passou por seu rosto.

– Sim. Nosso poder foi dizimado. Por isso os elantianos venceram.

Mas, segundo o mapa estelar, a Fênix Escarlate se encontra por aqui, Lan pensou.

A Fênix Escarlate e a Assassina de Deuses. Se Tai estivesse certo, haveria pistas de sua existência ali, no palácio secreto da família imperial, onde guardavam os tesouros que lhes conferiam domínio sobre o reino.

Lan precisava conquistar a confiança do príncipe caído. Talvez ele tivesse informações que a conduzissem ao que buscava.

Não fora à toa que ela conquistara a reputação de ser persuasiva em Haak'gong. E, conhecendo melhor o rapaz, talvez viesse a descobrir que seus caminhos se alinhavam.

Lan inclinou a cabeça para ele e curvou os lábios em um sorriso que formou rugas em torno de seus olhos.

– Então, príncipe Hóng'yi, espero que possamos nos tornar amigos.

Rapidamente, um sorriso substituiu a tristeza dele.

– Eu gostaria disso – Hóng'yi disse, pegando as mãos de Lan nas suas. A garota se sobressaltou com o toque, porém havia inocência nele. Os dedos do príncipe estavam quentes, o que talvez explicasse o rubor nas bochechas. – Tenho vivido muito sozinho, Lán'ér. Fico feliz que tenham vindo.

Ela não sabia bem o que responder. Então puxou as mãos de volta e se despediu:

– Boa noite, Alteza.

– Hóng'yi, por favor.

Os hins davam muita importância a nomes e títulos, e a como eles refletiam uma posição social. Usar o nome verdadeiro de alguém era um sinal de intimidade. Que um príncipe, um herdeiro imperial, pedisse para ser chamado pelo nome verdadeiro era inimaginável.

Lan passou pelas portas de jacarandá e as fechou, ficando a sós com seus pensamentos.

13

E do rio celestial se ergueu uma criatura temível...
uma serpente do tamanho de dez, com nove cabeças.
Xiàng'liŭ, que traria inundação e destruição àquelas terras.

Escritura das montanhas e mares,
livro 3: Sobre os rios

Eram as noites que se alongavam mais, quando o yīn do mundo se amplificava e o qì da Tartaruga Preta ficava mais poderoso. Zen tinha começado a apresentar longos lapsos de memória, muitas vezes se vendo em um lugar que não reconhecia quando os primeiros raios de luz surgiam, que era quando seu deus-demônio se retirava para descansar.

Naquele dia, ele acordou à beira de um penhasco, com um cheiro de morte e putrefação no ar. Zen passou a mão pelo rosto. Ao longe, além das nuvens pesadas que sufocavam o céu, havia uma mancha cinza e translúcida. A manhã continuava distante, porém o feixe de luz produziu alívio suficiente para que o rapaz tivesse vontade de chorar.

Ele cerrou os dentes e se pôs de pé.

Estava ao norte do deserto de Emarã, na fronteira ocidental das Planícies Centrais. Mais alguns dias e as estepes teriam início. O território era tradicionalmente ocupado pelo clã chó, que tinha seus próprios mitos e lendas dentro da tradição hin. Zen entendia o motivo.

Uma neblina densa sobrenatural dominava a terra, deixando tudo em tons de cinza: as pedras áridas das montanhas que se erguiam para o céu, os pinheiros-vermelhos ostentando o cobre do sangue seco. Folhas murchas crepitaram sob seus pés quando ele retomou sua caminhada pelas trilhas da montanha. Passara certa vez pela fortaleza do clã chó, quando cumpria uma missão para Dé'zĭ. A julgar pelo punhado de livros que ainda existiam sobre os 99 clãs e as cem escolas de prática, a Escola da Luz Pacífica ficava próxima a um rio – aquele que deu nome ao mítico Rio da Morte Esquecida.

O qì da água era forte ali, mas Zen não sabia se por conta da névoa ou porque estava se aproximando de um rio ou lago. Ele parou, e o som de um graveto quebrando sob sua bota ecoou no silêncio. À frente, sentia um feixe de qì que se destacava das correntes naturais que o cercavam.

Um selo. Um selo tênue, talvez quase desfeito, porém ainda assim uma pista vital.

Ele encontrou o portão momentos depois: um pái'fāng com pilares de pedra cinza e tijolos pretos, um único arco envolvo em névoa, telhados curvados para o céu. Do outro lado, havia um penhasco que acabava em um leito de rio seco.

Zen avaliou o pái'fāng. As gravuras em ouro nos pilares, um tanto desbotadas, eram diferentes daquelas do templo yuè e das estruturas imperiais hins, na medida em que envolviam corpos d'água: rios e mares, ondas espumando. E no meio...

Flores de lótus. Elas pareciam crescer nas águas de um riacho, o caule curvando-se para cima. E, aninhadas entre as pétalas, como pérolas na palma da mão, viam-se as sementes.

A esperança surgiu no estômago de Zen, que tocou a imagem.

No topo da Montanha de Luz Öshangma, ele havia entrado no reino do que antes fora o palácio dos imortais yuès, desaparecido dinastias atrás. Zen não era capaz de explicar sua aparição. Afinal, os yuès cultivavam a imortalidade, preservando seu núcleo de energia – sua alma – até muito depois de seu corpo físico ter virado pó. As poucas menções a eles nos livros da biblioteca da Escola dos Pinheiros Brancos os descreviam como guardiões de verdades antigas, segredos deste mundo e do que quer que residisse além dele.

Nos jardins do palácio, Zen havia encontrado a alma de uma imortal sob um bordo de folhas vermelhas, cujos galhos se estendiam no céu como uma teia de aranha. A imortal observava atentamente um emaranhado de folhas, os veios na superfície dourados e irregulares.

Sei o que veio fazer aqui. A voz dela tinha o roçar frio da água de um rio. Formas, talvez redemoinhos de qì que eram almas, giravam além deles, desviando das árvores com sussurros fracos. *Você deseja que a história não se repita. Que a tragédia de seus ancestrais não recaia sobre você.*

O rapaz havia caído de joelhos e pressionado a testa contra as nuvens rodopiando no chão.

– Por favor – ele rogara. – Quero fazer a coisa certa por este reino. Só preciso de força.

Vejo isso na sua alma. Não há necessidade de me contar. A imortal se virou, seu rosto ao mesmo tempo jovem e antigo, enrugado por vidas inteiras, eras e conhecimento. *Passe pelo portão fantasma e verá um rio da morte composto apenas de yīn, equilibrado por flores da vida compostas apenas de yáng.*

Agora, Zen olhou para os lótus nas imagens do pái'fāng, crescendo no rio silencioso. Na cultura hin, elas eram símbolo da vida e da clareza.

– "Flores da vida" – ele murmurou para si mesmo. – "Compostas apenas de yáng."

No cerne delas, a imortal sussurrara, *crescem as sementes da clareza.*

A imortal havia ouvido o segredo mais profundo e desesperado de Zen aquela noite: proteger sua mente da influência do deus-demônio. A linhagem imperial havia se consultado com os Quatro muitas dinastias antes e descoberto um caminho: as sementes da clareza.

Zen hesitou. As últimas palavras da imortal – um alerta – se seguiram como uma sombra indesejada.

No entanto, tome cuidado, pois são ao mesmo tempo uma cura e uma maldição... uma espada de dois gumes, como o poder que você contém.

Zen estava cansado de dançar no fio da navalha ao longo de semanas, sempre a um passo de perder a cabeça. Não achava que poderia haver algo que o impedisse de tomar a semente da clareza.

Ele atravessou o portão.

Nada. A névoa envolvia seus tornozelos, porém nenhum reino misterioso se abriu, nenhum selo de divisa se manifestou, nenhuma assombração perdida o atacou. Ele apenas passou ao outro lado, e agora se encontrava perto da beira do precipício que assomava sobre o leito de rio seco.

Com a testa franzida, examinou cada centímetro do pái'fāng. A placa de ardósia sob as telhas – onde o nome do lugar costumava ficar escrito – se encontrava em branco, porém ele sentia rastros tênues do selo que havia notado antes. Era como se o pái'fāng conspirasse para esconder algo.

Surpreso, Zen constatou que estava quebrado quando concentrou sua atenção. Com cuidado, analisou as correntes de qì entrelaçadas, tão desgastadas pelo tempo que era como tentar identificar uma impressão digital na poeira.

Ele sabia que não deveria tentar recriar um selo que não conseguia ler. Os livros de contos hins estavam cheios de praticantes que caíam em armadilhas ao se envolver com magia desconhecida, por ganância ou desespero. As histórias sempre tinham lhe parecido ilógicas e distantes quando as lia, crescendo na relativa segurança da escola.

Nenhum dos praticantes mencionados perdia a mente para um deus-demônio. Nenhum quase machucara um amigo como resultado.

Zen cerrou os dentes e recorreu ao próprio qì, expandindo-o tanto quanto possível para se sobrepor ao outro. Piscando para afastar as sombras na periferia de sua visão, ele se concentrou em cada traço do selo desconhecido no pái'fāng. Várias vezes, imaginou ter sentido os caracteres se unindo para invocar algo. O tempo todo, pensava em Lan e na possibilidade de nunca mais vê-la.

Sua tristeza fluiu em torrentes, formando o traço circular que completava a inscrição.

Em algum lugar nas montanhas, um sino fantasmagórico soou. A neblina em volta dele começou a se infiltrar no arco aberto do pái'fāng, cada vez mais rápido, à medida que o tilintar se multiplicava. As notas vibraram no ar, tão altas que Zen tampou os ouvidos. A névoa que havia se reunido no arco agora tornava sua abertura completamente opaca, impedindo a visão dos penhascos e do céu do outro lado.

Dentro do arco, uma sombra se moveu.

A mão direita de Zen foi direto para o punho da Fogo da Noite, e a outra se ergueu à frente dele, pronta para lançar um selo de defesa. O toque estridente do sino agora abarcava tudo, sacudindo as montanhas em volta e martelando seu crânio.

De repente, o som parou.

E um demônio irrompeu do arco.

Zen xingou e saltou, impulsionando-se para trás para evitar a cauda do demônio. Através da névoa, vieram mais ataques: um lampejo de dentes sobre sua cabeça, um brilho de escamas sob seus pés – em uma sequência impossivelmente rápida, como se mais de uma criatura o cercasse.

O rapaz girou no ar e lançou um fú que forjou punhais com o vento, cortando dentes e escamas. Ele cambaleou um pouco para trás depois de aterrissar – só para sentir uma dor forte no ombro quando dentes perfuraram seus tendões e chegaram até o osso.

Sua vista ficou branca. Quando Zen voltou a piscar, estava de joelhos na montanha, a doze passos do pái'fāng, as mãos e peso chão de pedra manchados de sangue.

XAN TEMUREZEN. A voz da Tartaruga Preta soou mais próxima do que nunca. Mais real, como se fosse parte dele e ecoasse pelas montanhas ao mesmo tempo. Devia estar imaginando a alegria sombria em seu tom. NÃO RESISTA A MIM SE DÁ VALOR À SUA VIDA MORTAL.

Zen olhou para cima, piscando para afastar a dor.

Uma serpente do tamanho de uma montanha assomava sobre o pái'fāng. Seu pescoço se dividia em nove, cada um terminando em crânios em vez de cabeças, meio cobra meio homem. Algo que parecia ser veneno pingava das presas, e as línguas podres dos nove crânios voltados para Zen se agitavam.

Não se tratava de um demônio. Aquilo recaía na categoria dos espíritos sobrenaturais conhecidos como guàis. Era um monstro.

Zen havia se deparado com uma descrição próxima daquela criatura em *Escritura das montanhas e mares*. O nome do monstro que aparecia no livro, uma serpente mitológica com nove cabeças que continha um rio mortal em sua barriga, era xiàng'liŭ.

Uma suspeita repentina do que poderia estar aguardando por ele se assentou em seu estômago. O portal do pái'fāng girou, envolto por uma neblina que agora era sobrenatural. A criatura ficou posicionada à sua frente, a cauda enrolada no pái'fāng tal qual fosse um ovo.

Para chegar às sementes da clareza, Zen precisava derrotar aquele monstro e atravessar o pái'fāng.

XAN TEMUREZEN, chamou a voz estrondosa do deus-demônio. *Renda-se a mim, antes que o demônio volte a feri-lo.*

Zen piscou para afastar as sombras de sua visão e segurou a espada com mais força. A serpente de nove cabeças guinchou e disparou uma rajada de energia demoníaca contra ele. Se Zen enfrentasse a criatura e saísse derrotado, a Tartaruga Preta assumiria o controle. Se chegasse perto da morte outra vez, permitiria que o deus-demônio cravasse as garras em seu corpo, sua mente e sua alma de maneira quase irrevogável. Zen não sabia se teria como se recuperar daquilo.

No entanto, estava decidido a colocar tudo em risco e lutar contra aquele monstro sozinho.

Afinal, era Xan Temurezen, herdeiro do líder do clã mansoriano e praticante da Escola dos Pinheiros Brancos.

Eu sobreviverei. Recuperarei esta terra. Verei Lan de novo.

Com uma força renovada, ele fechou a parede mental que o separava da Tartaruga Preta, inibindo seu poder.

Zen sacou a Fogo da Noite. Sua jiàn, velha amiga e companheira, reluzia como uma extensão de seu braço quando o rapaz a ergueu para encarar o monstro.

As nove bocas se abriram e guincharam antes de investir contra ele.

Zen se esquivou quando uma cabeça o atacou. Assim que ouviu sua mandíbula se fechando no ar, uma segunda já estava em cima dele, e uma terceira vinha por trás. Zen correu e saltou. Sua bota atingiu um dos pescoços. Ele quase escorregou, mas conseguiu se endireitar com um jato de qì da outra mão.

Dobrando os joelhos e saltando no ar, Zen se impulsionou rumo à massa de pescoços retorcidos e crânios. Quando elas atacaram em sua direção, o rapaz estava pronto.

Em um arco amplo, ele lançou uma série de fú e os ativou em seguida, com um ligeiro movimento do dedo.

Calor e luz intensos envolveram tudo quando o os selos de fogo explodiram. Zen ouviu gritos e viu através da fumaça as cabeças recuando e o monstro cambaleando.

Por entre os pescoços contorcidos, ele notou um lampejo dourado. Uma inscrição havia aparecido na placa de ardósia pendurada entre os dois pilares do pái'fāng:

鬼门
PORTÃO FANTASMA

Passe pelo portão fantasma, a imortal havia instruído.

Zen pulou, talvez com mais força do que nunca. Quando uma cabeça de serpente investiu contra ele, girou a Fogo da Noite e cortou carne e tendões. Ele sentiu o gosto penetrante do metal, sentiu o coração se esforçar enquanto o corpo era levado ao limite...

O pái'fāng se erguia à sua frente.

A cauda do monstro se enrolou diante dos pilares. Com um pulso mínimo de qì – uma das primeiras técnicas das Artes Leves que se aprendia em Céu Termina –, Zen passou por cima da criatura com uma cambalhota. E então o caminho para o portão se abriu e ele disparou em sua direção, o vento rugindo em seus ouvidos, a névoa densa e cinza parecendo lhe dar passagem.

Zen atravessou o portão fantasma, e o mundo ficou em silêncio.

14

*O maior estrategista é aquele
que aprende a amar seu inimigo.*

General Yeshin Noro Talara,
do clã de aço jorshen, *Clássico da guerra*

Lan acordou em meio a lençóis de seda e travesseiros macios, com a luz do sol atravessando as cortinas diáfanas estampadas. Por hábito, havia dormido com Aquela que Corta as Estrelas e a ocarina nos braços. Alguém havia aberto as janelas e deixado uma xícara de chá quentinha e uma cumbuca de frutas secas ao lado da cama. A bacia de bambu agora estava cheia de água fresca, e havia um qípáo limpo, azul como a nascente de um rio, estendido ao lado.

Ela se lavou, se vestiu, tomou o café da manhã rapidamente e deixou o quarto.

O palácio ficava lindo à luz do dia. O sol que entrava nos corredores pelas persianas abertas parecia ouro derretido. O vento do deserto agitava as cortinas finas enquanto Lan as atravessava.

Ela encontrou guardas e criados que, por algum motivo, passavam longe e evitavam seus olhos. Apesar de existir uma corte, o palácio parecia silencioso demais. Como não tinha ideia de onde ficavam os aposentos de Dilaya e Tai, Lan ficou perambulando pelos corredores, concentrada em conhecer tudo por ali.

Tai havia lhe dito que o imperador mantinha suas posses mais preciosas na Cidade Esquecida do Oeste. Lan esperara encontrar câmaras lacradas e passagens secretas cheias de tesouros, porém se dava conta de que, embora Shaklahira fosse ostensiva em sua decoração, era quase frugal em quão poucos itens de valor continha. Parecia que cada um deles havia sido escolhido como uma joia estimada, desde os móveis de jacarandá amarelo até os tapetes de seda floridos.

Ela duvidava que o príncipe guardasse a Assassina de Deuses em uma cristaleira, com uma placa embaixo. Quando precisava de informações, Lan achava que a melhor maneira de começar era conversando.

Uma criada que encontrou nos jardins a levou até um pavilhão onde um bando de outros serviçais ofereceram imediatamente uma variedade de chás, sopas capazes de revigorar o qì e bolos de gergelim. As tentativas animadas de Lan de iniciar uma conversa foram ignoradas, no entanto.

– Isso é delicioso – ela comentou, abrindo um sorriso doce para os criados. – Faz tempo que vocês vivem neste palácio?

Todos apenas se curvaram e se afastaram.

– Eles não falam – uma voz explicou, e Lan ficou aliviada em ver Dilaya vindo em sua direção por entre as roseiras, com seus sabres embainhados. Sem aguardar convite, a matriarca do clã de aço jorshen se sentou e se serviu de uma travessa de melão. – Pode acreditar, eu tentei.

– Talvez você só não seja encantadora o bastante – Lan retrucou.

Dilaya atirou a casca de uma fatia de melão nela, que desviou. Uma criada foi recolhê-la no mesmo instante.

– Eu pego – Lan se apressou em dizer. Havia algo de desconfortável em ser servida; passara ciclos demais de sua vida do outro lado, curvando-se e atendendo aos clientes da casa de chá. Quando tentou pegar a casca de melão, sua mão roçou na da criada, erguendo ligeiramente a manga de seu qípáo. Havia um símbolo pintado em cinábrio na pele lisa da garota.

Os lábios de Lan se entreabriram. Onde já havia visto aquela marca?

A criada piscou e olhou para ela. Recolheu a mão e se retirou, praticamente fugindo com a casca de melão.

Lan endireitou o corpo. Tinha a estranha sensação de que lhe escapava algum detalhe, de que havia algo de errado. Ela olhou para alguns hibiscos, de cor extremamente vívida em contraste com o deserto sem fim mais além. Era aquilo: tudo ali parecia bonito demais, perfeito demais, dos jardins bem cuidados ao palácio dourado.

Nada daquilo deveria existir.

A garota se inclinou para a frente e foi direto ao ponto com Dilaya, embora mantivesse a voz baixa:

– Precisamos nos dividir para procurar a Assassina de Deuses, mas antes temos que saber o que ela é. Sua mãe nunca deu nenhuma pista?

– Acho que eles nem sabiam – Dilaya respondeu.

– A imortal em Nakkar me contou que era uma "ferramenta do qì". – Lan soprou uma mecha de cabelo do rosto. – Poderia ser qualquer coisa imbuída de energias.

– Certo. – O olho cinza de Dilaya brilhou. – Pelo menos temos algo que podemos usar a nosso favor.

– O quê?

Ela abriu um sorriso lupino.

– Não notou? O príncipe Hóng'yì está interessado em você. Ficou olhando o tempo todo para você ontem à noite. Sugiro que use seu... – Dilaya ergueu as sobrancelhas – ...charme para tentar arrancar algumas respostas dele. E para distraí-lo enquanto Tai e eu reviramos o palácio.

Lan olhou para a areia sem fim, para as folhagens e as roseiras que prosperavam naquela terra árida, para a nascente cintilante que levava ao outro lado do selo de portal. Tudo parecia tranquilo, não havia nenhum sinal de qì demoníaco. Então por que o mapa estelar indicava que a Fênix Escarlate se encontrava ali? E será que Hóng'yì saberia da Assassina de Deuses? O herdeiro imperial era um enigma.

Uma coisa era certa: aquele oásis idílico e aquelas dunas lânguidas escondiam segredos.

Que aguardavam para ser revelados.

– Precisamos entender o que o príncipe quer – Lan disse. – Ele é o herdeiro do imperador do regime anterior. Seria um aliado útil, se eu conquistar sua confiança.

Dilaya cerrou o maxilar.

– Mas tome cuidado. Os ancestrais daquele homem massacraram meu clã.

Lan desviou os olhos. *As pessoas não são seus ancestrais*, ela queria dizer a Dilaya, mas e quanto a Zen, que havia escolhido exatamente o mesmo caminho de destruição que seu bisavô trilhara com sangue?

– Tomarei – ela respondeu, então mudou de assunto. – Você viu Tai?

Dilaya franziu a testa.

– Ele sempre dormiu até a hora da cobra, desde Céu Termina.

– A hora da cobra parece um bom momento para se levantar.

A matriarca do clã de aço jorshen abriu a boca para discutir, e Lan desejou que ela o fizesse mesmo. Talvez uma briga conferisse certa normalidade àquele estranho e silencioso lugar. No entanto, a faísca no olhar da outra morreu, e a sombra da missão deles voltou a tomar conta de sua expressão, acomodando-se entre as duas.

– Vou atrás dele, depois veremos o que encontraremos nesses corredores dourados – Dilaya disse. – Enquanto isso, procure conseguir informações com o príncipe.

Lan arrancou uma flor de hibisco e a ofereceu à amiga.

– Nunca achei que chegaria o dia em que você admitiria que meu charme e minha perspicácia podem ser úteis.

Dilaya jogou a flor no chão e pisou em cima.

– Não vá se acostumar.

O gabinete do herdeiro imperial se encontrava no coração do palácio. Afastado das persianas dos corredores externos, ele ficava escuro, contando apenas com a luz bruxuleante de lanternas vermelhas. Várias criadas apontaram na direção em que Lan deveria seguir, até que ela se encontrasse diante de portas de correr de jacarandá.

Lan podia sentir os selos emanando das portas vazadas com um padrão intrincado à medida que se aproximava delas. Eram muitos, sussurrando em combinações de qì que ela nem sonhava em compreender.

As portas se abriram sozinhas, e Lan entrou no gabinete do príncipe.

O cômodo era comprido, quase um corredor, mal iluminado e perfumado por rosas-do-deserto. Estantes forravam as paredes, repletas de fileiras e fileiras de livros. Em uma escrivaninha de cerejeira escura no meio do gabinete, uma lanterna iluminava uma figura ali sentada.

O príncipe Hóng'yì usava um qípáo vermelho e dourado, largo em comparação com o hàn'fú estruturado da noite anterior. O cabelo caía solto sobre um trecho de peito nu. Quando ele levantou a cabeça, a lanterna conferiu um brilho vermelho a seus olhos.

Lan inclinou a cabeça.

– Vossa Alteza.

– Lán'ér. – O rapaz deixou de lado o pincel de crina de cavalo com que estava escrevendo e sorriu largo para ela. – Acho que fui claro ontem à noite: prefiro que me chame de Hóng'yì.

Lan retribuiu o sorriso.

– Você é muito generoso, Alteza – ela disse, sentando-se à frente do príncipe.

Foi só quando o rapaz inclinou o rosto para olhar para Lan e seu cabelo se afastou que ela se lembrou do símbolo em cinábrio que havia visto no pulso da criada. Era o mesmo símbolo que o príncipe tinha na testa.

– Xuě'ér – ele disse, e Lan se sobressaltou quando a figura de uma moça se moveu nas sombras, porque não havia sentido seu qì. Por algum motivo inexplicável, precisava se esforçar para se concentrar na presença da menina. – Ficarei bem na companhia de Lán'ér. Pode verificar se nossos hóspedes Chó Tài e Yeshin Noro Dilaya têm tudo de que precisam para passar o dia?

Não, Lan queria dizer, porque, se Xuě'ér fosse atrás deles, Dilaya e Tai não teriam como bisbilhotar. Ela abriu a boca, tentando pensar em uma desculpa, porém tudo o que lhe veio à mente pareceria suspeito.

Xuě'ér fechou um dos dois leques que carregava e inclinou a cabeça. Seu cabelo branco – que talvez tivesse dado origem a seu nome, uma vez que xuě significava "neve" – e a venda de seda farfalharam de leve quando ela foi embora.

Lan voltou a colocar um sorriso no rosto quando voltou a ter a atenção do príncipe para si.

– Escolha interessante de vestimenta – ela comentou, apontando para os próprios olhos para indicar a venda de Xuě'ér.

– Ela recebeu a venda quando era pequena, para ajudar em seu treinamento – Hóng'yì explicou, folheando distraidamente um livro. – E agora parece usá-la por gosto. Talvez a lembre de sua mãe.

– Que tipo de treinamento exige uma venda?

Hóng'yì apenas deu de ombros e mudou de assunto.

– Você veio me ver – ele disse e se inclinou para a frente de modo que a lanterna delineasse seus cílios. – Por quê?

Lan perdeu o ar. De perto, havia algo de magnético, quase hipnótico, nos olhos do príncipe. Algo que a levou a apoiar os cotovelos na mesa, fechando a distância entre os dois.

– Quero saber mais a seu respeito – ela respondeu, o que não chegava a ser mentira. Queria saber mais sobre ele para saber mais sobre a Assassina de Deuses. Queria saber mais sobre ele para saber mais sobre *o príncipe*. Ele era um enigma. E, como acontecia com Shaklahira, Lan sentia que havia algum detalhe lhe escapando, embora não conseguisse determinar o quê.

Os olhos de Hóng'yì eram poças pretas de profundidade infinita.

– O interesse é mútuo – ele murmurou. – Há uma maneira, Lán'ér, de abrirmos a mente um para o outro por completo, sem a possibilidade de mentiras.

– Está querendo me convencer com vinho de ameixa e pãezinhos com recheio de porco? – ela brincou, em um tom provocador.

O sorriso dele não alcançou os olhos. De repente, ela se lembrou do rosto de outro rapaz, que relaxava a testa, curvava os lábios e formava rugas em torno dos olhos.

Lan se afastou um pouco. Uma dor familiar encontrou seu coração.

Hóng'yì não pareceu notar.

– Os princípios hins da prática se concentravam em ramos, ou *artes*, com especializações diferentes – ele disse. – Há uma escola de pensamento, no entanto, liderada pelo antigo clã yuè, que acredita que o qì tem três camadas: o qì da carne, o qì da alma e o qì da mente. Praticantes usam principalmente a primeira, o qì da carne, para conjurar selos físicos. E há aqueles que conversam com fantasmas, com os ecos que deixamos para trás ao morrer, com o qì das almas.

Lan ouvia sem piscar. Pensou em Tai e na habilidade de seu clã de comungar com fantasmas e vestígios de almas. A Escola dos Pinheiros Brancos não havia categorizado tal habilidade: só lhe dera o título de invocador de espíritos.

– Talvez a menos comum seja a habilidade de manipular o qì da mente. Essa arte está praticamente perdida, porque apenas um clã a possuía. – Hóng'yì sorriu. – O meu.

Os lábios de Lan se entreabriram. Não foi a primeira vez seu olhar disparou para o olho de cinábrio na testa do príncipe, e ela se perguntou se estaria relacionado àquela arte.

– Me deixa adivinhar – Lan falou, tentando fazer parecer que brincava. – Você esconde essa arte da mesma maneira que esconde este lindo palácio.

– De fato. Mas, uma vez na vida, me sinto inclinado a ser generoso. – Hóng'yì ofereceu a mão. – Posso mostrar a você, se quiser. Como ler e penetrar o qì da mente, dos pensamentos e das emoções de alguém.

Lan olhou para a mão estendida dele. Os dedos eram magros e compridos, a pele macia, intocada pelas durezas da vida. Ela não podia recusar a oferta, não se queria descobrir mais sobre o príncipe e os segredos da família imperial.

Então colocou sua mão cheia de calos na dele.

– Para aprender comigo, você precisará esquecer tudo o que sabe sobre a prática – Hóng'yì disse. – Seus mestres em qualquer que seja a escola onde treinou lhe ensinaram apenas os fundamentos. A *ciência* que envolve transformar diferentes tipos de qì em selos e usá-los para seus propósitos. Já eu vou guiá-la na direção da iluminação que os antigos monges alcançaram, mostrando camadas das artes perdidas no tempo. Aprenda comigo, Lán'ér, e verá que a prática se transforma de ciência... em *magia*.

Algo se alterou no ar. Quando Lan voltou a olhar nos olhos do príncipe, viu em sua escuridão o palácio dourado e as rosas vermelhas, asas emplumadas queimando. As pupilas dele pareceram se expandir, apoderando-se dela, e Lan sentiu que seu corpo se inclinava para a frente em resposta.

A sensação não era física; ressoava em sua mente, no entanto parecia tão real que Lan sentia que um par de mãos lhe agarrava o crânio. Após um momento de pressão, sua visão falhou com a entrada de uma presença estranha em sua cabeça.

Lembranças passaram pela garota em uma torrente de cor e som: uma casa de chá fortemente iluminada, uma moça usando sedas rosa-claro, uma mulher de unhas de metal cortantes, uma loja empoeirada, de um velho tossindo...

– *O qì da mente é volúvel* – uma voz falou. Hóng'yì se encontrava do outro lado do rio de memórias, o qípáo vermelho aceso feito chamas. – *Encontre uma lembrança e a adentre para estabilizar a mente. A arte envolve extrair informações através da reconstrução dos fios de qì nela, persuadindo o adversário a abrir a mente cada vez mais a você.*

Estou em minha própria mente, Lan pensou.

O príncipe se virou quando uma casa apareceu atrás dele, com salgueiros se agitando à luz inclinada do sol. Então adentrou a memória.

Lan piscou e de repente se viu sentada em um gabinete, diante de janelas ornamentadas abertas, que davam para um pátio interno. Uma brisa quente de verão entrava, e os salgueiros sussurravam através dos caminhos de pedra. O sol batia nas lagoas, na ponte arqueada de pedra, nos pavilhões e nas paredes brancas como casca de ovo. Parecia uma imagem tirada de um sonho.

Ela não se lembrava de como havia chegado ali.

– Você dormiu copiando os sonetos outra vez – uma voz cantarolada de tenor comentou, vinda de trás dela. Lan se virou e deu com um jovem sentado em uma das cadeiras laqueadas. Ele se debruçou sobre uma mesa de chá que a garota não havia notado até então. Os pergaminhos soltos em sua superfície tremularam com a brisa. Fileiras verticais de uma caligrafia bonita se estendiam por eles, embora, após um exame mais atento, parecesse borrada.

– Estou... em casa? – ela perguntou, sentindo uma pontada de anseio tão forte que pensou que ia chorar, embora não soubesse o motivo.

– Claro – o rapaz respondeu.

Lan franziu a testa e focou o olhar no jovem. Ele também lhe parecia familiar – lindo, com um rosto fino e esculpido, o cabelo caindo feito tinta até os ombros. Havia algo de brincalhão no sorriso do rapaz quando ele se ajeitou para observá-la, apoiando o queixo na mão. Suas bochechas estavam coradas e os lábios, vermelhos como se pintados. Quando Lan olhou para a testa dele, no entanto, não pôde evitar sentir que algo faltava. Vermelho... algo vermelho... Por que estava pensando em vermelho?

– O que está escondendo? – o rapaz lhe perguntou.

A pergunta pareceu vir do nada e a assustou. Sua mente girava.

Os mapas estelares dentro da ocarina...

Sobre a mesa de chá entre os dois, o instrumento surgiu, como que invocado pelo pensamento.

O selo de Māma, que canalizou em mim o Dragão Prateado...

O ar começou a cintilar. O coração de Lan acelerou quando o selo da mãe se materializou à sua frente. Nele, uma forma sinuosa se movia, como se presa ali dentro.

Havia algo de errado. Seus maiores segredos, os quais nunca havia revelado a ninguém, agora se manifestavam diante do jovem desconhecido.

Do lado de fora, as nuvens se movimentavam. A cor deixava os salgueiros, neve branca cobria o chão. Não, ela não estava em casa.

Sua casa não existia mais.

O inverno crepitava acima, o gelo cobrindo o verde das árvores, os lagos. Poças vermelhas floresciam na neve, e um odor de qì metálico tornou o ar pesado. Lan voltou a se virar para o rapaz sentado à sua frente. Apesar do rosto inexpressivo, seus olhos pareceram surpresos. Ela podia sentir agora, os fios de qì de seus pensamentos e lembranças que ele reunira para construir aquela memória.

Lan agarrou o qì e o afastou.

A memória se desfez.

Ela abriu os olhos, sem fôlego. A cena – as cadeiras laqueadas, as janelas de treliça ornamentadas, os salgueiros, a luz veranil – tinha se dissipado feito fumaça. Lan se encontrava no chão do gabinete mal iluminado do príncipe, sentindo o cheiro forte do incenso no altar a um canto. Cheiro de rosas-do-deserto, de algo amargo queimando.

Diante dela, os olhos de Hóng'yì se abriram. Gotas de suor haviam surgido em suas têmporas e acima do olho de cinábrio em sua testa. Os lábios dele se entreabriram, e por um breve momento pareceu a Lan que o príncipe estava irritado. Então o rapaz encheu as bochechas de ar, esvaziou-as e soltou uma risada trêmula, e o instante passou.

– Eu não esperava isso. Você se saiu muito bem, para a primeira vez.

A garota notou que a vela estava quase se apagando. Um bom tempo havia se passado, embora tivessem parecido apenas minutos.

– Aprendo rápido – ela afirmou, então pegou seu chá para dar um gole, torcendo para que o rapaz não percebesse que suas mãos tremiam.

– O truque – Hóng'yì explicou – é convencer o adversário de que é real. Alguns preferem ataques rápidos: desarmar, reconfortar e depois penetrar a mente antes que escudos possam ser erguidos. Essa foi minha intenção quando perguntei seus segredos. – Os olhos dele se enrugaram. – Se eu lhe pedir para não pensar em algo, você imediatamente pensará. Mas se aprender a manejar seu próprio qì na mente do adversário, disfarçando-o como pensamentos *dele*... Esse é o verdadeiro poder de tal arte, Lán'ér.

– Então você a usa com frequência? – Lan perguntou, deixando a xícara de lado e mantendo o tom leve.

Hóng'yì piscou devagar.

– A prática não pode existir sem as três camadas de qì – o príncipe declarou, e Lan notou que ele não respondera. – Seu qì vem do seu núcleo, da sua alma. Você imbui um selo de vontade, intenção, emoções, e tudo isso vem da mente. A última camada é a atuação do selo em si, que se dá no mundo físico. É por isso que certos monges e praticantes passam a vida cultivando a mente e a alma, buscando sutras de várias disciplinas para atingir a iluminação. – A luz vermelha da lanterna tremeluziu nas maçãs do rosto e cílios dele quando o príncipe se inclinou para a frente. – Gostaria que você aprendesse isso, Lán'ér, porque gostaria que fôssemos aliados, no mínimo. Quero que seja poderosa.

A garota pensou no que ele havia dito na noite anterior: que queria que ambos fossem aliados, que queria lutar para recuperar o reino e mudar o futuro. Ainda havia peças do quebra-cabeça faltando, porém ela ia encontrá-las, uma a uma.

Lan olhou nos olhos do príncipe.

– Você já disse isso – ela comentou.

Um sorriso surgiu no rosto de Hóng'yì, como se ele a achasse ao mesmo tempo surpreendente e encantadora. O rapaz estendeu a mão e inclinou a cabeça de Lan. Daquela vez, ela sentiu o momento exato em que o qì do rapaz penetrou seus pensamentos.

O que não ajudava em nada a impedi-lo.

Uma torrente de sons e cores a varreu, e em meio a isso um par de mãos a encontrou. Carmesim surgiu em sua visão, e Hóng'yì reapareceu. Ele a puxou em sua direção, e juntos os dois caíram para trás, em uma fonte de luz.

Lan se encontrava sobre um piso de tábuas de pinheiro. Uma brisa suave chegava pelas persianas de bambu entre os pilares de jacarandá, o luar entrando como um rio. Dava para ouvir o som de cigarras e de uma cascata lá fora.

A Câmara da Cascata dos Pensamentos. Aquela era a Escola dos Pinheiros Brancos.

Por algum motivo, Lan sentiu uma onda de tristeza inimaginável.

– Você está segurando com força demais.

De repente, havia um jovem sentado ao seu lado. Ela se deu conta de que tinha um pincel de crina de cavalo em uma das mãos e um tinteiro com tinta preta em pó à sua frente. Os dedos dele estavam fechados sobre os de Lan, e o coração dela palpitou antes mesmo que se desse conta do que estava acontecendo. Os dois estavam tão próximos que a garota conseguia ver as sardas na pele do rapaz, sentir o aroma de rosas de seu hálito. Rosas... e fumaça.

A fragrância despertou algo dentro dela.

– Como venceu meu demônio da água? – ele perguntou.

O tinteiro aumentou, e de repente havia diante deles uma nascente em forma de crescente, sua água cor de safira refletindo a lua e as estrelas. Os reflexos ficavam cada vez mais fortes, a fluorescência prateada se reunindo em uma forma longa e sinuosa; a superfície da água começou a tremular em virtude do qì que surgia dela.

O Dragão Prateado irrompeu, suas escamas cintilando feito neve. Então se ergueu até abarcar o céu noturno, mais brilhante que qualquer lua ou estrela. Água escorria de seu corpo, que emanava um qì demoníaco.

Os lábios do jovem se entreabriram. Ele havia soltado a mão dela para se concentrar no deus-demônio – o maior segredo de Lan – e aparecia arrebatado.

Acorde. O Dragão Prateado voltou seus olhos azul-claros para Lan. ACORDE.

As palavras lhe deram uma sacudidela. Lan olhou para o rapaz ao seu lado – Hóng'yì, o herdeiro imperial – bem quando o Dragão mergulhava na direção deles, seu qì esmagando a ilusão como uma lâmina cortando papel. Hóng'yì foi pego de surpresa e arremessado para trás. Lan foi junto.

Daquela vez, ela agarrou o qì que o príncipe havia inserido em seus pensamentos e o atirou de volta a ele.

Era como se estivesse do outro lado de um espelho. Enquanto Lan caía no qì da mente de Hóng'yì, os fluxos de consciência dele a envolviam. Ela viu um palácio em chamas à noite, um emaranhado de rosas-do-deserto dançando no fogo sem queimar. Em meio à fumaça pungente e ao calor escaldante, havia uma sombra na forma de um rapaz coberto por um qípáo carmesim. Atrás dele, com os olhos cheios de lágrimas, Lan viu asas grandes e ardentes se abrindo contra o céu preto. Uma fênix – a Fênix Escarlate – nascendo das cinzas, feito uma pluma de fogo celestial, seu qì tão imenso que Lan sentiu que a queimava por dentro. Os olhos da criatura se voltaram para a garota, e ela sentiu que encarava o sol. Seu bico se abriu para um grito ensurdecedor…

…e, simples assim, acabou. Lan havia caído no chão e agora olhava para as pernas das cadeiras refinadas de jacarandá amarelo. Seu qípáo estava grudado ao corpo enquanto ofegava.

Havia visto o quarto e último deus-demônio, a Fênix Escarlate.

E Hóng'yì havia visto o Dragão Prateado escondido dentro dela.

O príncipe continuava na cadeira, debruçado sobre a mesa, segurando-se com força o suficiente para que os nós de seus dedos ficassem brancos. Também ofegava. Quando encarou Lan, a verdade crepitava feito um raio nos olhos dele.

Hóng'yì passou uma mão pela testa.

– Acho que esperei a vida toda por este momento – ele disse apenas.

Lan ficou olhando para o príncipe, com a mente girando. O rapaz havia mentido sobre quase tudo. Sobre a morte do pai e a perda da Fênix Escarlate, do poder da casa imperial. Sobre como havia fugido da invasão elantiana, fraco e doente.

Esse tempo todo, ele canalizava o deus-demônio.

Lan supusera que os antepassados de Hóng'yì tinham sido corrompidos pela influência da Fênix, tal qual Xan Tolürigin havia perdido a cabeça por conta da Tartaruga Preta. Ela estudou o rosto do príncipe, com toda a sua luz e sombra. Quanto dele era verdadeiramente dele, e quanto de sua vontade era na verdade a vontade do deus-demônio? Com uma pontada no peito, lembrou-se de como Zen havia lutado contra a possessão da Tartaruga Preta. Como houvera momento de lucidez em que *ele* se manifestava… e momentos em que Lan sabia que o ser que a olhava de volta não era humano.

À luz da lanterna, o rosto de Hóng'yì parecia pálido. Seu qì treme-luziu. Sob ele, o estrondo lento de um poder maior. Qì demoníaco.

O príncipe cambaleou até um armário no fundo do gabinete, traçou um selo no ar e o destrancou. Lan ouviu um tilintar de porcelana quando o rapaz tirou a tampa de um pote pequeno. Ela o reconheceu: era o mesmo que os criados haviam levado até o príncipe naquele primeiro jantar.

Hóng'yì tirou dali outra semente dourada de lótus, enfiou na boca e engoliu.

Lan se levantou, certificando-se de que a barreira mental entre ela e o Dragão Prateado estava erguida.

Algo estava acontecendo com Hóng'yì. Ele estremecia, e abaixo da superfície Lan sentiu seu qì crescendo, de modo que todo o cômodo pareceu tremer. Quando passou, o príncipe guardou o pote no armário, e Lan viu que as prateleiras estavam forradas de outros idênticos.

Com um suspiro, o herdeiro imperial se voltou para ela. Seu rosto estava corado, o tom dourado etéreo retornando à pele. As bochechas estavam rosadas mais uma vez, os lábios vermelhos e os olhos febris. Hóng'yì se aproximou de Lan.

– Eu sabia – ele murmurou. – Quando senti seu qì lutando contra o demônio da água, eu soube... ou desconfiei.

A garota examinou o rosto dele, perturbada com a vitalidade pouco natural de sua aparência. Hóng'yì havia escondido o maior segredo e a fonte de poder de sua família, havia mentido para Lan de forma descarada e com facilidade. Ela sentiu uma pontada no peito.

Se o rapaz detinha o poder da Fênix Escarlate havia doze longos ciclos, o objetivo de Lan de encontrar a Assassina de Deuses talvez estivesse em conflito direto com o dele. O príncipe saberia a respeito da arma, ou a família a teria escondido inclusive dele? E, se Hóng'yì canalizava a Fênix havia tanto tempo, quanto dele já fora corrompido?

Antes, Lan o queria como aliado, porém agora o jogo havia mudado. E tinha se tornado de fato um jogo.

Ela inclinou a cabeça e procurou soar sincera quando disse, com calma:

– Por que não me perguntou?

– Eu não tinha certeza – Hóng'yì respondeu, devagar. – Como reagiria se um desconhecido perguntasse a você sobre seu deus-demônio?

A garota forçou um sorrisinho.

– Não muito bem.

– Exatamente. – O rapaz respirava com dificuldade. – Quem é você?

Era o fim do disfarce.

– Meu nome é Sòng Lián – ela respondeu, baixo. *Minha mãe selou o Dragão Prateado nela para escondê-lo da sua família. Para destruí-lo*, pensou, mas não falou. Ela se perguntou se o príncipe se lembraria de sua mãe, uma conselheira imperial que havia fugido do palácio às vésperas da invasão elantiana. A história havia tornado as linhagens de ambos inimigas, porém era possível alterar seu curso. A pergunta era de que lado o príncipe ficaria.

– Sòng Lián. – Hóng'yì pareceu sentir o nome nos lábios, procurá-lo na memória. – Do clã sòng?

– Sim.

Os olhos do rapaz escureceram com algo que parecia desejo.

– Bem, Sòng Lián, agora conhecemos o segredo um do outro. Estamos quites.

Os dois não estavam quites, não até que Lan descobrisse o que o príncipe sabia sobre a Assassina de Deuses, se é que sabia alguma coisa. E ela possuía um último segredo, que guardava bem junto ao peito: o fato de que estava ali para destruir os deuses-demônios.

Lan deu um passo na direção dele.

– E o que propõe?

Hóng'yì pegou a mão dela, sua pele quente ao toque.

– Achei que você já tivesse adivinhado. Quero o que todos os imperadores querem, e mais além. Quero meu reino de volta. Quero um lar. Quero uma imperatriz que possa lutar ao meu lado, governar ao meu lado, uma imperatriz com *poder*.

Ela arquejou. Ali estava outra vez, aquela palavra, *poder*, saída dos lábios de um homem que havia nascido com todo o poder daquela terra e ainda assim desejava mais. A questão era se ele buscava o poder como um meio para um fim ou se o poder *era* o fim.

– E se eu não for capaz de controlar esse poder? – Lan perguntou.

Hóng'yì inclinou o queixo para ela.

– Posso ensinar – ele respondeu, gentil. – Eu não disse que tornaria você poderosa, Sòng Lián? – Seus dedos acariciaram a bochecha dela. – Seja minha imperatriz.

Ela não havia se tornado Lan da Casa de Chá do Pavilhão das Rosas à toa. Todos aqueles ciclos aprendendo a agradar os clientes, a se esconder atrás de uma máscara de sorrisos doces e sedas esvoaçantes, a haviam conscientizado de seus pontos fortes. O pedido havia sido rápido e direto demais a ponto de chocá-la. No entanto, tomou o cuidado de não demonstrar isso.

Lan baixou os olhos e corou lindamente.

– Estou honrada, Alteza.

Hóng'yì pegou a outra mão dela. A garota se esforçou para não se contrair ao sentir os dedos quentes dele em seus pulsos.

– Perdoe-me por ser tão franco – o príncipe disse, soando tão sincero que Lan talvez até acreditasse se ele não tivesse soado igualmente sincero quando mentira sobre a Fênix Escarlate na noite anterior. – Podemos começar como aliados, Sòng Lián, porém podemos nos tornar mais do que isso, caso deseje. Talvez você possa aprender a me amar, assim como ambos amamos este reino.

Lan olhou nos olhos do rapaz e se lembrou das portas de jacarandá amarelo se abrindo para revelar asas vermelhas ardentes que pareciam abrigar o mundo. Então pensou nos segredos ainda escondidos nelas.

– Sim – sussurrou. – Quero ser sua imperatriz.

15

*Passei sob o pái'fāng e o mundo cintilou
por um momento. Quando emergi, sabia que não
estava do outro lado, mas em outro mundo. Bolsões de
reinos limítrofes assim existem, sustentados por regras
desconhecidas que só posso atribuir à magia.*

Escritura das montanhas e mares,
livro 5: *Sobre outros mundos*

Zen se encontrava à beira do mesmo precipício, sob um céu sem cor. No lugar do vale seco, no entanto, havia um rio, de águas claras como vidro e completamente silenciosas. Quando olhou para suas profundezas, elas lhe pareceram infinitas.

Apenas então o rapaz se deu conta de que não havia reflexos na água. As montanhas, os penhascos, seu próprio rosto – nada aparecia na superfície que, fora isso, lembrava um espelho.

Onde ele estava? Não havia sentido a presença de nada parecido com um selo de portal no pái'fāng. Não, o selo ali era diferente de qualquer coisa com que houvesse deparado na Escola dos Pinheiros Brancos. Aquele não parecia ser um lugar diferente: as montanhas eram as mesmas, o pái'fāng era o mesmo.

Era como... um reino conjurado pelo tipo de magia antiga que o havia conduzido ao palácio dos imortais. Um selo de divisa criado com o qì das almas, do reino sobrenatural.

Na escola, Zen havia aprendido os princípios básicos da prática hin conforme definido pelos decretos imperais do Reino do Meio; muito daquele mundo e de seus segredos havia se perdido com o tempo e a conquista. Princípios da prática que beiravam o místico e o mágico, como o mundo das almas imortais que ele adentrara na Montanha da Luz Öshangma.

O lugar onde se encontrava agora devia ser outro segredo.

Lótus cresciam na superfície do rio, oscilando ligeiramente com uma brisa invisível. Suas pétalas brancas como neve envolviam as sementes douradas, que brilhavam como o sol, emanando energias yáng. Eram as flores da imagem no pái'fāng.

Zen se ajoelhou à beira do rio. *Um rio da morte composto apenas de yīn*, a imortal havia dito, *equilibrado por flores da vida compostas apenas de yáng.*

Não havia dúvida de que as sementes da clareza cresciam naqueles lótus. Teria que nadar até elas, porque estavam distantes demais para que as alcançasse da margem.

Zen tirou as botas, o qípáo e, depois de alguma hesitação, a Fogo da Noite. No entanto, manteve a algibeira na cintura.

Sentindo-se vulnerável, ele respirou fundo e entrou na água.

Era fria como gelo. O rapaz ficou esperando algo acontecer – um demônio do rio irromper da correnteza, um selo antigo ser acionado. Mas a água nem tremulava à medida que ele avançava.

Zen chegou à primeira flor de lótus e estendeu a mão.

Só então os fantasmas se manifestaram, como formas dentro do rio: a pele pálida, o cabelo flutuando feito alga. Seus sussurros se sobrepunham. Uma névoa havia se levantado mais adiante, sobre a água; nela, havia uma silhueta, que foi ficando cada vez mais escura.

– O que você vê não é real.

Zen recuou um pouco. Aquela voz... ele a reconheceria em qualquer lugar. Seu dono se materializou na névoa. Com o qípáo branco, a expressão calma com uma sugestão de sorriso e o cabelo grisalho de sempre.

Dé'zǐ parou diante do rapaz. A maneira como os limites de seu corpo cintilavam e suas vestes se dissolviam na água deixava claro que se tratava de uma ilusão, de algo conjurado pela imaginação de Zen. Ainda assim, sentiu necessidade de se prostrar aos pés do grão-mestre e implorar por seu perdão.

Ele permaneceu onde estava, avaliando a forma de Dé'zǐ.

– Você não é meu shī'fù.

Não conseguiu evitar que sua voz fraquejasse ligeiramente na última palavra.

– *Não* – o espírito reconheceu. – *Não sou. Foi a sua consciência, o qì da sua mente, que me esculpiu nesta forma.*

Zen agora via as falhas na aparição. Faltava uma pinta pequena na orelha; a cicatriz na mão não tinha a forma exata; o tecido de sua gola e a faixa de samito pareciam grosseiros, em vez de finos.

À medida que o rapaz notava essas diferenças, no entanto, elas se corrigiam de maneira surpreendente. Ainda assim, as expressões da aparição e a maneira como ela se movia e falava pareciam estranhos.

– O que você é? – Zen perguntou.

– *Um guardião deste rio.*

Os olhos dele foram para as sementes douradas de lótus, ainda fora do seu alcance.

– Vim buscar as sementes da clareza – ele declarou.

O guardião do rio o avaliou. Um vento soprou, e Zen pensou ter sentido um toque vago de yīn no ar.

– *Por quê?*

– Para fortalecer meu núcleo de qì, para que eu possa controlar o poder do deus-demônio que canalizo.

Zen estudou o rosto do guardião do rio cuidadosamente, porém ele transmitia pouca informação, como costumava ser com o rosto do grão-mestre. As vestes longas do espírito esvoaçavam.

– *As sementes da clareza fortalecerão seu núcleo, porém o preço é alto.*

O aviso da imortal yuè se repetiu na mente do rapaz: *as sementes da clareza são ao mesmo tempo uma cura e uma maldição... uma espada de dois gumes, como o poder que você contém.*

– E qual é o preço? – Zen perguntou.

A aparição piscou.

– *Pelo que você vive, Xan Temurezen?*

O rapaz nem perguntou como o guardião do rio sabia seu nome. Pelo que ele vivia?

A resposta era o que o amarrava àquele mundo. Pensou na mãe e no pai, nas grandes planícies de sua terra natal, acenando para ele, sob o céu azul. Em seus primos correndo para casa depois de passar o dia pastoreando, para brincar de brigar pelo leite de égua, frio e adoçado, que um dos tios fazia. Na lembrança que a Tartaruga Preta havia lhe mostrado, de seu bisavô, Xan Tolürigin, o maior general e praticante demoníaco do clã mansoriano, ajoelhando-se diante do imperador hin. Implorando para que seu povo fosse poupado.

Zen vivia para consertar os erros do passado. Vivia para trazer os clãs de volta ao Último Reino, para que as coisas voltassem a ser como deveriam. Vivia como legado do grande clã mansoriano e daria a própria vida para vê-lo se reerguer.

Seu fluxo de pensamentos se alterou, e o rapaz retornou ao vilarejo na montanha assolado pela chuva, à sensação de uma garota em seus braços, com perfume de lírios. A todos os momentos em que haviam olhado pelas janelas de treliça ornamentadas de madeira para uma terra repleta de pinheiros verdejantes e tomada pela névoa, sonhando com um futuro ali. Não um futuro grandioso, não um futuro de poder, mas um futuro pacífico. Um futuro em que os dois poderiam ficar sentados à luz bruxuleante de uma lanterna, cercados de livros e crianças, e envelhecer juntos.

Zen engoliu em seco para reprimir a dor que crescia em seu peito. Diante dele, os olhos da aparição pareceram tremeluzir, como se testemunhassem cada lembrança e cada pensamento que se passava por sua cabeça.

– *E o que você faria para ter a chance de viver essa vida?* – o guardião do rio perguntou.

– Qualquer coisa. – A voz dele saiu rouca. – Tudo.

– *As sementes da clareza cobram um preço. Sua alma precisará sacrificar algo.*

Zen já havia entregado a alma para ter uma chance de atingir seus objetivos. Nada mais o assustava.

– Qual é o preço? – insistiu.

Os olhos da aparição tremularam mais uma vez, depois ela inclinou a cabeça.

– *Pode escolher uma semente.*

Os lótus entre eles balançaram ligeiramente. As sementes continuavam brilhando, lisas e perfeitas feito pérolas, douradas como se o sol as iluminasse. Quando Zen estendeu a mão, as pétalas pareceram se abrir aos seus dedos.

Ele hesitou por apenas um momento, então arrancou uma das sementes douradas do coração da flor.

Um vento gelado soprou, como se exalasse. A imobilidade se fragmentou; acima, nuvens se retorciam e distorciam. Houve um movimento no rio enquanto os fantasmas se agitavam, rodopiando com as correntezas e observando-o com seus olhos vidrados. Eles deixavam um amplo espaço para a luz da semente de lótus, afastando-se do brilho que recaía sobre as profundezas turvas do rio.

A não ser por um único espírito.

Ele se adiantou, iluminado pela aura dourada da semente. Conforme se aproximava, seus traços se cristalizavam: tratava-se do fantasma, da alma, de um homem. Suas feições eram bondosas, e ele usava o duàn'dǎ de tecido cru e o dǒu'lì cônico da classe trabalhadora. A cesta de grãos em suas costas indicava que se tratava de um fazendeiro; as rugas em seu rosto, que sua vida fora árdua. O homem fez menção de pegar a semente, que pulsava feito um coração. Zen sentiu um fluxo de qì entre ela e o fantasma.

A luz da semente se intensificou em um clarão. O contorno do fantasma perdeu força, como se todo o qì que o constituísse e permitisse sua existência naquela forma se canalizasse na semente. Com um suspiro final, o espírito do homem desapareceu.

O silêncio foi rompido com um rugido alto do rio. Zen só teve tempo de inspirar fundo antes que o céu cinza infinito se arqueasse sobre ele e as águas o puxassem.

O mundo saiu do eixo, e o rapaz aterrissou na terra sob o portão fantasma.

Zen se virou e vomitou, o corpo se convulsionando horrivelmente pelo esforço de expelir água e trazer ar de volta para os pulmões. Só que ele se deu conta de que não havia água. Suas roupas estavam apenas um pouco úmidas, por conta da névoa densa e do suor. Fora aquilo, o rapaz permanecia seco. Quando olhou da beirada do precipício, havia apenas um vale seco outra vez. Nada de rio, nada de água.

Uma ilusão, Zen pensou, só que algo havia retornado com ele, para o mundo físico. Algo cravado contra sua palma. Ele abriu os dedos.

A semente cintilava contra sua pele, de um dourado nauseante.

Zen a deixou cair, como se queimasse. Agora ele entendia. O aviso da imortal, os enigmas do guardião do rio.

As sementes da clareza cobram um preço.

Não eram sementes.

Eram *almas*. Eram as almas dos espíritos presos no rio, aguardando sua libertação.

O corpo do rapaz começou a tremer violentamente.

Pelo que você vive, Xan Temurezen?

Para consertar os erros: sua família, seu clã, injusta e brutalmente dizimados daquela terra. Para reivindicar aquele reino e restaurá-lo a como deveria ser. Para ter uma chance de uma vida com Lan.

E o que você faria para ter a chance de viver essa vida?

O mundo ficou turvo. As sombras na periferia de sua visão retornaram. Zen sentia a forma da Tartaruga Preta assomando, observando-o. Podia sentir o qì dela se misturando ao seu a todo momento, algo que não tinha mais como ignorar.

Xan Tolürigin havia perdido a própria alma para aquela criatura e matado milhares de hins inocentes. Ajoelhado à beira do penhasco, vomitando com as mãos na barriga, Zen enfim compreendeu algo. Ao escolher a Tartaruga Preta, ele havia escolhido um poder desenfreado, e um poder desenfreado implicava destruição. Talvez vencesse aquela guerra, porém apenas aniquilando tudo à sua volta, a começar por si mesmo. Por sua alma.

Que fosse assim. Ele havia feito sua escolha, determinado seu caminho. Não havia mais como voltar atrás.

Zen se arrastou e limpou a boca na manga. Pegou a semente do chão. Ela pulsou ao seu toque, como um coração, como algo *vivo*.

Ele a levou aos lábios. Sua mão tremia tanto que o rapaz achou que pudesse errar.

Inclinou a cabeça para trás e engoliu a semente.

Começou com uma queimação no estômago, que se espalhou por suas veias, até parecer que seus ossos iam derreter com o calor. Então o calor se alterou, tornando-se o que só poderia ser descrito como vitalidade. Os cortes e hematomas se foram, deixando sua pele lisa como alabastro. A cicatriz em sua barriga, do ferimento infligido por Lan, encolheu até que não restasse nada além de músculo. Sua mente e seu núcleo também sofreram o impacto: uma sensação inebriante de força, como se ele tivesse nascido outra vez.

A presença agourenta que sempre permanecia nos limites de sua consciência se acendeu. O olho da Tartaruga Preta se voltou para o rapaz.

Parece que subestimei você, Xan Temurezen, ela disse. O brilho dourado começava a devorar também a sombra do deus-demônio, como um pergaminho queimando até se extinguir. *Esta proeza talvez supere todas aquelas realizadas por meus outros canalizadores. A pergunta é: você se submeterá a uma vida inteira disso? Ceifará mais almas do que barganhou comigo, em nome de sua própria vida?*

O estrondo de uma risada grave se seguiu, depois a sombra se foi, o núcleo de Zen superando o poder do deus-demônio com sua vitalidade recém-descoberta.

O rapaz respirou fundo. Havia um bom tempo que não sentia sua mente tão clara; seu corpo, curado e forte; seu qì, inteiramente recuperado.

Zen voltou a ser ele mesmo.

E odiou cada partezinha de si.

16

Quem golpeia a grama assusta a cobra.

Senhora Nuru Ala Šuraya,
do clã de aço jorshen, *Clássico da guerra*

Lan acordou cedo na manhã seguinte, com uma sensação que não conseguia distinguir muito bem. A escuridão penetrava as frestas das persianas de madeira, o amanhecer ainda a cerca de um sino daquele instante. Nas horas fantasmagóricas entre a noite e o dia, o deserto se encontrava em tamanho silêncio que chegava a ser sufocante – não havia nem o cricrilar dos grilos nem o canto dos pássaros ou mesmo da areia para romper o silêncio. Algo no ar causava uma perturbação profunda nela.

Uma sombra se moveu perto da cama. Lan conseguiu pegar a ocarina antes que uma mão tapasse sua boca. O cheiro era familiar: de espada. Um olho cinza brilhou na escuridão, e lábios vermelhos e curvados se tornaram visíveis.

– Sou eu – Dilaya sibilou.

Lan revirou os olhos enquanto a amiga puxava a mão de volta.

– Não pensou em bater, em vez de se esgueirar como uma assassina no meio da noite?

– Não, mas sempre penso em bater *em você* quando dá suas respostas espertinhas. – O tom de Dilaya se tornou urgente. – Onde você esteve?

Lan contou rapidamente à outra sobre como passara o dia aprendendo uma arte da prática que permitia acessar a mente e os pensamentos; sobre como aquela arte era transmitida através da linhagem de Hóng'yì. A incredulidade foi deixando os lábios de Dilaya cada vez mais caídos e culminou em um grunhido quando Lan mencionou seu noivado com o herdeiro imperial.

– Precisamos dessa aliança. – Para provar seu ponto, ela revelou: – A Fênix Escarlate está com ele.

Dilaya sacou Garra de Falcão na mesma hora.

— Aquele covarde, *desgraçado*, cria de coelho! Esteve canalizando um deus-demônio esse tempo todo e prefere se manter escondido na ilusão deste reino dos confortos!

— Ele está à mercê da Fênix, Dilaya. Só pode ser. Não sabemos a extensão do controle dela. — Os dedos de Lan agarraram os lençóis de seda quando ela pensou em Zen e em seu bisavô, o Assassino da Noite. — Os deuses-demônios corrompem quem os canaliza à medida que seu poder é invocado.

— As pessoas fazem escolhas, Sòng Lián — Dilaya retrucou, apontando a espada de maneira dramática para a outra. — Não interessa se você ainda o ama, *Temurezen* escolheu canalizar a Tartaruga Preta. Escolheu trair e abandonar você em troca de poder.

Lan respirou fundo e desviou o rosto.

— Não foi nesse sentido que eu falei — Dilaya murmurou, o mais perto que era capaz de chegar de um pedido de desculpa. Ela embainhou a espada, desconfortável. — Por exemplo, você canaliza o Dragão Prateado, mas não corre o risco de perder sua autonomia para ele.

Lan se certificou de que o acesso do deus-demônio a seus pensamentos estivesse interrompido antes de responder, baixo:

— Meu acordo foi diferente. O Dragão está ligado à alma da minha mãe. Ela fez com que ele prometesse me proteger.

Lan não mencionou o novo acordo que havia feto com o deus-demônio: sua alma em troca da liberdade da alma de sua mãe. Quando Lan morresse — o fim natural de qualquer pacto demoníaco —, a criatura consumiria sua alma e libertaria a de sua mãe.

— Eu estava lá, Dilaya. Zen fez a própria escolha, e eu o odeio por isso, mas... quando o reencontrei em Nakkar, ele estava lutando contra o domínio da Tartaruga Preta com cada fibra de seu ser.

— Independentemente disso, pessoas que canalizam deuses-demônios determinam quanto poder invocam — Dilaya insistiu, teimosa. — E Hóng'yì mentiu para nós quando contou sobre a fuga da invasão elantiana, doze ciclos atrás. Ele está escondendo alguma coisa.

— Por isso concordei com o noivado — Lan disse. — Preciso que o príncipe confie em mim. Ele é o herdeiro imperial. Os segredos que guarda são nossa última esperança. Pretendo me aproximar dele para descobrir o que sabe.

Dilaya franziu os lábios, mas não falou nada. Parecia distraída. Preocupada.

— Chó Tài sumiu — ela informou, piscando, depois se virou para as persianas ornamentadas.

– Quê? – Lan sentiu o corpo gelar. Depois que aceitara o súbito pedido de casamento do príncipe, não havia visto nenhum dos amigos. – Vocês não bisbilhotaram pelo palácio ontem?

– Sim. Passamos o dia juntos, até ele insistir que estava ouvindo fantasmas na nascente. Eu ia dar corda para as bizarrices dele e acompanhá-lo para investigar, mas bem então aquele espiritozinho de raposa branca apareceu.

Lan precisou de um momento para entender de quem se tratava, uma vez que, quando estava irritada, para Dilaya a maioria das pessoas era um "espiritozinho de raposa".

– Xuě'ér?

Os lábios dela se tensionaram enquanto assentia.

– Não tínhamos como bisbilhotar com Xuě'ér atrás de nós, por isso concordamos em voltar cada um para seu quarto e aguardar que o palácio esvaziasse para nos reunirmos. Quando fui procurar Chó Tài, ele havia sumido. – Dilaya se aproximou da persiana e a abriu devagar. – Mas encontrei algo. Venha.

Através da janela que ia do chão ao teto, uma brisa quente trazia o perfume doce das rosas. Para Lan, aquele era mais um dos aspectos de Shaklahira que deveriam ser agradáveis, mas pareciam inadequados. Desertos deveriam ser congelantes à noite e escaldantes durante o dia, no entanto o selo de divisa e os muitos outros que pulsavam naquele lugar o mantinham envolto em um manto próprio.

O céu estava tingido de um tom tênue de azul, enquanto poucas estrelas ainda piscavam sobre suas cabeças. A cor banhava a Nascente Crescente e as gramíneas prateadas farfalhantes que a cercavam, iluminando as pegadas na direção da água.

Eram claramente de Tai – Lan havia passado tempo o bastante atravessando o deserto atrás dele para não reconhecer o desenho de suas solas, o tamanho de seus pés. Dilaya lhe lançou um olhar que beirava a ansiedade.

Juntas, as duas seguiram as pegadas, que saíam das portas laterais do quarto do rapaz, iam até a beirada da nascente e a margeavam até o outro lado, longe dos jardins do palácio.

Ali, as pegadas simplesmente desapareciam. Como se Tai tivesse entrado na água.

Lan ficou olhando para a Nascente Crescente, que refletia o céu noturno tão perfeitamente quanto um espelho. Ela se lembrava de ter visto carpas quando os três haviam atravessado pela primeira vez a ponte que dava no reino secreto de Shaklahira, porém as águas agora permaneciam imóveis.

E havia algo mais, bem acima do ponto onde as pegadas de Tai terminavam. No meio da água, via-se um aglomerado de flores de lótus, suas pétalas claras refletindo o luar. Era curioso que suas sementes eram douradas e lisas como pérolas.

De repente, Lan se deu conta de que já as havia visto.

– Hóng'yì ingere isso para tuberculose – murmurou.

– Parece que o rapaz dos fantasmas desenvolveu um interesse repentino por elas – Dilaya comentou, seca. – Malditas flores.

– Deve haver um motivo para Tai ter tentado pegá-las – Lan sugeriu, tirando as sandálias de palha e segurando as sedas do qípáo.

– O que está fazendo? – Percebendo as intenções dela, Dilaya a segurou pelo braço. – Está maluca? Tem um *demônio da água* aí!

– Você quer encontrar Tai ou não? – Lan retrucou.

Dilaya franziu ainda mais a testa, porém soltou a amiga.

A água estava congelando. Mesmo no calor da manhã no deserto, Lan tremia ao avançar. A superfície da nascente era preta feito tinta. Ela punha um pé à frente do outro, mas não conseguia ver além dos tornozelos. Era como se a água os engolisse. O frio penetrava suas veias e criava raízes ali. As energias yīn pareciam abrir caminho rumo a seu núcleo. Uma névoa começou a se formar, envolvendo as gramíneas prateadas até escondê-las. As únicas a manter sua cor foram as flores de lótus, as sementes douradas brilhando igual a mel.

Lan estendeu o braço.

Assim que a ponta de um dedo tocou uma semente, o qì se agitou como se um grande suspiro percorresse Shaklahira e uma cortina invisível se erguesse. A superfície da água clareou, e Lan se viu diante de uma moça sob as ondas: pálida e com a expressão aterrorizada.

Precisou morder a língua para se impedir de gritar. Formas disparavam na água: fantasmas, cujo qì frio os seguia, seus sussurros parecendo um chilrear horripilante no ar.

O fantasma da garota se dirigiu a Lan. O brilho da semente dourada de lótus se intensificou.

– *Ajude-me* – ela disse, sua voz lembrando um suspiro do vento. – *Não deixe que ele ou seu demônio da água consuma minha alma.*

O mundo saiu bruscamente do eixo. Os pensamentos de Lan congelaram; parecia incapaz de aceitar a realidade do que via e ouvia.

Nas profundezas da água, um grande olho se abriu. O demônio da Nascente Crescente despertava e voltava sua atenção para Lan. Os fantasmas submersos se apressaram na direção dela, afastando-se do demônio, e Lan ouviu ecos vagos de seus gritos aflitos enquanto fugiam. Em seu interior, o qì do Dragão Prateado despertou ao sentir o perigo.

Ela levou as mãos Àquela que Corta as Estrelas e à ocarina, preparando-se para um ataque que não veio. A atenção do demônio se desviou para o vento forte que varria a água, vindo do fim da ponte, onde o selo de portal que levava ao mundo exterior se encontrava.

A criatura se virou e retornou às profundezas da nascente. O último sinal dele que Lan viu foi o movimento de seu corpo sinuoso, mais largo que um barco, desaparecendo na direção do outro lado da ponte.

Lan esticou o pescoço em uma tentativa de enxergar mais longe e verificar o que atraíra a atenção do demônio da água.

Uma mão agarrou sua cintura. Quando ela se deu conta do que acontecia, estava sendo arrastada para a margem. Areia e gramíneas obscureciam sua visão. Lan piscou e notou que a névoa se esvaíra.

– O que você viu? – Dilaya perguntou, com o único olho arregalado, a mão no punho da Garra de Falcão. – O que foi?

– Fantasmas – Lan respondeu, ensopada e tremendo, com o qípáo colado no corpo. Nem percebera quão fundo havia ido. – As sementes de lótus são almas, Dilaya. O príncipe sacrifica almas e as consome para reabastecer o próprio núcleo. É assim que mantém a sanidade enquanto canaliza um deus-demônio.

A imagem do rosto aterrorizado da garota voltou a Lan, assim como os lamentos fracos dos espíritos enquanto fugiam do demônio da água.

Ela voltou a olhar para a nascente, mas não conseguiu ver a criatura.

– Você fez algo para distrair o demônio da água?

Dilaya balançou a cabeça, com os lábios pálidos. Antes que pudesse falar, seu rosto se virou para o palácio, onde através da janela se via uma lanterna acesa.

– Ele está vindo – ela exclamou, e os nós de seus dedos ficaram brancos no punho da dāo. – Precisamos lutar, Sòng Lián.

– Não – Lan se apressou em dizer. – Se atacarmos a grama, assustaremos a cobra e perderemos tudo. Não posso arriscar a confiança de Hóng'yì, Dilaya.

Em algum lugar ao longe, portas se abriram. A luz vermelha de uma lanterna vazou para o céu que começava a assumir o tom de cinza que precede a alvorada; sombras se moveram e se aproximaram.

– Vá – Lan instruiu. – Vou ficar bem. Vou inventar uma mentira. Sou boa nisso.

O retorcer dos lábios de Dilaya deixava claro o quanto odiava o plano, mas não retrucou nada. Lan sentiu uma oscilação no qì, um adensamento das sombras, então a amiga se foi.

No último instante.

A chama da lanterna aqueceu a pele fria de Lan enquanto a areia sibilava sob os pés do príncipe.

– Sòng Lián – chamou aquela voz familiar de tenor, voltando a gelá-la. – Minha noiva. Que surpresa encontrar você aqui, na hora do tigre.

Lan precisou reunir toda a sua força de vontade para virar a cabeça e encará-lo. O rapaz viera sozinho, sem os criados que o seguiam por toda a parte, ou mesmo sua fiel guarda-costas. Por algum motivo, aquilo lhe fazia ter um péssimo pressentimento. Lan pensou nos fantasmas na água, em seus apelos amedrontados.

– Dei um mergulho, para esvaziar a cabeça – sussurrou. As melhores mentiras eram as que se aproximavam da verdade. Lan arregalou os olhos e fez com que os lábios tremessem. – Vi fantasmas na água.

Sombras percorreram o rosto do príncipe, abrindo rugas nos cantos de seus lábios. A luz vermelha da lanterna que ele segurava refletia em seus olhos, conferindo-lhe um ar assombrado. Apesar do tardar do sino, Hóng'yì usava o hàn'fú da corte, o bordado em ouro elaborado no brocado carmesim cintilando.

O rapaz se inclinou na direção dela e puxou seu rosto para mais perto. Os olhos dele se fixaram nos de Lan. A garota sentiu o roçar sutil do qì do príncipe no seu enquanto ele penetrava sua mente. Ela permitiu aquilo, abriu seus pensamentos para a lembrança da garota, para o demônio da água se afastando.

Ela pôs uma mão na palma dele; os dedos de Hóng'yì queimavam quando envolveram os de Lan para colocá-la de pé. Ela notou o brilho dourado e saudável da pele do príncipe, o tom febril de seus lábios e bochechas.

Procurando controlar as feições para não demonstrar raiva, Lan disse, com a voz trêmula enquanto forçava um sorriso altivo:

– Sua nascente é assombrada. Poderia ter me contado, já que este será meu lar também.

– A nascente sempre foi assombrada – Hóng'yì respondeu. – Mas posso me livrar dos fantasmas, se isso agradar à minha noiva. Você tem razão: este também será seu lar eterno.

Ele passou um dedo pelo rosto de Lan, que estremeceu com a carícia. Zen sempre a tocara de maneira comedida, com um desejo gentil que fazia com que ela se sentisse segura e respeitada. O modo como os dedos de Hóng'yì a roçavam, no entanto, fazia com que Lan se sentisse um troféu.

– Ótimo – ela falou, erguendo o queixo. – Agora me acompanhe até meus aposentos, para que eu possa dormir um pouco mais antes da cerimônia.

Hóng'yì pareceu pensar a respeito. Seus lábios se contorceram.

– Pensei em realizar a cerimônia agora. – O sorriso dele se ampliou. – Bem aqui.

O corpo de Lan se enrijeceu quando ele levou a mão à sua lombar.

– De modo algum – exclamou, irritadiça. – Estou ensopada e com frio. Não estou nem usando as vestes cerimoniais apropriadas.

– Isso pode ser resolvido facilmente – Hóng'yì garantiu. O qì lampejou e um selo apareceu, tão rápido que Lan mal acompanhou o movimento.

Vermelho e ouro brotaram em sua camisola, em um padrão intrincado de rosas e botões de flores. O tecido secou e ficou mais duro, passando de seda a um brocado grosso. Aquele era um nível de prática com que Lan nunca havia sonhado, um nível de prática que impressionaria até os mestres da Escola dos Pinheiros Brancos.

– Pronto – o príncipe anunciou, indiferente.

Ele recuou e estendeu a mão aberta. Nela apareceu um livro branco e grosso, o selo inscrito na capa diferente de qualquer um que Lan tivesse visto. Seu qì era tão forte que a garota teve a sensação de que estava olhando para o interior de uma chama. Quando Hóng'yì abriu na primeira página, estava em branco.

O príncipe começou a traçar um contrassello tão elaborado que, mais uma vez, Lan não conseguiu acompanhar. Energias demoníacas começaram a se revolver. Uma fumaça densa e acre se espalhou no ar, e a luz da lanterna pareceu ganhar força. O contrasselo encontrou o selo, fundindo-se em cinzas, e palavras douradas apareceram na capa de couro do livro.

Clássico dos deuses e demônios

Tinta desceu pelas páginas, volteando-se em caracteres que não eram hins. A escrita se mantinha vertical, porém os traços eram mais fluidos e as curvas, mais arredondadas que os da caligrafia quadrada hin.

Os olhos ardentes de Hóng'yì pousaram em Lan. Atrás dele, contra o céu que assumia um tom coral por conta da alvorada, enormes asas em chamas pareceram se abrir, e uma coroa de penas dourou os resquícios da escuridão acima.

– Juntos, seremos mais poderosos que qualquer outro deus ou demônio que já tenha caminhado por esta terra – o príncipe disse, encurtando a distância entre os dois e puxando-a para si. Com a outra mão, continuava segurando o livro. Qì demoníaco emanava dali.

Juntos. Lan olhou para o livro, enquanto sinos soavam o alarme em sua mente. Pensou nas almas na água, nas sementes douradas de lótus, nos gritos dos espíritos presos na nascente.

Era agora ou nunca.

Lan pegou o rosto de Hóng'yì nas mãos e abrandou o olhar para encará-lo. Seu coração martelava de tal maneira que ela tinha certeza de que o rapaz o ouvia. Aquela era sua única chance.

Desarmar, o príncipe havia dito, sobre a arte de manipular o qì da mente de outra pessoa, *reconfortar...*

Ela se inclinou para a frente e beijou Hóng'yì. A boca dele se entreabriu de surpresa a princípio, depois rapidamente fez pressão contra a dela, uma das mãos pegando a cintura de Lan com avidez. O corpo todo dela tremeu, seu estômago se revirou, sua respiração acelerou. Lá estava outra vez, o cheiro de fumaça, de algo queimando. O gosto dos lábios de Hóng'yì era quente e metálico como sangue.

...e depois penetrar a mente...

Lan se afastou gentilmente.

...antes que escudos possam ser erguidos.

Ela pegou o queixo do príncipe e olhou bem nos olhos dele.

Se eu lhe pedir para não pensar em algo, você imediatamente pensará.

– Onde está a Assassina de Deuses? – Lan perguntou. Os olhos do príncipe se arregalaram em uma surpresa desprotegida, e ela projetou seu qì para o fluxo de pensamentos dele.

Explosões vívidas de cores, visões e sons passaram depressa por ela. Lan mergulhava de cabeça em uma luz brilhante. Portas refinadas feitas de jacarandá amarelo, com a envergadura de uma fênix em ouro derretido ocupando toda a extensão.

Elas se entreabriram o bastante para que Lan espiasse. Para que visse o fogo que se alastrava pelo cômodo do outro lado. Para que visse a fumaça do inconsciente do rapaz se arranjar em caracteres: *Assassina de Deuses.*

Então ela foi puxada para trás e as portas se fecharam. O qì da mente de Hóng'yì se distorcia, chicoteava o qì da mente dela com fúria pura.

No momento seguinte, Lan estava de volta à beira da nascente, nos braços do príncipe. O vento soprava turbulento, criando ondas que batiam contra as margens. O céu pegava fogo por conta do qì demoníaco que irradiava da silhueta do herdeiro imperial tal qual asas.

Hóng'yì empurrou Lan para longe. Ela caiu na areia. Quando levantou a cabeça, o rapaz assomava sobre ela, seu belo rosto contorcido em uma carranca. Ele segurava o livro, o *Clássico dos deuses e demônios*, junto ao peito.

– Sua mentirosa miserável – Hóng'yì rosnou.

– Veja só quem fala.

Lan perdeu o ar quando os dedos do príncipe se fecharam em seu pescoço. Ela tentou pegar a ocarina, porém Hóng'yì pisou em seu pulso.

– Este selo vinculará você e o Dragão Prateado a mim – ele anunciou, erguendo o *Clássico dos deuses e demônios*. – Você vai ter que concordar.

– E você vai ter que me obrigar.

– Se insiste...

Um canto dos lábios do rapaz se ergueu. Lan sentiu um alívio na garganta e na mão quando Hóng'yì recuou. Ele espanou o pó de seu hàn'fú carmesim, depois fez um movimento de mão na direção da nascente.

As águas se agitaram. Uma forma apareceu lá dentro, depois rompeu a superfície.

Um grito escapou de Lan:

– Tai!

Ele estava inconsciente, por algum milagre, seco, com os cachos pretos caindo sobre os olhos e a cabeça pendendo. Encontrava-se sob controle de qualquer que fosse o selo de Hóng'yì, que o manipulava tal qual uma marionete.

– Sem dúvida você descobriu a fonte dos meus comprimidos – o príncipe disse, com frieza. – O remédio para... minha *tuberculose*.

Só então a garota se deu conta.

– Você não tem tuberculose.

O herdeiro imperial abriu um sorriso cortante.

– Um príncipe doente e solitário, defensor de uma causa, em busca de aliados para salvar seu império. E você achou que era a única ostentando uma fachada, Sòng Lián. – O sorriso dele se foi. – Caso se recuse a se vincular a mim, Chó Tài terá o mesmo destino que os fantasmas da água que definham na minha nascente, esperando que suas almas se transformem nas sementes que fortalecem meu núcleo de qì.

Lan estremeceu ao imaginar o amigo como uma das almas impotentes presas abaixo da superfície.

– Por que está fazendo isso? – ela conseguiu perguntar.

Os dedos de Hóng'yì se moveram no pescoço de Lan, o aperto mortal passando a uma carícia. O rosto do príncipe se suavizou no que quase parecia uma expressão pensativa enquanto ele a contemplava, talvez imaginando o deus-demônio que a garota continha.

– Porque quero poder.

– Você tem poder. Você *nasceu* com poder.

– E quero mais. – Os olhos dele cintilaram. – Quero tudo. Meus antepassados uniram este reino sob seu domínio, porém deixaram uma brecha, uma vulnerabilidade. Três vulnerabilidades, aliás. Possuíamos apenas um dos quatro deuses-demônios. Foi isso que permitiu que o clã mansoriano quase nos derrotasse. Foi o que permitiu que os clãs rebeldes se reerguessem. Se eu detiver todo o poder no mundo, garantirei ao nosso reino uma estabilidade nunca antes vista.

– E para tal você sacrificaria as almas de seus súditos, hins inocentes.

– Isso é da natureza do poder e deste mundo, Sòng Lián. Aqueles que não podem governar devem servir, pelo bem comum. Para arder forte, a chama deve se alimentar da lenha. – Hóng'yì ergueu os braços, seu hàn'fú vermelho escaldante, e começou a traçar o selo de canalização do *Clássico dos deuses e demônios*. O ar tremulou. Qì demoníaco emanava do príncipe em ondas enquanto, finalmente, seu deus-demônio começava a tomar forma. Penas de fogo surgiram no horizonte, uma cabeça brilhando mais forte que o sol, os olhos de ouro derretido – a Fênix Escarlate vinha ao mundo.

Lan engoliu em seco. Seu olhar disparou para o herdeiro imperial enquanto sua voz assumia um tom de súplica – qualquer coisa para apelar ao que restasse de humanidade no rapaz.

– A Fênix está corrompendo sua mente – ela disse, porque sem dúvida o deus-demônio que o príncipe canalizava já influenciava sua mente, seu corpo e talvez a maior parte de sua alma. – Você não quer fazer isso. Podemos ser aliados. Podemos recuperar o reino juntos...

O dedo de Hóng'yì traçou um círculo de fogo no ar. O selo de canalização flamejava entre os dois. Lan sentiu-o puxando o núcleo de seu qì, envolvendo o Dragão Prateado aninhado dentro dela.

Um rugido distante soou, vindo da nascente.

Ambos olharam para a água, que se agitava, enquanto uma sombra gigantesca se materializava e vinha à superfície.

Os olhos do príncipe se estreitaram.

– O quê...

O demônio da água irrompeu da nascente com um grito de furar os tímpanos e os atacou, trazendo consigo uma onda colossal de energias demoníacas que varreram o selo de Hóng'yì. A água assolava Lan, e os pulmões dela iam ficando sem ar. Qì demoníaco a cercava. Não conseguia respirar, não conseguia enxergar, não conseguia se mover.

Mãos a envolveram com gentileza ao tirá-la do turbilhão que a desorientava. Lan achou que fosse bater com tudo no chão, porém o impacto foi amortecido. Suave. A garota sentiu um tecido molhado no rosto. Embaixo dela, alguém respirava.

Lan abriu os olhos para um rosto que lhe era muito familiar.

O tom doentio da pele de Zen havia sumido, assim como as olheiras. O rapaz agora tinha um brilho saudável, as bochechas e os lábios pareciam vermelhos, o cabelo voltara a ser cheio e macio como seda preta. Mas maior mudança ocorrera em seus olhos. Lan o encarara por uma fração de segundo. Não havia nenhum vestígio do preto assustador e infinito, ou da violência do mar em meio a uma tempestade que ela vira quando os dois se encontraram de lados opostos dos penhascos de Céu Termina e cada qual escolhera seu caminho. Havia algo de calmo e estável no qì do rapaz.

Zen passou um polegar pela bochecha dela, leve como uma pena. O momento se estendeu entre os dois. Mesmo sabendo que não deveria, Lan se inclinou na direção do toque. Ela abriu a boca para dizer alguma coisa, porém pela primeira vez não foi rápida o bastante.

Zen saiu de baixo de Lan e se levantou. Endireitou o corpo, com água ainda escorrendo do qípáo e do cabelo escuro quando se virou para encarar Hóng'yì. A leste, as chamas da alvorada e a Fênix Escarlate pareceram perder ligeiramente o brilho à medida que as sombras a oeste se alongavam e as energias colossais da Tartaruga Preta ganhavam vida e engoliam até mesmo as estrelas.

17

*O dever do governante não é ser amado,
mas ser poderoso e obedecido.*

Dissertações do primeiro imperador da dinastia Jīn,
era do Reino do Meio, ciclo 1

Ele não usava todo o poder da Tartaruga Preta desde que havia consumido a semente da clareza. No entanto, à luz da manhã, do lado de fora daquele palácio construído com o sangue do povo, Zen se admirou com a facilidade com que invocou o qì do deus-demônio. Seu próprio núcleo se encontrava repleto de poder, e pela primeira vez desde que canalizara a Tartaruga Preta ele se sentia totalmente no controle.

Zen absorveu a cena diante de si: um jovem usando um hàn'fú carmesim, cujo núcleo, ele sentia, exalava poder e vitalidade – poder e vitalidade roubados de centenas, ou milhares, de almas de seu povo.

– Zhào Hóng'yì – Zen disse, baixo, testando o nome na língua.

A Fênix Escarlate abriu suas asas colossais. Zen estreitou os olhos e as chamas se transformaram em flâmulas douradas ostentando o símbolo do exército imperial contra o céu azul. Odor de sangue e gritos de terror perduravam no ar.

Sim, o nome do príncipe despertara nele uma fúria antiga e profunda.

– *Ah* – Hóng'yì fez, prolongando a exclamação. Seu tom era o de um homem nascido em meio à riqueza, com tudo o que o mundo tinha a ofertar à sua disposição. – Devo adivinhar? Xan Temurezen. Herdeiro do há muito extinto clã mansoriano. – A boca dele se retorceu em um sorriso enquanto seus olhos se voltavam para a Tartaruga Preta, que pairava sobre Zen como uma sombra na noite. – É uma honra.

A raiva de Zen era como um abismo profundo em seu interior. Caso se permitisse cair nele, nunca conseguiria retornar. Quase podia ouvir a voz de Dé'zĭ: *Apazigue a tempestade de emoções. Não se pode velejar no mar agitado.*

– Não – Zen respondeu, devagar. – A honra é minha. A honra de dar um fim a você e ao rastro de sangue que sua família deixou nesta terra.

Hóng'yì ergueu uma sobrancelha.

– Eu não falaria tão levianamente em rastro de sangue se fosse você, o bisneto do Assassino da Noite.

As brasas da raiva de Zen arderam mais forte. Seu foco passou do sorriso satisfeito do príncipe para o objeto em seus braços. Um livro comum, encadernado em couro, com um selo familiar na capa.

Ali estava a outra metade do *Clássico dos deuses e demônios*.

Após consumir a semente da clareza, Zen havia localizado a Fênix Escarlate a partir do mapa estelar que Lan havia revelado a Erascius aquela noite, no topo da Montanha de Luz Öshangma. Não fora fácil: o selo de divisa que Hóng'yì e a Fênix haviam colocado em Shaklahira garantia que nenhum qì de dentro fosse detectado, permitindo que aquele lugar se mantivesse em segredo por doze ciclos e mais além.

Foi ao ver as flores de lótus na nascente que ele percebeu que se encontrava no lugar certo. De acordo com o mestre anônimo, a linhagem imperial consumia as sementes da clareza regularmente. Agora Zen compreendia que, de alguma maneira, eles haviam aprendido a cultivá-las. Uma onda de náusea tomou conta dele à mera visão delas. Zen pensou em todas as almas necessárias para produzi-las.

A família imperial vivia do sangue das pessoas que deveria proteger.

O demônio da Nascente Crescente estava distraído quando Zen entrara, de modo que ele tivera a surpresa a seu favor. Havia assumido o controle sobre o demônio através de um selo que conjurara submerso. Ele vira Hóng'yì produzir o contrasselo que desbloqueara a metade que faltava do *Clássico dos deuses e demônios*.

Então o príncipe começara a conjurar o selo que canalizaria a vontade e o poder de outra alma a ele, o mesmo que Xan Tolürigin usara com seus Cavaleiros da Morte. A chave para o que Zen buscava: o exército de praticantes demoníacos de seu bisavô, sua única chance de superar os elantianos e recuperar aquele reino.

Estava tudo nas mãos do herdeiro da família que havia exterminado o clã de Zen.

Ele sacou a Fogo da Noite. O ar do deserto gelou quando invocou as energias da Tartaruga Preta. As sombras atrás dele se alargaram e se tornaram mais escuras.

– Sòng Lián. – Zen não precisou olhar para trás para saber que a garota se encontrava agachada às suas costas, observando. – Afaste-se.

— Não – ela respondeu, sua voz como o tilintar de sinos. A risada que antes a perpassava, no entanto, havia desaparecido. Ele ouviu os passos de Lan aproximando-se na areia. — Você não vai me dizer o que fazer. O desgraçado tem algo que eu quero também.

De canto de olho, Zen viu que a garota se colocava ao seu lado. Uma das mãos dela se encontrava no quadril direito, onde ele sabia que ficava o punho d'Aquela que Corta as Estrelas; a outra estava estendida à frente dela, de maneira defensiva, e ele sabia que ali se encontrava a ocarina.

Mas nem uma nem outra teria muita utilidade contra o adversário dos dois.

Hóng'yì se encontrava sob a Fênix, tal qual o coração de uma chama, de costas para o palácio. Seu qípáo esvoaçava, um toque de carmesim em meio ao sopro de energias que varria as areias. O cabelo estava solto, e na testa havia uma marca em cinábrio na forma de um olho.

Zen fincou os calcanhares na areia, assumindo uma postura combativa.

— Sòng Lián – ele disse, baixo. — Se um de nós precisar recorrer a todo o poder de seu deus-demônio para enfrentá-lo, que seja eu.

Xan Temurezen, nascido em um clã cujo legado fora manchado pela trágica queda do Assassino da Noite. Ele, que havia entregado sua alma muito tempo antes, para trilhar o caminho de um praticante demoníaco.

Lan não respondeu, porém o rapaz sentiu os olhos dela em suas costas, penetrantes feito flechas.

Diante deles, a Fênix Escarlate soltou um grito de guerra.

Zen permitiu que o poder da Tartaruga Preta fluísse por seu corpo. O mundo expandiu e encolheu ao mesmo tempo, tornando-se finito e infinito. Ele viu cada estrela no céu e cada grão de areia, refratando a mesma luz e as mesmas energias. Daquela vez, no entanto, pareceu diferente. Daquela vez, ele controlava tudo.

E aquela onda de poder era *inebriante*.

A voz da Tartaruga Preta trovejou no vínculo aberto entre os dois. *A proeza dessa linhagem de imperadores de deter o controle sobre esta terra há tanto tempo envolve a Arte da Mente. Mantenha-se alerta, Xan Temurezen, pois não posso defender sua mente se não entregar o controle dela a mim.*

Zen atacou. Uma explosão ricocheteou no céu quando o qì da Fênix se alçou para encontrar o da Tartaruga, crepitando contra os limites do selo de divisa que escondia Shaklahira do mundo. Por um instante, o entorno tremeluziu quando o selo fraquejou, e Zen teve um vislumbre do verdadeiro estado do local: um palácio desbotado e desgastado, semienterrado na aridez do deserto. Ele piscou e os selos da Fênix Escarlate tinham se recuperado, assim como a ilusão exuberante e vibrante.

A testa dele estava suada. O sorriso de Hóng'yì se alargava. O príncipe contava com doze ciclos de canalização do poder da Fênix Escarlate, e talvez infinitas sementes da clareza a mais para fortalecer o próprio núcleo, a julgar pelas flores de lótus que cultivava do outro lado da nascente.

Zen já sentia suas forças vacilando, seu domínio sobre o fluxo de poder começando a escapar aqui e ali, manchas daquela escuridão familiar e a vontade do deus-demônio nublando seus pensamentos. Caso tudo se resumisse a um teste de resistência, ele não teria como ganhar.

Lan disparou para a margem da Nascente Crescente onde Chó Tài se encontrava inconsciente. Qualquer que fosse o selo lançado sobre ele se esvaía agora que Hóng'yì concentrava cada partícula de sua energia no duelo. Enquanto outra explosão sacudia o céu, Lan conjurou outro selo de escudo para proteger Tai.

Pessoas apareceram à porta do palácio: os criados de Shaklahira, incluindo guardas, criados e cozinheiros. Eles se mantiveram em silêncio enquanto os raios e o fogo iluminavam o medo em seu rosto.

Da névoa, uma figura familiar emergiu, usando armadura e com uma manga vermelha vazia esvoaçando atrás dela. Yeshin Noro Dilaya, matriarca do clã de aço jorshen, ergueu sua dão curvada e, com um qì tão afiado quanto sua lâmina, começou a traçar um selo de defesa entre eles e a batalha que se desenrolava junto à nascente.

O foco de Zen retornou à luta.

– Hóng'yì – ele disse. – Se continuarmos assim, destruiremos este lugar e seus moradores. Depois que o selo sobre Shaklahira se romper, o poder dos deuses-demônios aniquilará as cidades em volta. Devolva o *Clássico dos deuses e demônios* e irei embora. O legado dos seus ancestrais permanecerá.

O príncipe inclinou a cabeça.

– Essa é a diferença entre nós dois, Xan Temurezen – ele respondeu, em um tom maligno. – Se o poder é como fogo, você tem medo de chegar perto demais e se queimar. Mas *eu*? – o rapaz gritou, e as asas da Fênix arderam com mais intensidade – Eu abraço o fogo. Eu me tornei ele. Se este mundo está destinado a queimar, minha chama será a mais forte de todas.

Aquilo era loucura – no entanto, era como a família imperial tinha conseguido manter seu reinado por tanto tempo. Na história do Último Reino e das eras anteriores, houve quem desafiasse os governantes daquela terra, porém todos tinham sido esmagados. O objetivo da linhagem imperial não era dominar aquela terra: era o poder em si. E, para atingi-lo, eles não se importariam de arrasar o reino.

– Ainda assim, concordo – Hóng'yì continuou. – De fato, é chegada a hora de pôr um fim a isso. Nos *meus* termos.

A Fênix Escarlate se ergueu no ar e soltou outro grito de guerra, as pontas de suas asas roçando o chão e deixando um rastro de areia derretida.

Uma montanha de energias atingiu Zen. Ele mal teve tempo de conjurar um selo de defesa – areia, ar, calor e tudo o que ele conseguia manejar do mundo à sua volta, camadas e camadas que simplesmente se desfaziam em pó sob o qì da Fênix Escarlate.

Zen recebeu um sinal de alerta através de seu vínculo com a Tartaruga Preta. Ouviu o deus-demônio sibilar, viu o céu mudar, com uma sombra enorme o cobrindo, depois sentiu uma dor lancinante na cabeça, até que restasse apenas escuridão.

Hóng'yì sorriu. De alguma forma, Zen soube que se encontravam na mente dele.

Lembranças passaram depressa, em rajadas de imagens e sons: iurtes brancas sobre gramados verdes manchados de vermelho, o cheiro pungente de fumaça e sangue no ar, os gritos distantes das pessoas e dos animais...

– Não – Zen conseguiu dizer, ofegante.

Dé'zĭ, com o rosto flácido e os olhos vazios, os últimos resquícios de seu qì desaparecendo, sua força vital se esvaindo...

– *Não...*

Xan Tolürigin acorrentado, ajoelhado sobre a pedra aos pés do imperador, chorando e implorando para que seu povo fosse poupado...

Zen estava no chão, aos prantos, enquanto a realidade e as lembranças se misturavam, sua mente à mercê do herdeiro dos assassinos de seu clã.

18

> *Os céus estão lá no alto, e o imperador está longe.*
> *Fomos abandonados.*
>
> Autoria desconhecida, cartas da Capital Celestial,
> era do Último Reino, ciclo 1424

Lan sentiu quando Hóng'yì se utilizou da Arte da Mente. Ela viu Zen se encolher e seu qì perder força. Os olhos dele se fecharam e sua expressão ficou rígida, sem dúvida por conta de qualquer que fosse a lembrança horripilante que o príncipe havia libertado.

Ela segurou Tai, quase sem vida em seus braços, com mais força. A pele dele estava úmida e fria, e o rosto pálido enquanto o peito subia e descia em uma respiração curta.

Uma ideia ocorreu a Lan enquanto observava o embate entre Zen e Hóng'yì. Apesar da despreocupação aparente do herdeiro imperial, havia breves momentos em que seu sorriso fraquejava e uma expressão terrível contorcia sua boca. O príncipe precisava se esforçar mais naquela batalha do que deixava transparecer, e, se estava tão completamente concentrado em derrotar Zen, talvez ficasse mais vulnerável a outros ataques.

Aquela podia ser sua chance.

Lan fechou os olhos e levou os sentidos além do selo de proteção que pairava sobre eles, para o fluxo de qì no campo de batalha. Encontrar o qì da mente, dos pensamentos e das emoções de Hóng'yì seria como encontrar um único fio em uma tapeçaria enorme. Ela ignorou as ondas gigantescas de energias demoníacas sombrias e gélidas da Tartaruga Preta e sentiu uma mudança para o calor e a luz ofuscante do poder da Fênix Escarlate.

E *ali*... por fim, Lan encontrou o fio de satisfação e triunfo distorcido de Hóng'yì, enquanto o príncipe ia mais fundo na mente de Zen, deleitando-se com suas mais cruéis e terríveis memórias.

O rapaz estava tão distraído que nem notou quando Lan penetrou sua mente.

O cenário mudou. O campo de batalha sumiu diante do fluxo de pensamentos de Hóng'yì, as lembranças parecendo cacos de um espelho quebrado: um homem vestido em ouro, curvado sobre um berço onde um bebê chorava, a sombra de asas de fogo iluminando o quarto; uma criança que dava seus primeiros passos, tentando abrir portas pesadas, aos prantos enquanto chamava o nome da mãe; uma criança maior sentada em um trono, com uma fileira de criados ajoelhados à sua frente...

E ali estava, a lembrança das portas de jacarandá amarelo com a imagem da Fênix Escarlate.

Lan direcionou seu qì e adentrou a memória. As portas sem abriram sem fazer barulho.

Ela se encontrava em um cômodo grandioso, dentro do palácio imperial em toda a sua glória, o teto pintado de dourado, cinábrio e lápis-lazúli, as paredes incrustradas de jade e outras pedras preciosas. No meio, havia um menino.

Hóng'yì estava mais velho do que nas outras lembranças – devia ter 11 ou 12 e estar beirando a adolescência. Usava um hàn'fú de seda verde-clara, a cor reservada para os príncipes imperiais e os herdeiros do imperador. Ele estava agachado sobre algo, e foi só quando endireitou o corpo, com os ombros tremendo de tanto soluçar, que Lan compreendeu.

Só havia visto Shuò'lóng, o Dragão Luminoso, último imperador do Último Reino, em pinturas. Em todas, ele lhe parecera alguém nascido no poder e na riqueza, com o mundo inteiro na palma da mão. O cabelo sempre preto como tinta, a pele lisa de uma maneira pouco natural, feito jade branca. Mais um deus que um homem.

O homem deitado na cama kàng, envolto em ouro e samito com o emblema dos quatro deuses-demônios bordado, parecia mais um cadáver que um ser humano. Era puro osso e assustadoramente pálido, como se a morte já tivesse fechado as garras em torno dele. Apenas seus olhos, que se projetavam sobre as bochechas encovadas, mostravam alguma vida, ao se dirigir ao filho.

Olhos vermelhos, queimando, sangrando.

– *Fù'wáng? Pai?*

Lan se sobressaltou com como a voz do menino fazia com que ele parecesse jovem e vulnerável. Hóng'yì sacudiu o pai pelos ombros.

– Acorde, *fù'wáng, por favor! A capital está sendo atacada!*

– Não sou seu *fù'wáng*.

Quem respondeu pela boca do imperador foi algo mais antigo que o tempo, algo que tinha mil, dez mil vozes. Poder reverberava de cada palavra, o zumbido aterrorizante do qì ameaçando derrubar as paredes.

— *Sou a criatura por trás do trono. Sou a fonte do poder de que ele se alimenta, como uma sanguessuga insignificante.*

O choque atravessou Lan. Era como ela desconfiava: a Fênix Escarlate controlara, pelo menos em parte, os imperadores do Último Reino.

O rosto de Hóng'yì estava pálido, as pupilas dilatadas pelo medo.

— A Fênix Escarlate — ele sussurrou, então pegou um familiar pote de porcelana ao lado da cama do pai. — *Fù'wáng* — disse, estendendo as sementes da clareza. — *Você não tomou seu remédio...*

O menino foi interrompido pela risada do deus-demônio, saída dos lábios do imperador. Um som sibilante e distorcido em meio a um borbulhar de sangue.

— *Suas sementinhas traiçoeiras não podem mais ajudá-lo* — a Fênix respondeu. — *O corpo e a mente dele estão definhando. O fim está próximo. Seu fù'wáng não tem mais forças para suprimir meu poder, mesmo com a ajuda das sementes.*

Hóng'yì ficou olhando por um momento para aquilo que não era seu pai, como se lhe faltassem palavras. Então sua expressão se retorceu.

— Você é o legado da minha família! Você serve a nós e serve a nosso reino. Ordeno que derrote os invasores estrangeiros!

A voz dele saiu um tanto trêmula, porém Lan reconheceu o tom férreo de quem nunca tinha recebido um não, de quem não conhecia o medo ou o fracasso. De alguém que nunca havia sentido o gosto da impotência.

— *Meu poder é limitado por este corpo físico e sua mente e alma doentes. Como uma vela, os três queimaram até o fim do pavio. Sou o legado da sua família... mas talvez seja hora de passá-lo adiante.* — Um brilho voraz surgiu no rosto do imperador enquanto contemplava o menino. — *Canalize-me. Não há nada que não poderemos atingir juntos. Sinto um poder maior em você que o de qualquer um de seus ancestrais. Canalize-me, e conquistaremos os céus e os confins deste mundo e do outro.*

O Hóng'yì da lembrança olhou para trás, para algum tumulto que Lan não conseguia ver. Talvez a chegada dos elantianos. Quando ele voltou a se virar para o deus-demônio que falava através de seu pai, o medo em seu olhar havia se transformado em ganância.

— *Não posso* — ele afirmou. — *Não posso fazer um pacto enquanto você estiver vinculado a outra pessoa.*

O imperador — o deus-demônio que o controlava — piscou devagar. Seus olhos ardiam.

— *É possível* — ele disse.

As duas palavras fizeram o mundo de Lan ruir.

– *O acordo pode ser encerrado e a alma do canalizador pode ser liberta* – a Fênix prosseguiu –, *desde que haja interesse mútuo.*

Ainda dentro da lembrança, ela sentiu que não conseguia respirar, que o tempo havia parado. Acreditara que pactos demoníacos eram irreversíveis. Que, depois de canalizado, um demônio permanecia com um praticante até que a morte os separasse. Até que a alma do praticante, em vez de fluir para o Rio da Morte Esquecida ou se dispersar no mundo, fosse consumida pelo demônio.

Mas eu mudei o pacto entre o Dragão Prateado e Māma, Lan pensou de repente. *Fiz um novo acordo, e ele aceitou.*

Hóng'yì voltou a falar na lembrança, franzindo a testa:

– *Você ficará com a alma de fù'wáng?*

– *Eu a libertarei, em troca da sua. Shuò'lóng me alimentou com dezenas de milhares de almas ao longo de nosso pacto. Não preciso mais da dele, porque está fraca. Não me saciará mais, como a sua saciaria.* – Um sorriso astuto curvou os lábios rachados do imperador quando o deus-demônio viu a hesitação do menino. – *Seu pai está morrendo. Com a guerra batendo à sua porta, ele concordará em transferir o próprio poder para seu único filho. Para o futuro da linhagem.*

Os lábios de Hóng'yì se entreabriram, a incerteza em seu olhar se transformando em ganância.

O sorriso do deus-demônio se alargou no rosto do imperador.

– *Aceita fazer um pacto comigo, príncipe Zhào Hóng'yì, do Último Reino?* – ele perguntou. – *Em troca de meu poder, você me dará tudo que é seu: seu corpo, sua mente, sua alma.*

– *Sim* – Hóng'yì declarou. – *Eu aceito.*

Lan percebeu que se encontrava paralisada no lugar, incapaz de se mover, gritar ou fazer qualquer coisa além de assistir aos eventos da história se desenrolando à sua frente. Quando imaginava a queda do Último Reino, vinha-lhe à mente um imperador corajoso, enfrentando os invasores, lutando até o último suspiro.

No entanto, o Último Reino havia caído pelas mãos de seu próprio príncipe. Um príncipe que havia roubado o poder de sua família e se escondido em uma vida de luxos enquanto sua terra sofria. Um príncipe que ceifava as almas de seu próprio povo para manter a sua.

A pele do imperador começou a reluzir, como se fogo queimasse dentro dele. Chamas de qì pularam de sua pele até Hóng'yì, envolvendo o corpo dele. O menino ficou de boca aberta, com a cabeça caída para trás, soltando um grito que ecoava pelos mundos, um grito que se transformou na risada de um ser mais antigo que o próprio tempo.

Às portas da morte, os olhos do imperador Shuò'lóng se abriram. Agora, estavam pretos e remelentos. Eram inconfundivelmente humanos, inconfundivelmente dele.

O imperador moribundo do Último Reino olhou para o filho e pegou seu rosto nas mãos com uma força surpreendente. Enquanto pressionava os dedos na testa de Hóng'yì, com seu último suspiro saíram três palavras:

– Assassina de Deuses.

O quarto pegava fogo, plumas pretas de fumaça pungente se espalhavam à medida que as chamas lambiam as paredes douradas, derretendo jade e lápis-lazúli, escurecendo o piso de jacarandá.

O olho de cinábrio pintado na testa do imperador começou a brilhar. Qì brotou dali, emanando em uma série de traços indecifráveis dentro de um único círculo. Do começo ao fim. Dentro dele, Lan podia sentir milhares, dezenas de milhares de camadas de qì, como se cada traço contivesse um mundo inteiro, milhões de vidas.

Um selo.

A Assassina de Deuses não era uma espada, não era uma flecha, não era uma lâmina; era um *selo*. E, diferentemente de tudo o mais ali, Lan era capaz de sentir a energia que pulsava dele, porque era real e fora conjurado naquela memória do príncipe. Os imperadores haviam guardado os segredos da Assassina de Deuses em sua mente e os passado de geração em geração, garantindo que ela nunca pudesse ser encontrada por aqueles que não praticassem a Arte da Mente.

Lan estendeu um dedo e tocou o selo.

Foi como se tivesse mergulhado no rio do tempo. Ela caiu na noite estrelada, atravessando o espaço e o tempo e se afogando em qì. As estrelas giravam à sua volta enquanto Lan assistia aos primeiros praticantes xamãs dos 99 clãs erguerem as mãos para os céus e orarem aos deuses. Ela viu a forma de uma grande tartaruga se mover entre as nuvens na noite; a lua chorar luz e formar um dragão prateado; estrelas cadentes caírem feito cinzas e darem origem a um tigre azul; e a luz ardente do sol abrir asas e voar como uma fênix. Viu incêndios, inundações e terremotos, ouviu os gritos dos que morriam e viu o terror dos que sobreviveram; viu centenas de praticantes reunidos, mãos e corpos se juntando em uma dança; viu os quatro deuses-demônios baixarem a cabeça para um xamã, e ouviu seus suspiros de alívio quando suas formas começaram a se dissolver.

Com um clarão ofuscante, a cena se desfez e a memória de Hóng'yì se dissipou.

O mundo retornou em uma onda de fogo e escuridão – só que, daquela vez, era real. As chamas queimando o rosto dela, a terra, todo o céu. Zen estava ajoelhado no meio de tudo, sob o ataque implacável da Arte da Mente de Hóng'yì. Sem ser invocada, a Tartaruga Preta se recolhera a uma lasca de escuridão no céu a leste.

Alguém gritou o nome de Lan. Uma figura apareceu diante dela, com uma dāo curvada brilhando e uma manga vermelha esvoaçando ao vento da dança da guerra. Yeshin Noro Dilaya conjurou selos de defesa com a ponta da Garra de Falcão, para proteger Lan e Tai das chamas e do qì demoníaco insuportável que o príncipe e a Fênix Escarlate emanavam ao se fechar sobre Zen.

– *Sòng Lián, sua desgraçada!* – Dilaya rugiu. – *Levante-se!*

Lan ficou de pé. O calor parecia sufocante enquanto ela pegava a ocarina e olhava para o núcleo da Fênix Escarlate.

Ela havia visto a Assassina de Deuses. O que não significava que era capaz de conjurá-la. Era sem dúvida o selo mais complicado com que havia deparado no curto período em que aprendera a prática. Ela tinha a sensação de que era mais algo *vivo* que um selo, um núcleo de energias mais antigas que o mundo e mais vastas que o céu. De alguma maneira, o *tempo* fora capturado em seu interior, suas correntes de qì carregando uma história de séculos e dinastias.

Tenho que tentar.

À sua frente, Dilaya gritou quando uma parede de chamas atravessou suas defesas. Ela cambaleou para trás, com os olhos lacrimejando e suor escorrendo pelo rosto.

Ao longe, Zen se mantinha ajoelhado, sem se mover, com as mãos nas têmporas. A escuridão da Tartaruga Preta era devorada pelo fogo da Fênix Escarlate.

Lan se lembrou das palavras do grão-mestre – de *seu pai* – antes de morrer, enquanto a chuva lavava as bochechas ensanguentadas dele e as pálpebras tremulavam. *Os deuses-demônios não podem ser usados sem que seu poder seja domado.*

– *Dilaya!* – ela exclamou. – Continue me protegendo só mais um pouquinho!

A matriarca do clã de aço jorshen cerrou o maxilar e assentiu.

Sòng Lián levou a ocarina aos lábios. Certificou-se de que sua conexão com o Dragão Prateado estava interrompida, depois voltou a mergulhar a mente nas correntes da história que havia visto na Assassina de Deuses e começou a contá-la em uma música.

O tempo pareceu desacelerar, o mundo em carmesim e prata, sangue e aço, fogo e música. Brasas choveram do céu e a luz iluminou o rosto de Hóng'yì enquanto ele olhava na direção de Lan, ouvindo a melodia do selo. Sua expressão era de choque e incredulidade. A reação de alguém que se julgava invencível. Além do poder, além das leis, além de qualquer limite daquele mundo.

Selos vinham naturalmente a Lan através da canção, através da Arte da Música que corria em sua linhagem. Sempre que ela tocava, entrava em uma espécie de transe, quer fossem as melodias que apresentava na Casa de Chá do Pavilhão das Rosas ou as que tirava da ocarina. Aquilo semelhante à meditação que os mestres da Escola dos Pinheiros Brancos encorajavam: um estado de interação com o mundo que transcendia o físico, como se ela se libertasse de seu corpo e abrisse a mente para o mundo da música.

Lan procurava aquela sensação enquanto tentava invocar a Assassina de Deuses, ouvindo o qì nos traços do selo e o transformando em uma canção com seu instrumento. Só que, naquele momento, ela tentava invocar algo muito além de seu alcance. As notas saíam dissonantes e desajeitadas. Aos poucos e vacilante, um selo ia tomando forma.

A Fênix Escarlate soltou um grito furioso quando a Assassina de Deuses começou a envolvê-la, cortando suas energias. O brilho da criatura diminuiu como se seu qì se esvaísse tal qual sangue de uma ferida.

– *O que está fazendo?*

Lan hesitou. O qì do início do selo tremulou quando sua atenção se dividiu.

Hóng'yì havia surgido à sua frente, com a expressão lívida e o rosto bonito contorcido a ponto de se tornar feio.

Sem aviso, ele atacou.

A ocarina deixou os lábios de Lan quando o príncipe a derrubou na areia, com força o bastante para seus dentes baterem. Forjada em qì prateado, a Assassina de Deuses parcialmente composta pairava no céu como uma lua líquida.

Os olhos de Lan lacrimejaram, não apenas de dor. Ela via diante de si metade daquilo que sua mãe procurara, daquilo pelo qual seu pai e os mestres da Escola dos Pinheiros Brancos haviam entregado a vida, daquilo de que os povos daquela terra esquecida precisavam para dar fim ao ciclo de guerra, morte e destruição a que a ganância por poder os havia sujeitado.

Estou tão perto.

Zhào Hóng'yì se agachou sobre ela. O cabelo estava desgrenhado, o rosto vermelho e os olhos furiosos.

– Como se atreve? – o príncipe vociferou. – Esse é o patrimônio da minha família, é a minha herança. *Meu* deus-demônio, *minha* fonte de poder. Não vou permitir que tire de mim!

A garota procurou pela ocarina na areia, porém o príncipe deu uma cotovelada em seu punho e depois usou os braços e pernas para imobilizá-la. Ela cerrou os dentes, olhou nos olhos de Hóng'yì e disse:

– Esse tempo todo, acreditei que tivesse sido a Fênix Escarlate a responsável por corromper o coração e a mente dos imperadores desta terra, levando-os a priorizar o poder em vez do bem-estar do povo. Mas eu vi o que você fez com seu pai. Vi que você escolheu fugir em vez de defender este reino. Vi como você foi capaz de pisar no seu próprio povo e tirar a vida deles para manter a sua. Esse tempo todo, foram *vocês*.

– Sua tola – Hóng'yì a repreendeu. – Como a Fênix poderia ter forçado meus ancestrais a fazer um pacto? Sempre foi uma *escolha*, desde o início. Talvez tenhamos que sacrificar partes de nós, mas você estudou os clássicos da prática. – Seus lábios se curvaram com desdém quando ele começou a recitar: – "Praticantes do Caminho realizam uma troca equivalente, pois não é possível receber sem dar. O poder emprestado deve ser devolvido, e o poder em si exige pagamento." Todos nós *escolhemos* isso, Sòng Lián, e ficamos felizes em pagar o preço.

A garota ficou pasma. Era como se gelo se espalhasse dentro dela, congelando seu coração, seus ossos, seu sangue. A única coisa em que conseguiu pensar para dizer foi:

– Por quê?

– Por quê? – O príncipe sorriu, os dentes manchados de sangue, e levantou os braços. – Porque prefiro queimar os céus a passar por este mundo sem deixar uma marca. – Algo se tornou mortalmente imóvel em seu olhar. – Sem poder, não somos nada. E eu me recuso a ser nada.

Lan só viu a adaga que apareceu na mão dele quando já era tarde demais. A lâmina cintilou, traçando um arco através da luz das chamas acima, na direção do seu coração.

Metal cortou o ar com um assovio. Com um *tlim* agudo, a adaga de Hóng'yì caiu na areia. O herdeiro imperial ergueu o olhar. Sua expressão se retorceu. Concentrando o qì nos calcanhares, ele atravessou o campo de batalha com um salto, retornando à segurança de seu deus-demônio.

Qì envolvia Lan, trazendo consigo o alívio do veludo da meia-noite e da neve cobrindo vastas planícies. Em um piscar de olhos, ele estava ali, segurando-a com dedos frios. Em um piscar de olhos, o mundo voltou a entrar em foco: areia, céu e Zen. Com os lábios pálidos comprimidos e um fio de sangue escorrendo do nariz, ele a ajudou a se sentar.

Então lhe devolveu a ocarina. *Continue*, Zen fez com a boca, sem produzir som.

Os olhos de Lan passaram do instrumento para o rapaz. Ele havia escolhido um caminho diferente dela, porque não acreditava na possibilidade de usar a Assassina de Deuses para destruir os deuses-demônios; preferia usar o poder deles para lutar por aquele reino. No entanto, agora acabara de lhe entregar a chave para fazer exatamente aquilo a que ele se opunha.

Lan segurou a ocarina e olhou na direção de Hóng'yì, que se encontrava sob o brilho de seu deus-demônio. A Fênix se contorcia dentro da Assassina de Deuses parcialmente formada.

Tinha mais uma chance. Talvez a última.

Voltou a levar a ocarina aos lábios. Fechou os olhos e encontrou a lembrança da Assassina de Deuses que estava gravada em sua mente. Seus dedos produziram notas. O restante do selo se formou, e qì preto envolveu o branco ofuscante de antes.

Yīn, yáng, Lan pensou apenas, então terminou, a última nota da música saindo de seus lábios rachados. O rosto de Zen estava inclinado na direção ao selo, com uma expressão quase reverente, bifurcada pela luz e pela escuridão que emanava dele. Juntos, eles observaram último traço encerrar o selo em um círculo. Do começo ao término. Do princípio ao fim.

No instante em que as duas pontas se encontraram, o mundo se fragmentou.

Hóng'yì abriu a boca e gritou, o som preenchendo o ar em volta, amplificado dez mil vezes pela silhueta do deus-demônio que havia reaparecido atrás do príncipe. O qì branco e preto da Assassina de Deuses envolvia a Fênix Escarlate e começava a desfazê-la.

Abaixo, Sòng Lián e Xan Temurezen se seguraram um ao outro.

Havia algo de errado. As fitas da Assassina de Deuses que cingiam a Fênix começavam a desfiar. Retalhos esvoaçavam para longe, feito pergaminho queimando, as bordas se crispando ao desintegrar.

– O selo não é forte o bastante – Zen disse.

Um urro de triunfo cortou o ar. Uma onda gigantesca de energias demoníacas sacudiu a terra quando a Fênix Escarlate abriu as asas, libertando-se das amarras do selo. A Assassina de Deuses se estilhaçou, e Lan ficou vendo até que seus últimos resquícios virassem fumaça.

– Não – ela sussurrou. – *Não*.

A Assassina de Deuses se fora, porém ao menos conseguira infligir dano à Fênix Escarlate. A luz do deus-demônio diminuíra, e as asas se desfaziam em uma chuva de cinzas.

Pela primeira vez em séculos, o poder da Fênix definhava, e o mesmo acontecia com os selos que a criatura havia lançado sobre Shaklahira. As flores no jardim se transformaram em areia. As cores fortes do palácio desbotaram. Ao alto, o selo de divisa bruxuleou, enquanto o selo de portal da Nascente Crescente retrocedeu, revelando uma ponte de pedra quebrada.

Com um grito final, a Fênix Escarlate se foi, deixando para trás um céu límpido e um tremor no ar. A areia se assentou. As chamas recuaram para a escuridão. Tudo ficou em silêncio.

Ao lado de Lan, Zen sacou a Fogo da Noite. A testa dele estava suada, e ela sabia, pelas explosões instáveis de qì, que o rapaz estava esgotado, e agora se utilizava do poder de seu próprio deus-demônio.

– Não baixe a guarda – Zen avisou a ela. – A Fênix vai retornar, mais cedo ou mais tarde. Está apenas ferida por conta das partes da Assassina de Deuses que você conseguiu conjurar.

A menos de uma dúzia de passos dali, havia uma figura encolhida entre duas dunas. O hàn'fú carmesim se acumulava em volta de seu corpo. Quando ele se levantou, o rosto havia perdido a beleza sobrenatural, o rubor febril nas bochechas e nos lábios. O rapaz tremia, pálido. Parecia... comum.

Hóng'yì ergueu uma das mãos. O qì começou a se reunir em torno dele, no que Lan reconheceu como um selo de portal.

– Não – a garota conseguiu dizer. Ele deve ter ouvido, porque a encarou desde o outro lado do deserto. Havia ódio puro em seus olhos. Enquanto o selo envolvia o príncipe em um redemoinho de areia, Lan viu os lábios dele se moverem, enviando uma mensagem.

Isso está longe de terminar aqui.

Quando a poeira voltou a assentar, o herdeiro imperial se fora, junto com a Fênix Escarlate.

Fracassei, Lan pensou. O mundo começou a se apagar, e seu corpo perdeu as forças. Ela nem notou quando bateu com a cabeça na areia.

19

*Monges táng são bem versados na
Arte das Duas Espadas. Originários das montanhas
noroestes do reino, eles são devotos do Caminho
e combatentes disciplinados.*

Vários autores, *Estudos sobre os 99 clãs*

O carmesim havia deixado o céu, que a luz do dia agora deixava em um tom de azul quase lilás, o horizonte como uma porcelana rachada. Nuvens brancas rarefeitas tocavam os picos de leste a oeste. Raios de sol banhavam o livro diante de Zen, com sua capa de couro branco e os traços do selo flamejante se espalhando feito cinzas sopradas pelo vento.

Da algibeira, o rapaz tirou a primeira metade do volume: seu próprio exemplar do *Clássico dos deuses e demônios*, cuja capa era preta. Ele o abriu na página em que havia descoberto o selo deixado pela Fênix Escarlate, o selo que havia roubado a segunda metade do livro que ele agora segurava na outra mão, aberta na mesma página.

Sob o olhar de Zen, o selo do exemplar de capa preta pulsou gentilmente, se mesclando com as energias do contrassello que Hóng'yì havia desbloqueado no livro de capa branca. Feito polos opostos de um ímã, as duas metades se uniram, suas páginas se misturando, a escrita fluindo de uma para a outra.

Quando o processo se concluiu, Zen segurava um único livro. Uma capa era preta, com o título na cor das penas vermelhas de um grou. Quando o virou, a outra capa era branca e o título, dourado.

Ele tinha em suas palmas tudo o que buscara – o exército de seu bisavô, a chave para recuperar o Último Reino –, duas metades formando um todo.

Zen exalou devagar, sentindo que um peso deixava seus ombros. Uma brisa secou o suor em sua testa e afastou seu cabelo do rosto. Ainda havia muito a fazer, porém aquilo podia esperar.

Ele se virou para a garota ao seu lado. Ela permanecia deitada na areia, imóvel, vestindo seu qípáo branco simples no lugar das vestes cerimoniais vermelhas que Hóng'yì havia conjurado, já que agora nenhum selo as sustentava.

Duas vezes, Zen e Lan haviam se encontrado apesar de todas as circunstâncias. Ele não esperava vê-la em Nakkar. E não esperava vê-la ali.

Zen não se permitia acreditar nos fios vermelhos do destino. No entanto, aquele momento, com o sol começando a iluminar o céu e a garota que amava ao seu lado, parecia obra do destino.

Por favor, ele pediu, estendendo a mão na direção dela. *Esteja viva, por favor*.

Foi então que o mundo desacelerou e a escuridão no fundo de sua mente se revelou. *Tome cuidado com os deuses para os quais reza*, disse uma voz antiga e reverberante.

O medo tomou conta do rapaz. Não podia ser. A voz do deus-demônio já havia retornado. A sombra da criatura espreitava os recantos da mente dele, onde suas garras começavam a se cravar. Zen havia pagado o preço pela semente da clareza; o efeito não deveria ter passado tão rápido.

No entanto, ele empregara qì em excesso na luta com a Fênix Escarlate. Sentia o poder da semente passando, as energias de seu próprio núcleo enfraquecendo à sombra da Tartaruga Preta.

Cedo demais.

O céu inteiro escureceu, então o olho da criatura se voltou para o rapaz, os dentes cintilando como estrelas.

Eu vi, o deus-demônio disse, devagar, a voz ecoando pelas dunas. *A Assassina de Deuses*.

O medo dominou as entranhas de Zen. Nos momentos em que Lan conjurara a Assassina de Deuses, ele não pensara em manter seu deus-demônio dormindo, esquecera-se de erguer uma barreira entre a mente dos dois.

A Tartaruga Preta havia visto tudo.

– *Vá embora* – Zen lhe ordenou, porém o deus-demônio respondeu com uma risada grave.

Pensa que suas sementes insignificantes podem me impedir? Pensa que a mortal que você ama pode conjurar a Assassina de Deuses, coisa que nenhum mortal conseguiu ao longo de séculos? De dinastias? A criatura sibilou, aterrissando diante de Zen em uma pluma escura, com olhos de enxofre e uma bocarra gigantesca. *Sou um deus-demônio. Resistir ao meu poder é inútil.*

O rapaz olhou para o ser no céu e constatou algo que manteve só para si, protegido de sua conexão com a criatura.

Pela primeira vez desde que a canalizava, a Tartaruga Preta estava brava. Até então, ela havia assistido às tentativas vãs e desajeitadas de Zen com um ar de indiferença e zombaria. Agora, no entanto, seu qì pulsava de fúria.

A criatura estava começando a levá-lo a sério.

O que indicava que estava *com medo*.

Zen olhou diretamente para os olhos ardentes do deus-demônio.

— Seu poder ultrapassa qualquer limite — ele disse. — No entanto, não se esqueça de quem canaliza você e quem está no comando.

Os olhos da Tartaruga Preta se estreitaram. Zen poderia jurar que a boca da criatura se curvou em um sorriso perverso. *E quanto tempo acha que isso vai durar, mortal? Quanto tempo vai resistir a recorrer a mim? A cada gota do meu qì que usa, meu controle sobre você cresce.*

— Saia da minha mente.

O que vai fazer com a garota agora que ela viu a Assassina de Deuses e conhece sua melodia? Sem dúvida ela planeja usá-la contra você, como parte da missão que a mãe lhe deixou. Pretende testar qual amor é mais forte, o que ela sente por você ou pela mãe morta?

— VÁ EMBORA! — Zen gritou, fechando sua mente. Mesmo assim, ouviu o estrondo da risada distante do deus-demônio enquanto voltava a se recolher em seu interior.

O horizonte estava limpo. Havia dunas em todas as direções, e a paisagem era pura areia.

Lan continuava caída diante dele, porém havia alguém agachado ao seu lado. O qì de Yeshin Noro Dilaya se intensificou enquanto ela produzia um selo de cura com uma delicadeza surpreendente. Zen podia sentir a vitalidade fluindo da matriarca do clã de aço jorshen para Lan.

Ele se pôs de pé. Dilaya levantou a cabeça. Em um instante, Garra de Falcão foi sacada e apontada para Zen. A garota se colocou entre ele e Lan e fincou bem os pés no chão, em uma postura protetora.

Zen levou a mão à Garra de Falcão e a afastou com cuidado, ignorando o choque de Dilaya ao ver que ele simplesmente desviava.

— Se acha que vou deixar que se aproxime dela... — Dilaya começou a dizer, mas o rapaz a cortou.

— Dilaya — Zen falou, esgotado. — Só quero saber se ela está viva.

Algo em seu tom a convenceu. Zen se ajoelhou ao lado de Lan. *Por favor*, ele pensou, pressionando os dedos contra a maciez do pescoço dela. *Por favor...*

Tinha pulso. Fraco, instável, mas inconfundível.

Ela estava viva.

Zen sentiu a pressão da lâmina de Dilaya em suas costas. Devagar, ele se levantou, erguendo as mãos para tranquilizá-la, e permitiu que ela o afastasse de Lan, para voltar a se colocar entre os dois.

– Agora você sabe – Dilaya declarou, em uma voz baixa marcada pela fúria. – Não é meu dever ou meu destino dar um fim à sua vida, Xan Temurezen. Tampouco seria capaz de fazê-lo se assim desejasse. – Ela endireitou o corpo, claramente desacostumada a estar em desvantagem. – Então vou apenas pedir que vá embora.

– Dilaya – ele falou.

– Não diga meu nome. – Os lábios dela tremiam. Um vento errante fez a manga esquerda vazia esvoaçar, como se um lembrete do crime que o rapaz cometera muito tempo antes. – Você era uma criança quando canalizou seu primeiro demônio e me mutilou, Xan Temurezen. Eu o odiei por isso, e, olhando para trás, sei que fui muito dura. No entanto, o ódio de antes não era nada se comparado ao que sinto por você agora. – A garota cuspiu nos pés de Zen. – Você *sabia* dos riscos de canalizar um demônio, e mesmo assim escolheu seguir em frente. Você tinha que ver meu rosto todo dia, na Escola dos Pinheiros Brancos, e ainda assim escolheu o mesmo caminho. Não, seu praticante demoníaco e canalizador da Tartaruga Preta, não espere que eu tolere sua existência.

Zen baixou os olhos. Desde o incidente de que ela falava, não havia passado um único dia sem ter pesadelos a respeito nem acordar suando frio, imaginando a presença demoníaca, de olhos vermelhos como sangue, agachada sobre Dilaya caída no chão.

Eu não falaria tão levianamente em rastro de sangue se fosse você.

– Não espero que você tolere nenhuma parte de mim – Zen afirmou. Talvez tenha sido sua concordância que arrancou um momento de silêncio de Dilaya, uma chance de continuar falando. Outra lufada de ar levantou areia aos pés dos dois e agitou suas vestimentas. – Só peço que me permita aguardar até que Sòng Lián desperte. Desejo falar com ela.

Dilaya pareceu ultrajada.

– Permitir que você se aproxime dela no momento em que ela está mais fraca? Para que você tenha a chance de destruir a última chave para a Assassina de Deuses, a última chance de concluirmos a missão da Ordem das Dez Mil Flores?

– Se eu quisesse mal a ela, não esperaria que acordasse. Se eu quisesse fazer mal a qualquer um de vocês, não precisaria...

O rapaz se interrompeu, percebendo como Dilaya se encolhia, como um medo fugaz passou por sua expressão antes que ela retornasse à sua fúria teimosa. De repente, Zen ficou enojado consigo mesmo por ter mencionado a possibilidade de machucar alguém, por lembrar Dilaya de que bastaria um único pensamento para despertar a Tartaruga Negra.

– Vamos. – A voz da garota soou perigosamente baixa. – Fale mais sobre como você nos causaria mal.

Zen soltou o ar. Havia perdido sua chance e, com ela, qualquer esperança de ver Lan uma última vez antes de retornar à Onde as Chamas se Erguem e as Estrelas Caem, para dar início à parte final de seu plano.

– Dilaya – uma voz suave e fraca chamou.

O coração de Zen palpitou. O mundo pareceu suspirar de alívio.

Dilaya se virou para Lan, esquecendo-se de sua raiva no mesmo instante, e xingou baixo. Zen talvez nunca a tivesse visto tão aliviada.

– Seu espiritozinho maldito de raposa! Você me deixou preocupada sem motivo.

Lan abriu o mais leve sorriso, depois voltou seus olhos para Zen – e toda a alegria neles se foi.

– Vou falar com ele. Mas, primeiro, quero...

– Água? – Dilaya perguntou.

– Uns pãezinhos com recheio de porco.

Shaklahira havia murchado como uma rosa-do-deserto morta. Zen preferia sua aparência verdadeira aos jardins exuberantes e às cores radiantes de antes. Ele caminhou pelas pilhas de areia que os jardins haviam se tornado, subiu os degraus empoeirados e entrou pelas portas da frente, cuja pintura estava rachada e descascada.

O esqueleto do interior permanecia, no entanto, a camada de esplendor fora arrancada. A decoração luxuosa não estava mais lá: os vasos de porcelana e lápis-lazúli, os artefatos de vidro de Masíria, os amuletos do Império Achaemano. O palanque antes dourado agora era de pedra desbotada, as cortinas finas esvoaçando à brisa agora carcomidas pelas traças e cobertas de pó.

O carpete soltava areia sob as botas de Zen à medida que ele e Dilaya abriam caminho em meio à pequena multidão diante do palanque. Dilaya carregava Lan no braço, recusando-se a deixar que Zen a tocasse.

Os criados olharam na direção dos passos. Zen os observou com cuidado. Seus rostos, suas roupas... era como se tivessem saído diretamente de um livro sobre os 99 clãs. Havia um grupo de monges que sem dúvida pertencia ao clã táng, todos de cabeça raspada, usando vestes cor de areia pensadas para o combate. Portavam armas de longo alcance, como lanças, porretes e rastelos, em forte contraste com os colares de contas de madeira que usavam no pescoço. Dois curandeiros com bolsas de cânhamo se encontravam ajoelhados ao lado de Chó Tài, que havia acordado e descansava sobre um pano no chão. Com um aperto no coração, Zen pensou em Shàn'jūn e em seu sofrimento silencioso desde que Céu Termina caíra, porque acreditava que Chó Tài não havia sobrevivido.

Mais uma situação a remediar, ele pensou.

— Ouçam — Dilaya disse, parando diante do grupo. Ela colocou Lan no chão com mais gentileza do que Zen a julgava capaz. — Zhào Hóng'yì e sua Fênix Escarlate foram derrotados por enquanto. Podem agradecer a esta garota aqui por isso. — Seu braço continuava envolvendo a cintura da amiga, para estabilizá-la. — Se estiverem do lado do príncipe, fiquem à vontade para partir. Não sou o tipo de pessoa que enfrenta adversários indefesos, mas adorarei reencontrá-los depois, no campo de batalha. — Dilaya arreganhou os dentes. — Mas, se desejam levar uma vida livre do domínio imperial e da conquista, e se estiverem dispostos a lutar por isso, serão bem-vindos em nossa causa.

Fez-se um momento de silêncio. Então, uma garota sob a sombra de um pilar deu um passo à frente: baixa e magra, com cabelo cor de neve e uma venda da mesma cor sobre os olhos. Tinha um leque em cada mão, bordado nos mesmos tons de violeta e bronze de seu qípáo.

Ela se ajoelhou aos pés de Dilaya.

— Yeshin Noro Dilaya — a garota disse, com uma voz tão suave quanto a brisa. — Estamos em dívida com você e Sòng Lián. Zhào Hóng'yi nos mantinha sob o controle de sua mente, forçando-nos a ser leais. Para a maioria de nós, faz doze ciclos. Eu, no entanto, estou à mercê da família imperial por muito mais tempo.

Zen se concentrou na jovem. Parecia ter mais ou menos sua idade, e nada nela sugeria algo de extraordinário, no entanto ele tinha uma suspeita.

— Xuě'ér é seu nome verdadeiro? — Dilaya perguntou, com uma gentileza surpreendente.

— Sou Elanruya — foi a resposta —, do clã yuè.

O olho cinza de Dilaya se arregalou em choque.

— Não pode ser. O clã yuè não desapareceu dinastias atrás?

— Fomos praticamente dizimados pelos caçadores implacáveis da família imperial, que buscavam os segredos da imortalidade. Meus ancestrais esconderam nosso reino com um selo de divisa quando seus corpos findaram. Mas eu fui capturada pelo clã zhào e desde então sou obrigada a servi-los. Através de sua arte, eles escravizaram minha mente e me obrigaram a colher sementes da clareza. Sou uma vergonha para o meu povo. Por favor, permitam que eu tenha uma chance de me redimir. – Ela abriu seus leques, estendeu-os diante de si e levou a testa ao chão. – Elanruya, do clã yuè, promete ser fiel a vocês e sua causa.

Atrás dela, os monges táng também se ajoelharam; os outros moradores de Shaklahira curvaram a cabeça em seguida.

Dilaya observou o entorno sem que sua expressão se alterasse, a não ser pelo brilho renovado em seu olho.

– Excelente – ela declarou, e sua voz ecoou pelo corredor. – Lutaremos para recuperar este reino dos elantianos e destruir os deuses-demônios. Precisaremos de todas as espadas disponíveis. Vamos começar com curandeiros para este espiritozinho de raposa, Sòng Lián. Cozinheiros, façam a refeição com o que houver na cozinha. Monges táng e quem mais conhecer um mínimo da prática que seja: venham comigo erguer defesas em torno desse palácio, para que não pareçamos um bando de coelhos em campo aberto. Ah, e... – Dilaya se virou para Zen. – Levem-no para as masmorras. O tempo que ele passar aqui, será como prisioneiro.

Zen aquiesceu com seu silêncio, consciente de que aquele era o preço que precisava pagar para conversar com Lan mais uma vez.

Dilaya o analisou de cima a baixo e franziu o nariz.

– E preparem um banho para ele.

Zen permitiu que os guardas o guiassem pelo palácio até as masmorras, onde recebeu um balde de madeira cheio de água e sabão sem a menor delicadeza.

A água estava gelada, mas a sensação de tomar um banho foi boa. Na escuridão, a cabeça dele ficou mais clara – suas forças retornavam, e a presença da Tartaruga Negra começou a fraquejar.

Zen a relegou a seu estado adormecido em seu interior.

Quando terminou o banho, recostou-se à parede de pedra grosseira, enfiou a mão na algibeira e pegou seu exemplar do *Clássico dos deuses e demônios*. À pouca luz da masmorra, abriu o livro na última página da metade *dele* – a primeira página da metade que Hóng'yì havia roubado.

Estava ali: o selo para invocar os Cavaleiros da Morte.

Zen passou um dedo pela página, seguindo as pinceladas elaboradas de tinta que compunham o selo mansoriano. Enquanto o fazia, pensou no selo que havia visto o herdeiro imperial começar a traçar sobre Lan às margens da Nascente Crescente.

Uma raiva incandescente ardeu dentro dele. O príncipe começara a traçar o selo que vinculara os corpos e as almas dos Cavaleiros da Morte a seu comandante; só que Hóng'yì pretendera fazê-lo com uma pessoa viva.

Lan.

Zen respirou fundo com dificuldade. Ele soltou o ar por entre os dentes, esperando que a fúria que latejava em seu crânio se abrandasse para poder pensar.

Aos poucos, ela passou.

Desde o portão fantasma, Zen tivera bastante tempo para refletir sobre o caminho que seguia: um caminho que estava escrito nas estrelas sob as quais ele nascera, no legado que herdara. No entanto, sua interpretação dele fora equivocada.

Ou talvez sempre tivesse havido duas versões daquela história.

Seu bisavô canalizara a Tartaruga Preta, recebera sua força de braços abertos e se entregara a ela. No fim, o homem havia sucumbido a um poder que deixava um rastro de sangue, destruição e tragédia. O clã mansoriano havia se tornado uma mancha na história; o nome de Xan Tolürigin era falado com medo mesmo entre os membros do clã com quem Zen havia crescido. Os mansorianos que tinham fugido, incluindo seus pais, haviam desdenhado da ideia de prática demoníaca e sido deixados para chafurdar nas cinzas do clã caído até serem eliminados pela corte imperial.

Poder, Zen pensou, apoiando a cabeça nas pedras frias da parede. Então retornou à primeira página do livro.

Poder é sobrevivência. Poder é necessidade, o clássico começava. Ele entendia aquilo. O poder era necessário; pessoas, clãs e reinos eram engolidos por quem era mais poderoso.

A frase seguinte, no entanto, o deixou perplexo.

Quem busca o poder deve tomá-lo; se ele não existe, deve criá-lo.

Aquele princípio se opunha diretamente ao primeiro princípio do Caminho, o qual Zen havia passado a maior parte da infância recitando na Escola dos Pinheiros Brancos.

— "O poder é sempre emprestado, nunca criado" — ele murmurou sozinho.

Dào'zǐ estivera correto, em certo sentido. O poder da família imperial, incluindo o de Hóng'yì, era subtraído das pessoas comuns — os imperadores literalmente sugavam a alma de seus súditos, usando-as para alimentar seus núcleos de qì e controlar a Fênix Escarlate.

Poder emprestado.

Olhando para a página à luz fraca, Zen se deu conta de que uma terceira frase surgira. A tinta parecia mais escura e mais fresca que a do restante do livro, como se o trecho tivesse sido acrescentado muito depois. Devia estar na metade do volume roubada pela família imperial e reaparecera agora que o livro havia se reintegrado.

Os dedos de Zen tremiam quando ele os passou pelas palavras.

E, depois que ele é criado,
deve-se saber quando o destruir.
Xan Tolürigin, governante do
Céu Eterno e da Grande Terra

Foi como se o acréscimo fizesse tudo se encaixar. Aquele tempo todo, ele procurara pela verdade, porém encontrara apenas metade dela. Sabia da história de seu bisavô, da necessidade e dos perigos do poder. No entanto, a história ainda não estava terminada.

O princípio mais básico dos selos, da prática e do Caminho era de que tudo tinha um yīn e um yáng, um começo e um fim, em um ciclo de criação, destruição e renascimento.

A família imperial e Xan Tolürigin tinham consciência da necessidade de poder, e o haviam obtido através dos deuses-demônios. No entanto, apenas o mansoriano havia se dado conta da necessidade de se livrar dele.

A constatação se dera tarde demais; o poder que ele havia tomado o consumira e deixara o ciclo aberto. Criação sem destruição. Uma espiral infinita e trágica envolvendo os quatro deuses-demônios e os humanos que lutavam para possuí-los – a "Balada do Último Reino".

Lan havia percebido. Sua mãe, o grão-mestre e a Ordem das Dez Mil Flores sabiam e tinham tentado destruir o poder na forma do Dragão Prateado, da Tartaruga Preta, do Tigre Azul e da Fênix Escarlate.

Zen fechou o livro, com os pensamentos acelerados.

Era chegada a hora de pôr um fim àquela história. De escrever o último capítulo.

As portas das masmorras se abriram. A luz entrou junto com um dos monges táng que guardavam a cela.

– Ela vai vê-lo agora.

20

Nas pessoas, as mudanças ocorrem não repentinamente, como tempestades ou inundações, mas com o tempo, como o deslocamento de uma montanha ou do curso de um rio.

Analectos kontencianos (Clássico da sociedade), 5.8

O palácio de Shaklahira fora tomado por uma agitação fácil e constante e um raro zumbido de emoção que talvez beirasse o alívio e a alegria. Lan se encontrava sentada a uma das mesas de jacarandá que haviam sido trazidas dos jardins agora que o selo de divisa da Fênix Escarlate e os que moderavam o clima tinham sido rompidos e o exterior se tornara quente e arenoso demais. Os cozinheiros do palácio haviam preparado uma variedade de pratos para o jantar, contando com uma despensa que, Lan descobrira, era abastecida por aquilo que Hóng'yì recebia dos mercadores da Trilha de Jade em troca de proteção contra os demônios da areia. No entanto, ela procurou não pensar naquilo enquanto devorava o macarrão com molho de gergelim e os pãezinhos com recheio de porco que os cozinheiros haviam lhe servido com sorrisos tímidos.

Os selos do olho de cinábrio haviam desaparecido da testa dos criados, que agora se movimentavam com energia e propósito renovados. Dilaya cobrira o local de selos de proteção, escondendo-o dos viajantes e dos elantianos. A matriarca do clã de aço jorshen já havia montado uma escala de patrulha e bolado vários planos contra possíveis ataques.

Agora que o sol começava a se pôr e o céu escurecia, Shaklahira desacelerava.

Tai estava sentado à frente de Lan, recuperado pelos talentosos curandeiros do palácio. Ele havia terminado seu prato de macarrão frio e olhava ao longe. Alguém que não o conhecesse melhor poderia confundir sua expressão com apatia, no entanto Lan identificava ali a tristeza e a saudade.

O invocador de espíritos sentia falta de Shàn'jūn.

– Normal. Parece quase… normal.

Ela se assustou com a voz dele, e depois com a emoção que preenchia suas palavras. Eram raras as vezes em que Tai falava por vontade própria – se é que em algum momento o fazia –, e ainda mais raras as vezes em que falava de seus sentimentos. Os olhos do rapaz pareciam vazios, assombrados.

Lan voltou a olhar em volta, para os antigos membros da corte de Shaklahira, sentados em grupinhos, o zumbido de suas conversas emprestando uma paz frágil ao momento.

– Entendo o que quer dizer – ela disse. – Lembra um pouco de casa.

A casa deles era Céu Termina, com seus templos brancos situados em montanhas escarpadas, o repicar de sinos entre cascatas e pinheiros. A casa deles não existia mais, pois havia sido destruída pelos elantianos e enterrada com os ossos de seus mestres.

Lan forçou os pensamentos a retornarem ao presente. Os passos seguintes pesavam em sua mente. *Encontrar os quatro deuses-demônios. Destruí-los com a Assassina de Deuses.*

A última vez que vira Erascius fora na Montanha de Luz Öshangma, depois que ela optara por lhe mostrar os mapas estelares para impedir que o elantiano matasse civis. Hóng'yì escapara com a Fênix Escarlate, e ela e Zen tinham o Dragão Prateado e a Tartaruga Preta. Ao feiticeiro real, restava a chance de canalizar o Tigre Azul – se chegasse a ele antes de Lan.

Agora ela sabia do selo da Assassina de Deuses, porém quando tentara conjurá-lo fora malsucedida. Lan virou a ocarina nas mãos, pensando no que a imortal da Montanha de Luz Öshangma havia lhe dito. *A Assassina de Deuses não trabalhará para você a menos que entenda a verdade.*

Imortal. *Yuè.*

Antes mesmo de se dar conta, Lan corria na direção das cortinas de seda desbotadas que levavam aos jardins áridos. Uma figura solitária se encontrava lá fora, no pôr do sol turvo do deserto.

Elanruya se virou em sua direção.

– Você veio me fazer uma pergunta – ela disse, inclinando a cabeça como se visse Lan se aproximando através da venda. – Responderei, se puder.

A garota parou diante da única sobrevivente do clã yuè.

– Conheci uma ancestral sua – Lan informou –, na Montanha de Luz Öshangma.

Elanruya ficou imóvel. Uma expressão saudosa passou por seu rosto.

– Entendo – respondeu apenas.

Lan se certificou de que o Dragão Prateado se mantinha adormecido em seu interior, com seu núcleo recolhido, antes de falar.

– Pedi que me levasse até a Assassina de Deuses, e ela levou. Mas me avisou que eu não seria capaz de conjurá-la se não compreendesse a verdade. – Lan respirou fundo. – Você sabe que verdade é essa?

Os lábios de Elanruya se entreabriram.

– A verdade – a garota repetiu, erguendo a mão e soltando a venda, para a surpresa da outra.

Quando o tecido caiu, Lan compreendeu por que Elanruya mantinha os olhos cobertos: eram tão brancos quanto os da imortal que ela conhecera na Montanha de Luz Öshangma. A garota se virou para Lan, que teve a sensação de que a imortal via através dela.

– Agora eu compreendo – Elanruya murmurou após um momento, então recitou as mesmíssimas palavras de sua ancestral. – *A verdade. Dois lados da mesma moeda. O yīn e o yáng deste mundo. A dualidade da realidade. A verdade, criança, deste conto de deuses e demônios, de demônios e deuses.*

– Como você sabia? – Lan sussurrou.

Elanruya voltou a prender a venda.

– Nossos olhos veem a verdade em tudo neste mundo – explicou. – É só os dirigir a você que vejo sua alma, seus desejos mais profundos, tudo o que você vivenciou. É cansativo, motivo pelo qual sempre usamos vendas. – A imortal ficou em silêncio por um momento. – Quanto à sua verdade, você a encontrará no *Clássico dos deuses e demônios*. Hóng'yì havia roubado uma parte dele, porém esta manhã ela foi devolvida a seu legítimo dono. – Ela sorriu para Lan, que teve a sensação de que a moça via através dela mais uma vez, apesar da venda. – Xan Temurezen.

O queixo de Lan caiu. Antes que ela pudesse dizer alguma coisa, as duas foram interrompidas por passos duros. Dilaya se aproximou delas, vinda do palácio. Alguns fios de cabelo escapavam de seus coques, porém a matriarca do clã de aço jorshen parecia triunfante, com as mãos na cintura e Garra de Falcão embainhada.

– O perímetro está sob nosso controle e selos de proteção foram lançados, então nos encontramos em segurança por enquanto – ela comunicou, parecendo satisfeita. – Conversei com muita gente. É como eu pensava: são todos descendentes de clãs.

– Isso foi intencional – Elanruya comentou, sem emoção na voz, e uma rajada de vento soprou. – A família de Hóng'yì queria nos controlar e se utilizar de nossas artes para seu proveito.

– Precisamos tirar todos daqui – Dilaya continuou. – O príncipe não se foi de vez. Talvez volte quando a Fênix estiver curada. – Ela olhou para Lan. – E agora?

Lan levou a mão ao peito. Tinha um amuleto ali, sob as camadas do qípáo, junto ao coração. Um lembrete de uma época muito distante, um lembrete de que havia conhecido a felicidade.

Era hora de deixar as lembranças de lado, de uma vez por todas.

Ela respirou fundo, abriu a mão até então cerrada em punho e a descansou na lateral do corpo.

– Vou falar com Xan Temurezen.

A noite havia caído no deserto de Emarã. Um tom de violeta sombrio cobria as dunas e esfriava o ar. Lan estava recostada à porta de seus aposentos, observando a vista da Nascente Crescente, que cintilava em tom de lápis-lazúli e era a única parte bonita de Shaklahira que não fazia parte da ilusão. Entre as gramíneas prateadas, uma figura usando vestes roxas se ajoelhou perto das flores de lótus que cresciam na água. Tai tinha ido libertar as almas presas em suas sementes. A brisa carregou o leve tilintar de seu sino de espíritos.

Lan sentiu a presença de Zen antes mesmo que ele batesse. Quando se virou para cumprimentá-lo, o rapaz absorveu sua imagem da mesma maneira que ela absorveu a dele, cada qual avaliando as mínimas mudanças no outro, que ao longo de duas luas os haviam transformado em pessoas completamente diferentes. Lan o havia deixado em Nakkar, com o corpo todo quebrado da queda do topo da montanha e o qì cada vez mais sufocado pelo deus-demônio dele, que tentava ao mesmo tempo curá-lo e possuir seu corpo e sua mente.

Agora, emoldurado pelas portas de correr do quarto, Zen parecia saído de uma pintura. A pele lisa tinha um brilho dourado; os lábios estavam vermelhos; os olhos, do tom suntuoso da meia-noite e o qì, estável de novo. Lan se lembrou de quando tinham se conhecido, na casa de chá de Haak'gong, de como havia perdido o fôlego com um único olhar dele, que reconfigurara seu mundo.

Ela piscou e a lembrança se foi. O silêncio se estendeu entre ambos. Não, eles não eram mais o rapaz e a garota que haviam se encontrado no rebuliço de uma terra conquistada. Tinham mudado de maneira irreversível, o passado e o presente determinando caminhos opostos. Não importava se ela desejara que seus destinos se ligassem e que Zen tivesse prometido que seria assim.

– Bom – Lan começou a dizer –, imagino que você não tenha ficado pelos pãezinhos com recheio de porco deliciosos.

A boca dele se retorceu em resposta. Um eco distante de uma piada que os dois haviam compartilhado.

— Não — Zen admitiu, devagar. — Vejo que o código de conduta da Escola dos Pinheiros Brancos foi rapidamente esquecido. Mas fui criado com uma dieta à base de ensopados de tofu, vegetais e raízes.

Ela puxou o ar. Não era possível, ou pelo menos não deveria ser. Com o tempo, a prática demoníaca deveria tê-lo corroído. Deveria tê-lo tornado mais frio, mais cruel. Lan deveria tratá-lo como tratava Erascius e os elantianos. Porém ali estava ele, aparentemente idêntico ao Zen por quem se apaixonara uma vida atrás, um mundo atrás.

— O que você quer? — Lan perguntou, sem qualquer decoro.

— Encontrar uma maneira de salvar este reino — ele respondeu, no mesmo tom. — É tudo o que sempre quis. Você sabe.

— Não — ela o cortou, com firmeza. — Não conheço mais você. Quando escolheu o fogo, arriscou queimar tudo que antes desejou ter.

— Lan, ambos queremos o mesmo para nossa terra e nosso povo, desde o começo. Só escolhemos abordagens diferentes para conquistar isso.

A garota ergueu uma das mãos, como se fosse lhe dar um tapa, porém a cerrou em punho e aproximou do peito.

— Não nos compare — Lan sussurrou. — Você traiu tudo e todos que amava. Céu Termina, a escola, Dé'zǐ, eu... — Sua voz falhou, mas ela seguiu em frente: — E, no fim, escolheu o poder em vez de nós.

Zen se encontrava totalmente imóvel. Seus olhos brilhavam, no entanto, como se ardessem em chamas.

— Escolhi o poder porque precisava disso para *salvar* este reino.

— Destruindo-o antes? Você, mais do que ninguém, deveria saber o que acontece quando praticantes fazem pactos com deuses-demônios. Mas se dispôs a correr esse risco, a colocar em perigo o povo desta terra.

— De que outra maneira derrotaríamos os elantianos? — ele a desafiou, erguendo a voz. — Responda, Sòng Lián, e de bom grado irei me desfazer do vínculo com meu deus-demônio.

Lan comprimiu os lábios.

— Responda — Zen repetiu. Quando ela permaneceu em silêncio, ele prosseguiu: — Acha que gosto de lutar contra a influência do deus-demônio a cada momento de cada dia? Acha que é minha vontade entregar meu corpo, minha mente e minha alma a ele? Sacrificar minha vida, a vida que eu planejava passar com você?

As palavras atingiram seu coração, sem piedade. Lan cerrou os dentes, lutando contra a reação de seu corpo enquanto sua garganta se fechava e sua respiração se alterava. Segurando as lágrimas, ela procurou o cordão no pescoço e o arrancou. O amuleto prateado cintilou em suas mãos quando ela atravessou o cômodo e o colocou bruscamente na palma de Zen, para depois voltar depressa ao seu lugar.

– Mesmo depois de tudo o que fez e de como me traiu, espera que eu acredite em você? – ela questionou, em voz baixa. – Você me enoja.

Zen olhou para o amuleto, mantendo-se em silêncio por um momento, seu cabelo caindo no rosto e obscurecendo sua expressão. Então seus dedos se fecharam e ele assentiu.

– Antes eu pensava que não havia nada que não faria para me tornar poderoso, para proteger os necessitados e aqueles com quem eu me importava. Deixei a dignidade e tudo em que acreditava de lado. Me tornei o pior tipo possível de ser humano. – Ele engoliu em seco e levantou a cabeça. – Porém percebi que não tenho como viver com algumas coisas que fiz. Por exemplo, ingerir uma semente da clareza.

Ela voltou a examiná-lo, horrorizada. O rubor em sua pele, a força de seu qì, o vermelho febril de seus lábios – tudo aquilo vinha de consumir outra alma.

Lan deu um passo para trás.

– Você...

– Sim – Zen confirmou. – O guardião das sementes me alertou para o fato de que o poder tinha um preço. Na hora, achei que não havia preço que eu não aceitasse pagar. Mas... eu estava errado. – Os olhos dele pareceram mais vivos. – Agora tenho uma janela de tempo muito apertada para derrotar os elantianos, enquanto ainda controlo a Tartaruga Preta. E você tem uma janela de tempo muito apertada para aprender a conjurar a Assassina de Deuses e usá-la contra mim.

O tempo pareceu desacelerar. Os ruídos do mundo – o sussurro do vento lá fora, o roçar das cortinas de seda, a areia batendo contra as persianas de papel – perderam força, restando apenas Zen e o que ele falara, suspenso no ar entre os dois.

– O que você disse? – Lan murmurou.

Em algum momento da conversa, os últimos raios de luz do dia deixaram o céu. A lua minguante surgira. Zen entrou no quadrado de luz prateada que atravessava pelas portas.

– Você tem uma janela de tempo muito apertada para aprender a conjurar a Assassina de Deuses e usá-la contra mim – ele repetiu.

A mente de Lan empacou naquelas palavras. Ela não conseguia absorver o que significavam. Era como se estivessem em outra língua. Só podia ser um truque, outra mentira que Zen havia fabricado para usar contra Lan, para traí-la de novo.

– Não estou entendendo.

– Mas eu estou. Entendi no instante em que coloquei os olhos em Hóng'yì, no momento em que descobri sobre as sementes da clareza que ele obtinha da nascente. Quando a Tartaruga Preta começou a se apossar de mim, senti raiva e medo. Queria mais tempo. Queria... ter uma vida pela frente. A alma da imortal da Montanha de Luz Öshangma me contou que as sementes da clareza fortaleceriam meu núcleo de qì e me ajudariam a manter o controle sobre o deus-demônio. Mal sabia eu...

Aquele sorriso torto novamente, uma sombra em sua expressão.

– Mal sabia eu qual seria o preço disso. Consumir outra alma, para preservar a minha. Isso não é viver, Lan. Isso não é existir. Dei o primeiro passo em um caminho que me levaria ao mesmo destino que a família imperial que eu tanto desprezava. No entanto, minha alma foi corrompida desde o momento em que matei shī'fù... Não.

Zen pareceu pensar a respeito antes de prosseguir.

– Desde muito antes, ao longo de muitos outros momentos da minha vida. Talvez desde que aceitei o pacto com a Tartaruga Preta. Ou desde que traí você. Ou desde que aniquilei o posto avançado elantiano, repleto de hins inocentes...

– Zen...

– Ou desde que feri Dilaya tantos ciclos atrás, ou quando procurei pela primeira vez Aquele com Olhos de Sangue...

Os olhos de Zen se fecharam e sua testa se franziu, como se ele estivesse com dor. Quando voltaram a se abrir, havia apenas tristeza neles.

– Começou muito antes que qualquer um de nós soubesse a respeito, Lan. Hóng'yì estava certo. Meu caminho sempre esteve manchado de sangue. E, se devo ir até o fim, que assim seja. Minha alma já foi perdida. Então me deixe entregá-la ao serviço desta terra e deste povo. – A voz dele ficou rouca. – Use-me. Deixe-me liberar o poder da Tartaruga Preta contra o regime elantiano. Então, quando as coisas terminarem, me impeça de continuar destruindo tudo.

Lan inspirou fundo pelo nariz e cerrou as mãos em punho.

– Você entende – ela começou a dizer, com a voz baixa – quão perigoso é esse plano que propõe? E se você liberar todo o poder do seu deus-demônio e eu não conseguir conjurar a Assassina de Deuses? E se não funcionar? Inocentes morrerão.

– Inocentes já estão morrendo. Nos últimos doze ciclos, nosso reino tem sofrido uma morte lenta. Quase todos os praticantes se foram. Estamos em guerra, Lan, e na guerra as pessoas morrem. Isso não pode nos impedir de lutar.

Ela escolheu as palavras certas para ser cruel, para ferir:

– Sua vida inteira, você teve medo de seguir os passos de seu bisavô. E agora está procurando motivos para trilhar o mesmo caminho.

Os olhos de Zen estavam fechados.

– Meu bisavô fez tudo o que podia para proteger nosso clã – ele falou. – O que você teria escolhido, Sòng Lián? De qualquer maneira, o clã mansoriano encarava a morte. De qualquer maneira, estávamos condenados. Meu bisavô escolheu lutar, usar seu poder para tentar alterar o curso da história. Como você disse, o poder dele destruiu tudo: seu nome, seu legado, seu povo. Tudo se foi. – Zen cerrou o maxilar. Seus olhos reluziram com lágrimas não derramadas. – Mas sabe o que Xan Tolürigin queria fazer e não conseguiu? *Destruir* sua fonte de poder. O deus-demônio o levou antes que ele tivesse a chance.

– Isso é impossível – Lan retrucou. – O poder da Tartaruga Preta enlouqueceu seu bisavô. Como a família imperial, Xan Tolürigin se aproveitava dele, então não ia querer destruí-lo.

– É o que dizem – Zen admitiu, baixinho. – No entanto, há uma parte da história que nunca foi contada. Meu bisavô escreveu sobre seu desejo neste livro.

Ele levou a mão a algibeira e tirou um livro dela, com capa de couro preta de um lado e branca do outro. Lan notou o título quando Zen o ergueu e perdeu o fôlego imediatamente.

– O *Clássico dos deuses e demônios* – ela sussurrou. O livro de que Elanruya havia falado.

O livro que continha o segredo da Assassina de Deuses.

Se alguns momentos pareciam obra do destino, aquele era um deles.

Lan se virou e inclinou a cabeça para os céus abertos, visíveis através das portas do quarto. A noite estava clara, as estrelas brilhavam como diamantes espalhados sob a água. De repente, a garota sentiu o peso da insignificância de ambos, de suas vidas mortais em comparação com o decorrer de reinos, dinastias e eras, tal qual estrelas cadentes no deserto permanente. Sumindo de vista em um piscar de olhos.

Ela puxou o ar, de maneira trêmula, e disse para a noite:

– Você não pode estar falando sério.

Os passos aveludados de Zen não produziram ruído, algo que ele havia aperfeiçoado através dos ciclos como praticante. Ainda assim, ela sentiu a aproximação do rapaz como se puxassem um cordão ligado a seu peito.

– Sempre falo sério – ele garantiu.

Quando Lan se virou, Zen estava à sua frente, exatamente como ela visualizara: um cacho caído diante do rosto, um sorriso cortês nos lábios. Quando Lan olhou em seus olhos, a tristeza os dominava.

– Não – ela declarou, erguendo uma das mãos como se Zen a tivesse ameaçado. Ele havia ficado parado, deixando um espaço respeitável de cinco passos entre ambos. Lan preferiria que a distância fosse maior. Lan preferiria que a distância fosse menor.

Ela inspirou fundo, a respiração ainda vacilante, e encarou o rapaz.

– Seu deus-demônio está ouvindo? – perguntou, baixo.

O entendimento lampejou no rosto de Zen, que balançou a cabeça.

– Continuo no controle. Estamos seguros.

Ela olhou bem em seus olhos, depois assentiu, sem desviá-los.

– Se eu for capaz de concluir o selo da Assassina de Deuses, não permanecerei muito mais neste mundo. – Lan mostrou a ocarina. – Não se esqueça de que deuses-demônios ficam vinculados à alma de quem os canaliza. Caso sejam destruídos, nós também seremos. E eu pretendo destruir os quatro.

Zen cerrou o maxilar.

– Não o seu. O Dragão Prateado está vinculado à alma de sua mãe.

– Não mais. Fiz um novo pacto com o Dragão. Ao final, a alma de minha mãe ficará livre e eu entregarei a minha.

Ela viu a garganta de Zen se movimentar, como se ele engolisse em seco. Por um momento, o rapaz pareceu não encontrar palavras.

– Ao final – ele repetiu em um murmúrio. – Entendi.

Os dois ficaram em silêncio, distraídos com seus próprios pensamentos. Ambos impactados com as revelações que haviam sido feitas, incluindo a percepção outrora nebulosa que começava a tomar forma: a de que pôr um fim naquele ciclo de poder e destruição significava pôr um fim às próprias vidas.

E tudo começava com a Assassina de Deuses.

Lan olhou para Zen.

– Então prove.

– O quê?

– Que você diz a verdade. – Ela não precisava insistir na lembrança da traição dele. – Se concorda que os deuses-demônios devem ser destruídos ao final, deve concordar que preciso conjurar a Assassina de Deuses. Não consegui fazer isso antes. Me ajude.

Zen a avaliou por um longo momento.

– Me diga como – ele pediu, simples e prontamente, como se já estivesse preparado para aquilo.

– Esse livro nas suas mãos – Lan disse, apontando – pode me orientar a conjurar o selo completo da Assassina de Deuses. A imortal yuè me informou que eu precisava compreender a verdade antes de utilizá-lo.

Zen passou o polegar pelo *Clássico dos deuses e demônios*. Então inspirou fundo e o estendeu na direção dela. Num convite hesitante. Propondo uma frágil trégua.

Lan ficou olhando para o livro. No passado, ela o teria pegado sem pensar duas vezes. Agora, aquela confiança, a certeza de que Zen nunca faria nada para prejudicá-la, se fora. Destruída em uma única noite, quando levara tantas para construí-la.

Mas talvez houvesse verdade no que ele dizia. Talvez o ato de ingerir uma semente da clareza tivesse abalado a fé do rapaz no caminho que vinha seguindo com ardor até então, às custas do restante de sua vida.

E talvez...

De que outra maneira derrotaríamos os elantianos?

A pergunta que ela não fora capaz de responder a incomodara ao longo de toda a conversa. Se eles continham os únicos seres poderosos o bastante para enfrentar o regime elantiano, poderiam mesmo se dar ao luxo de não tentar? Se havia uma chance de Lan ser capaz de conjurar a Assassina de Deuses, isso não significava que ela poderia dar um fim a tudo aquilo?

Os primeiros xamãs entregaram a Assassina de Deuses a um guardião, com o intuito de que fosse usada como último recurso, caso o poder dos deuses-demônios saísse de controle, Dé'zǐ havia lhe contado certa vez. *A Assassina de Deuses era um meio de manter o equilíbrio neste mundo.*

Lan se mantivera tão determinada em sua busca de uma alternativa que não envolvesse fazer uso dos deuses-demônios que nem parara para considerar que havia algo que não estava vendo.

Yīn e yáng. Bem e mal. Grandioso e terrível. Dois lados da mesma moeda, Lián'ér, e em algum lugar no meio se encontra o poder. A solução é encontrar o equilíbrio.

Ela observou Zen, o luar o esculpindo em sombras e luz. Então os olhos de Lan encontraram as portas de correr de jacarandá. Mais além, Dilaya e os moradores de Shaklahira deviam estar ajeitando as coisas depois do jantar, revezando-se para vigiar o perímetro do palácio. Lan pensou no comentário de Tai, de que as coisas pareciam *normais*. Em certo sentido, tudo o que queria era deixar Zen para lá e mergulhar na *normalidade* daquele lugar, na louça a ser lavada, na água a ser reposta, nos lençóis a serem trocados. Por um momento, Lan se perguntou se tivesse essa opção voltaria a ser uma cantora obscura de uma casa de chá em Haak'gong, sonhando com a liberdade que nunca teria.

Não. Era por todas as cantoras comuns que ela estava ali. Por todos aqueles que haviam morrido nas mãos dos elantianos, das pessoas cuja casa havia sido destruída, dos mestres de Céu Termina que haviam morrido para proteger uma chance mínima de liberdade, cujas esperanças e mortes ela carregava consigo.

Tratava-se de um fardo pesado.

Lan soltou o ar e caminhou adiante, encurtando a distância entre ela e Zen. Então, pôs as mãos sobre as dele, deixando o livro sob as palmas de ambos, e sentiu que tocava fogo e gelo ao mesmo tempo.

– Está bem – ela sussurrou.

– Descobri este livro no antigo palácio de meus ancestrais – Zen contou. – Confesso que ainda não o li por inteiro, porque metade estava em posse de Hóng'yì. Mas posso lê-lo com você.

Os olhos dele foram para as persianas que iam do chão ao teto. Quando retornaram a Lan, pareciam gentis. Repletos de esperança.

– É uma noite linda – ele comentou. – Aceita dar um passeio comigo?

Era mesmo uma noite linda, Lan precisava concordar. Ela se perguntou quantas noites como aquela restavam aos dois.

– Está bem – repetiu.

O ar do deserto esfriava, e a areia era macia sob as botas de ambos. Constelações ardiam no céu, muito mais visíveis agora que as luzes do palácio tinham sido apagadas e não havia nada em seu entorno além de quilômetros e quilômetros de dunas. Os passos de Lan se sincronizaram com os de Zen, ao seu lado, e foi como se voltassem no tempo, a desavença entre eles resolvida. A manga de um roçava na do outro, em um silêncio confortável, quase familiar. A brisa trazia o cheiro de Zen, de noite e chamas, e só então Lan se deu conta do quanto sentira falta daquilo.

Pela primeira vez em muito tempo, Sòng Lián olhou para Xan Temurezen e viu, em sua silhueta, o rapaz por quem havia se apaixonado em uma montanha tomada pela névoa.

21

Todos os fins se encontram no começo.
Provérbio hin

Enquanto caminhavam pela areia, os dois conversavam. A princípio, Lan ficou mais quieta, hesitando em revelar qualquer coisa sobre suas viagens, a traição dele ainda fresca em sua mente. Pela primeira vez desde que se conheciam, era Zen quem falava mais.

Ele falou sobre sua infância nas estepes, sobre como os primos roubavam o leite fermentado de égua um do outro, sobre como eles escapuliam da iurte à noite para ler as constelações. Ela ficou ouvindo o timbre grave e constante da voz do rapaz, lançando-lhe olhares rápidos de tempos em tempos. O luar delineava o perfil de Zen, e os olhos dele pareciam dançar com as estrelas quando falava de sua terra natal.

– Nunca aprendi sobre as constelações – Lan admitiu. – Só aprendi poemas e sonetos... e aritmética.

Ela fez uma careta.

Zen encarou a jovem.

– As estrelas são cheias de histórias – ele contou. – Venha, vou lhe ensinar.

Para sua surpresa, o rapaz se deitou na mesma hora, afundando na areia branca e macia, depois sorriu para ela e pediu:

– Deite-se.

Ele ainda segurava o *Clássico dos deuses e demônios*, a presença do livro um fato inevitável que por ora ambos adiavam. Era exatamente aquilo: um momento temporário.

Lan se deitou ao lado de Zen e sentiu a areia no cabelo, fazendo cócegas no pescoço. Os dois estavam próximos, porém não se tocavam, e de canto de olho ela via o peito de Zen subindo e descendo. Quando ele falou, sua voz pareceu fazer o chão vibrar e envolvê-la por inteiro. O rapaz apontou para as estrelas que contavam histórias – o Órfão e a Ursa, o Arqueiro Dourado, o Caçador e o Garanhão –, e Lan se deu conta de que eram histórias únicas ao clã mansoriano. O fato de que Zen era a última pessoa no mundo capaz de contá-las não lhe passou despercebido.

– Māma dizia que as estrelas contêm a luz das almas de nossas vidas reencarnadas – Lan comentou.

Por um momento, Zen ficou em silêncio.

– Eu gostaria de acreditar nisso – ele respondeu afinal.

– Eu também. – O anseio em seu coração a fez prosseguir. – O que acha que estaríamos fazendo em outras vidas?

As incontáveis estrelas cintilaram acima, apresentando possibilidades infinitas.

– Hum... você ainda estaria quebrando uma xícara na minha cabeça...

– Eu estava me defendendo! – Lan exclamou.

– ...se banhando em fontes de águas sagradas da lua...

Ela se virou para empurrá-lo, de brincadeira.

– Como eu ia saber? Não é como se colocassem uma placa dizendo: "Água sagrada das lágrimas da lua. Não beba e não se lave".

– ...e roubando pãezinhos com recheio de porco das cozinhas – Zen prosseguiu, implacável, com um brilho nos olhos e uma voz que indicava que sua vontade era de rir. – Dançando na neve e zombando de minha cantoria, me dizendo que sou muito sério, que preciso sorrir mais...

Ele se interrompeu e virou a cabeça, de modo que os dois ficaram cara a cara.

Estavam tão próximos que ela seria capaz de contar os cílios de Zen, ver cada grão de areia que o vento soprara e agora se agarrava a seu cabelo como pó de pérola. De repente, olhando em seus olhos, Lan teve a sensação de que estava caindo, de que o mundo havia se invertido e os dois mergulhavam no céu, enquanto as estrelas se erguiam para pegá-los.

Ela se atreveu a não desviar o rosto.

Ele também.

– Se tivéssemos outra vida – Zen murmurou –, o que você pediria?

As palavras lhe pareceram um tanto íntimas, e um calafrio percorreu o corpo de Lan. No fundo, ela sabia a resposta, com tanta convicção quanto a trajetória de uma flecha. Então fechou os olhos e murmurou:

– Pediria que meu pai tivesse permanecido comigo e com Māma, em vez de se esconder. Que minha família fosse feliz junta, comendo bolinhos da lua a cada solstício de outono e celebrando a virada de cada ciclo com lanternas vermelhas. Pediria um mundo sem guerra. – *E pediria para amar você, sem ser forçada a escolher outro caminho*, Lan pensou, mas é claro que não poderia dizer, por isso concluiu, voltando a abrir os olhos: – E quanto a você?

Zen continuava olhando diretamente para ela. Lan se via nas íris pretas dele, uma garota vestindo branco, iluminada pelo luar. Ali, ela pareceu ter compreendido parte da resposta dele.

– Eu pediria o mesmo – Zen disse, soltando o ar.

O coração de Lan batia tão rápido que parecia que ia acabar irrompendo do peito.

– Está tarde – ela sussurrou. – E ainda temos um livro antigo para ler.

– É quase como se estivéssemos de volta à Escola dos Pinheiros Brancos, com você fazendo suas leituras no último instante – Zen comentou, com um sorriso melancólico, e a tristeza e a saudade nas palavras dele não passaram despercebidas a Lan.

Os dois se sentaram e espanaram a areia do cabelo. A noite já havia terminado de cair, e as janelas de papel de Shaklahira estavam completamente escuras.

Zen deixou o *Clássico dos deuses e demônios* entre os dois. Inofensivo, o livro repousava sobre a areia, seu título parecendo cintilar. O rapaz levou a mão à capa e olhou para Lan.

– Juntos? – perguntou.

Ela se inclinou para a frente e colocou a mão sobre a dele.

– Juntos.

O livro havia mudado. Zen ficou encarando a página de abertura, certo de que seus olhos lhe pregavam peças. Em vez das dissertações sobre poder e selos mansorianos da prática demoníaca que ele transcrevera a duras penas, a primeira página agora continha um título e uma ilustração, como se aquele fosse um livro de histórias.

Zen retornou à capa e soltou o ar. Ele o havia aberto do lado branco, na metade que Hóng'yì havia roubado.

Estava prestes a virar o volume quando Lan o impediu.

– Espere – ela pediu. Seus dedos leves e frios tocaram o pulso de Zen. Ele permitiu que Lan afastasse sua mão para reabrir o livro.

Depois de uma inspeção mais minuciosa, o rapaz se deu conta de que, ao lado de cada coluna de escrita mansoriana, havia um texto mais recente em hin. Hóng'yì, ou quem quer que da família imperial que tivesse roubado o livro, havia feito uma tradução.

Por que eles se dariam ao trabalho de traduzir uma história?, Zen se perguntou.

Os olhos de Lan se arregalavam para as palavras.

– "O princípio e o fim" – ela leu, em voz alta. Seu cabelo caiu sobre o rosto quando a garota se inclinou na direção da ilustração. Zen sentiu mesmo como se os dois estivessem sentados juntos em Céu Termina, estudando, mas logo se forçou a baixar o rosto.

O primeiro desenho era de um xamã vestindo qípáo e observando o céu noturno de cima de uma colina. Estava dividido em quatro partes, representando as quatro estações: as flores da primavera e as gramíneas do verão davam lugar às folhas do outono e o branco do inverno. O xamã permanecia no centro, observando a terra mudar e as correntes do mundo fluírem.

– "Nossa terra é uma terra de guerra e renascimento" – Lan continuou lendo, passando os dedos pelas linhas. Ela virou para a página seguinte, que trazia uma imagem de exércitos invadindo o pasto. Zen quase podia sentir a terra vibrando com o bater dos cascos dos cavalos, o ouvir aço batendo contra aço, e os gritos dos clãs se digladiando.

– "É uma terra de vida e morte" – ele leu por sua vez. – "De yīn e yáng, de poder e vitalidade se intercalando durante as ascensões e quedas da civilização. E, no centro de tudo isso, está o qì."

O texto começava assim. Os dois foram avançando, alternando-se para ler, suas vozes e as ilustrações se misturando como se aquela história ganhasse vida.

– "Um raio de sol feito brasas líquidas" – Lan sussurrou, com uma admiração aparente na voz. – "Um caco de lua feito jade branca, uma gota das estrelas feito lágrimas e um redemoinho da noite feito tinta." – Ela levantou a cabeça, espantada. – Zen, é como a "Balada do Último Reino". Lembra? A música que apresentamos na casa de chá quando nos conhecemos.

Como eu poderia esquecer?, ele queria perguntar, porém foi capaz apenas de assentir. Seria possível que Lan se lembrasse de cada detalhe daquela ocasião, tal qual ele? Estaria gravada no coração dela, como estava no dele? O momento em que as coisas tiveram início, o princípio de tudo?

O princípio e o fim, pensou, lembrando o nome da história do livro, e sentiu uma pontada no peito. Então voltou a ler.

– "O xamã estendeu os braços, e o poder dos deuses penetrou suas veias. De uma vez só, os ventos sopraram e as marés de um oceano próximo se agitaram; a terra se abriu sob seus pés e chamas se ergueram ao seu comando. Os deuses haviam abençoado os mortais com qì, com o poder do mundo e das energias de que eram feitos. Mostraram aos humanos como tirar proveito desse qì, emprestando gotas de si aos primeiros xamãs. Mas aquilo não foi o bastante."

Na página seguinte, uma fumaça preta assomava sobre as planícies enquanto exércitos se enfrentavam, as bandeiras tremulando ao vento antes de serem salpicadas de sangue. Corpos queimaram, crianças gritaram, viúvas choraram, mas os quatro deuses-demônios permaneceram em seus cantos do céu, observando.

Era a vez de Lan:

– "Assim, os primeiros praticantes xamânicos recorreram aos céus e ofereceram suas almas aos deuses." – Ela inspirou fundo. Não havia tirado os dedos do pulso de Zen, que sentiu quando Lan o apertou. – "E, assim, os praticantes xamânicos criaram os deuses-demônios."

Ele entrelaçou seus dedos aos de Lan. Segurou-se firme a ela, com o coração na garganta. Estavam juntos naquela missão, sempre estiveram. Ali estava o último trecho da história, que sempre lhes faltara.

Os deuses-demônios haviam sido *deuses*.

Então tinham caído na terra e sido canalizados por mortais buscando poder.

Nós criamos os deuses-demônios, Zen pensou, admirado com aquela simples verdade.

Havia quatro formas desenhadas na página – quatro formas que ele conhecia bem demais –, emergindo do cosmos: a Fênix Escarlate, alçando voo das chamas do sol; o Dragão Prateado, saído da luz da lua; o Tigre Azul, formado da chuva das estrelas; e, quando tudo o que restava era a noite, a Tartaruga Preta vinda das sombras.

Praticantes dançavam, entrelaçando-se com os deuses-demônios. A guerra estourou, sangue foi derramado, e as formas dos quatro se tornaram mais violentas quando pairaram sobre os exércitos, absorvendo as almas perdidas para o conflito, as energias yīn que vinham com o sofrimento, a ira e a morte.

O tempo no mundo mortal corrompeu as criaturas, o texto prosseguia. *Agrilhoadas à ganância de seus canalizadores e sujeitas à fúria das guerras que travavam, seu poder se tornou destrutivo.*

Incêndios devastaram a terra; deslizamentos enterraram vilarejos. Os deuses-demônios cresceram em tamanho, semeando caos por todo o mundo mortal.

Sobre uma montanha com o pico nevado, um dos primeiros praticantes xamânicos apareceu. Ele estendeu as mãos para os céus, que começaram a brilhar por conta do qì.

Um ruído escapou de Lan.

– Dào'zǐ – ela sussurrou, e Zen sentiu o coração palpitar com a epifania. Dào'zǐ, que havia escrito o *Livro do Caminho*, o filósofo por trás de muitos princípios da prática, fora um dos primeiros praticantes xamânicos conhecidos.

Então Dào'zĭ havia escrito o primeiro princípio da prática, de que o poder não podia ser criado, apenas emprestado, *por causa* do perigoso histórico dos deuses-demônios?

– Zen – Lan disse, e seu tom chamou a atenção dele. Ela havia passado a página, e agora o rapaz via por que ela apertava tanto sua mão.

A folha estava inteiramente preta, a não ser por um selo, que lembrava uma lua no céu noturno.

– A Assassina de Deuses – Zen concluiu, reconhecendo-a depois de ter visto Lan conjurá-la naquele dia.

O poder é sempre emprestado, estava escrito, *e deve ser devolvido. Pode ser usado, mas deve ser destruído.*

Sob a Assassina de Deuses viam-se as imagens dos quatro deuses-demônios, com a cabeça inclinada para a luz que ela emanava. Quando Lan e Zen foram a página seguinte, foi como se assistissem à história de trás para a frente. A Fênix Escarlate voltou a ser uma gota de sol, o Dragão Prateado retornou à lua crescente, o Tigre Azul se dissolveu nas estrelas e a Tartaruga Preta desapareceu na noite.

A última página da história reproduzia a ilustração da primeira: o xamã acima de uma colina, usando um qípáo e olhando para o céu noturno. Nas constelações, as formas dos quatro deuses brilhavam.

O fim e o princípio, diziam as últimas palavras da história.

Zen piscou, como se estivesse saindo de um longo sonho. À sua volta, as dunas se mantinham em silêncio. Quando olhou para as estrelas, quase esperava encontrar quatro formas distintas entre elas.

– Deuses – Lan exclamou, sua exalação condensando levemente ao sair, seu rosto também inclinado na direção do céu.

Os dois ficaram em silêncio por um bom tempo, as palavras inadequadas diante do peso do que haviam acabado de descobrir.

Como de costume, Lan foi a primeira a falar.

– Fomos nós – ela sussurrou. – Foram as energias yīn de nossas almas humanas, a destruição e devastação das guerras do nosso mundo, que corromperam o núcleo deles. *Nós* os transformamos de deuses em… demônios.

A respiração de Zen estava acelerada. A garota tinha razão: estivera claro desde sempre. Demônios eram formados por excesso de energias yīn, pela ira, pela ruína, por um assunto pendente em vida. Emoções humanas.

– Eles precisavam retornar ao qì do mundo através da Assassina de Deuses – Zen disse –, para que o yīn que tinham acumulado em seu núcleo fosse liberado e nenhuma linhagem detivesse seu poder por muito tempo.

– Só que a família imperial escondeu a Assassina de Deuses – Lan completou. – O ciclo foi interrompido e o poder entrou em desequilíbrio e se tornou destrutivo. Por isso os deuses-demônios permaneceram por tanto tempo aqui e acabaram corrompidos pela carnificina e a violência de guerras infinitas. Seu núcleo absorveu tudo. Ao longo de milhares de ciclos.

– Não era para ser assim – Zen afirmou. – Como o próprio Dào'zĭ escreveu, neste clássico e no *Livro do Caminho*. O poder pode ser criado desde que seja destruído depois. Rompemos o ciclo.

O rapaz notou que a mão de Lan continuava na dele; ela parecia ter se esquecido daquilo, enquanto olhava para o final da história com a testa franzida.

Gentilmente, Lan levou os dedos à última imagem, do xamã olhando para o céu tranquilo enquanto os quatro deuses olhavam para o mundo mais abaixo.

– Agora eu entendo – a garota declarou. – A verdade de que as imortais falaram. A intenção por trás da Assassina de Deuses. – Lan se virou para Zen, com tristeza nos olhos. – Foram os humanos que canalizaram os deuses e os transformaram em demônios. E a Assassina de Deuses... o propósito da Assassina de Deuses não é destruí-los, mas libertá-los.

22

O destino é uma história inacabada de duas almas ligadas por um fio vermelho. Ele se desenrola através de vidas, épocas e mundos, em busca de um desfecho na eternidade.

Sábios do clã yuè, *Teoria da reencarnação*, capítulo 1

As portas dos aposentos de Lan estavam abertas, assim como ela as deixara, e as cortinas de seda esvoaçavam de uma maneira quase lúgubre. Areia havia entrado com o evento e pegava nas botas dela e de Zen enquanto os dois fechavam as portas.

Tudo e nada havia mudado.

Lan absorveu a normalidade do quarto, os travesseiros macios e as cobertas dobradas sobre a cama kàng, os móveis de jacarandá amarelo com ornamentos intrincados. As portas de correr do outro lado do cômodo levavam aos corredores de Shaklahira, no momento silenciosos. Ela pensou em Dilaya deitada na própria kàng, de botas, com Garra de Falcão aninhada no braço, como uma criança faria com uma boneca. Pensou em Chó Tài, que tinha a tendência de murmurar durante o sono, talvez em resposta a quaisquer que fossem os fantasmas que ouvisse em seus sonhos. Em um mundo sem guerra, será que todos dormiriam mais fácil?

Ela se perguntou como seria sua vida e a vida de Zen em uma época de paz. E se os dois teriam mais tempo.

Então se lembrou da sensação dos dedos dele nos seus, firmes, quentes, *certos*.

Sua cabeça doía; a revelação do *Clássico dos deuses e demônios* de repente lhe pareceu um fardo pesado demais a carregar.

Lan marchou até o baú ao pé de sua cama e tirou dele um jarro de vinho de ameixa. A pergunta inevitável de Zen veio logo em seguida:

– O que é isso? – Ele se encontrava sentado no outro extremo do quarto, com os ombros caídos de exaustão. Depois se endireitou ligeiramente e seu tom ficou incrédulo enquanto Lan desamarrava o cordão prendendo o pano que tampava o jarro. – Você vai beber?

– Caso não tenha percebido, não terei muito mais tempo para desfrutar de vinho de ameixa – Lan retrucou, levando a bebida aos lábios com determinação. O líquido doce queimou um pouco ao descer, enchendo-a de um calor prazeroso. Quando endireitou a cabeça, Zen a observava com a testa franzida.

Lan bufou.

– Espero que o praticante perfeito não esteja pensando em me dar uma bronca...

– Não estou – ele respondeu apenas.

A garota fechou os olhos, enquanto as implicações de tudo o que haviam descoberto giravam em seu cérebro. *Os deuses-demônios não podem ser usados sem que seu poder seja domado*, Dé'zǐ havia dito a Lan. Ela se agarrara à primeira parte da frase, porém nunca considerara o inverso: caso seu poder fosse domado, o poder das criaturas poderia ser usado pelo bem maior?

O medo de perder o controle, aliado ao tabu envolvendo a prática demoníaca, a haviam levado a acreditar em uma verdade absoluta: os deuses-demônios precisavam ser destruídos e seu poder devia permanecer intocado. O oposto do que Zen escolhera.

No entanto, Dé'zǐ a havia ensinado a buscar sempre o caminho do equilíbrio. *Dois lados da mesma moeda, Lián'ér, e em algum lugar no meio se encontra o poder.*

– O que você vai fazer?

Os olhos dela se abriram assim que ouviu a voz de Zen. Era como se ele ouvisse seus pensamentos. Lan remexeu o jarro de vinho de ameixa.

– Vou aprender a conjurar a Assassina de Deuses e ir atrás da Fênix Escarlate e do Tigre Azul. E depois...

Ela deixou a frase morrer, o fim tácito da vida de ambos pairando no ar. De alguma maneira, parecia distante. Irreal.

– E você? – Lan perguntou a Zen.

– Quando nos encontramos em Nakkar, mencionei o poderoso exército que meu bisavô comandava, preservado por uma magia antiga. O selo para invocá-lo estava na metade do *Clássico dos deuses e demônios* que os ancestrais de Hóng'yì roubaram.

Os olhos do rapaz pousaram sobre o armário de jacarandá ao seu lado, onde ele havia deixado o livro. Zen o pegou e o abriu na página exata. Então o ofereceu a Lan.

Um gesto de confiança. Uma mensagem de que, daquela vez, ele contaria tudo.

Lan se aproximou. Cada passo seu era como um coração batendo entre os dois. Deixou o jarro de vinho no armário e pegou o livro de Zen.

Estava aberto em um trecho que ela não era capaz de ler, cujo silabário descia na vertical em curvas e volteios elegantes. Folheou as páginas desgastadas. Sentia os olhos de Zen nela, como uma chama ardente, enquanto estudava a arte do clã dele, do povo dele.

Lan fechou o livro e passou um dedo pelo título, bordado com um fio dourado entremeado a penas de grou.

– Zen – ela murmurou –, por que é necessário um selo do *Clássico dos deuses e demônios* para invocar um exército?

– Porque é um exército de praticantes demoníacos – ele respondeu. – Devo vincular a alma deles à minha para que canalizem minha vontade.

O choque inicial foi logo seguido pela raiva. As unhas de Lan se cravaram no volume.

– *Praticantes demoníacos* – ela repetiu, enfatizando cada sílaba.

Zen a observou sem se abalar, com aquele olhar firme de quando estava convencido, que Lan conhecia tão bem.

– É perigoso – ela prosseguiu, falando baixo. – Você sabe disso. É loucura acessar o poder de praticantes demoníacos mortos-vivos, além de canalizar um deus-demônio.

– Não se eu for capaz de controlá-los. E, quando a Tartaruga Preta for liberada, o núcleo dos Cavaleiros da Morte deixará de existir.

– E se você perder o controle?

– Então você dará um fim a tudo – ele declarou, muito prático.

– Você fala como se conjurar a Assassina de Deuses fosse fácil. – A voz dela falhou. *Como se tirar sua vida fosse fácil para mim.* – Não vou concordar com isso.

– Vou seguir em frente com ou sem você. Não posso me dar ao luxo de cometer o mesmo erro que cometi em Céu Termina. Agora que temos a Assassina de Deuses, farei tudo que puder para garantir que meu ataque seja certeiro, que não haja risco de fracassar. Erradicarei os conquistadores elantianos e não deixarei nenhuma margem para que voltem. Se para isso for preciso invocar um exército de praticantes demoníacos, que assim seja. – Ele ficou em silêncio por um momento, aguardando que Lan dissesse algo. Não foi o caso, então Zen prosseguiu. – Preferiria ter você ao meu lado nesta luta, mas não posso esperar que mude de ideia. A cada dia que passa, a influência da Tartaruga Preta sobre mim cresce. Meu tempo está se esgotando.

A garota o encarou, furiosa, com a respiração pesada, como se tivesse acabado de correr.

– Você está me pressionando.

Zen voltou a olhar para ela.

– Estou.

Lan voltou a pegar o jarro de vinho e tomou um gole, embora sua vontade fosse de quebrá-lo na cabeça do rapaz. Ele franziu a testa diante da violência do movimento.

– Irei para Tiān'jīng – Zen usou o nome hin da Capital Celestial, chamada de Alessândria pelos conquistadores. – É onde os líderes deles e os feiticeiros reais de mais alto escalão residem. Os elantianos são tão poderosos quanto seus melhores feiticeiros, que foram a chave para a queda dos hins, doze ciclos atrás. Se eu puder eliminar a maioria deles, podemos forçar o alto governador a se render e os elantianos a se retirar.

Não havia emoção nos olhos de Lan quando ela disse:

– Corte a cabeça da serpente...

– ...e será o fim de seu poderoso corpo também – Zen completou. Tratava-se de um aforismo do *Clássico da guerra*. – Então você não se esqueceu de tudo.

– Como já falei, aprendo rápido.

O sorriso do rapaz se foi.

– Caçarei o Tigre e a Fênix com você. Destruiremos primeiro os dois, depois partiremos para a Capital Celestial para derrubar os elantianos e seu regime. – Zen ficou em silêncio por um momento, e, quando voltou a falar, sua voz saiu mais baixa. – Aceite trabalhar comigo, por favor. Não posso fazer isso sozinho. Enquanto eu luto contra os feiticeiros reais e o exército elantiano, preciso que você marche para o Palácio Celestial, onde o alto governador estará, e negocie a rendição deles. Depois... Acredito que a força do meu núcleo não se manterá por muito tempo após a batalha, então precisarei que ponha um fim à minha vida quando eu perder o controle.

Lan sentiu uma pontada amarga no peito. Devolveu bruscamente o *Clássico dos deuses e demônios* a ele e tomou outro gole de vinho. Sua visão já começava a embaralhar um pouco, o que ela achava bom. Ou pelo menos melhor que a discrepância que sentia no fato de que aquilo que tinham lhe ensinado a desprezar – o uso do poder dos demônios e dos deuses-demônios – talvez representasse a única chance de libertar seu povo. Melhor que escolher as ações que determinariam o destino de seu reino.

– Lan – Zen começou a falar, porém ela o cortou.

– Por que não conta a Dilaya sobre seu plano? Tenho certeza de que ela vai ficar animadíssima para trabalhar com você, a Tartaruga Preta e seu exército de praticantes demoníacos.

– Lan – ele repetiu, e algo em seu tom fez com que a garota o encarasse. – Você não pode contar a eles. Dilaya e Chó Tài… nunca me aceitarão. E nunca aceitarão a ideia de lutar do lado de um grupo de praticantes demoníacos mortos-vivos.

– Eu também não. Nunca o perdoarei por isso, Xan Temurezen. Você não me deixa escolha.

Zen ficou observando-a, com os olhos brilhando à luz fraca.

– No entanto, se formos bem-sucedidos, libertaremos o reino, nosso povo e os deuses-demônios. Não é isso que você busca, Sòng Lián?

Ela foi até ele, encurtando a distância entre os dois. Então ergueu a mão e lhe deu um tapa na cara.

O barulho reverberou no silêncio.

Zen levou a mão à bochecha. Permaneceu em sua cadeira, porém ergueu o rosto para encará-la.

– Pode descontar em mim, se faz com que se sinta melhor – ele disse. – Eu mereço.

– Odeio você – Lan sussurrou. Seus olhos começavam a arder. Não havia nada que pudesse fazer para impedir a respiração de ficar curta e rápida.

Zen hesitou, depois baixou a mão.

– Eu sei.

Com raiva, ela enxugou as lágrimas traidoras que rolavam por suas bochechas. Zen representava quase tudo o que Lan devia combater. O rapaz havia desafiado todos os tabus do Caminho, havia matado e trocado outra alma pela sua, canalizado um deus-demônio, e agora propunha invocar o poder de praticantes demoníacos.

No entanto… talvez aquela fosse a única maneira de salvar o reino.

No passado, Lan havia dito a Zen que ambos tinham opções de merda, e precisavam tirar o melhor proveito delas. Talvez aquela fosse mesmo a única solução.

O que Māma diria? O que Dé'zǐ diria? Ela fechou os olhos. Daria tudo pela orientação dos dois naquele momento, para que dissessem se estava fazendo a escolha certa.

No entanto, Māma e Dé'zǐ já haviam partido.

– Nunca quis que fosse assim – Zen admitiu em voz baixa e com a cabeça inclinada. Daquele ângulo, Lan só conseguia ver as luas crescentes escuras que seus cílios lançavam sobre as bochechas. – Se tivesse outra chance, não teria escolhido isto. – Ele abriu um sorriso desprovido de humor. Quando se pronunciou, foi como se falasse consigo mesmo. – Nos piores momentos, principalmente à noite, quando a influência da Tartaruga Preta se torna insuportável, sabe a que me agarro? Penso na vida que poderia ter tido, sem guerra, sem conquista, sem deuses-demônios. Penso na vida que eu escolheria se pudesse recomeçar esta, e é uma boa vida. Uma vida devotada ao Caminho, como mestre de uma escola de prática. E em todas as versões que imagino, Sòng Lián, estou com você.

Ela sabia que os dois tinham a mesma lembrança em mente, de um rapaz e uma garota em um vilarejo na montanha, tomado pela névoa e pela chuva, deitados juntos em um cômodo vazio.

– Não diga isso – Lan sussurrou, e sua voz falhou. – Você não tem o direito de dizer isso para mim.

Os joelhos de ambos quase se tocavam, a mão dela ainda erguida do tapa. O luar tênue que conseguia penetrar as persianas de papel cobria o cabelo dela como se fosse pó de pérola.

Lan se inclinou e o beijou. Zen produziu um ruído no fundo da garganta e enrijeceu com a surpresa antes de descongelar e levar a mão ao rosto dela. Os lábios dele estavam salgados, a língua dela estava doce por conta do vinho de ameixa. Zen retribuiu o beijo com uma voracidade mal contida, muito diferente do rapaz cortês e distante que Lan conhecera.

Ela o amava. Já o tinha amado e depois odiado, no entanto aquela noite, quando se encontravam sob as estrelas e ele falava sobre sua terra natal e a família que perdera com uma saudade de partir o coração, Lan havia se apaixonado de novo.

Talvez tenha sido isso que a levou a se afastar e a expressar um pensamento que se formara em sua mente um tempo atrás, um pensamento tão egoísta que ela não queria assumir nem para si mesma.

– Há algo que não contei a você sobre os deuses-demônios – Lan sussurrou.

Zen piscou. Em algum momento durante o beijo, suas mãos haviam encontrado a cintura dela.

– Então conte agora.

– Acho que há uma maneira de romper o pacto. – Lan relatou a lembrança que havia presenciado na mente do príncipe. – A Fênix disse que o acordo pode ser desfeito e a alma do canalizador pode ser libertada, desde que o desejo seja mútuo. Se houver outro canalizador... se nossos deuses-demônios concordarem...

Ela engoliu em seco.

Os olhos de Zen procuraram os de Lan, e a compreensão abrandou a expressão dele. Uma de suas mãos a puxou pela lombar para mais perto. A outra retornou ao rosto dela, para depois acariciar seu cabelo.

– Romper os pactos e permitir que alguém assuma nosso lugar antes de conjurar a Assassina de Deuses? – ele disse, gentilmente. – Se isso fosse mesmo possível, você seria capaz de viver consigo, e comigo, tendo ciência da escolha que fizemos?

Os olhos dela arderam até a visão de Zen à sua frente se turvar. Sabia muito bem a resposta.

Lan sentiu o polegar quente dele em sua bochecha, enxugando seu choro. Sentiu a exalação dele em seu cabelo quando Zen pressionou os lábios contra sua pele, apagando o rastro das lágrimas. Assim como havia feito antes, naquele vilarejo na montanha, assolado pela chuva e pela névoa.

Ela chorava com vontade agora. Aquele pequeno gesto era uma prova de que o rapaz por quem se apaixonara continuava ali, de que tudo fora real. O que só tornava tudo ainda mais doloroso.

– Não chore, por favor – Zen sussurrou. – Mesmo que eu tenha apenas esta noite com você, Sòng Lián, será melhor que passar uma vida sem você.

Os lábios de Lan encontraram os de Zen, e seus dedos se enfiaram no cabelo dele. O mundo pareceu sair ligeiramente do eixo e ela tentou se equilibrar, apoiando um joelho na cadeira, entre os dele. Zen a segurou pelos ombros, depois suas mãos desceram pelo corpo dela, até os quadris, enquanto Lan subia em seu colo.

Ela sentiu quando o rapaz inspirou profundamente. Ambos já tinham ficado assim tão próximos, porém não com tanta ousadia. Quando Lan tomou os lábios dele com os seus e sentiu o gosto de Zen, percebeu que não se importava. Haviam desperdiçado muito tempo – tempo que não possuíam – acreditando que trilhavam caminhos opostos, quando buscavam o mesmo objetivo. Quando eram dois lados da mesma moeda.

Zen produziu outro ruído grave no fundo da garganta antes de segurar os braços dela e se afastar.

– Lan – disse, com a voz entrecortada. – Não me tente à desonra.

A garota passou a mão pela manga de Zen, depois mostrou o amuleto no cordão vermelho. Ele piscou; não havia percebido quando Lan o roubara de volta.

– Se quiser passar uma vida comigo, Xan Temurezen – ela disse –, então me prometa esta noite que vai me encontrar nas próximas.

Os olhos dele pareciam duas luas escuras quando Zen cobriu a mão a dela e o pingente com que a presenteara. Era a única lembrança que guardava de seu clã, e deveria ser entregue à pessoa com quem escolhesse passar sua vida. O cordão vermelho representava os fios do destino que ligavam duas almas através de mundos, através de vidas. Enquanto permanecessem juntos, os dois iriam se reencontrar, não importava o tempo que levasse.

Zen pegou o pingente de Lan e enrolou o cordão na mão dela. Depois deslizou a sua de modo que ficassem palma com palma, os dedos entrelaçados sob o fio vermelho. Então voltou a encará-la.

– Amo você, Sòng Lián, mais do que qualquer outra coisa no mundo. E gostaria de segui-la na próxima vida e em dez mil outras.

Ela olhou para as mãos de ambos, para o cordão vermelho e o amuleto pendendo de seus dedos entrelaçados. Não tinham família, não tinham mestres, não tinham anciãos para abençoá-los. Não tinham ninguém além de si mesmos naquele momento, mas isso era o suficiente.

Lan estendeu a outra mão e puxou o cordão, enrolando-o ainda mais, de modo que ficassem inextricavelmente atados.

– Nesta vida e na próxima, e em dez mil outras, eu escolheria você – Lan respondeu, então concluiu com o nome dele, o nome completo. – Xan Temurezen.

Com delicadeza, ela afastou um cacho de cabelo de Zen da frente de seus olhos e passou um polegar por seu maxilar. Tentou imaginar, em um momento diferente, em um mundo diferente, o jovem cortês vestido de preto que havia conhecido em Haak'gong, batendo de porta em porta até encontrá-la. Talvez discutissem filosofia, história e música, tomando um bule de chá de crisântemo fumegante, em xícaras que ela não quebraria em sua cabeça.

Talvez se vestissem de vermelho diante de suas famílias e de seus amigos e trocassem votos, os dela como cordões vermelhos, os dele como brincos de prata.

Lan se agarrou à imagem, naquele quartinho simples, e sorriu ao pressionar os lábios contra os dele. Zen correspondeu, seu controle cedendo ao desejo puro enquanto a garota pressionava o corpo contra o dele, e enfiou a outra mão no cabelo dela. Os lábios dele percorreram o maxilar dela, plantando beijos em seu queixo e depois em seu pescoço, fazendo-a estremecer.

Lan se agarrou a Zen com um braço, e com o coração na garganta soltou a faixa amarrada em sua cintura. Sentiu a pele se arrepiar quando seu qípáo caiu dos ombros, deixando-os expostos ao frio. Os olhos de Zen se arregalaram ao ver a pele nua. Seus lábios se entreabriram para puxar o ar, enquanto os olhos se mantinham fixos nela.

Lan ouvira histórias das outras moças da casa de chá, roubara seus livros sobre fazer amor. Haviam lhe ensinado a encantar os clientes e flertar com eles, porém não conhecia o amor. A ideia a aterrorizava: garotas eram arrastadas escada acima contra sua vontade, depois ou desapareciam para sempre ou passavam a ser tratadas como trapos usados. Sempre pensara que a sensação dos dedos de um homem nela a deixaria nauseada.

A Lan, o amor parecera um fim inevitável e temível à vida de uma cantora em uma casa de chá, ou um conto de fadas inatingível, como as histórias com que Ying sempre sonhara.

Mas aquilo era diferente. Aquele amor havia se rompido e refeito. Seus cacos afiados se encaixavam de maneira imperfeita, no entanto tratava-se da coisa mais profunda que ela já havia sentido, da verdade mais imutável que já soubera. Aquela noite, Lan queria conhecer a sensação de ser amada.

Ela olhou nos olhos de Zen, que pareceu compreender a permissão tácita. Segurando-a junto a ele, o jovem se levantou e seguiu até a kàng. Ali, com muito, muito cuidado, deitou-a sobre os lençóis de seda, e o qípáo de Lan caiu em volta da cintura, como uma flor prateada. Os dedos dela desfizeram os fechos do qípáo dele, e o samito preto cedeu espaço aos músculos de seu peitoral forte. Lan correu os dedos pela planície dura da barriga de Zen, sentindo as cicatrizes entrecruzadas, sabendo da dor que continham.

Desejando que, ao menos aquela noite, ela pudesse levar a dor embora.

Ele se deitou sobre ela, os dedos deles ainda entrelaçados e envoltos no cordão vermelho de sua promessa, o peso de Zen apoiado nos cotovelos.

– Diga se quiser que eu pare – ele pediu, baixo.

– Não pare.

Ela inclinou a cabeça para trás e o beijou. Ele suspirou contra Lan, que se segurou ao rapaz enquanto ele cobria o corpo dela com o seu.

O modo como ela puxou o ar de repente e seus músculos enrijeceram não passou despercebido a Zen.

– Dói? – perguntou.

Lan balançou a cabeça, com o coração acelerado. Decidira que havia coisas na vida que doíam, mas que estavam destinadas a acontecer. Talvez ela e Zen fossem assim: apesar da tristeza, da dor e do sofrimento por que haviam passado, nada nunca lhe parecera mais certo.

Ele se movia com carinho contra Lan, sem desviar os olhos dos dela, procurando por quaisquer sinais de desconforto. Ela se agarrava a Zen, seus dedos se fechando na nuca dele, sentindo a maciez familiar do cabelo dele. O rapaz abaixou a cabeça e beijou o pescoço, o maxilar e as bochechas dela. Devagar. De maneira reconfortante. Permitindo que ela ditasse o ritmo.

Lan tomou a boca dele com a sua, os lábios se entreabrindo, os beijos se tornando mais longos e profundos. Fechou os olhos e se entregou à sensação, aos dedos dele em sua pele, ao calor de ambos os corpos, ao gosto de sal e suor dele. A escuridão se tornou o céu noturno, e Lan e Zen, dois destinos inextricavelmente unidos através de mundos e destinos. Ela se segurou com firmeza a ele enquanto as estrelas surgiam, as almas de ambos unidas na dor e no prazer, no pesar e no amor.

Ficaram deitados juntos, com as mãos e os corpos emaranhados, os dedos unidos pelo cordão vermelho. Olhando para Xan Temurezen, Sòng Lián refletiu que era uma das primeiras vezes em sua vida em que tudo pareceu se encaixar, mesmo que apenas por um instante, que o caminho tortuoso que os havia unido e depois separado tinha finalmente se alinhado.

23

*Sangue atrai mais sangue. Poder deseja
mais poder. Um círculo vicioso não pode ser rompido.
Pode apenas ser destruído.*

Xan Alatüi, primeiro xamã do Céu Eterno
e da Grande Terra, *Clássico dos deuses e demônios*

Xan Temurezen.
Um sussurro das profundezas do abismo. Um abismo à beira do qual ele se encontrava, um vazio infinito que parecia chamá-lo.
O tempo se esgota, Xan Temurezen. O fim está próximo.

Zen acordou sobressaltado em algum momento da noite. Poderia jurar que havia ouvido uma voz na escuridão, a qual o arrancara de um sonho – um sonho maravilhoso e impossível.

Ele olhou para baixo, e seu coração desacelerou. O pânico, a sensação frenética, deram espaço a uma satisfação tranquila. Ali, aninhada em Zen, encontrava-se aquela que era sua âncora naquele mundo. Sòng Lián. Lan. O tênue luar que entrava pelas persianas de papel e pelas frestas na porta lançava uma luz prateada sobre a garota, de modo que ele teve a ilusão de que uma camada fina de neve a cobria. Ela parecia quente e pequena em seus braços.

Zen soltou o ar, fechou os olhos e tentou retornar àquele sonho. No entanto, havia algo de diferente no ar: uma estática invisível, uma tempestade a distância que só ele podia sentir. Zen franziu a testa.

Lan se mexeu sobre seu peito. Os olhos dela se abriram, parecendo líquidos ao refletir o luar fraco. A garota piscou e sussurrou:

– Você também acordou.

Zen sorriu, tentando afastar a inquietação para lhe dar um beijo na testa.

– Sim – ele respondeu, contra a têmpora dela. – Tive um sonho maravilhoso.

Lan riu, o som produzido no fundo de sua garganta, marcado pelo sono.

– É? Então eu devia estar nele.

Zen passou um polegar pela maçã do rosto dela.

– Estava mesmo.

Lan se aconchegou nele.

– Conte mais.

– Estávamos em Céu Termina – Zen disse, baixo, fechando os olhos e desfrutando da alegria quase tangível do momento. – Só que... havia pastos nas montanhas. Cavalgávamos sob o sol e o céu azul e tínhamos filhos. Estava todo mundo lá: Dé'zǐ, sua māma, aba e amu, os discípulos e os mestres...

– Até Dilaya? – ela brincou.

– Até Dilaya.

Zen a abraçou com tanta força quanto gostaria de se agarrar àquela imagem. Tinha sido um sonho bom.

– Não sei como ela reagiria a estar presente em um sonho seu – Lan comentou, brincando com a mão dele. Depois levou sua palma à de Zen e inclinou a cabeça para ver os dedos de ambos se entrelaçarem. – Mas *eu* gostei. – Ela se virou para beijá-lo, então falou contra os lábios do rapaz: – Ordeno que sonhe comigo todos os dias a partir de hoje.

Zen sorriu enquanto ela o beijava.

– E eu obedecerei.

Assim que as palavras deixaram sua boca, um estalo colossal de qì se espalhou pelo céu do deserto.

Os dois se vestiram e correram para fora. Um vento forte uivava por entre as dunas, trazendo consigo um fluxo de qì demoníaco. E não qualquer qì demoníaco: o qì demoníaco de um deus-demônio. De mãos dadas, Zen e Lan se viraram para o céu a leste.

– Vem dali – Lan afirmou, com a voz tensa.

Zen olhou naquela direção. Aquelas energias não pareciam o qì ardente da Fênix Escarlate, com quem havia lutado no dia anterior. De modo que restava apenas um deus-demônio a quem podiam pertencer.

O medo subiu pela garganta dele. Por um momento, não conseguiu falar. *Ainda não*, pensou, segurando mais forte a mão de Lan.

Da última vez que a garota havia conjurado os mapas estelares, coagida por Erascius no topo da Montanha de Luz Öshangma, Zen deduzira a localização aproximada do Tigre Azul. Estava a leste, nas proximidades de Céu Termina, onde os mestres haviam escolhido libertá-lo em vez de permitir que caísse nas mãos dos elantianos.

Erascius havia conseguido escapar, e provavelmente fora atrás do Tigre.

– Esse qì... – Lan sussurrou.

– O Tigre Azul – Zen supôs, com a voz rouca.

Eles se entreolharam. Havia um único motivo para um deus-demônio irromper de repente, com energias demoníacas tão afloradas. Zen reconheceu o padrão da noite em que havia canalizado a Tartaruga Preta.

– Erascius o encontrou – Lan concluiu, convencida.

Sem dizer mais nada, ela pegou a ocarina e começou a tocar a música que conjurava os mapas estelares. Com o vendo sacudindo as gramíneas prateadas e o qì demoníaco se espalhando acima, os quatro mapas começaram a aparecer no céu: escarlate e azul, preto e prateado. Fênix e Tigre, Tartaruga e Dragão.

Zen avaliou brevemente o quadrante que a Fênix Escarlate ocupava, na esperança de encontrar pistas de seu paradeiro, porém foi inútil: não passava de um emaranhado de estrelas. Nenhum deles contava com treinamento suficiente na Arte da Geomancia para ler um mapa estelar na mesma hora.

Quando olhou para o mapa do Tigre, no entanto, Zen notou algo. Ele levou uma das mãos ao ombro de Lan e apontou:

– O Tigre... parece estar se movendo.

O rapaz não era capaz de identificar a localização precisa, entretanto, sabia que o deus-demônio se movia para leste; as constelações atrás de sua forma se deslocavam muito devagar na direção oposta.

A música parou.

– Continue tocando – Zen instruiu. – Por favor. Precisamos descobrir seu paradeiro.

– Levaríamos dias para ler os mapas estelares – ela disse. – Você se lembra da última vez.

Zen não conseguia pensar naquilo sem que a culpa o remoesse.

– Lembro.

– Mas não precisamos saber a localização exata. – Lan se virou para ele, a boca em uma linha firme. – A julgar pela rotação das estrelas, o Tigre está se movendo para leste. Qual é o extremo a leste do reino? O lugar aonde iria imediatamente um feiticeiro real que acabou de atingir seu objetivo de vida de canalizar um dos seres mais poderosos desta terra?

Zen puxou o ar.

– Tiān'jīng.

A Capital Celestial.

Lan assentiu uma única vez.

— Erascius procurou os deuses-demônios durante todo o tempo que passou aqui. Você o ouviu, sabe que o feiticeiro real precisa deles para obter o poder total. Sabe que ele inveja os hins por nossa conexão com todos os ramos do qì. — Ela franziu a testa e uma sombra passou por seu rosto. — Se eu o conheço bem... ele vai apresentar o Tigre ao alto governador, no Palácio Celestial, e os dois vão escrever para o rei, do outro lado do oceano.

Zen concordou com a cabeça, de repente com a garganta fechada. Haviam levado em consideração a possibilidade de Erascius canalizar o Tigre Azul. Só não imaginavam que aconteceria tão cedo.

Um desejo repentino de pegar a mão de Lan o atingiu. De entrelaçar os dedos com os dela e abraçá-la ao longo de tantas batidas de coração quanto possível.

Tudo o que fez, no entanto, foi engolir em seco e cerrar os punhos.

— Ouça com atenção. — Não sabia como conseguia falar em um momento daqueles, porém seguiu em frente. Se pensasse em qualquer outra coisa, talvez se arrependesse de sua escolha. — Há um grupo de discípulos com o mestre anônimo e o mestre Nur, na minha base nas Estepes ao Norte. Vou mandá-los para cá.

Lan tentou responder, mas Zen a cortou.

— Os discípulos mais velhos talvez sejam capazes de lutar, só que muitos são jovens. Precisam de um lugar seguro onde ficar. Pode me prometer que vai cuidar deles?

O modo como Lan o encarava talvez partisse o coração dele. Lágrimas se acumularam nos olhos dela, que piscou, recusando-se a derramá-las. Lan pressionou os lábios e assentiu.

— Precisamos partir também. Hóng'yì deve ter sentido a canalização. Não vai demorar muito para agir. Não estamos mais seguros aqui.

— Não mesmo — Zen concordou.

— Vou levá-los ao solar Sòng — ela disse. — Tenho tentado pensar em um abrigo, e percebi que ele estava na minha cara esse tempo todo. Os elantianos devem tê-la abandonado há tempos. — Lan engoliu em seco. — É onde tudo começou, então parece apropriado que eu retorne para que tudo termine.

O lar de infância de Lan. Zen se arrependia por não poder vê-lo com ela.

— O princípio e o fim — ele murmurou.

— Vou usar um pouco do poder do Dragão Prateado para abrir um selo de portal até lá — Lan prosseguiu, então seus dedos apertaram os dele.

– Vá também. Leve os discípulos mais velhos. Podemos armar um plano de batalha juntos e...

Diante do modo como Zen a encarou, ela deixou a frase morrer no ar.

– Não posso – ele afirmou, com delicadeza. – Não há tempo. Meu exército se encontra no palácio mansoriano, nas Estepes ao Norte. Preciso invocá-lo e seguir para Alessândria antes que a noite caia. Lembre-se: tentarei destruir os feiticeiros reais e a base do exército elantiano, mas acredito que Erascius aparecerá antes, com o Tigre Azul. Precisamos derrotá-lo e libertar seu deus-demônio. Será um golpe fatal para o governo elantiano.
– Zen cerrou o maxilar. Pegou as mãos de Lan nas suas e as segurou com força. – O que quer que faça, não o enfrente. Deixe isso comigo. Não posso permitir que se perca para o Dragão Prateado, quando você é a chave para pôr um fim a tudo isso.

Os olhos dela se mantinham fixos nos dele.

– Sei o que devo fazer.

A expressão de Zen se suavizou. Da manga, ele tirou o cordão vermelho com o amuleto. Havia pensado naquilo depois que ela dormira ao seu lado, na noite anterior.

– Há um selo nisto que reconhece meu qì. Ele vai esquentar quando eu estiver próximo. – Zen passou o cordão pela cabeça dela. – Assim, estarei com você. Sempre.

Em vez de responder, Lan deu um passo à frente e seus braços o envolveram. Zen soltou o ar, sentindo uma pontada de dor no peito. Então deixou que seu queixo descansasse sobre o topo da cabeça dela e a abraçou, sentindo seus corações baterem juntos.

O pulso de qì demoníaco se retraía no céu, tornando-se mais fraco a cada segundo que passavam. Eles não tinham mais tempo.

– Você vai precisar encontrar Hóng'yì depois – Zen disse no cabelo dela, fechando os olhos para gravar na memória seu cheiro, seu corpo, a sensação dela finalmente em seus braços. – Perdoe-me por não poder estar do seu lado até o final.

A garota pressionou o rosto contra o pescoço dele. Zen sentiu quando ela assentiu, sentiu a respiração trêmula de Lan contra sua pele, sentiu o cabelo dela roçando em seu queixo, o calor das lágrimas dela molhando a gola de seu qípáo.

Ele acariciou sua nuca.

– Prometi a você que nos reencontraríamos depois de tudo isso, em nossa próxima vida – Zen disse, sabendo que o momento em que concluísse a fala seria o último em que estariam juntos. – Teremos tudo o que não tivemos nesta daqui. Talvez nos encontremos na biblioteca de uma escola, ou no pátio, e você estará comendo pãezinhos com recheio de porco, e eu estarei estudando debaixo de um cipreste grandioso. Nós nos casaremos em uma cerimônia com todos os nossos parentes, amigos e mestres, teremos filhos e ensinaremos a eles tudo o que há para saber sobre este mundo. Eu amarei você a cada momento de cada dia que nos foi devido nesta vida.

– Você está se esquecendo de algo – Lan sussurrou contra ele. – Quando nos conhecermos, vou quebrar uma xícara de chá na sua cabeça.

Apesar da dor no coração, Zen sorriu e disse as palavras que lhe vinham toda vez que se lembrava dela.

– Como eu poderia esquecer?

Uma brisa soprou, fazendo as vestes deles esvoaçarem. Era hora de ir.

Zen se afastou. Espalmou as mãos nas bochechas dela, abraçou-a com carinho e a beijou pela última vez.

Então, se virou e, sem olhar para trás, passou pelo selo de portal que havia conjurado.

Sua bota rachou o gelo. Um vento frio o atingiu, roubando-lhe o ar enquanto seu corpo tentava se ajustar à mudança de temperatura. Atravessar uma distância tão longa pelo selo de portal deveria tê-lo cansado – não, deveria ter sido quase impossível, considerando o volume de qì exigido –, porém Zen mal sentiu. Antes, talvez se repreendesse por recorrer às energias da Tartaruga Preta de maneira tão deliberada, porém agora aceitava aquilo com calma e resignação.

O fim estava próximo. Ele era uma estrela ardendo no céu noturno, seu fogo quase se extinguindo.

Zen sentiu o ar se adensar ao passar pelos selos de divisa e ilusão que havia lançado sobre Onde as Chamas se Erguem e as Estrelas Caem. Estava de volta. Diante dele, erguia-se o palácio de seus ancestrais, congelado pela neve do inverno sob o luar melancólico.

Ele sentiu uma alteração nas sombras antes que alguém surgisse à sua frente.

– Houve uma mudança – foi tudo o que o mestre anônimo de Assassinos disse. Seu rosto permanecia inescrutável como sempre, porém os olhos pareciam penetrar os pensamentos de Zen.

– O Tigre Azul foi canalizado – Zen confirmou. – E a Assassina de Deuses foi encontrada. O fim está próximo.

O mestre anônimo piscou, mas não falou nada.

Zen começou a subir os degraus que levavam aos portões do palácio, e mais sentiu que ouviu o outro segui-lo.

– Já não é mais seguro aqui – Zen afirmou, enquanto os dois entravam. O corredor estava vazio, a não ser pelos selos de chamas tremeluzindo sobre as arandelas. Deixava-o feliz que os discípulos tivessem encontrado uma maneira de se manter aquecidos na ausência dele. – Acorde todos. Vocês precisam partir.

– Para onde?

Zen retardou o passo. Não havia por que esconder. Ele se virou para encarar o mestre.

– Song Lián, Yeshin Noro Dilaya e Chó Tài estão organizando uma rebelião a oeste. Poderão abrigar as crianças.

O mestre anônimo recebeu aquilo sem que sua expressão se alterasse.

– E você?

– Você faz perguntas demais – Zen retrucou, mantendo o tom entre neutro e frio. A última coisa de que precisava era de mais estardalhaço, ou qualquer coisa que o atrasasse no sentido de fazer o que precisava ser feito. – Acorde todos e os reúna aqui. Meu selo de portal os deixará em segurança.

O rapaz se virou bem quando Shàn'jūn emergiu de um dos corredores que levavam à cozinha, com uma tigela de caldo na mão. O discípulo de Medicina congelou ao ver Zen, com os olhos arregalados e a boca entreaberta.

– Você voltou – ele disse, com um sorriso hesitante.

Zen preferia evitar aquilo. Lançou um olhar firme para o mestre anônimo, que desapareceu pelos corredores do palácio, a caminho de despertar os discípulos dormindo. Shàn'jūn assistiu à interação com uma confusão clara no rosto.

– Tem algo acontecendo? – o amigo perguntou, então baixou os olhos para o caldo em suas mãos. – Fiz isto para o mestre anônimo, que está de vigia, porque o ouvi tossir por conta do frio, mas agora que ele foi embora... – Ele pareceu se animar um pouco. – Tem mais na cozinha, posso fazer outra tigela para você...

– Shàn'jūn. – O tom de Zen o interrompeu. O sorriso do discípulo de Medicina fraquejou um pouco. – A guerra vai começar, e preciso que você e os outros estejam em um lugar seguro. Pedi ao mestre anônimo que acorde todos e os reúna aqui.

Shàn'jūn franziu as sobrancelhas. Zen desviou o rosto. Não suportava a pena nos olhos do amigo, não quando não a merecia.

– Zen'gē – o discípulo de Medicina disse. *Irmão mais velho.* A demonstração de respeito quase o fez estremecer. Fazia muitos ciclos que Shàn'jūn não o chamava assim, desde que Zen perdera o controle de seu demônio e Dilaya saíra ferida. – Posso não ser forte o bastante e não ter recebido treinamento em combate, mas... sou um discípulo de Medicina. Deixe-me ir com você. Posso ser útil.

Zen exalou devagar e olhou para o amigo.

– Não precisarei da sua ajuda, mas suas habilidades serão úteis no lugar para onde vocês todos vão.

– Não estou entendendo. Você não vai junto?

– Shàn'jūn.

Como Zen poderia explicar uma vida toda de arrependimento? Como poderia expressar que desejava ter sido mais bondoso, que valorizava a amizade deles a ponto de ter se afastado por medo de ferir o amigo?

– É uma guerra que devo lutar sozinho – foi tudo o que disse. – Não sei quando voltaremos a nos encontrar. Por favor, saiba que sinto muito mesmo se lhe causei algum mal. E que sempre desejei sua felicidade. – Ali estava outra vez, a dor comprimindo seu peito e sua garganta, tornando difícil falar. Mas Zen seguiu em frente. – Prometo que você encontrará felicidade aonde vai.

O corredor já se enchia de antigos discípulos da Escola dos Pinheiros Brancos, esfregando os olhos de sono. Sono que desaparecia quando notavam a presença de Zen.

– Zen'gē – Shàn'jūn chamou, porém o outro já lhe dava as costas. – Zen'gē! Zen...

Zen se aproximou do mestre Nur, das Artes Leves, que chegava com um grupo de discípulos mais novos. O mestre anônimo vinha logo atrás.

– Estão todos aqui? – Zen perguntou. Após a confirmação, ele assentiu. – Sigam-me.

Os dois mestres pareciam ter se saído bem convocando os discípulos, porque eles seguiram Zen noite congelante adentro sem protestar. Precisavam deixar o perímetro do selo de divisa para que ele pudesse conjurar um selo de portal.

Quando se encontravam todos fora do selo de divisa, Zen parou e se virou para os discípulos reunidos no frio.

– A guerra está começando. Vocês vão para um lugar seguro. – Ele baixou a cabeça ligeiramente. – Foi uma honra conhecê-los.

O selo de portal lhe veio com facilidade quando abriu a mente e deixou que a Tartaruga Preta entrasse. *O solar Sòng*, ele ordenou, e o deus-demônio acessou a memória do local. A imagem do lar de infância de Lan surgiu em sua mente: uma casa tradicional hin, com pátio, telhado cinza de terracota se curvando para o céu, paredes brancas. Portais da lua levando aos terraços e jardins, galhos de salgueiros mergulhando nos lagos transparentes. Era uma lembrança antiga, e sem dúvida desde então a casa passara pelos distúrbios das eras e da invasão elantiana, porém permanecia no mesmo local.

Ele sorriu enquanto traçava o selo de portal, imaginando uma Lan mais nova correndo pelos jardins, perseguida por seus tutores. Um volteio aqui, um ponto ali: partida, destino, um traço reto os ligando, depois um círculo encerrando o selo. Um fogo preto irrompeu, e no centro de Onde as Chamas se Erguem e as Estrelas Caem apareceu um solar e uma floresta de bambus sob uma camada de neve.

Zen voltou a sentir uma pontada no coração. Lan estaria ali, ao seu alcance.

Ele engoliu em seco e desviou o rosto, voltando-o para os discípulos.
– Que os ventos soprem amenos ao longo do caminho – disse.
Mestre Nur foi o primeiro. O homem parou diante do selo, olhou para Zen e pressionou o punho cerrado contra a mão espalmada, em cumprimento.
– Shī'fū – Zen exclamou, um tanto surpreso.
– Trilhe bem – foi tudo o que mestre Nur lhe disse. Tratava-se de uma versão abreviada de *Trilhe bem seu Caminho*, um cumprimento tradicional de despedida entre praticantes. O rapaz ficou vendo enquanto o mestre atravessava o selo de portal.

Os discípulos se seguiram, todos rostos que Zen havia visto em Céu Termina, alguns inclusive colegas de classe. Alguns baixaram a cabeça em sua direção, enquanto outros apenas o olharam com medo.

Quando chegou sua vez, Shàn'jūn estendeu os braços e cobriu as mãos de Zen com as suas.
– Deixei caldo na mesa para você – ele falou em voz baixa. – Vai recuperar seu qì. Quando nos reencontrarmos, posso fazer mais.
– Obrigado – Zen respondeu, e então seu amigo se foi e uma única pessoa restou.

O mestre anônimo voltou seus olhos indecifráveis para Zen.
– Se minha previsão estiver correta – ele disse, em um tom que lembrava o assovio do vento por entre vales secos –, você é merecedor deste cumprimento: "O reino antes da vida, a honra na morte".

Era como os mestres da Escola dos Pinheiros Brancos tinham se despedido, e Zen conhecia bem o significado: a honra do sacrifício, da entrega da própria vida em nome da proteção dos outros. Era uma despedida digna apenas dos heróis lendários que haviam caminhado sobre os rios e lagos do reino.

O rapaz baixou a cabeça. Quando voltou a levantá-la, o mestre anônimo já havia partido.

Zen olhou através do selo de portal por mais um momento. Do outro lado, viu uma casa coberta pela neve, os salgueiros inclinados sobre o lago congelado. Imaginou Lan sentada a uma janela ornamentada, com um pincel de crina de cavalo na mão, debruçada sobre pergaminhos.

Não. Com um *pãozinho com recheio de porco* na mão.

Uma risada se formou em seu peito, substituindo a dor aguda. O selo de portal perdeu a nitidez à sua frente, e com um gesto de mão Zen a fechou.

A imagem da casa se foi. A cerca de uma dúzia de passos, viam-se penhascos congelados; mais além, escuridão, e uma paisagem cintilante de gelo e neve.

Zen retornou ao Palácio da Paz Eterna, agora vazio, a não ser pelos fantasmas de seus ancestrais... e dos praticantes demoníacos mortos-vivos enterrados sob o piso de pedra, aguardando uma centena de ciclos pelo dia em que voltariam a se reerguer.

Sua espera chegara ao fim.

24

> *As camélias florescem apenas no solstício de inverno e representam a união dos amantes na morte e além.*
>
> Mestre de Medicina Zur'mkhar Rdo'rje,
> *Registros de herbologia do Reino do Meio*

Lan acordou Shaklahira e contou a todos o plano. Continuava escuro, a manhã a alguns sinos de distância, quando eles se vestiram e guardaram seus escassos pertences. Então se reuniram no deserto, e ninguém olhou para trás, para as ruínas do antigo palácio imperial.

O solar Sòng se encontrava longe demais para que ela o alcançasse com o próprio qì, por isso Lan invocou o Dragão Prateado. Considerando sua recusa a fazer uso do poder da criatura, ele mantivera uma presença adormecida e desconectada em sua mente, a não ser quando Lan se encontrava em perigo – seguindo o pacto que haviam firmado.

Depois que ela traçou o selo de portal, o olho azul que havia se aberto em seu interior voltou a se fechar, e o Dragão Prateado dissolveu seu qì com o que pareceu ser um suspiro etéreo antes de voltar a se recolher em seu próprio núcleo.

Enquanto avançava pelo caminho de pedra que levava aos portões, Lan sentiu que estava de volta ao dia em que seu mundo havia acabado. O ar mantinha o toque cortante do inverno no norte, e neve cobria o chão. O lugar parecia fadado a um inverno eterno, o tempo congelado em um resplendor branco.

Como se estivesse esperando por ela desde aquele dia, doze ciclos antes.

Uma dor se espalhou em sua garganta. O tempo não havia poupado o lar dela de suas garras implacáveis. Lan observou a realidade atual com um pé na porta da memória. Os jasmins-do-imperador sob os quais o gato laranja cochilava tinham sumido. As paredes, antes imaculadas, estavam rachadas e acinzentadas. Os portões vermelhos se encontravam entreabertos e exibiam marcas de espadas. Assomava sobre eles uma placa coberta de gelo e desbotada pelo tempo.

Lan traçou um selo yáng, de fogo e calor, e o passou pela superfície da placa. Caracteres apareceram quando o gelo derreteu.

宋大院
SOLAR SÒNG

Atrás dela, seus amigos e os antigos moradores de Shaklahira se surpreendiam ao passar pelo selo de portal.

— Você... morava aqui? — Tai gaguejou, absorvendo os sinais claros da antiga exuberância, depois olhando para Lan.

Morava. A simples palavra machucava tanto que, por um momento, ela não conseguiu falar. Em vez disso, pensou naquilo com que sonhava acordada em praticamente cada momento do pesadelo que viveu *depois*. No que poderia ter acontecido se Māma houvesse voltado aquele dia com notícias diferentes. Se a vida houvesse prosseguido sem os elantianos. A Sòng Lián daquela realidade teria crescido naquele solar, estudando xadrez, caligrafia, pintura, matemática e música, com uma série de tutores. Māma a teria ensinado a prática, talvez através da Arte da Música, e Sòng Lián teria adentrado a corte imperial ao crescer. Teria mantido o próprio nome, e Lan nunca chegaria a existir.

Enquanto repassava aquele antigo sonho, a garota encontrava problemas naquela tapeçaria. Māma teria que esconder suas habilidades. As duas precisariam manter a herança de seu clã e a Arte da Música em segredo, para não receber uma punição pior que a morte nas mãos da corte imperial. Talvez Māma contasse a Lan sobre a Ordem das Dez Mil Flores; talvez ela morresse pela causa de qualquer maneira; talvez Lan dedicasse sua vida à mesma missão.

Não, seu sonho idílico jamais teria existido, porque o Último Reino sempre fora falho. Bastara uma conquista estrangeira para expor as estruturas apodrecidas. Para que Lan compreendesse a realidade das coisas.

— Sim. — No frio do inverno, a resposta saiu de seus lábios em um fluxo suave. — Eu morei aqui.

Sua atenção se voltou para as correntes de qì que emanavam do pátio.

— Está vazio — Dilaya afirmou. — Já verifiquei.

No entanto, a mão da matriarca do clã de aço jorshen não deixava o punho da Garra de Falcão enquanto ela olhava para os portões do pátio.

— Não. Não está vazio. — Tai tocou no sino de prata que carregava. — Estou ouvindo. Fantasmas.

– Fantasmas não contam, seu tolo – Dilaya retrucou.

Os dedos de Lan roçaram a ocarina em sua cintura. Ela puxou o ar e subiu os degraus. Os portões se escancararam quando os tocou, e seu lar de infância se abriu para ela.

O pátio era um lugar perdido no tempo, que carregava as marcas de violência e destruição nas mãos dos elantianos. Se antes as folhas dos salgueiros tocavam lagos repletos de carpas, com lótus florescendo na superfície, agora as árvores estavam mortas, não passando de cascas cobertas pela neve debruçadas sobre a água congelada. Os muros brancos de terracota que separavam a frente dos fundos estavam manchados de lama; o portal da lua fora tomado por trepadeiras congeladas. Se antes era pleno de cor e vida, o pátio agora era frio e vazio, iluminado pelo luar sem cor.

– É como se este lugar tivesse passado pelo portão dos fantasmas – Dilaya comentou. Um estalo no qì produziu uma faísca. O fú de chamas lançado por ela deixou um cheiro de fumaça no ar. A luz só intensificou ainda mais as sombras. – Bom, se esta será nossa base, é melhor pormos mãos à obra. Eu me encarrego dos selos de divisa e da proteção geral, e nos revezaremos em turnos para vigiar o lugar.

Ela assentiu com firmeza para Lan.

Lan havia contado parte do plano a Dilaya, Tai e os antigos moradores de Shaklahira: aquela noite, atacariam Alessândria, e ela enfrentaria pessoalmente Erascius e o Tigre Azul; Zen mandaria discípulos da Escola dos Pinheiros Brancos para se juntar a eles.

Os outros seguiram Dilaya, e Lan continuou vistoriando tudo sozinha. O silêncio era a parte mais desconfortável daquele retorno: ela continuava esperando ouvir as risadas das criadas correndo pelo jardim munidas de bandejas com chá e frutas, as instruções serenas de seus tutores se misturando ao barulho das cigarras sob o céu de verão, o dedilhar do alaúde da mãe, produzindo uma melodia sob o luar.

Agora, seus ossos estavam enterrados ali.

As telas de proteção haviam sido cortadas, as portas haviam sido arrancadas por espadas. A não ser pela mobília de madeira pesada, o lugar havia sido pilhado, as prateleiras reviradas, a porcelana espalhada em cacos sobre o piso de jacarandá. Enfeites e itens menores pelos quais os elantianos não tinham se interessado deviam ter sido levados por hins desesperados depois.

Quando Lan voltou ao pátio, o ar vibrava com o qì de selos. O grupo de Dilaya havia lançado um selo de divisa forte sobre o lugar, além de vários selos de defesa. Os cozinheiros haviam localizado a cozinha e acendido o fogo, e tiravam o pó das panelas de barro e reviravam os suprimentos que haviam trazido de Shaklahira para fazer comida para todos. As mesas na sala de jantar adjacente à cozinha agora estavam limpas. Alguém havia conjurado selos de luz perto das paredes, que lançavam um brilho suave sobre o cômodo. Logo, todos tomavam mingau de arroz para esquentar os dedos das mãos e dos pés congelados enquanto esperavam o nascer do sol.

Quando a primeira luz do dia cortou o céu, houve uma perturbação no qì do lado de fora dos portões. Lan levou a mão ao peito, onde o amuleto de prata descansava sobre seu coração. Estava quente.

Zen.

Ela se levantou e seguiu para os portões, lançando um fú para iluminar seu caminho enquanto corria. Mais atrás, ouviu Dilaya sacar Garra de Falcão e os passos pesados de Tai as seguindo. Ela sabia que era impossível: Zen dissera que mandaria os discípulos e mestres através de um selo de portal. Não podia ser ele. O amuleto só estava respondendo à presença de seu qì.

Lan irrompeu pelas portas da frente, erguendo o fú sobre a cabeça. A luz se espalhou sobre a terra coberta pela neve, chegando à floresta de bambu que cercava a propriedade.

Nada.

E então... movimento. De onde se encontrava, ela distinguiu as silhuetas emergindo da floresta. Até que alguém familiar adentrou a luz do fú.

– Nossa – o discípulo falou, com as bochechas coradas pelo frio. – Você não estava mentindo quando disse que era uma dama.

– Chue! – Lan exclamou. O discípulo de Arco e Flecha de rosto bondoso havia sido uma das primeiras pessoas a se aproximar dela na escola.

Em meio aos bambus, via-se um grupo de pessoas emergindo. A luz fraca tornava mais difícil discernir os rostos. Uma voz familiar a chamou:

– Lan'mèi! Lan'mèi!

Ela conhecia uma única pessoa que usava títulos marciais para se referir aos amigos. Lan estava prestes a responder quando alguém a empurrou para passar.

Foi a primeira vez que ela viu Tai correr. A expressão sonolenta do invocador de espíritos fora substituída por uma incredulidade absoluta, depois alegria pura. Seus cachos esvoaçando atrás dele enquanto descia apressado os degraus de pedra que o levariam a Shàn'jūn. O discípulo de Medicina riu quando Tai o pegou em seus braços, girou várias vezes e o beijou.

O rosto de Shàn'jūn também irradiava felicidade quando os dois se separaram. Com os olhos marejados, ele levou gentilmente uma das mãos à bochecha de Tai antes de se virar para Lan.

Ela abraçou o amigo.

– Pensamos que tivesse morrido – sussurrou para ele, piscando para conter as lágrimas.

– Zen'gē me salvou – o rapaz explicou. – Salvou todos nós.

Era quase surreal ver seus amigos e outros discípulos da Escola dos Pinheiros Brancos inteiros, com saúde, *vivos*. No entanto, enquanto Lan os cumprimentava e conduzia para a segurança da casa, não pôde evitar olhar para trás. Na escuridão da floresta, longe da luz das lanternas, ela sentia uma leve vibração no qì, onde o selo de portal acabara de se fechar. O amuleto de Zen esfriou contra sua pele.

O mestre Nur das Artes Leves e o mestre anônimo de Assassinos se encontravam no grupo. Eram os únicos dois mestres que haviam sobrevivido à batalha de Céu Termina, porque Dé'zǐ os havia encarregado de evacuar os discípulos da escola pelos fundos, antes da invasão elantiana. Enquanto todos seguiam para o pátio, onde os demais aguardavam, Lan escutou o relato de sua jornada.

Os recém-chegados foram apresentados aos antigos moradores de Shaklahira, e logo estavam sentados no calor da sala de jantar, com tigelas de mingau de arroz, tofu cozido e sopa de repolho. Tai e Shàn'jūn se mantiveram juntos, com as mãos entrelaçadas, conversando baixinho. Fazia muito tempo que Lan não via tamanha paz no semblante do invocador de espíritos.

A madrugada cedeu espaço ao dia, e eles começaram a formular um plano de batalha. Dilaya transformou a sala de estar e o vestíbulo em uma sala de guerra: havia um mapa aberto sobre a mesa comprida de mogno à qual os convidados da mãe de Lan costumavam se reunir; as armas trazidas de Shaklahira foram colocadas em um armário de canto, onde antes ficavam as vassouras e os panos de chão.

Lan produziu os mapas estelares para os dois mestres, que logo determinaram a localização do Tigre Azul: Erascius já havia chegado à Capital Celestial, talvez usando um selo de portal que seria facilmente conjurado com seus poderes recém-adquiridos.

Eles partiriam no crepúsculo e entrariam na cidade acobertados pela noite. Lan chegaria primeiro, com o intuito de chamar a atenção de Erascius e dos outros feiticeiros reais para ela, enquanto equipes lideradas por Dilaya, mestre Nur e mestre anônimo se infiltrariam no Palácio Celestial e forçariam a rendição do alto governador.

– Usarei a Assassina de Deuses contra o Tigre Azul, desferindo o maior golpe que o regime elantiano já sofreu – Lan declarou.

Ela não contou a parte que envolvia Zen, seu deus-demônio e um exército de praticantes demoníacos. Se tudo corresse de acordo com o plano que o rapaz bolara, não precisaria fazê-lo; pareceria apenas que outro canalizador mansoriano havia perdido o controle sobre seu deus-demônio e atacado a Capital Celestial – e que ela, Sòng Lián, conjurara a Assassina de Deuses para pôr um fim naquilo, salvando seu povo.

A história seria contada daquela maneira.

– Erascius é um dos feiticeiros reais de mais alto escalão – ela prosseguiu. – Nós e os elantianos nos enfrentamos em uma corrida para localizar os deuses-demônios. Se derrubarmos aquele que eles detêm, nós os colocaremos de joelhos, em uma posição em que serão obrigados a se render.

Quando Lan terminou, Taub, cozinheira da Escola dos Pinheiros Brancos e mãe de Chue, soltou um soluço abafado. Lágrimas escorriam por seu rosto enquanto ela abraçava alguns discípulos mais novos, puxando-os contra seu qípáo e o avental grosseiro que quase nunca tirava.

– Um reino livre da conquista – Taub sussurrou. – Uma terra onde meu filho e eu poderemos falar a língua de nosso clã e celebrar nossos costumes sem ser perseguidos.

Lan sabia os olhos de íris contornadas de dourado de Tai a fitavam, enquanto Shàn'jūn sorria com suavidade ao lado dele. Seus próprios olhos notaram Dilaya recostada ao tronco de um salgueiro murcho, o braço atravessado sobre o peito, a mão descansando no punho da espada. A matriarca do clã de aço jorshen assentiu para ela, em aprovação.

Sòng Lián olhou para aquelas pessoas, os sobreviventes de uma conquista brutal, cada qual carregando uma herança consigo. Muito havia sido perdido na guerra, sob a mão de ferro da família imperial ao longo de dinastias; no entanto, ainda havia muito ali, diante dela. Lan se lembrou das palavras de um rapaz sob uma chuva fraca que lavara suas lágrimas muito tempo atrás. *Enquanto estivermos vivos, carregaremos dentro de nós tudo o que destruíram. E esse é o nosso triunfo, essa é nossa rebelião. Não permita que eles vençam hoje.*

Era uma pena que nenhum dos dois viveria para ver aquilo.

– Sim – Lan disse, pensando em uma frase que os mestres da Escola dos Pinheiros Brancos haviam usado, uma frase para descrever a multidão de clãs e culturas que florescera em seu reino. – A terra das dez mil flores.

O restante do dia se passou sem grandes incidentes, como a calmaria que precede a tempestade. Eles discutiram detalhes do plano e dividiram os discípulos e mestres com o objetivo de formar equipes do mesmo nível de habilidade.

Lan deixou a parte estratégica com Dilaya e os mestres. Precisava de tranquilidade para aprender a conjurar a Assassina de Deuses, agora que sabia da intenção por trás do selo. Em sua busca por um cômodo vazio, ela se viu inspirando fundo, para se deleitar com o ar frio perfurando seus pulmões. Havia sentido falta daquilo, do frio do norte. Dos invernos que cobriam toda a terra, ferozes e implacáveis, levando tudo de velho e moribundo do ciclo anterior para que a renovação viesse com a chegada da primavera.

Os nortenhos costumavam falar que a neve caía como penas de ganso. Lan se lembrou do contorno da silhueta da mãe contra as janelas ornamentadas do gabinete, abrindo-as para deixar a brisa do inverno entrar. *Não se acanhe, Lián'ér*, ela dissera. *Inspire fundo. Trata-se da beleza e da potência do nosso reino. Somos filhos desta terra. Precisamos lutar para protegê-la.*

Lan passou a mão pela bochecha. Sem que se desse conta, seus pés a haviam levado ao gabinete da mãe. Ela passou pelo portal da lua, pensando em como a mãe havia voltado a cavalo naquele dia, com as marés do fim do mundo em seu encalço. A neve caíra densa. Lan estivera no gabinete, decorando poemas.

Sinais de violência eram visíveis agora no cômodo. As portas ornamentadas haviam sido golpeadas e quebradas...

...soldados de rosto pálido vestindo metal e pisando forte...

...as estantes e a escrivaninha de jacarandá estavam viradas; as fileiras e fileiras de rolos de pergaminho e livros haviam desaparecido, provavelmente levadas pelos elantianos, para ser estudadas...

...espadas cintilando enquanto os homens fechavam o cerco sobre sua mãe, que contava apenas com um alaúde...

...manchas de sangue velho nas tábuas do piso e nas paredes...

...o coração da mãe, ainda batendo, na palma do Feiticeiro Invernal. Sangue, brotando vermelho como papoulas...

Lan afastou as lembranças. Um brilho no chão chamou sua atenção. Ela se ajoelhou e pegou um caco de porcelana. Reconheceu-o no mesmo instante: as camélias brancas estampadas sobre a superfície azul, o interior ainda manchado de preto mesmo após todos aqueles ciclos. O tinteiro preferido da mãe. Lan passava sinos olhando para ele, todo dia, na companhia dos tutores. Não devia ter parecido valioso àqueles que tinham revirado a propriedade em busca de comida, roupas ou qualquer tesouro a saquear.

Ela virou o caco na mão e perdeu o ar. Embaixo, havia uma inscrição em hin, em uma caligrafia elegante. Era uma dedicatória.

Para Sòng Méi,
Que nossos fios se encontrem um dia, onde as camélias desabrocham.
Shēn Tài'héng

Lan conhecia aquela letra – havia lido volumes e ensaios escritos com ela na escola. Fora Dé'zǐ quem presenteara sua mãe com aquele tinteiro. E ele havia usado seu nome verdadeiro, já que Dé'zǐ, que significava "discípulo da virtude", era um título pessoal. Era um costume hin do passado assumir um título pessoal ao adentrar a vida adulta.

– Tài'héng – Lan sussurrou. O nome do pai que mal conhecera.

Ela prendeu o caco no cinto, como um amuleto. Então se sentou à escrivaninha da mãe, admirada com a noção de que seus pais haviam vivido e se amado naquela casa, de que ela pertencera a uma família e tivera um lar.

Fechando os olhos, Lan recobrou a lembrança do selo da Assassina de Deuses. Repassar cada traço era como atravessar dinastias e eras do tempo e da história. Agora que conhecia a origem dos deuses-demônios e a verdadeira intenção da Assassina de Deuses, a origem do selo lhe vinha por completo, ainda que lentamente.

Já era fim de tarde quando Lan retornou ao pátio. Taub e algumas outras pessoas se encontravam na cozinha, preparando o jantar. Fumaça subia em direção ao céu do crepúsculo, e o cheiro de ensopado de tofu, vegetais no vapor e mántou se espalhava no ar. Lan se sentou com seus amigos e trocou com eles memórias de infância e de Céu Termina. Falaram sobre o que fariam, os lugares que visitariam e o que comeriam quando tudo aquilo terminasse.

Quando o sol parecia uma tangerina imensa no horizonte distante e o ar começava a esfriar, Lan se levantou. O fogo tinha baixado na fornalha; um selo fora conjurado na cozinha para capturar seu calor, e a maior parte dos discípulos mais novos se encontrava reunida em torno dele, cochilando. Shàn'jūn se encontrava recostado à parede da cozinha, com a cabeça apoiada no ombro de Tai. A expressão do invocador de espíritos se abrandou quando pegou a mão do discípulo de Medicina na sua; seus olhos cintilavam dourados, observando o fogo.

Na sala adjacente, Dilaya e um grupo de guerreiros de Shaklahira se debruçavam sobre um mapa, ainda discutindo estratégias com mestre Nur e o mestre anônimo. Eles levantaram a cabeça quando Lan se aproximou, sem se atrever a dizer nada quando viram sua expressão.

– Bem – ela falou, esboçando um sorriso para esconder a dormência repentina em seu peito. – Chegou a hora.

Não lhe passou despercebido o momento em que Shàn'jūn e Tai se juntaram a eles. O rosto do discípulo de Medicina estava pálido.

– Lan'mèi...

– Você conhece o plano – ela disse a Dilaya, interrompendo o que quer que Shàn'jūn fosse comentar. Não se atrevia a encará-lo, receosa de que seu coração pudesse amolecer e de que seu medo ou sua relutância se intensificassem. – Se infiltrar no Palácio Celestial e negociar a rendição dos elantianos. E se eu não conseguir cumprir meu papel... – Ela puxou o ar, trêmula – Eliminar a liderança do governo elantiano.

– Estaremos logo atrás de você, Sòng Lián – o mestre das Artes Leves garantiu. Ele forçou um sorriso e olhou em volta. – Chegou o momento de comprovar se os discípulos prestaram atenção nas minhas aulas esses ciclos todos.

– É melhor se preparar, velhote – Chue exclamou com alegria, embora Lan notasse o medo nele. – Sou jovem, ágil e vou chegar antes de você na capital.

– Estamos com você, Lan – Taub afirmou, carregando um jovem discípulo que havia pegado no sono, encolhido por conta do frio. – Vai haver uma tigela de ensopado de tofu quentinha esperando por você quando voltar.

– Minhas lâminas são suas – Elanruya declarou, dando um passo à frente e se destacando do grupo de Shaklahira, as pontas afiadas de metal de seus leques cintilando ao luar. – Chegou a hora de desfazer o que Hóng'yì fez conosco na prisão de seu palácio.

Atrás da imortal, ouviram-se murmúrios de concordância dos antigos criados.

– Lan'mèi – Shàn'jūn chamou, abraçando-a de repente. – Sempre serei o curandeiro na sua retaguarda. E peço desculpas de antemão pelas sopas de fungo de lagarta que obrigarei você a tomar depois.

Lan retribuiu o abraço.

– Obrigada, Shàn'jūn – ela sussurrou.

Quando se afastou, Tai a observava, com uma expressão indecifrável. Os olhos dele brilhavam sob as mechas de cabelo desgrenhadas.

– Chó Tài – ele disse de repente. – Pode me chamar de Chó Tài.

Talvez parecesse uma frase de despedida bizarra a quem observasse de fora, porém Lan sabia seu significado. Tai era a versão elantiana monossilábica do nome de Chó Tài pela qual o rapaz insistira que ela o chamasse depois de pegá-la ouvindo escondida sua conversa com Shàn'jūn na biblioteca da escola. Desde então, ele se recusava a permitir que Lan o chamasse por seu verdadeiro nome.

Ela inclinou a cabeça e abriu um sorriso.

– Será uma honra – respondeu, então se virou e começou a se afastar.

Lan ouviu os discípulos e os praticantes de Shaklahira se movimentarem às suas costas, as espadas longas, espadas largas e aljavas tilintando. Depois ouviu os murmúrios gentis de Taub guiando os discípulos mais novos para os quartos de hóspedes do solar.

– Sòng Lián!

Ela olhou por cima do ombro. Dilaya se aproximava, distanciando-se da luz da lanterna e do grupo de discípulos. A matriarca do clã de aço jorshen parou sob a sombra de um salgueiro quebrado, cuja sombra dos galhos deixava seu rosto em preto e branco. No olhar enérgico da jovem, nos lábios vermelhos, na mandíbula cerrada, Lan pensou estar vendo o fantasma de Ulara, a mãe dela.

Por um momento, Dilaya só ficou ali, de lábios entreabertos, com dificuldade de escolher as palavras. Lan se perguntou se testemunharia um milagre: Yeshin Noro Dilaya sendo agradável com ela.

A matriarca do clã de aço jorshen pareceu ler a mente da outra. Então fechou os lábios, encarou Lan e suspirou. Sua expressão mudou.

– Aprendi com minha mãe que nunca se sabe o que vai acontecer na guerra – ela disse. – Mas tenho certeza de que nos reencontraremos. Se não nesta vida, na próxima. – Dilaya ficou em silêncio por um instante. – E ainda serei melhor que você em todas as artes da prática, seu espiritozinho de raposa.

Lan sentiu os cantos dos lábios se erguerem. Um sorriso. Não sabia se já havia aberto um sorriso genuíno para Dilaya.

Ainda assim, devia haver um bom motivo para a palavra de despedida hin não ser "adeus", e sim "zài'jiàn": nos veremos.

– Você também, cara de cavalo – Lan respondeu. – Nos veremos.

Ela atravessou o portal da lua por onde, muito tempo atrás, vira a mãe entrar pela última vez. Passou a mão pelos artefatos em sua cintura: a adaga pequena que cortava o espaço entre as estrelas e a ocarina que tocava as melodias dos fantasmas.

Então saiu pelos portões vermelhos da frente e segurou as aldravas desgastadas de bronze, em forma de cabeça de leão, para fechá-los. Depois olhou para o lugar onde havia conhecido o amor e o luto, o lugar que era o começo de um conto que agora se encerrava. O princípio e o fim.

Ela invocou o poder de seu deus-demônio para criar um portal até uma cidade iluminada, com ruas movimentadas e templos de telhados dourados curvados para o céu.

Então, Sòng Lián atravessou o selo de portal rumo ao fim do mundo.

25

> *E quando Xan Tolürigin enlouqueceu sob o peso do yīn de seu próprio deus-demônio, o Último Reino nasceu: uma era dourada de luz e justiça. A escuridão foi subjugada, a desordem se estabilizou em paz.*
>
> Imperador Yán'lóng, *Registros imperiais da história*, era do Último Reino

As velas de sebo e os incensos tinham queimado e sido substituídos três vezes quando Zen terminou de traçar os selos para os Cavaleiros da Morte – um selo de invocação e um selo de canalização para cada um deles. Ele se recostou na parede, respirando com dificuldade. Seu qì era como um tinteiro seco: Zen traçara os selos no chão de pedra com o próprio sangue, o mais forte condutor e a maneira mais certa de infundi-los com sua vontade. O suor fazia seu cabelo e suas roupas grudarem à pele.

A escuridão e o yīn o pressionavam; a câmara pareceu girar. O tempo passava de maneira irregular a cada piscada; entre uma e outra, poderia ter se passado meio sino, ou vários deles. O *Clássico dos deuses e demônios* permanecia à sua frente, com as páginas gastas; ele o fechou e o guardou na segurança de sua algibeira.

Ainda tremendo, Zen pegou o jarro de água.

Estava vazio.

Os efeitos da semente da clareza haviam passado ao longo do dia, à medida que ele acessava mais e mais do poder da Tartaruga Preta. Agora, sentia o qì do deus-demônio voltando a se infiltrar em seu sangue e em sua mente.

Os selos no chão cintilavam, aguardando para ser ativados.

Chegara a hora.

Zen se ergueu, cambaleando. Então se ajoelhou ao túmulo mais próximo, do primeiro dos 44 Cavaleiros da Morte, uma mulher. Sua figura estava esculpida na pedra, vestida com uma armadura preta, lamelar e reluzente. Como os outros, seus olhos tinham sido retratados abertos, e Zen teve a sensação de que era ele quem estava sendo observado ali.

O rapaz olhou para o nome gravado em mansoriano: *Ker Saranejin*. O nome da linhagem, seguido do nome da pessoa – "Flor Lunar". Ele havia crescido ouvindo as histórias de heróis famosos do passado: Rokun, o Arqueiro do Sol, que abatera nove sóis que assolavam a Terra e salvara a humanidade; Amun e Renghi, amantes que haviam dividido o Céu Eterno e a Grande Terra e dado o sopro da vida ao mundo. No entanto, quando os membros restantes do clã falavam sobre os Cavaleiros da Morte de Mansória, era em um tom de reverência e medo. A Tartaruga Preta lhe mostrara momentos em que eles haviam salvado os mansorianos, enfrentando outros clãs em batalha. No entanto, seus nomes não eram reverenciados, suas proezas não eram cantadas pelos bardos ou poetas – por causa de quem eram e do tipo de arte que praticavam.

A prática demoníaca, o caminho desgarrado.

Se devo ver a escuridão para que nosso povo veja a luz, ele havia dito a Lan certa vez, *farei essa mesma escolha quantas vezes forem necessárias*.

Zen tirou quatro incensos e um fú da algibeira. Os incensos se acenderam a um toque do selo, lançando um clarão vermelho-sangue sobre a câmera funerária.

Ele levou os incensos à testa e se curvou uma, duas, três vezes.

– Que o Céu Eterno receba minha alma. Que a Grande Terra receba meu corpo.

Era uma das poucas frases de que se recordava dos ritos funerários mansorianos. Também se lembrava das fogueiras mais altas do que ele, das chamas lambendo o céu e das brasas se misturando às estrelas. Para que um mansoriano fosse honrado em sua morte, precisava ser cremado, de modo que sua alma passasse da prisão da carne para o Céu Eterno e as cinzas de seu corpo mortal caíssem nos braços da Grande Terra.

Ficar enclausurado em um túmulo de pedra era ter o corpo e a alma confinado em uma morte eterna.

Zen endireitou o corpo.

– Marchem comigo mais uma vez para a batalha – ele disse para a câmara de mortos-vivos – e juro honrá-los na morte derradeira, libertando-os para o Céu Eterno e a Grande Terra, como deveria ser.

Ele tirou o *Clássico dos deuses e demônios* da algibeira e o abriu. Respirou fundo para se acalmar e entregou a mente e o corpo para o deus-demônio que aguardava nas sombras.

Enquanto qì fluía das pontas de seus dedos, apoiado pelo poder da Tartaruga Preta, um brilho sobrenatural passou pelos selos pintados no piso.

A fumaça dos incensos palpitava violentamente. A temperatura da câmara despencou depressa, gelo cobrindo as paredes e invadindo os pulmões de Zen. Chamas pretas ganharam vida, envolvendo os túmulos. Os selos escritos nas efígies na tampa de cada um começaram a brilhar em um vermelho profundo, que se espalhava como sangue e fogo. Silvando, eles devoraram a pedra até que não restasse mais nada da tampa.

O yīn explodiu na câmara, em um coro de gritos que quase fizeram Zen se ajoelhar. O que o manteve de pé foi a força de seu deus-demônio, que observava, um a um, os cadáveres preservados dos praticantes demoníacos mansorianos se erguendo. Atrás deles, destacadas pela luz vermelha dos selos, viam-se sombras que não pertenciam aos cavaleiros. Um lobo com pernas alongadas e costelas pronunciadas; um falcão de penas tão afiadas quanto facas nas asas; um cavalo com presas no lugar dos dentes; uma raposa com nove caudas. Seus canalizadores outrora humanos se viraram para Zen, com os olhos brilhando, armas embainhadas, núcleos extravasando yīn. Ele era capaz de sentir a conexão entre sua alma e as dos cavaleiros, tal qual a que possuía com a Tartaruga Preta, as vibrações do qì o atingindo de forma inebriante. Cada Cavaleiro da Morte tinha a força de um exército de praticantes de treinamento completo, se não mais.

Os 44 se mantinham imóveis, como se aguardassem ordens de Zen.

O rapaz abriu a palma esquerda. No meio, saltado como uma cicatriz, brilhava um selo mansoriano: a versão em miniatura daquele que ele havia tirado do *Clássico dos deuses e demônios*. Aquele era o selo que vinculava as 44 vontades à dele, ligava os 44 qì demoníacos a seu núcleo.

Juntos, tinham a chave para libertar aquele reino – e destruí-lo.

À medida que a magnitude da tarefa deixava seus ombros, o alívio e a exaustão chegavam. Zen ficou de quatro, tremendo enquanto suor pingava do rosto. Tinha esgotado suas energias.

E havia algo de errado.

O chão entrava e saía de foco. Ele ouvia um estranho zumbido e sua cabeça latejava, como se o sangue circulasse mais rápido. Não sentia mais frio nas mãos, ou a pedra sob os pés. Tentou respirar fundo e piscar para que sua visão ficasse mais clara.

Zen, o sussurro retumbante em sua mente entoou, e o qì da Tartaruga Preta começou a se fechar sobre o rapaz, tão maciço quanto uma montanha, tão esmagador quanto a própria noite. *Ah, Zen. Estamos tão perto. Tão perto do fim.*

Não. Não agora.

Ele cerrou os dentes e procurou compensar as energias yīn que inundavam suas veias com yáng e sua própria força de vontade. Ia superar aquilo. Ia derrotar o exército elantiano. E ia rever Lan, uma última vez.

Sua história não terminaria como a de seu bisavô.

Esses pensamentos penetraram o véu de yīn, feito luz atravessando águas escuras. Zen ressurgiu, arquejando enquanto a presença da Tartaruga Preta se retraía. As imagens e os sons logo retornaram: o ar viciado das masmorras, a pedra fria sob suas palmas e seus joelhos, o suor empapando o cabelo e o qípáo, os praticantes demoníacos que invocara o observando com o rosto pétreo. Os demônios – as sombras na parede – se movimentaram, talvez sentindo a presença de um deus-demônio poderoso entre eles.

Zen permaneceu onde estava por um momento, aguardando que a respiração se estabilizasse e o mundo se reacomodasse. Quando se sentiu forte o bastante, colocou-se de pé.

Conseguiu subir os degraus da masmorra, cambaleando. Ao chegar lá em cima, inspirou profundamente o ar fresco do inverno, o vento cortante que entrava no corredor pelas portas quebradas das ruínas fazendo um enorme contraste com a quietude sufocante lá de baixo.

O sol se punha. Pairava um pouco acima das montanhas a oeste, tingindo seus picos de laranja e tocando fogo nas nuvens brancas. Abaixo, o resto do mundo estava mergulhado em sombras.

Zen ficou assistindo ao que restava do sol se esconder no horizonte. Lan e os praticantes que restavam do Último Reino já deviam ter partido. O plano dependia de ele ser capaz de derrotar a maior parte do exército elantiano e dos feiticeiros reais na capital. Caso contrário, o outro grupo estaria entrando em uma armadilha na cidade em que os elantianos se faziam mais presentes.

Zen fechou os olhos e respirou fundo, para se acalmar. Passou um polegar pela palma esquerda, onde o selo pulsava, transmitindo sua vontade e suas ordens aos 44 praticantes demoníacos que aguardavam do outro lado.

– Cavaleiros de Mansória – Xan Temurezen disse, sua voz ecoando pelos corredores de seus ancestrais –, atendam ao meu chamado.

26

Anuncie a leste, ataque a oeste.

General Yeshin Noro Dorgun,
do clã de aço jorshen, sexto dos trinta e
seis estratagemas do *Clássico da guerra*

A Capital Celestial permanecia praticamente como Lan se lembrava das vezes que a havia visitado na infância, com Māma. Nos templos, pagodes e na ornamentação intrincada de jacarandá das construções hins, os elantianos hasteavam suas bandeiras; aqui e ali, haviam erguido estruturas de metal e pedra.

Considerando o sino, as ruas estavam bem movimentadas, o que possibilitava certa cobertura a Lan enquanto as atravessava. Seus passos pareciam lentos demais, porém se usasse as Artes Leves seria descoberta.

Enquanto transitava pelas ruas iluminadas por lanternas, Lan sentia que retornava a um resquício de seu antigo eu, quando a guerra lhe parecia distante e vasta. Música e risadas escapavam das janelas das casas de vinho que serviam como restaurantes e dos locais de entretenimento para os ricos e influentes. Lan se perguntou que cantora estaria se apresentando aquela noite.

Ela se virou na direção da estrada que levava ao Palácio Imperial. Lembrava-se da construção fortemente iluminada, com telhados dourados múltiplos curvados na direção dos céus, pilares e paredes vermelhos incrustrados de jade e lápis-lazúli. Agora uma fachada de mármore elantiana fora erguida à frente, e pilares de pedra e metal engoliam os originais. Os telhados curvos de terracota, no entanto, continuavam despontando sobre a arquitetura elantiana, agora prateados.

Uma flâmula tremulava em um dos postes de iluminação que os elantianos haviam instalado para projetar sua luz alquímica sobre a cidade. Nela, contra um fundo prateado, destacava-se um tigre azul magnífico, envolvendo um soldado elantiano com asas e armadura brancas.

Não, Lan percebeu, ao avaliar a figura mais de perto, que não se tratava de um soldado. O alto governador tivera a arrogância de mandar pintar seu próprio rosto nos estandartes.

Os mapas estelares não haviam mentido: o Tigre Azul se encontrava naquele lugar.

Lan olhou para as colunas com flâmulas azuis idênticas ladeando a estrada que levava ao palácio.

Então o choque percorreu seu corpo.

A ampla praça diante do palácio estava repleta de soldados elantianos, suas armaduras de metal refletindo a luz do fim de tarde enquanto circulavam por ali, com comidas e bebidas oferecidas por vendedores das barraquinhas em volta. Uma grande fonte cintilava em meio a eles; os lótus, patos yuān'yáng e grous de antigamente haviam sido substituídos por uma estátua de mármore do rei elantiano.

Mais de perto, Lan identificou figuras usando braceletes de metal na multidão.

Feiticeiros reais.

A garota levou a mão ao punho da adaga. Ela e Zen tinham razão: Erascius havia canalizado o Tigre Azul e retornado à capital. No entanto, tinham falhado em antecipar que o alto governador comemoraria o feito com uma celebração, justamente naquela noite. Lan e Zen não estavam preparados para todas as forças que se reuniam ali: a julgar pelo número de cabeças, todos os feiticeiros reais e soldados estacionados nas cidades próximas haviam sido convidados para se juntar às festividades na capital.

Ela levou a mão à clavícula. O amuleto de Zen permanecia frio. Era tarde demais para modificar o plano. Lan teria que aguardar.

O céu já estava completamente escuro; além da cidade, depois das montanhas distantes que rodeavam a Capital Celestial feito guardas, nuvens de tempestade se reuniam. As lâmpadas alquímicas dos elantianos se acenderam, lançando sua luz dourada sobre a praça. Bem no meio, o caminho que levava aos portões do palácio havia se aberto.

Quando a noite caísse, Dilaya, mestre Nur, o mesmo anônimo e os discípulos habilidosos o bastante para lutar entrariam na cidade e aguardariam que Lan desse o primeiro passo enquanto se escondiam nas proximidades.

Ela voltou a tocar o amuleto.

Zen estava atrasado.

Trombetas soaram. Na praça, os portões do palácio se abriram, arrancando vivas estrondosos da multidão. Quatro fileiras de soldados saíram marchando por eles, seguidos por um esquadrão de feiticeiros reais vestidos com armaduras elaboradas que Lan supôs que eram feitas de uma combinação dos metais que eram capazes de manejar.

Ligas, ela pensou. Feiticeiros com a habilidade de controlar mais de um metal, o que os tornava excepcionalmente perigosos.

Na retaguarda, montado em um garanhão preto magnífico, vinha o alto governador: um homem ordinário, com altura e constituição medianas, a pele clara e macia pelos luxos da vida que lhe havia sido concedida. As joias em seu cetro cintilavam à medida que ele acenava para a multidão ruidosa.

Os olhos de Lan se aguçaram quando notou quem cavalgava atrás dele. O cabelo loiro quase branco de Erascius havia crescido. Ele tinha a imagem de um tigre azul gravada na frente da armadura. Também segurava um cetro, decorado apenas com safiras. O alto governador o exibia, o canalizador do Tigre Azul, a mais nova joia da coroa do império.

O desfile parou para que o alto governador falasse. Placas de metal espalhadas pela praça amplificavam sua voz. Lan conseguiu ouvir algumas palavras em elantiano.

– ...Tigre Azul... deus-demônio... nosso poder. O feiticeiro real Erascius... demonstrar sua força.

Uma demonstração. Eles iam fazer uma demonstração.

A mão de Lan pousou sobre a ocarina. Erascius devia saber o tipo de pacto que fizera e que o uso indiscriminado do poder do deus-demônio colocaria todos em risco. Os elantianos estavam testando os deuses.

Corra, Zen.

Erascius desmontou e seguiu até a beira da fonte. A multidão ficou em silêncio. Por um momento, não se ouviu nada além do vento uivando pelas ruas, do arquejo coletivo quando o feiticeiro ergueu os braços.

Qì demoníaco emanou dele, acabando com a quietude. Ouviram-se alguns gritos na multidão – mesmo aqueles que não possuíam qualquer conexão com o qì sentiam em alguma medida as energias yīn avassaladoras.

A água da fonte espiralava no ar, seu fluxo se alçando ao céu. Então explodiu em centenas de milhares de gotas, cintilando feito estrelas, que se reuniram na forma de um tigre do tamanho do palácio, cujos olhos brilhavam cerúleos. Diante da multidão, que assistia a tudo admirada, a criatura abriu a bocarra e soltou um rugido que sacudiu a cidade toda.

Os nós dos dedos de Lan ficaram brancos na ocarina. Em volta dela, trabalhadores hins – varredores de rua, lojistas, cozinheiros e garçons –

se reuniam para assistir. Seus rostos macilentos refletiam a estranha luz do Tigre Azul, transmitindo algo a Lan.

Admiração. Medo. E resignação. A crença de que seu destino – viver sob o domínio elantiano – estava selado.

A garota sentiu a garganta se fechar. Seus dedos tremeram em volta da ocarina.

Ela podia dar um fim àquilo.

Ela *ia* dar um fim àquilo.

O Tigre Azul rugiu mais uma vez – e o amuleto de Lan esquentou.

À sua volta e na praça, as pessoas soltaram exclamações. Uma fresta se abriu no céu, sobre o Palácio Celestial: um selo de portal, conjurado em um lugar com penhascos cobertos pela neve e ruínas escurecidas.

De dentro dele, algo se lançou sobre a Capital Celestial. A figura de um homem. Ele aterrissou no telhado mais alto do palácio, e a sombra logo atrás encobriu o céu.

Todo vestido de preto, Xan Temurezen exalava um qì demoníaco ao se endireitar sobre o telhado que primeiro abrigara os conquistadores de seu clã, e agora daquela terra.

No chão, Erascius assistia a tudo, completamente imóvel. Até que, devagar, ergueu uma das mãos.

Com um movimento de seu dedo, o Tigre Azul se virou para encarar os recém-chegados. Seu rosnado reverberou pelas ruas da cidade. Com um movimento da cauda, ele atacou. Zen e a Tartaruga Preta, que se formara a partir de uma nuvem de fumaça, saltaram em seu encontro.

O chão tremeu com o choque inicial dos dois deuses-demônios. Gritos irromperam e as forças elantianas sacaram as armas.

O selo de portal permanecia aberto no céu; sombras saíam dele, cobrindo a praça e as construções em volta. Um pagode a várias ruas de distância de Lan explodiu quando algo se lançou sobre seu telhado. Quando a poeira baixou, a garota distinguiu uma silhueta sobre as ruínas: uma criatura do tamanho de um cavalo, com exatamente nove rabos flamejantes.

Mó, ela pensou, absorvendo o poder demoníaco puro que emanava da criatura. Lan havia ouvido falar sobre a lendária raposa de nove caudas da mitologia hin. No entanto, o que chamava sua atenção era a mulher abaixo do ser. Era alta e forte, usava botas de sola grossa e suas vestes esvoaçantes eram ligeiramente diferentes do hàn'fú tradicional hin. Então Lan notou as chamas vermelhas bordadas no tecido preto.

O símbolo mansoriano.

A mulher deu um passo à frente, com movimentos determinados. Lan conseguiu ver seu rosto de relance – desumano, como se pedra fizesse as vezes de carne e osso, perfeito, imutável e aterrorizante –, e seus olhos eram completamente pretos.

Uma praticante demoníaca.

Outra pessoa disparou noite adentro. No telhado mais alto entre as construções residenciais viu-se um homem com as mesmas vestes esvoaçantes, a mesma expressão etérea e impassível. Atrás dele, em um redemoinho prateado, havia uma sombra que sugeria um lobo disforme: as pernas tão compridas quando as de um veado, as costelas saltadas sob a pele.

Outro disparo: uma figura acompanhada de um falcão dourado, cujas penas das asas pareciam afiadas o bastante para cortar. Outro ainda revelou um cavalo cor de sangue, com dentes parecendo presas. Feito estrelas cadentes, praticantes demoníacos mansorianos se espalhavam por toda a Alessândria.

Como se fossem um só, eles se viraram na direção da praça onde os soldados elantianos se reuniam. E então, a um comando inaudível, partiram naquela direção, com rajadas poderosas de energias yīn.

Foi quando os gritos começaram.

Os praticantes demoníacos atacaram os soldados elantianos tal qual falcões mergulhando atrás da presa. Zen e Erascius estavam envolvidos em combate, assim como seus deuses-demônios mais acima. Em meio à cacofonia, Lan percebeu que o alto governador retornava ao palácio. Um grupo de feiticeiros reais o acompanhava, usando a magia do metal para lançar feitiços que protegessem ainda mais a construção.

Os dedos de Lan escorregavam pela ocarina. Só podia começar a invocar a Assassina de Deuses quando Zen já tivesse derrubado feiticeiros reais o suficiente para que as forças de Dilaya tivessem uma chance de entrar no Palácio Celestial e negociar a rendição dos elantianos.

No entanto, enquanto Lan observava, uma mudança palpável ocorreu entre os praticantes demoníacos mansorianos. Seus olhos vazios se voltaram para os grupos de hins desarmados e vulneráveis que observavam dos cantos da praça.

O cavaleiro mansoriano cujo demônio se assemelhava a um urso atacou primeiro. Lan ouviu seu próprio grito quando ele derrubou uma hin próxima – um alvo fácil, indefeso.

Os outros logo o acompanharam. Em segundos, a batalha perdera o ritmo, com os Cavaleiros da Morte se espalhando e deixando os elantianos livres para se retirar para a segurança do palácio.

A garganta de Lan se fechou de horror. Não era para aquilo acontecer. Zen deveria liderar seu exército e arrasar com as tropas elantianas. Junto de seu deus-demônio, os cavaleiros dele deveriam derrubar os feiticeiros reais e abrir passagem para as forças de Dilaya.

Lan precisava chegar até Zen, precisava impedi-lo. Se ele já tivesse perdido o controle da Tartaruga Preta...

Ela preferiu não concluir o pensamento.

Com a ajuda das Artes Leves, a garota pulou no telhado do pagode mais próximo. Agora não havia nada entre ela e o palácio, a não ser a praça e algumas casas que a circundavam.

Lan olhou para cima. No topo do palácio, onde as energias yīn e as nuvens de tempestade se reuniam, encontrava-se Zen. Mal conseguia enxergá-lo, porém já o tinha visto praticar artes marciais e treinado com ele, e sabia como se movia: com a fluidez da água e as explosões repentinas das chamas.

Agora, o rapaz estava imóvel de uma maneira quase sobrenatural, ainda que qì demoníaco continuasse emanando dele. A Tartaruga Preta, corporificada pela fumaça e pelas sombras, se agarrava ao palácio, lutando contra o Tigre Azul. Pedaços da parede ruíam, caindo na praça e nas ruas abaixo, destruindo lares.

Tenho que chegar até ele, Lan pensou.

Ela saltou na direção de Zen, usando mais uma vez as Artes Leves. O qì demoníaco pareceu forte demais quando ela atravessou a praça e aterrissou em um dos telhados mais baixos do palácio, seus dedos arranhando as telhas de terracota em uma tentativa de se segurar enquanto um golpe da Tartaruga sacudia toda a construção.

Lan tinha acabado de se endireitar quando, com um estrondo, o telhado de uma casa diretamente abaixo dela ruiu. A garota ouviu gritos; à medida que a poeira baixava, conseguiu identificar formas humanas presas nos detritos. Cantoras e varredores, vendedores e famílias. *Todos hins*, Lan se deu conta, com um medo repentino. *Todos vulneráveis*.

O plano que ela e Zen haviam bolado com tanto cuidado estava sendo arruinado diante de seus olhos. O rapaz havia perdido o controle. Aquilo poderia terminar em mortes e tragédia, assim como a história de Xan Tolürigin.

Preciso impedir.

Lan começou a escalar. Dentro dela, o núcleo do Dragão Prateado despertou. A criatura a observava com seus olhos gelados, e Lan ouviu sua voz ecoar através do vínculo de ambos.

Liberte-me.

Não. Lan saltou e se agarrou à beirada de outro telhado, então se içou para cima.

O deus-demônio piscou devagar. *É questão de tempo até que isso aconteça.*

Lan ergueu o muro mental que separava seus pensamentos dos do Dragão. Sentiu ele se retrair, o qì se enrolando em seu núcleo, seus olhos ainda observando os arredores, em busca de sinais de perigo.

Os músculos dela doíam. Lan calculou a distância até o telhado mais alto, onde Zen estava. Com o impulso de todo o qì que conseguiu reunir, ela pulou, mal alcançando a beirada.

A sensação de estar no vórtex era aterrorizante. As nuvens sobre Zen soltavam raios de tempos em tempos, que acertavam o chão. Incêndios se iniciaram, as brasas e as cinzas espalhadas pelo vento que os envolvia. No centro do qì demoníaco encontrava-se Zen, imóvel, inabalável, como se esculpido em pedra. Sua pele clara como porcelana, seus olhos pretos. Sombras pareciam se esgueirar sob sua carne, à medida que o rapaz permitia que o qì da Tartaruga Preta emanasse cada vez mais dele.

Aquela era a história que todos os livros de histórias previam; contra a qual todos os mestres haviam alertado; que a Ordem das Dez Mil Flores tentava impedir.

Também era um cenário que Lan e Zen haviam discutido.

E se você perder o controle?, ela perguntara no quarto em Shaklahira.

Então você dará um fim a tudo, ele respondera, sem qualquer hesitação na voz.

Não posso, Lan pensou agora, olhando para a praça lá embaixo. Ainda restavam feiticeiros reais demais; Dilaya e suas forças não teriam nenhuma chance de se infiltrar no palácio. A guerra seria perdida.

Quando Lan se virou para o vórtex, qì demoníaco rugiu em seus ouvidos. Ela deu um passo à frente. Depois outro. Com os dentes cerrados, os olhos ardendo, a cabeça latejando. Ele estava bem ali, à sua frente.

– ZEN! – Lan gritou. – ACORDE, ZEN!

O rapaz se virou para ela. Seus olhares se encontraram, a expressão dele sem acusar nenhum reconhecimento.

Tarde demais, Lan viu a Tartaruga Preta agitar a cauda acima; viu o qì da criatura arrancar telhas sob seus pés. O mundo saiu do eixo, e quando ela viu, estava escorregando pelo telhado, segurando-se à beirada na altura da cintura, o chão a uma longa queda de distância. Lan cuspiu sangue, mas conseguiu se içar.

Os olhos pretos e vítreos de Zen estavam voltados para ela.

Lan não se moveu. Só começou a cantarolar.

Era a música que havia cantado para ele, naquela floresta de bambu, tanto tempo atrás. A música da terra natal de Zen. Do inverno caindo sobre as estepes, da terra dormindo sob o silêncio da neve.

Algo lampejou na expressão do rapaz. Sua testa se franziu, os lábios se entreabriram, e de alguma forma, na cacofonia da batalha, ela soube que ele chamou seu nome.

– Lan.

O telhado entre os dois explodiu com uma forte luz azul. Num momento, ela estava caindo, um mundo um caleidoscópio de céu e chão. Em seu interior, o Dragão Prateado abriu os olhos; seu poder foi libertado e a segurou. Lan aterrissou gentilmente em uma parte mais baixa dos telhados do palácio.

A luz azul se abrandou, revelando uma sombra em sua névoa.

Erascius se encontrava diante dela. Envolto pelo poder e pelo esplendor do Tigre Azul, a armadura de metal e o cabelo branco invernal refletindo o brilho inconstante das luzes e das energias acima. Ali, seu deus-demônio enfrentava a Tartaruga Preta. O Tigre arreganhou os dentes.

O feiticeiro real sorriu para Lan.

Tentavam separá-la de Zen para que não pudesse resgatá-lo das profundezas do controle da Tartaruga Preta.

A raiva tomou conta dela. Antes mesmo que pudesse pensar, Lan sentiu o peso D'Aquela que Corta as Estrelas na mão, a adaga feito uma extensão de seu punho, e atacou.

Bastou Erascius levantar a mão e torcê-la para que a lâmina desaparecesse. Então Lan sentiu que ela cortava o ar, vindo em sua direção, e conjurou um selo de defesa que ergueu um muro de ladrilhos. Com um *tlim!*, a adaga se cravou no muro. Lan traçou um contrasselo rápido para que o muro desmoronasse e recuperou sua arma.

O Feiticeiro Invernal estendeu as mãos, e seus braceletes metálicos multicoloridos cintilaram.

– Ah, minha pequena cantora – ele disse. – O tempo confundiu sua memória. Deve ter esquecido que a magia dos feiticeiros elantianos envolve justamente manejar o metal. Uma mera adaga não tem como me machucar. E agora ainda conto com o poder do Tigre Azul.

Depois de passar tantas luas sem contato com o idioma, Lan teve dificuldade de entender o que ele falava, e mais ainda de formular uma frase em elantiano:

– Todo poder tem um fim.

Acima deles, o Tigre atacou a Tartaruga. O chão tremeu quando os dois se chocaram, e raios cortaram o céu, refletindo nos olhos de Erascius e iluminando sua pele de uma maneira que fazia com que não parecesse humano, mas uma espécie de deus.

– Ah, como vocês, hins, são *tolos* – ele declarou, a voz amplificada pelo qì em volta. – Caso tivessem se aproveitado do poder desses demônios, seriam deuses a esta altura.

Já fizemos isso, Lan pensou. *E foi o que nos destruiu.*

O ataque de Erascius veio do nada. O mundo fico todo azul, e de repente Lan era lançada para trás, a noite oscilando, as lanternas e os telhados dourados do palácio se distanciando dela, que ia ao chão.

Lan se virou, com um fú entre os dedos. Ela o ativou com um estalo de qì, e o ar em volta se distorceu, adensando-se abaixo da garota e formando um vendaval para retardar sua queda. Com outro jato de qì, as solas de seus pés amorteceram o impacto, porém ainda assim doeu. Ela sentiu uma pontada de dor no tornozelo direito.

Por um milagre, na praça, a sorte havia virado a favor deles. Para onde quer que Lan olhasse, os Cavaleiros da Morte mansorianos tinham voltado a enfrentar os feiticeiros reais, o ar entremeado de energias da prática demoníaca e da magia do metal elantiana.

– Zen – Lan sussurrou o nome como se fosse uma prece, enquanto procurava a silhueta do rapaz no topo do palácio. Teria ele abalado o controle da Tartaruga Preta?

Ela precisava sair dali. Precisava chegar a um lugar seguro para poder conjurar a Assassina de Deuses.

– Desta vez, não deixarei que escape tão facilmente, pequena cantora.

Seus olhos se voltaram para cima, lacrimejantes. Erascius se encontrava a vários passos dela, observando-a com o mesmo sorriso cruel, com os mesmos olhos azuis frios que transmitiam que, para ele, tudo não passava de um jogo, do qual desfrutava. Mais atrás, o Tigre Azul deu as costas para a luta com a Tartaruga Preta e se alinhou com seu canalizador.

O deus-demônio ergueu uma pata enorme e tentou esmagar Lan com ela, porém um muro de sombras se ergueu para impedir.

Os lábios de Erascius se entreabriram em surpresa.

O céu havia escurecido; do chão, entre Lan e Erascius, ergueu-se uma forma grosseira, primeiro cabeça e casco, depois patas. Enquanto a Tartaruga Preta se materializava, a garota sentiu um qì familiar aterrissar ao seu lado.

Zen olhava para ela. Com os olhos límpidos.

Gentilmente, ele estendeu o braço e levou a mão à bochecha de Lan. Seus lábios se moveram e o som foi abafado pela confusão em volta, porém Lan ouviu as palavras com tanta clareza quanto se o rapaz houvesse falado diretamente com o coração dela.

É hora de dar um fim a isto. Encontrarei você de novo.

Seus dedos tocaram os dele, em uma resposta muda. *Na nossa próxima vida.*

Zen se virou para encarar Erascius, que não sorria mais.

Lan correu.

De alguma maneira, conseguiu passar pela batalha na praça. De alguma maneira, conseguiu escapar pelas ruas que levavam à sombra das casas. A um lugar seguro.

Quando os sons do conflito foram sufocados pelas batidas de seu próprio coração, Lan parou, ofegante, ao lado de um templo dilapidado. Concentrando qì nos calcanhares, ela se impulsionou até o telhado baixo e rolou para ficar de costas.

Cada músculo de seu corpo doía. Seu tornozelo gritava. Ela estava empapada de suor.

Os olhos de Lan se voltaram para o céu acima do palácio, onde duas figuras gigantescas se enfrentavam sobre os telhados curvos. As nuvens refletiam as luzes do duelo entre a Tartaruga Preta e o Tigre Azul.

Ela não podia hesitar, não podia demorar. Sentou-se, ainda que sob protestos de todos os seus ossos. Com as mãos trêmulas, levou a ocarina aos lábios e começou a tocar.

A princípio, a melodia soou dolorosamente lenta. Lan forçou a mente a voltar no tempo, a quando ela e Zen haviam aberto o *Clássico dos deuses e demônios* na noite do deserto, com areia sob seus pés e estrelas sobre suas cabeças. Pensou na história que o livro contava.

Traço a traço, a Assassina de Deuses começou a tomar forma no ar, como um rio prateado, fluindo na direção dos dois deuses-demônios ao longe. Houve uma oscilação no qì da Tartaruga Preta e do Tigre Azul; ambos soltaram rugidos enquanto a Assassina de Deuses os envolvia.

Suor escorria pelo queixo de Lan; ela tremia, cada fibra de seu ser contraída para extrair mais de seu qì.

Estava tão concentrada que quase não sentiu o movimento atrás dela.

Um fio se desfazia na tapeçaria das energias. Dele, chegava um qì familiar, acompanhado do cheiro de rosas queimadas, sangue e fumaça. O céu ficou vermelho.

A dor explodiu em suas costas. A Assassina de Deuses fraquejou quando a ocarina deixou seus lábios. A ponta de uma espada saía da barriga de Lan, vermelha. Com o sangue dela.

— Não posso deixar que você conjure *isso*, minha querida noiva — Hóng'yì disse em seu ouvido. — Quero me juntar à farra.

Ele girou a espada, depois a arrancou e empurrou Lan.

A garota caiu do telhado, aterrissando em cima do ombro e ouvindo um *creck* doentio quando sua clavícula fraturou. De repente, ficou difícil respirar. Em meio à névoa da dor, Lan se deu conta de que seu sangue escurecia o chão rapidamente.

Hóng'yì assomava sobre ela, resplandecente em seu hàn'fú carmesim. Lan notou o sorriso nos lábios do príncipe enquanto falava, porém sua voz saía abafada, sua forma estava embaçava.

Algo se rompeu em seu interior. Uma luz prateada brotou da ferida, projetando-se na direção do céu. Lan sentiu que emanava dinastias de poder. Pela primeira vez, a força e a vontade do Dragão Prateado superavam as suas.

Uma forma sinuosa iluminou o céu, e gelo crepitou para formar as escamas e se agrupou para formar garras e dentes. Lan sentiu que era engolida por um poder monstruoso. Uma brancura congelada tomava conta de sua mente, cobria o mundo, apagava tudo o que ela conseguia ver, ouvir e sentir: Hóng'yì, com as asas da Fênix abertas atrás dele, rindo; as formas da Tartaruga Preta e do Tigre Azul bruxuleando, enfraquecidas pela parte da Assassina de Deuses que havia conseguido conjurar; o palácio com telhados dourados curvados, a Capital Celestial e tudo por que lutavam...

Então, quando Sòng Lián começou a morrer, o Dragão Prateado se ergueu e soltou um grito desenfreado.

27

Muito tempo atrás, o Céu se dividiu
Como lágrimas, seus fragmentos foram ao chão
Um pedaço do sol aflorou na Fênix Escarlate
Uma fatia da lua se transformou no Dragão Prateado
Um caco de estrela deu origem ao Tigre Azul
E uma lasca da noite se tornou a Tartaruga Preta

Vários compositores, "Balada do Último Reino"

A Fênix Escarlate estava ali.

Zen havia sentido suas energias surgindo nos arredores do Palácio Celestial: primeiro uma faísca, depois uma chama. Enquanto os poderes da Tartaruga Preta e do Tigre Azul vacilavam, devido ao selo da Assassina de Deuses, que rapidamente se desintegrava, o rapaz concentrou sua atenção nas ruas atrás dele, nas quais Lan havia desaparecido. À sua frente, Erascius tampouco lutava; com o rosto pálido e a boca retorcida, o elantiano olhava da Assassina de Deuses para Zen.

– O que é isso? – ele rosnou em sua língua, com medo verdadeiro nos olhos. – *O que ela está fazendo?*

Zen o ignorou. Sentiu o outro qì primeiro, um qì de chamas e fumaça amarga. Um qì com que estava intimamente familiarizado, porque já havia lutado com ele no deserto.

Hóng'yì.

Com uma urgência crescente, Zen procurou o qì de Lan. Encontrou-o *ali*, no chão de um beco – titubeante, fraco, esvanecendo.

Um medo gelado se espalhou por suas veias.

O Dragão Prateado se alçou na noite, mais alto que as montanhas que o cercavam. Sua cabeça roçou as nuvens quando ele a inclinou para soltar um grito estridente sobrenatural. Diante dele, a Fênix Escarlate abria as asas e respondia com seu próprio grito de guerra.

Pela primeira vez, Zen e Erascius se assemelhavam, ainda que em uma incredulidade paralisante diante dos desdobramentos daqueles eventos.

O feiticeiro real ficou olhando para a Fênix com os lábios entreabertos, a expressão se transformando em ganância.

A atenção de Zen, por outro lado, estava concentrada no Dragão Prateado. Sentia algo de errado nele, um poder avassalador que só podia significar que havia sido totalmente libertado. Que não estava mais sob o controle de Lan.

A garota não conseguira conjurar a Assassina de Deuses por completo. A parte que estava no céu fora capaz apenas de causar uma perturbação temporária no qì dos deuses-demônios. O poder da Tartaruga Preta já retornava; a forma do Tigre Azul ganhava força. O céu estava dividido em quatro quadrantes, como nos mapas estelares de Lan: vermelho, azul, preto e prateado; fênix, tigre, tartaruga e dragão.

Os quatro deuses-demônios se encontravam reunidos. Libertá-los, para romper com o ciclo de poder, importava mais do que qualquer outra coisa.

Zen se virou e correu pelas ruas, seguindo o caminho pelo qual Lan havia desaparecido. De canto de olho, percebeu que Erascius o seguia.

Usando as Artes Leves, o rapaz ganhou velocidade. Então abriu a palma esquerda. O qì do selo que o vinculava aos 44 o fazia pulsar; através dele, Zen sentia a vontade de cada um dos Cavaleiros da Morte e podia escolher mergulhar no núcleo de qualquer um e assumi-lo, se assim desejasse.

Uma ordem sua reverberou ao longo da conexão que possuía com os praticantes demoníacos. *Acabem com os elantianos. Não toquem em nenhum hin.* Ele parou por um momento, trazendo de volta à mente algumas lembranças-chave: Yeshin Noro Dilaya, com seu olho cinza e feroz, a boca vermelha e franzida, a dāo que pertencera à mãe; mestre Nur, o mestre anônimo, os discípulos de Céu Termina.

Lutem ao lado deles e os protejam.

Através de seu vínculo, Zen sentiu que os cavaleiros concordavam.

Com mais um impulso das Artes Leves, seguiu o qì de Lan pelas ruas vazias e sinuosas da cidade. Estava perto, muito perto.

Ele a encontrou primeiro. Ao ver seu corpo caído no chão, sobre uma poça de sangue, algo se estilhaçou dentro de Zen.

Hóng'yì só olhou para cima quando a rajada de vento do selo de Zen o atingiu, forçando-o a recuar vários passos. Aproveitando-se do elemento surpresa, Zen pegou o corpo de Lan do chão e guardou a ocarina dentro de sua algibeira, depois começou a traçar outro selo.

Chamas irromperam no alto, enquanto a Fênix soltava um grito furioso. Zen segurou Lan contra o corpo, cerrando os dentes e protegendo-a do calor lancinante. Através dos traços do selo que conjurava, ele viu que

Hóng'yì já se recompunha. O príncipe exibia uma expressão terrível quando levantou a mão para fazer um sinal para seu deus-demônio.

Zen concluiu o selo. Uma luz azul iluminou o céu, vindo na direção deles. Quando o rapaz olhou para o alto, Erascius emergia de uma das ruas, seguido pelo Tigre Azul. Os olhos do feiticeiro real pousaram em Lan no colo de Zen, e seu rosto ficou sombrio. Ele baixou o braço na direção dos dois.

O selo de portal de Zen se abriu. O último sinal da batalha que ele presenciou foi o Tigre Azul e a Fênix Escarlate se chocando em um redemoinho de fogo e água. Então Zen caiu na noite fria e límpida.

Ele se encontrava no topo de uma montanha. O silêncio predominava ali, onde havia apenas pedras e pinheiros, tudo congelado sob uma camada espessa de neve. Aquela montanha separava as Estepes ao Norte, outrora território mansoriano, do restante do Último Reino. Ao norte, ficava sua terra natal, as vastas planícies de gelo que todo ciclo davam lugar às gramíneas sob o sol do verão. Ao sul, além dos penhascos, ficava uma floresta que terminava na Capital Celestial. Dali, Zen conseguia ver o brilho das lanternas e das lâmpadas alquímicas elantianas sob o azul e o vermelho bruxuleante dos dois deuses-demônios que permaneciam lá.

Seu pai o havia levado até aquela montanha muito tempo atrás. Ele havia contado a Zen que aquele era o pico mais alto de todas as terras, onde o céu se abrira e o clã mansoriano estendera a mão e tocara o deus que lhe concedera seus poderes. Seu povo chamava o local de Brecha dos Céus.

Os hins tinham um nome para ele também: Portão Celeste.

Ainda com Lan nos braços, Zen se ajoelhou na neve. Com cuidado, ele apoiou a cabeça dela em um dos braços. Sua pele estava fria ao toque. Sangue cobria a barriga da garota, já começando a manchar a neve. Ele podia sentir o qì vital dela se esvaindo junto. A energia do Dragão Prateado a envolvia, mantendo sua vida, por muito pouco – para que a criatura pudesse manter controle sobre ela e usá-la como um receptáculo, uma marionete.

Tal qual a Tartaruga Preta fizera com Zen.

Ele sentia que os dois deuses-demônios os observavam, suas formas quase invisíveis: o qì de um agitando a neve no chão e os pinheiros em volta, o qì de outro perturbando as nuvens acima.

Zen ignorou ambos. Pressionou uma das mãos sobre a ferida de Lan. Depois fechou os olhos.

Seu qì começou a fluir para ela, trabalhando sobre as brasas do núcleo de Lan para unir carne, veias e músculos. Shàn'jūn levava mais jeito para aquilo, com a paciência e o amor necessários a um bom discípulo de Medicina; Zen tivera um desempenho ordinário nas aulas de mestre Nóng, suficiente para o domínio do básico.

Permita que seu qì se enraíze, mestre Nóng dissera em uma aula. *Vocês devem repor o núcleo do paciente com o seu. De certa maneira, uma vez que tiver salvado a vida de alguém, seu qì permanecerá para sempre com a pessoa, literal e simbolicamente. É poético, não acham?*

Zen permitiu que seu qì se enraizasse. O núcleo de Lan se abriu como uma flor, sorvendo o qì que ele lhe cedia. E Zen cedeu, cedeu e cedeu. Suor se formou em suas têmporas; sua temperatura corporal caía e a exaustão acelerava sua respiração. Ele descansou o queixo na cabeça dela, apoiando-se, e foi assim que sentiu que Lan se mexia.

O rapaz baixou os olhos. O mundo parecia um tanto turvo, porém tudo se clareou quando as pálpebras de Lan se abriram.

– Zen – ela sussurrou.

Ele teria dado o mundo para voltar a ouvi-la dizer seu nome.

– O que você fez? – Lan perguntou.

O rapaz estava cansado, porém não queria que ela tremesse de frio, então traçou um selo para produzir calor, que os envolveu. Fechou os olhos por um momento, permitindo-se abraçá-la um pouco mais. Sentir o perfume tênue de lírios, o cabelo dela lhe fazendo cócegas.

Então ele se afastou. Levou a mão à algibeira e pôs a ocarina nas mãos dela.

– Não temos muito tempo – Zen disse, em voz baixa.

– Zen... – Lan se sentou e olhou na direção da Capital Celestial, de onde chegavam ondas pesadas de energia demoníaca. – O que aconteceu? Hóng'yì... Erascius...

– Estão lutando um contra o outro.

Ele conseguia sentir as energias de ambos se chocando.

– E Dilaya, os mestres, os discípulos...

– Ficarão bem. Os 44 cavaleiros vão protegê-los.

Zen pegou a mão de Lan, que o encarou, com os olhos arregalados.

– Os quatro deuses-demônios estão reunidos – ela falou.

O polegar dela acariciou involuntariamente a ocarina enquanto Lan olhava para a cidade, o rosto contornado pelo brilho vermelho e azul do combate do Tigre com a Fênix.

– Estão – Zen confirmou. – Sòng Lián...

A garota voltou a olhar para Zen, talvez pela maneira como ele dissera seu nome.

– Tenho um último favor a pedir.

Lan estudou o rosto do rapaz.

– Qual? – ela perguntou, com a testa um pouco franzida.

– Certifique-se de que seu deus-demônio não está ouvindo – Zen pediu.

A testa dela se franziu ainda mais, porém Lan pressionou os lábios um contra o outro e assentiu.

Ele havia repassado o plano centena de vezes; não havia nenhuma falha.

– Um pacto demoníaco pode ser rompido se o demônio e quem o canaliza estiverem de acordo – Zen disse, com cuidado. – Você descobriu isso através de uma lembrança de Hóng'yì: o pai dele e a Fênix romperam concordaram em desfazer o pacto, porque a saúde do imperador era frágil e assim o deus-demônio poderia passar a uma alma mais forte. A Fênix libertou a alma do imperador. – Ele ficou em silêncio por um momento, então fez seu pedido: – Entregue-me o Dragão Prateado.

– Você está louco – ela retrucou.

– O pacto foi feito com a alma da sua mãe, e não a sua.

– Eu alterei os termos...

– Ao fim do acordo, o Dragão libertará a alma da sua mãe e ficará com a sua – Zen recitou, e os olhos de Lan brilharam. – Você me contou isso em Shaklahira.

– Sim. Ele ficará com a *minha* alma.

– Mas seu acordo nunca chegará ao fim – Zen prosseguiu. – Você o romperá com a Assassina de Deuses. Não entende, Lan? – Ele afastou um cacho de cabelo que caíra no rosto dela. – O Dragão não ia levar sua alma quando a Assassina de Deuses o libertasse. Porque a alma da sua mãe continua vinculada a ele, até o fim do acordo.

A garota arregalou os olhos diante da compreensão do que aquilo significava.

– Posso acabar com ele agora – Lan disse, em voz baixa. – Eu decido quando termina, *eu* digo ao Dragão quando já chega, quando estou pronta para entregar minha alma. As condições são essas.

– Se você puser fim ao pacto agora, correrá o risco de não conseguir conjurar a Assassina de Deuses. – Ele mantinha a voz tranquila. – E por quê?

Ela engoliu em seco.

– Zen...

O rapaz se inclinou para a frente.

— Entregue-me o Dragão Prateado e permita que eu o canalize para derrotar Hóng'yì e o que resta do exército elantiano. Quando eu terminar, conjure a Assassina de Deuses e liberte os quatro deuses-demônios. O núcleo deles, e o de todas as almas que consumiram, voltará a se juntar ao qì do mundo.

Lan ficou olhando para Zen. As implicações de sua oferta claras: ela sobreviveria, ele morreria. Ela ficaria conhecida como a Ruína dos Deuses, aquela que subjugou os conquistadores e derrotou outro praticante demoníaco mansoriano que chegou perto de destruir tudo.

— Por que está fazendo isso? — Lan sussurrou.

— Porque estava destinado a ser assim. — Agora ele via com clareza, como se as peças do quebra-cabeça se encaixassem. Tudo o que haviam aprendido na vida, desde os princípios da prática até as histórias dos deuses-demônios, tudo apontava naquela direção. — Criação e destruição, nascimento e morte. Tudo neste mundo é um ciclo, Lan. Duas partes do todo. Inclusive nós. Se eu sou a criação, você deve ser a destruição. Se preciso usar o poder dos deuses-demônios, você precisa dar um fim a ele. — A voz de Zen pareceu embargar nas frases seguintes. — Você deve viver, Lan. E eu devo morrer. Permita que eu me encerre nas sombras enquanto você permanece à luz.

Os olhos dela lacrimejavam, e a respiração estava acelerada. Lan balançou a cabeça, e uma lágrima escorreu por seu rosto quando estendeu a mão na direção dele.

— Não, não vou...

Qì demoníaco explodiu na capital. Um arco azul cortou o preto do céu noturno, feito uma estrela cadente vindo na direção dos dois. Em um piscar de olhos, Zen puxou Lan para si e recuou uma dúzia de passos, até os pinheiros que cresciam no alto da montanha.

Erascius aterrissou no pico em um turbilhão de energias demoníacas e metálicas. A forma do Tigre Azul tremeluziu acima, como estrelas piscando. Ambos estavam muito feridos.

O feiticeiro real olhou para o alto, com uma expressão terrível sob o brilho do deus-demônio. Seus olhos encontraram Zen e Lan. Foi a primeira vez que o rapaz o viu fora de controle. Desesperado.

Erascius apontou um dedo para os dois.

— O Dragão primeiro — ele ordenou, ofegante. — Pegue o Dragão primeiro.

Uma segunda rajada de qì cortou suas palavras. Era como se o céu tivesse se aberto e o fogo dos Dez Infernos se despejasse sobre a terra.

Erascius olhou para cima e gritou quando as chamas o consumiram, chamas tão poderosas que nem mesmo seu deus-demônio podia se defender delas.

Zen e Lan se ajoelharam na neve, escondidos entre as árvores, abraçados, com o coração batendo no mesmo ritmo. Ela não tirava os olhos do feiticeiro elantiano. Zen também continuava olhando para o homem que havia deixado cicatrizes em seu corpo, para o homem cujo regime fora responsável por brutalizar todos os povos daquela terra.

Um brilho dourado surgiu de algum lugar atrás de Erascius. Um chicote vermelho-sangue, irradiando fogo, se estendeu dele, cortando o ar e se enrolando no pescoço do feiticeiro.

Seus olhos se arregalaram e sua boca se abriu, talvez em uma descrença genuína de que tivesse sido derrotado daquela maneira. A surpresa durou uma fração de segundo, antes que outra rajada de qì sobrenatural o atingisse.

Em um instante, ele não passava da casca vazia de uma armadura de metal e algumas brasas se esvaindo, levadas pelo vento.

O Tigre fraquejou, seu qì tremeluzindo com o fim do acordo diante da morte de quem o canalizava. Sua forma se dividiu em milhares de cristais suspensos na noite como estrelas.

Então, devagar, os cristais se uniram para formar uma única pérola azul.

Uma figura saiu do selo de portal acima. Seu hàn'fú carmesim esvoaçava como se seu corpo estivesse envolto em labaredas. O brilho do núcleo do Tigre Azul ondulou feito água contra Hóng'yì quando ele o tocou com o dedo.

Zen gritou, porém era tarde demais. Uma tempestade de qì varreu as montanhas em volta, enquanto a canalização se dava. O núcleo do Tigre explodiu e, tal qual gavinhas, envolveu o corpo do príncipe, sua pele, sua carne, seus ossos.

Hóng'yì respirou fundo e ergueu as mãos. Os céus pareceram se acender em vermelho e azul, de horizonte a horizonte, quando tanto a Fênix Escarlate quanto o Tigre Azul se colocaram às suas costas.

O príncipe ria quando se virou para Zen e Lan.

– Vejam – sua voz estrondosa soou, enquanto uma lufada de vento sobrenatural passava atrás dele. – O imperador mais poderoso a pisar nesta terra. O Último Reino agora é meu. E eu o governarei com o poder dos quatro deuses-demônios.

Proteja-nos, Zen ordenou à Tartaruga Preta. Então sentiu as energias da criatura emanarem dele quando ela se voltou para os outros dois seres antigos naquela montanha. O rapaz sentiu a força de vontade do deus-demônio dominar sua mente, reivindicando o que restava dele.

Então cerrou os dentes e se virou para Lan.

– O Dragão – ele exclamou. – Não há outra saída. Sòng Lián...

Ela olhou para Zen, e ele esqueceu o que pretendia dizer. Lan nunca fora capaz de esconder as emoções, e agora sua expressão lhe dizia tudo o que Zen precisava saber.

Lan o abraçou. Seu corpo estava tão apertado contra o dele que Zen sentiu que ela tremia. No entanto, estando com a garota em seus braços, o caos em sua mente se tranquilizou e as sombras sempre tão próximas pareceram dar espaço à luz.

Com cuidado, levou os braços à lombar dela. Então voltou seu rosto na direção do rosto de Lan, para sentir seu cheiro. Quando falou, foi contra sua têmpera, sentindo o cabelo dela fazendo cócegas em suas bochechas.

– Diga que sim, Lan – ele murmurou. – Uma única palavra, quando em geral você tem tantas.

O rosto dela, pressionado contra o pescoço de Zen, estava úmido. Ele sentiu quando seus lábios se moveram.

– Sim.

Atrás dos dois, o vento carregou a neve da montanha. Um raio intenso de luar atravessou as nuvens, com uma forma sinuosa se erguendo nele. O Dragão virou a cabeça para Zen.

Na escola, o mestre Fēng, de geomancia, havia lido as circunstâncias do nascimento de Zen nos ossos oraculares: as estrelas e a areia vermelha haviam soprado e as palavras gravadas nos ossos de cavalo escolhidos para ele haviam definido seu destino. E o mundo havia sussurrado a trágica história de seu povo, que o único herdeiro do clã mansoriano estava fadado a seguir.

Agora, ali estava ele, quase cem ciclos após seu bisavô, o final do conto trágico de Xan Tolürigin do qual havia tentado escapar a vida toda.

O conto dele, no entanto, terminaria de maneira diferente. Se Zen pudesse fechar os olhos e escolher o momento em que sua história começara a divergir do caminho escolhido pelo Assassino da Noite... seria quando ele pusera os olhos na garota com voz de sinos de prata, vestindo um qípáo branco como a neve, em uma casa de chá lotada de Haak'gong. Seu olhar havia sido atraído para ela como se uma força maior do que ele era capaz de compreender os envolvesse, levando um na direção do outro, como extremos opostos de um redemoinho. Quando a garota levantara a cabeça e olhara nos olhos dele, em meio a todo o público reunido aquela noite, Zen sentira que algo se encaixou. Yīn e yáng, seus fios se enredando para tecer uma história completa.

    Vida, morte. Criação, destruição. Poder, fraqueza.

    E, em meio a isso, equilíbrio.

    Naquela noite, eles o devolveriam àquela terra e a seu povo.

    Xan Temurezen ergueu o rosto para a luz do Dragão Prateado.

    – Dragão Prateado do Leste – ele disse. – Tenho uma proposta para você.

28

Capture o general e vença a guerra.
General Nuru Ala Šuzhan,
do clã de aço jorshen, *Clássico da guerra*

Eles alcançaram o Palácio Imperial, como espectros na noite, aproveitando-se do caos na praça.

Yeshin Noro Dilaya sempre preferira a língua do aço à língua das sombras, e escolheria estar na praça, em meio ao calor da batalha, sentindo o prazer de empunhar a dāo como se fosse uma extensão de seu corpo. Em uma dança mortal, como a mãe dizia.

Agora, sua mão segurou mais firme Garra de Falcão, o anel que usava no polegar acariciando seu punho, enquanto pensava na mulher que a havia usado antes.

Proteja-me, Ė'niáng.

As fontes barulhentas do palácio e a passagem grandiosa que se estendia na direção da cidade, que convidava as pessoas a se reunirem feito ovelhas para celebrar os monarcas sanguessugas entre suas paredes, ficavam ao sul, de modo que Dilaya e os outros se aproximaram pelo norte. Era menos iluminado ali, e mais silencioso, além de que não correriam o risco de topar com um dos praticantes demoníacos de Xan Temurezen.

Dilaya procurou não pensar no fato de que no momento estavam do mesmo lado – afinal, tinham um inimigo comum maior. O problema era que Sòng Lián não revelara a ela sua aliança com Xan Temurezen. Por mais que Dilaya odiasse admitir, tudo aquilo trabalhava em favor deles.

Graças aos praticantes demoníacos mansorianos, a praça havia se tornado um cemitério de soldados elantianos. Melhor ainda: os cavaleiros haviam derrubado a maior parte do exército elantiano da cidade, incluindo um grande número de feiticeiros reais. Dilaya tampouco achava que era por pura sorte que os mansorianos não tinham perseguido as forças rebeldes.

Você está pensando demais, ela se repreendeu, brava, depois procurou se concentrar em sua missão.

Dilaya se encontrava em um parapeito do palácio. Por mais que desprezasse a construção e tudo o que representara antes, ver o símbolo elantiano sobre ela revirava seu estômago.

Não importava. Logo ele não estaria mais ali.

A garota olhou para o céu. Parecia que Lan havia decidido levar a briga para outro lugar. Para as montanhas ao norte, a julgar pelas luzes sobrenaturais bruxuleando em vermelho, azul, prateado e preto. Correntes de energias demoníacas fluíam pela cidade, tão fortes que ela mal era capaz de sentir qualquer outra coisa.

– Cuide-se, espiritozinho de raposa – Dilaya murmurou ao vento.

Alguém trombou com seu cotovelo. A mão de Dilaya agarrou Chó Tài antes que ele caísse.

– Procure não fazer nenhuma bobagem, está bem? – a garota sibilou.

Infelizmente, o invocador de espíritos era o único que conhecia o palácio por dentro, motivo pelo qual ela formava dupla com ele. Sua tarefa era protegê-lo até que entrassem, depois ambos se juntariam aos outros e assumiriam o controle do lugar.

Ele olhou feio para Dilaya, porém engoliu qualquer que fosse a resposta que estivera prestes a dar quando alguém apareceu ao seu lado. Um tecido branco esvoaçou, leques estalaram – e Elanruya aterrissou com a facilidade e a graça de um gato.

Dilaya deixou a briguinha imatura de lado e endireitou ligeiramente o corpo. No telhado dos outros templos e nos parapeitos mais próximos, ela notou sombras lampejando e as mais leves faíscas.

O exército estava a postos.

Dilaya olhou para o pátio lá embaixo. Estava deserto, as portas dos fundos trancadas. Dava para sentir as energias dos feitiços com metais elantianos irradiando, produzindo um cheiro um tanto amargo. Ao que parecia, alguns deles continuavam vivos, e haviam escolhido a proteção do palácio. Deviam ter intensificado as defesas e bloqueado as portas.

Covardes.

– Vou explodir aquelas portas – Dilaya murmurou para Elanruya e Chó Tài. – Mas preciso chegar mais perto. Vocês dois, permaneçam aqui até que seja seguro. Elanruya, certifique-se de que Chó Tài não caia.

As queixas dele morreram ao vento quando, com um jato de qì nos calcanhares e um chute bem colocado, Dilaya saltou.

Ela pousou na parte mais baixa do telhado curvado de terracota, que oferecia vista desimpedida para as portas. Lembrava-se de quando eram vermelhas, com aldravas douradas na forma dos quatro deuses-demônios. Agora eram azuis, e as aldravas eram leões de prata.

Dilaya traçou um selo de destruição na porta e o ativou com uma dose de qì.

A madeira lascou; as portas rangeram, mas não se abriram.

Ela já estava levantando a mão para traçar outro selo, irritada, quando uma figura se materializou ao seu lado.

O mestre anônimo havia chegado tão silenciosamente que Dilaya nem sentira seu qì, apesar de o homem ter utilizado as Artes Leves. Ele ergueu uma das mãos para silenciá-la, e ela obedeceu.

— Você segue o caminho do aço, Yeshin Noro Dilaya — o mestre anônimo disse, sua voz soando como o vento entre os pinheiros, e a garota sentiu que ele começava a canalizar qì na direção da porta, em um fluxo fino e constante, mais suave que seu selo explosivo, que penetrava as rachaduras na madeira. — Às vezes, é preciso seguir o caminho das sombras que ensino em minha arte.

Se um colega de mesma idade houvesse lhe dito aquilo, Dilaya talvez retrucasse: *Isso é bosta de vaca, e farei do meu jeito se assim desejar*. No entanto, o homem era um de seus mestres, e Dilaya havia interiorizado os ensinamentos do Código de Conduta da escola, de modo que apenas curvou a cabeça e respondeu:

— Sim, shī'fù.

Ele lhe lançou um olhar indecifrável, como se tivesse ouvido seus pensamentos. Então retorceu o mindinho, e ouviu-se um clique impossível. As portas começaram a se abrir.

— Abaixe-se — o mestre anônimo mandou.

— Quê? — Dilaya perguntou, mas ele já tinha desaparecido. A garota ouviu o assovio de uma flecha; por reflexo, ergueu a Garra de Falcão e golpeou. A força do bloqueio lançou a espada para longe das mãos de Dilaya. Quando a flecha se cravou no telhado, Dilaya viu que era feita inteiramente de metal, tanto a ponta quanto o corpo e as penas. Uma dúzia de passos para trás, Garra de Falcão aterrissou com um clangor.

Dilaya fez menção de puxar sua outra dāo, Presa de Lobo, porém uma segunda flecha já vinha em sua direção. Ela desviou — devagar demais —, e uma silhueta pálida apareceu à sua frente. Elanruya girou e deteve a segunda flecha com as varetas de metal de seu leque.

A matriarca do clã de aço jorshen pulou do telhado e pegou Garra de Falcão.

— Devo uma a você — ela disse.

Ouviram-se gritos; guardas elantianos atiravam flechas nelas do outro lado das portas do palácio. Elanruya avançava contra eles, seu leque girando e o qípáo esvoaçando como se dançasse. O mestre anônimo saiu de um selo de portal, e sua adaga cortou o pescoço de um guarda. Mestre Nur o seguia de perto, usando seus chicotes, cortantes feito aço. Chue apareceu, disparando flecha após flecha com uma velocidade que deixaria mestre Cáo, o antigo mestre de Arco e Flecha, orgulhoso.

Enquanto os discípulos da Escola dos Pinheiros Brancos emergiam na noite, lutando para entrar no palácio, Dilaya sentiu as emoções formarem um nó na garganta. Ela se juntou aos demais, com Garra de Falcão, e talvez tenha sido a empolgação do momento, a esperança de que talvez vencessem, porém Yeshin Noro Dilaya sentiu que sua mão era guiada por mais que instinto.

Isso é por você, Ë'niáng, ela pensou, enquanto dançava. *Isso é por vocês, mestres.*

Aquilo era por seu povo, que havia sofrido tanto nas mãos dos conquistadores elantianos quanto sob o regime cruel do império que os antecedera.

Em questão de minutos, o salão principal do palácio era deles.

Os praticantes endireitaram o corpo e olharam em volta, sem conseguir acreditar.

O palácio era esplendoroso, Dilaya tinha que admitir. Sua exuberância, no entanto, fora construída com as vidas e os sacrifícios daquela terra e de seus povos pelos governantes anteriores: tanto os imperadores quanto os elantianos. Ouro, jade e lápis-lazúli cobriam as paredes. Pinturas da flora e da fauna, de deuses e imortais, ocupavam todo o teto, cujas cornijas contavam com filigranas e entalhes intrincados.

Havia pilares vermelhos com caracteres hins em ouro por toda a extensão do saguão, embora ali também os elantianos tivessem deixado sua marca. Prata fora incrustrada neles, nas paredes e nos móveis, e flâmulas azuis e brancas tremulavam entre os pilares. As placas hins haviam sido removidas, substituídas pela estranha escrita horizontal dos invasores.

— Está quieto demais — o mestre Nur comentou, segurando os chicotes com mais força. — Estão sentindo alguma coisa? O qì demoníaco é tão forte que abafa todo o resto.

Elanruya se encontrava em silêncio ao lado dele, e sua venda esvoaçou quando ela inclinou a cabeça, talvez em uma tentativa de distinguir as correntes de qì, como faziam os outros.

Chó Tài apontou.

– A sala do trono fica por ali.

– Ainda há elantianos no palácio – o mestre anônimo alertou. – Posso sentir.

Alguns discípulos ergueram as armas.

– Se não encontrarmos nada, vamos nos dividir – Dilaya anunciou. – E pintar este lugar de vermelho com o sangue deles.

Mais atrás, uma flâmula elantiana tremulou.

Elanruya se virou e abriu um leque. Uma de suas varetas de aço foi disparada, perfurando o tecido.

Ouviu-se um ruído leve quando ela atingiu metal.

– Feiticeiro. *Feiticeiro* – Chó Tài disse, e uma flecha assoviou, tendo o rapaz como alvo.

Dilaya saltou, com Garra de Falcão na mão. Com um golpe de sua lâmina poderosa, a flecha foi ao chão. Quando a matriarca do clã de aço jorshen se virou para a direção de onde tinha vindo, uma fâmula tremulou e uma feiticeira real elantiano saiu de trás dela.

Quando a garota a reconheceu, foi como se gelo corresse por suas veias. Havia visto aquela feiticeira na invasão a Céu Termina, ao lado do elantiano de cabelo branco que matara Ulara. *Lishabeth*, o homem a havia chamado.

Os lábios de Lishabeth se retorceram com severidade. Ela ergueu dois dedos e os movimentou.

Feiticeiros reais emergiram de todos os lados.

Dilaya segurou Garra de Falcão com mais força. Aquela seria a noite em que vingaria sua mãe.

– Em formação! – Lishabeth gritou, e seu exército se reuniu em um círculo apertado, de costas uns para os outros, as armas na mão.

Os feiticeiros ergueram os braços, e seus braceletes cintilaram.

– Rendam-se – Dilaya ordenou, na língua elantiana. Não a havia estudado com o mesmo cuidado que Zen na escola, porém sabia o necessário. Ela apontou a dão para a feiticeira, depois na direção da praça. – Estão todos mortos. Vocês não vencerão. *Rendam-se*.

Dilaya nunca esqueceria ou perdoaria o sorriso de desdém da mulher.

– Jamais – Lishabeth respondeu, e o caos teve início.

A matriarca do clã de aço jorshen nunca enfrentara diretamente feiticeiros elantianos, porque quem lutara em Céu Termina haviam sido os mestres. Agora, ela via por que eles haviam conquistado o Último Reino em questão de semanas.

O guerreiro táng ao seu lado produziu um gorgolejo. Quando Dilaya olhou para ele, ficou horrorizada ao perceber que uma gota de metal havia se agarrado ao seu peito e crescia dentro dele. A boca do homem se abriu e um líquido prateado saiu por sua garganta, seus olhos, seus ouvidos. Com um baque estrondoso, ele caiu no piso de cerejeira.

— RETIRADA! — Dilaya berrou, recuando e traçando um selo. — RETIRADA!

Mas não adiantou. Outro praticante de Shaklahira desabou diante dela, e, quando a garota procurou o culpado, deparou com Lishabeth, a vários passos de distância. Um coração sangrava em suas mãos, exalando vapor por conta do frio.

A batalha em volta se tornou um borrão. Mais sangue hin, mais sangue dos clãs, estava sendo derramado sob seu comando. Praticantes demais haviam morrido lutando contra a invasão elantiana. Quantas vidas mais ela estava disposta a desperdiçar?

Restaria um povo para conduzir a reconstrução depois *se* eles recuperassem aquela terra?

Então Dilaya notou que Lishabeth se virava, seus olhos cinza e sem emoção focados nela. A mão da feiticeira começou a se curvar, e Dilaya sentiu o chamuscar das energias do metal no ar com o início de um feitiço.

Sou a próxima.

Não sabia quase nada da magia elantiana, de como os feiticeiros manejavam metal de maneira tão precisa e científica. Não conhecia nenhum selo com o qual se defender de um feitiço que arrancava corações vivos, ainda batendo, de humanos.

Dilaya recorreu a um fú, que começou a soltar fumaça. Lishabeth abriu a mão e uma rede metálica se fechou em torno do selo, extinguindo-o antes mesmo que explodisse. Enquanto isso, a outra mão da feiticeira real lançava um feitiço, e Dilaya sentiu um puxão no peito à medida que o metal em seu sangue era acessado.

Proteja-me, É'niáng.

Lishabeth ergueu o punho — e foi então que a própria noite pareceu entrar pela porta e engoli-la. A feiticeira gritou enquanto uma sombra disforme a prendeu sob suas grandes garras.

Dilaya assistiu boquiaberta ao restante da criatura se materializar: um lampejo laranja, como fogo, transformando-se em focinho, orelhas, garras e nove caudas.

— A raposa de nove caudas — ela sussurrou.

Demônio, pensou em seguida.

Uma mulher saía das sombras da criatura – uma mulher que mais parecia deslizar que andar, cujos olhos brilhavam como obsidiana. O cabelo preto comprido balançava sob um elmo; os padrões das chamas vermelhas em seu qípáo preto eram familiares.

Mansoriana. A mulher usava vestes do clã mansoriano.

O demônio da raposa de nove caudas arreganhou os dentes em um rosnado que reverberou pelo salão. Lishabeth permanecia presa debaixo ele, com uma expressão aterrorizada. Ela abriu a boca para gritar...

Então a mansoriana piscou e a raposa de nove caudas se lançou sobre a elantiana, em um borrão de presas brancas e fumaça laranja. Quando o demônio voltou a levantar a cabeça, tudo o que restava no chão era a casca seca de um cadáver.

Dilaya ouviu gritos atrás de si, porém sua mente se atinha a um único pensamento: aquela era uma praticante demoníaca mansoriana. Aquele era o verdadeiro poder de uma verdadeira praticante demoníaca mansoriana.

A mulher voltou os olhos pretos para Dilaya, que precisou se segurar para que um calafrio não a percorresse. Já lutara contra demônios, claro – havia muitos deles em cantos remotos do Último Reino, onde fossas de energias yīn se formavam. No entanto, embora tivesse aprendido a odiá-los e temê-los, Dilaya nunca enfrentara uma praticante demoníaca do clã que era um inimigo histórico do seu.

A garota empunhou a espada e reuniu qì, pronta para traçar selos.

Mas a mansoriana passou direto por ela, como se não estivesse ali.

Como se sentissem a presença de um inimigo mais forte, os feiticeiros reais se voltaram para a mulher e seu demônio. Um deles ergueu a mão e lançou uma adaga contra ela.

A lâmina cortou a carne; o punho da adaga se projetava do peito da mansoriana, que manteve sua marcha lenta e constante. A cada passo, a lâmina em seu peito se desintegrava mais e mais. O metal queimava feito pergaminho, e suas cinzas esvoaçaram e se dissolveram até que nada mais restasse, nem mesmo uma cicatriz.

Com uma piscada lenta da mulher, o demônio da raposa de nove caudas atacou o feiticeiro real que ferira sua mestra. O grito dele foi cortado abruptamente.

Atrás dela, mais formas emergiam da noite: um falcão dourado, com asas afiadas feito lâminas; um lobo cinza e esquelético, com cascos; um cavalo com traços caninos e presas. Eles chegavam com rajadas de qì demoníaco e praticantes com rostos impassíveis como se mortos. E começaram a lutar contra os feiticeiros reais.

Nem um deles tocou no exército de Dilaya.

A desconfiança dela deu lugar à certeza, seguida por uma estranha sensação de dissonância. De fato, não se tratava de mera coincidência que ela e seu grupo tenham saído ilesos após atravessar a cidade.

Os praticantes demoníacos haviam recebido ordens para não os machucar.

Ela olhou na direção das montanhas.

— Xan Temurezen — murmurou, segurando Garra de Falcão com mais firmeza. O maldito. Se ele pensava que estava fazendo a coisa certa, se achava que aquilo compraria o perdão de Dilaya, muito se equivocava.

Ela nunca o perdoaria.

No entanto, talvez pudesse compreendê-lo. Apenas um pouco melhor.

Dilaya se virou para o próprio exército.

— O que estão esperando? — ela gritou. — Revirem este palácio e reúnam os guardas restantes! Encontrem o alto governador e os oficiais da corte e taquem fogo neles se não se renderem.

Com um grito de guerra, o exército dela partiu, conduzido por Chó Tài. O palácio era como um labirinto, porém com os conhecimentos dele, o grupo logo encontrou seus alvos e mais um punhado de feiticeiros reais na sala do trono, protegidos por barricadas. Os demônios varreram o cômodo e incapacitaram os feiticeiros.

Dilaya deu um passo à frente. Ali ficara o grande trono onde haviam se sentado os imperadores hins, com as cores imperais do Último Reino, dourado e vermelho. Os elantianos o haviam pintado de prateado e azul, porém ele permanecia o mesmo, incrustrado de joias e corrompido pelo fedor do poder.

Muitas vezes, ela havia tentado visualizar o tipo de homem que governaria o reino sob comando direto de um rei elantiano, em uma terra distante do outro lado do Mar do Esplendor Celestial.

O homem que a encarava do trono, protegido por oficiais sem magia, não se parecia nem um pouco com o deus que havia imaginado. Tratava-se de um homem pálido e enrugado, de altura e constituição medianas, suando feito um porco.

Garra de Falcão tremia enquanto Dilaya o encarava. Ali estava um homem que se alimentava do sofrimento das pessoas, que sugara os recursos de sua terra, que tentara se livrar dos hins como se fossem vermes. Ali estava um homem cujos feiticeiros e cujo exército haviam marchado até a casa dela, eliminado seus mestres... e matado Ê'niáng.

A dor e a fúria dominaram Dilaya. Ela ergueu a dão.

E hesitou.

Aquele homem não detinha mais culpa que os imperadores que haviam se sentado no trono antes dele, ao longo de eras. Não era pior que os feiticeiros reais que derramavam sangue hin sem hesitar. Ele, e homens como ele, travavam guerras como se não passassem de jogos, enquanto as pessoas comuns sofriam.

Mas chegara a hora de dar um fim àquilo.

Chegara a hora de devolver o poder ao povo.

A terra das dez mil flores. Dilaya quase conseguia ouvir a voz da mãe, ver um raro sorriso severo, que significava o mundo para ela.

As últimas palavras de Yeshin Noro Ulara, proferidas sob a chuva forte, retornaram à filha. *Um dia, você será líder de um clã, de um povo...*

Dilaya baixou a dão. Deu um passo à frente. E apontou a espada para o pescoço do alto governador.

Capture o general e vença a guerra.

– Meu nome é Yeshin Noro Dilaya – ela anunciou na língua elantiana, erguendo o queixo. – Matriarca do clã de aço jorshen. Estou aqui para negociar a rendição do Império Elantiano diante do povo do Último Reino.

29

*E a deusa da lua se recolheu a seu palácio
celestial de gelo e neve, para contemplar seu
amante da luz de outro mundo.*

"A deusa da lua",
Contos do folclore hin: uma coletânea

Quando Lan voltou a si, sentiu frio e uma pedra dura sob suas costas. Ela olhou para o céu por um momento, absorvendo as nuvens cinzas e turbulentas, e as partículas brancas que se desprendiam delas, que caíam sobre suas bochechas em breves fisgadas geladas.

Estava nevando.

Lan se sentou, admirada com a leveza que sentia, com o silêncio do mundo. A ferida em seu abdome havia se fechado. Levando a mão até ali, ela sentiu no qì a marca de dedos de noite e chamas, que traçara um selo para estancar o sangramento e curar a carne.

Zen.

A garota ergueu o pulso esquerdo. E perdeu o ar quando as lembranças a inundaram.

Um rapaz, o qípáo preto banhado pelo luar, estendendo a mão para tocar a noite.

Um feixe de luz se curvando em uma forma longa e sinuosa, com escamas cintilantes.

Uma cabeça com chifres, olhos feito o gelo do cume das montanhas do norte, curvando à vontade dele.

Um lampejo branco, depois escuridão. Como no dia em que Māma havia vinculado o Dragão Prateado ao selo no pulso de Lan, o início de tudo.

Não fora um sonho: a marca do acordo com o Dragão tinha sumido de seu braço. Agora a pele estava imaculada, como se ela nunca tivesse existido.

Diga que sim, Lan. Uma única palavra, quando em geral você tem tantas.

Zen prometera muito mais almas ao Dragão Prateado – almas do exército elantiano, almas dos praticantes demoníacos. Lan sabia que os termos do acordo não importavam, porque a Assassina de Deuses libertaria tudo. As almas consumidas. O poder acumulado. Os deuses corrompidos.

Tudo retornaria ao qì natural do mundo, como sempre deveria ser.

Uma explosão de qì demoníaco chamou sua atenção. Do outro lado da montanha, os lampejos se sucediam no céu. Seu brilho era refratado pelas nuvens: vermelho e azul, prateado e preto, dividindo o mundo em quatro quadrantes. Deuses, vindos para dançar com mortais.

E era dela a tarefa de devolvê-los aos céus.

Lan conseguia ver duas figuras sob a luz dos deuses-demônios. Hóng'yì, iluminado como uma chama, com seu hàn'fú vermelho-sangue. Ele ria enquanto movimentava os dedos, ordenando ataques com uma despreocupação eufórica. Diante dele, a noite encarnada: Zen, em um turbilhão preto e prateado, as formas da Tartaruga e do Dragão desviando e dando o bote enquanto ele lutava.

Outra explosão de qì demoníaco varreu o céu e fez o chão tremer. Nas nuvens, o brilho vermelho e azul ganhava terreno rapidamente, enquanto o preto e prateado pareciam se retrair.

Zen fincou os calcanhares na neve, o esforço para se manter no lugar fazendo-o tremer. O esforço para protegê-la.

Lan se lembrou do que o rapaz havia dito enquanto ela se recuperava do rompimento de seu acordo. *Ganharei tempo, mas você precisará usar a Assassina de Deuses. Terá uma única chance de pôr um fim em tudo.*

Sem a força do Dragão Prateado, Lan ficou repentinamente consciente de sua vulnerabilidade. Ela era uma humana, diante de deuses. Suas mãos tremiam quando tentaram pegar a ocarina.

Hóng'yì atacou, e a ponta de uma asa flamejante da Fênix partiu o qì da Tartaruga Preta. Um raio cortou os céus, e a Tartaruga recuou.

Zen cambaleou. Com um movimento de mão, direcionou o Dragão, que avançou como uma concha de gelo cintilante e água se contorcendo. As energias do Tigre Azul o encontraram, e os dois se entrelaçaram em lampejos brancos e azuis.

O príncipe riu. Seus olhos estavam vermelhos feito sangue, todo o seu ser banhado pela luz de seu deus-demônio.

– Mansoriano desprezível – ele gritou. – Nossos ancestrais lutaram assim no fim da última era. Você já sabe como a história termina.

Zen não disse nada. A exaustão deixava seu corpo rígido. Quando ele abaixou o queixo, Lan notou seus olhos: o preto havia engolido o branco quase por completo.

Os dois deuses-demônios estavam assumindo o controle. Não havia como saber quanto tempo o rapaz tinha antes que a Tartaruga Preta – e agora o Dragão Prateado também – dominariam por completo seu corpo, sua mente e sua alma.

Era agora ou nunca.

Uma única chance de pôr um fim em tudo.

Zen deu um passo para trás, e o Dragão soltou um grito sibilante quando o Tigre Azul mordeu seu pescoço. O fogo da Fênix se fechava sobre a Tartaruga Preta, que rugia.

Você precisará usar a Assassina de Deuses.

A garota levou a ocarina aos lábios. Fechou os olhos.

E começou.

O tempo passou por Lan como se ela fosse uma pedra em um rio, assistindo ao curso das águas da história daquele reino. Aquela terra, como fora a princípio, sem os humanos: extensões infinitas de gramíneas amarelas, montanhas de picos congelados ao norte, florestas de pinheiros exuberantes intercaladas por colinas com rios no meio, mares de bambus e lagos enevoados ao sul, desertos dourados e bacias de águas azuis-esverdeadas, como se feitas dos céus a oeste. Lan viu o sol e o céu, a lua e as estrelas, as forças que passavam por eles para esculpir aquele lugar.

Ela se deu conta de que os deuses existiam desde muito antes daquele mundo. Haviam cedido seus ossos para formar a terra, as montanhas e os desertos; seu sopro para formar o vento; suas lágrimas para formar rios e lagos. E haviam derramado algumas gotas de seu sangue pelos humanos, pelos xamãs que haviam aprendido a manejar o qì do mundo.

A Assassina de Deuses era uma lenda, e agora Sòng Lián sabia que tinha um princípio e um fim.

Ela continuou tocando a música na ocarina e vendo a história de sua terra se desenrolar em sua mente. Os primeiros praticantes xamãs, que haviam se voltado para os céus e feito pactos com os deuses. Os filhos e filhas, os descendentes de sua linhagem, que foram abençoados com poder e se tornaram gananciosos e deixaram a verdadeira origem dos deuses-demônios de lado, geração após geração, enquanto guerreavam... até que, um dia, a verdade foi esquecida.

O sangue derramado durante a Era dos Clãs Combatentes... A unificação do Primeiro Reino, a ascensão e a queda de uma dinastia depois da outra... A erradicação dos clãs descendentes dos primeiros xamãs praticantes... Rostos e histórias familiares emergiam daquele enorme rio cinza: Yán'lóng, o Dragão Imperador, canalizador da Fênix Escarlate, enfrentando Xan Tolürigin, o alto general mansoriano, canalizador da Tartaruga Preta. As gerações de herdeiros que haviam crescido na Capital Celestial, em um império sustentado pelo punho de ferro e pelo poder da família imperial. Um nascimento no dia mais auspicioso do verão, adivinhos proclamando um destino que se estendia pelo futuro, tão suave quanto samito. Mais um raio na roda de poder e legado que continuava a girar, girar, girar.

E então: um bebê nascido sob flocos de neve que lembrava penas de ganso, no sino fantasmagórico da manhã, contando apenas com as brasas de um fogo moribundo para iluminar seu caminho. Um destino sombrio, um caminho no escuro, segundo a previsão do último vidente do clã, que leu o alinhamento das estrelas no céu e ouviu o barulho dos ossos de cavalo.

Outras doze luas e quatro estações, até a primavera quando um segundo bebê chorou na cama kàng de um solar grandioso, os salgueiros cobrindo um lago cuja superfície parecia um espelho, onde lótus floresciam. Uma mãe se debruçando para tocar uma melodia familiar com um alaúde, sussurrando que um dia ela cresceria para servir à terra e ao povo, e não ao trono...

Lan viu o príncipe crescer como os oráculos haviam previsto: uma vida sofisticada, feita para monarcas e reis entre as paredes de palácios, protegida pela fonte de poder que sua família guardara ao longo dos ciclos. Sentado em um trono de sangue e ouro, protegido por uma fênix cujas chamas queimavam o reino.

Nas planícies do norte, um menino mansoriano levava uma vida tranquila, de sol, céu e grama, pastoreando ovelhas e montando cavalos com o que restava de seu clã. E a menina... Lan sabia exatamente como sua história havia se desenrolado no conforto do solar.

Ela seguiu o conto do menino mansoriano e da menina sòng, ciente de que ambos perderiam tudo o que amavam, que passariam ciclos longe um do outro, sob o domínio de outro monarca, ansiando pelo céu azul e pela liberdade de antes. Ela viu seus caminhos convergirem, duas estrelas fadadas a colidir: o menino agora um rapaz vestido de preto e a menina, uma moça usando um qípáo branco e diáfano, seus olhares se encontrando em uma casa de chá lotada. Yīn e yáng, unindo-se, por fim.

O poder é sempre emprestado, Dào'zǐ havia escrito, *e deve ser devolvido. Pode ser usado, mas deve ser destruído.*

Equilíbrio, Dé'zǐ havia dito a ela antes de morrer. *Yīn e yáng. Bem e mal. Grandioso e terrível. Dois lados da mesma moeda, Lián'ér, e em algum lugar no meio se encontra o poder. A solução é encontrar o equilíbrio. Você compreende?*

Na época, ela não compreendia, mas agora, sim. *Eles* eram o equilíbrio: Lan e Zen, um feito para criar e o outro para arruinar, um para empunhar poder e o outro para destruí-lo.

A música de Lan se alterou. O sentido das ondas do rio de sua terra se inverteu. Através da ascensão e queda de dinastias, como as dunas sempre em movimento do deserto do Emarã; através das guerras, do sangue derramado e da morte... até aquela noite límpida, de estrelas e gramíneas, até ela achar que talvez se encontrasse ao lado do primeiro xamã.

A Assassina de Deuses brotou das pontas de seus dedos. Lan fechou os olhos e despejou a história que havia aprendido em seu qì, tecendo a verdade a partir do que deveria ser: equilíbrio. Criação e destruição. Um ciclo de poder, aproximando-se do fim.

Ao longe, algo gritou.

Quando Lan abriu os olhos, a Assassina de Deuses brilhava forte no céu, sob as nuvens, estendendo-se na direção da Fênix Escarlate.

O deus-demônio voltou a gritar, suas chamas crepitando. Hóng'yì olhou para cima. Seus olhos encontraram Lan e se iluminaram de compreensão, que depois se transformou em ódio. O príncipe esticou um dos braços na direção dela.

Então seu qì fraquejou. Ele tropeçou e caiu de joelhos, sem dúvida sentindo o impacto da Assassina de Deuses, já que seu qì estava inextricavelmente ligado ao núcleo da Fênix Escarlate.

Lan continuou tocando, guiando a Assassina de Deuses. Ela encontrou o Tigre Azul, depois envolveu a Tartaruga Preta, abrandando suas energias exaltadas; por fim, encontrou o Dragão Prateado. O qì demoníaco se estabilizou quando a Assassina de Deuses restringiu seus núcleos.

Abaixo, Zen cambaleou. Ele conseguiu se endireitar apesar de o corpo continuar balançando ligeiramente.

Lan se aproximou e encarou Hóng'yì, que se debatia enquanto a Assassina de Deuses se fechava sobre seus dois deuses-demônios.

– *Sua tola!* – o herdeiro imperial gritou. – Solte-me! Não se lembra do acordo que fizemos? Eu poderia torná-la a imperatriz mais poderosa que esta nação já viu. Poderíamos ser imortais. Poderíamos governar esta terra, este *mundo*, pela eternidade...

O rapaz levou a mão ao coração quando a Assassina de Deuses começou a fazer efeito.

Lan afastou a ocarina dos lábios. O selo permaneceu no céu, e seu domínio sob os quatro deuses-demônios não diminuiu. Esperava apenas pelo fim da melodia, pela ordem final.

– Vi era após era, dinastia após dinastia, de governantes poderosos – Sòng Lián disse em voz baixa. – Tudo o que queriam era mais poder. Serviam apenas a si mesmos. Chegou a hora de que o poder sirva ao povo desta terra.

Lan lhe deu as costas, virando-se para o outro lado dos penhascos. Algo dentro dela havia se entorpecido, a chama da última vela apagara. Sentiu frio, como se tivesse mergulhado um pé no Rio da Morte Esquecida. Como se estivesse enterrada sob a neve de um inverno eterno.

À sua frente, Zen a encarava. Ele havia caído e agora se encontrava deitado na neve, o peito subindo e descendo devagar. A escuridão deixara seus olhos, porque a Assassina de Deuses interrompera o controle da Tartaruga Preta. Seu rosto refletia a luz dos quatro demônios, vermelho e azul, preto e prateado.

Zen sorriu. Foi um sorriso suave, triste e consciente.

Nevava mais forte agora. Os flocos escuros feito cinzas derretiam nas bochechas de Lan enquanto ela encurtava a distância que a separava de Zen e se ajoelhava ao seu lado. Com cuidado, a garota o pegou nos braços. Sentiu seu cheiro, de noite, fumaça e brisa da montanha, procurou gravar a forma de seu corpo na memória, a maneira como parecia se encaixar perfeitamente com o dela. Sentiu os cachos sedosos de seu cabelo roçar nas bochechas dela, e os lábios de Zen em sua orelha quando ele sussurrou:

– Termine a história.

Lan se inclinou na direção dele enquanto entoava as últimas notas da canção da Assassina de Deuses. O selo ficou mais forte, seus grilhões se apertando e expandindo sobre a Fênix Escarlate, envolvendo-a em água. As chamas do deus-demônio começaram a se apagar, as brasas se transformando em cinzas, o fogo em fumaça. Um redemoinho de qì uivou em torno dela antes de ser liberado para a atmosfera, para voltar a se juntar às nuvens, ao vento, à água e à terra.

Com um último clarão, tudo o que restou da Fênix Escarlate foi uma luzinha do tamanho de uma pérola, tão luminosa e dourada que era como o próprio sol. Então aquilo também explodiu. Um vendaval varreu a terra, como o suspiro de um ser partindo para o descanso.

O Tigre Azul foi o próximo, e seu núcleo pareceu cintilar de todos os tons de azul ao ser liberado.

As energias se pacificaram. Não restou nada de Hóng'yì ou dos dois deuses-demônios do outro lado da montanha, a não ser por um pedaço de rocha intocado pela neve.

E então o selo se voltou para eles.

Lan ouviu que Zen falava com ela, olhou no rosto dele, em preto e branco devido à sombra e à luz dos deuses-demônios restantes. Ele estava lindo, exatamente como na primeira vez que o vira, do outro lado da casa de chá lotada.

– Sorria, Sòng Lián – Zen disse, levando dois dedos aos cantos dos lábios dela, como ela mesma havia feito com ele no passado. Lan pegou sua mão e a levou à própria bochecha enquanto lágrimas escorriam. – Só de tê-la ao meu lado, foi como ter vivido uma vida inteira repleta de alegria. – As crescentes escuras que eram os cílios do rapaz tocaram suas maçãs do rosto. – Obrigado.

Com cuidado, Zen se inclinou para a frente e pressionou os lábios contra o rosto dela, beijando suas lágrimas como havia feito em outro mundo, em um vilarejo esquecido, em meio à chuva e à névoa. Lan sentiu a mão dele roçar sua clavícula e depois erguer o amuleto que ela carregava consigo.

A Assassina de Deuses se enrolou no Dragão Prateado. As escamas dele começaram a se desintegrar, caindo feito cinzas e se dissipando na noite. A criatura baixou a cabeça, virando um olho azul para Lan, e ela se recordou do que tinha visto no deserto de Emarã: a alma imortal libertada pelo demônio da areia, estendendo a mão e tocando o Dragão com reverência. Como se encarasse um deus.

Lan olhou para o Dragão Prateado. Não almejava decifrar as emoções antigas e vastas em seu rosto, porém pensou ter identificado algo parecido com paz na maneira como a criatura exalou e piscou devagar para ela.

Lan abaixou a cabeça para o ser, que não respondeu o gesto antes de fechar os olhos. Com uma rajada de vento, ele se foi, a neve e o luar se derramando sobre o ponto da montanha onde antes se encontrara.

Zen estremeceu nos braços dela.

– Lan – ele sussurrou –, pode me contar uma história?

Ela contou. Sòng Lián se deitou ao lado dele na neve e o abraçou, então começou a contar, mais uma vez, aquilo com que haviam sonhado em Shaklahira: em outra vida, outro mundo, sem guerras e sem conquista, um rapaz e uma moça se conhecendo em um pátio de escola. Ele a pegaria infringindo o Código de Conduta, e ela quebraria uma xícara na cabeça dele, e ambos veriam certa familiaridade naquilo, como se pudessem ter se encontrado em uma vida passada, embora fosse impossível. Ela não teria dó de provocá-lo, e devagar ele lhe abriria o coração, ambos atraídos um pelo outro como o sol e a lua, chamas e escuridão, como se um caminho predestinado os tivesse conectado. Os dois se apaixonariam, plena e irrevogavelmente. Vestiriam roupas vermelhas de casamento e fariam seus votos diante de parentes e amigos, unidos pelo fio vermelho do destino, o mesmo fio que, sem que soubessem, os havia unido em vidas passadas e os havia guiado um para o outro naquela.

Lan falava baixo, mantendo os olhos fixos no rosto de Zen, enquanto a forma da Tartaruga Preta desaparecia na noite. Ela continuou falando mesmo quando as energias em volta se apaziguaram, quando a luz se apagou nos olhos de Zen, quando o frio se infiltrou nos braços dela, quando a montanha ficou vazia e a terra em silêncio, a não ser pelo ruído discreto da neve caindo.

30

Ciclo 13 da Era das Dez Mil Flores
Para Onde os Rios Fluem e o Céu Termina

As camélias brancas tinham florescido com a chegada da primavera à Escola dos Pinheiros Brancos. Discípulos vestindo qípáos brancos subiam e desciam os caminhos em zigue-zague na montanha, abaixando-se para desviar dos galhos das ameixeiras, cujas pétalas caídas polvilhavam os degraus de pedra de um cor-de-rosa claro. A luz do sol regava os riachos sinuosos como mel e uma brisa morna soprava, apesar dos fios tênues de névoa entre os pinheiros.

– Seu peido de rato com cheiro de ovo de tartaruga! *Volte aqui!*

Sòng Lián irrompeu pelas portas da Câmara da Cascata dos Pensamentos, quase fazendo os discípulos de meditação terem um ataque cardíaco. A mestra de Selos, sentada no outro extremo da sala, não deu nenhum sinal de haver notado qualquer perturbação. Continuou meditando, imóvel como uma pedra da cabeça aos pés, até mesmo as pontas de sua venda de seda branca.

– Elanruya – Lan disse, com as mãos na cintura. – Onde ele está? Tenho certeza de que veio por aqui...

Ela se interrompeu quando a outra mulher levou um dedo aos lábios.

– Ah.

Lan olhou em volta, para os discípulos que a encaravam, sobressaltados. Ela uniu as duas palmas, pigarreou e passou a um tom mais apropriado a uma mestra da escola.

– Peço perdão por ter perturbado a meditação de vocês.

Ouviram-se algumas risadinhas. Enquanto saía da câmara, Lan deu uma piscadinha para algumas discípulas. Seu cabelo estava dividido em duas tranças compridas, como o clã de seu falecido marido costumava usar. Havia rugas em volta dos olhos, bem onde ela os franzia para rir, e o rosto havia endurecido com a idade. Os olhos, no entanto, permaneciam travessos e espirituosos – algo que seu filho herdara.

Ela ouviu um farfalhar nos arbustos. Uma forma pequena saiu correndo deles e seguiu para os degraus que subiam a colina.

– Xan Tsomurejin – Lan o chamou, correndo atrás do menino. – Estou avisando!

Ela voltou a avistá-lo, atravessando a ponte de madeira que levava à Câmara das Cem Curas. As carpas na lagoa abaixo fugiram da sombra dele. Do outro lado, havia duas figuras agachadas diante da água, conversando baixo.

– Tài'shū! – Tsomurejin exclamou, e o mais alto dos dois homens levantou a cabeça. – Tio Tài! Me esconda!

Chó Tài não disse nada, mas permitiu que o menino entrasse atrás de seu amplo qípáo roxo. Então se virou de maneira quase defensiva, seus olhos de íris contornadas de dourado brilhando quando ergueu as sobrancelhas para Lan. O homem ao seu lado se endireitou também, e um sorriso se abriu em seu rosto quando viu a cena.

– Jin'ér – Shàn'jūn falou, debruçando-se para sorrir para a criança atrás de Chó Tài. – O que fez agora?

Aos 12 ciclos de idade, Tsomurejin crescia na velocidade de um broto de bambu. Tinha sobrancelhas pretas e grossas, e maçãs do rosto pronunciadas que o tornavam a imagem cuspida e escarrada do pai, além de lhe render elogios das senhoras da capital. Até mesmo a conselheira dos clãs Yeshin Noro Dilaya era afeiçoada a ele, contra sua própria vontade, e o presenteara com uma espada de aço jorshen quando o menino alcançara idade suficiente para aprender a Arte das Espadas.

O espírito brincalhão de Tsomurejin, no entanto, era herança da mãe. Ele tinha o sorriso rápido e a língua afiada dela, e conseguia ser encantador mesmo quando planejava uma travessura.

– Shàn'jūn'shū – ele disse, rindo. – Māma gosta mais de você. Pode pedir que ela me poupe?

– Esse filhotinho de coelho pagão roubou minha ocarina – Lan exclamou, marchando sobre a ponte. – Preciso dela para dar uma aula de Arte da Música na Capital do Povo. Deveria ter saído meio sino atrás. Yeshin Noro Dilaya vai me esganar se eu me atrasar de novo.

– Você não devia me chamar de filhotinho de coelho pagão, Māma – Tsomurejin respondeu, com astúcia. – Você falou que era falta de respeito com Bàba.

Lan franziu a testa para o filho.

– Seu pai chamaria você da mesma coisa. Chó Tài, deixe-me pegá-lo. Vou mostrar a ele como me disciplinavam quando pequena.

Chó Tài coçou a barba, depois estendeu a mão para trás e cutucou o menino.

– Vá – ele pediu. – Vá.

Tsomurejin agarrou a manga de Shàn'jūn. O mestre de Medicina deu alguns tapinhas carinhosos na cabeça dele.

– Vamos, Jin'ér – disse ele, com gentileza. – Entregue a ocarina à sua Māma. Vocês têm uma viagem importante a fazer.

Tsomurejin franziu os lábios.

– Não pode vir comigo, shū'shu?

– Shàn'jūn'shū precisa ficar para dar aula – o mestre de Medicina explicou. – Há muitos outros discípulos aqui, e não seria justo com eles. Além do mais, você aprenderá muito nessa viagem sobre a história da nossa terra. Nem sempre foi assim, sabia? E Dilaya prometeu que criaria você como um discípulo de Espadas.

– *Pff*... nem em sonho! – Lan retrucou, indignada. – Jin'ér seguirá meus passos na Arte da Música.

O lembrete, no entanto, tocou seu coração. Lan pensara que Yeshin Noro Dilaya desprezaria o herdeiro do clã mansoriano, no entanto a matriarca do clã de aço jorshen tratava Xan Tsomurejin com uma amabilidade severa e um carinho bruto. A conselheira havia inclusive tomado medidas para retificar os registros históricos, honrando a liderança – e o sacrifício – de Xan Temurezen na derrota dos elantianos, treze ciclos antes.

O clã mansoriano era motivo de orgulho naquela era.

– Está bem. – Tsomurejin saiu de trás de Shàn'jūn e foi até a mãe. Baixou a cabeça e tirou a ocarina da manga do páo. – Perdão, Māma. Aqui está.

Lan pegou o instrumento dele e o guardou em sua algibeira de seda.

– Você está perdoado, seu diabinho fedido – ela respondeu, tampando o nariz, depois ergueu a outra mão para os amigos. – Vejo vocês em uma lua. Não sintam saudade demais.

– Não vamos sentir – Chó Tài garantiu. – Pode deixar.

– Vou preparar um caldo medicinal para o retorno de vocês – Shàn'jūn comentou, brincando.

– Não faça isso, por favor – Lan murmurou.

– E *muita* sopa com fungo de lagarta. Que os ventos soprem amenos na sua jornada!

Tsomurejin ficou em silêncio enquanto eles desciam a colina. Ao pé dela, além do selo de divisa, um cavalo e uma carruagem da capital os aguardavam. A carruagem era gravada com desenhos de flores entrelaçadas: flores de ameixeira, de lótus, crisântemos amarelos, peônias cor-de-rosa e, a pedido de Lan, camélias brancas.

— Māma — Tsomurejin chamou em voz baixa. Estava sério agora, e uma ruga surgira entre as sobrancelhas, o que lembrava Lan de alguém. — Sempre que visito a capital e Onde as Chamas se Erguem e as Estrelas Caem, as pessoas vêm falar comigo sobre Bàba. E se eu não for tão bom quanto ele quando crescer?

Lan parou de andar e se inclinou ligeiramente para ficar olho no olho com o filho. Tsomurejin usava o cabelo curto, como alguns hins usavam depois que as forças elantianas haviam retornado ao outro lado do Mar do Esplendor Celestial. Um cacho caía sobre seu rosto.

Com delicadeza, ela o prendeu atrás da orelha do filho.

— É com isso que está preocupado?

Tsomurejin baixou os olhos, seus cílios parecendo duas crescentes pretas sobre as maçãs do rosto.

Lan levou a mão à bochecha do menino.

— Xan Tsomurejin. Direi a você o que seu pai me disse uma vez. E não quero que esqueça nunca.

Ele levantou os olhos e assentiu depressa, sempre disposto a aprender mais sobre o pai que não havia conhecido.

Lan puxou o ar. Pensou na floresta de bambu sob a chuva, onde havia perdido tudo e todos que amara, onde um rapaz a havia pegado pela mão e a preenchido de vontade de viver.

— Ele disse: *Você não vive apenas para si mesmo. Vive por aqueles que perdeu. Carrega o legado deles dentro de você.*

Treze ciclos, e a dor havia se tornado familiar, algo que carregava todos os dias. Era uma dor boa: um lembrete de que ela havia amado profundamente, que tornava os momentos doces em sua vida ainda mais doces.

— Seu pai deu a vida por este reino — Lan prosseguiu —, para que todos nós pudéssemos escolher viver como quiséssemos. Ele e eu nascemos em uma terra de poucas escolhas. — Ela abarcou tudo em volta com um gesto: a escola abrigada naquelas montanhas exuberantes, os sons tranquilos da meditação e das aulas que chegavam dela. — No passado, tudo isso era proibido.

— Tài'shū nos ensinou a respeito na aula de História — Tsomurejin comentou, com os olhos arregalados e curiosos como os de um passarinho.

— E houve um tempo em que nossa história não podia ser ensinada — Lan lembrou. — Nele, você teria crescido com outro nome e nunca saberia nada sobre o clã de Māma e o clã de Bàba. – Ela levou os dedos ao peito do filho. – Enquanto vivermos, carregaremos dentro de nós tudo o que foi destruído. Esse é nosso triunfo.

Tsomurejin olhou para a mão dela. Por sua expressão pensativa, Lan soube que havia absorvido as palavras do pai.

Com gentileza, Tsomurejin pegou as mãos da mãe nas suas. Seus lábios se curvaram em um sorriso, porém Lan viu nos olhos do filho que sua mente ainda girava quando ele se virou e voltou a descer o caminho de pedra.

– Parece horrível. Não sei se eu suportaria uma vida sem cavalgar nas estepes.

O menino adorava os cavalos de pelos longos das Estepes ao Norte. Os verões passados em Estrelas Caem e no Palácio da Paz Eterna estavam entre os melhores momentos de sua vida.

– Sem cavalos – Lan confirmou. – Sem leite fermentado e adoçado, sem conjurar selos com a flauta...

– Que cocô – ele resmungou e suspirou.

– Olhe o linguajar – Lan o repreendeu, com um sorriso conspiratório. – Bàba não gostaria. Agora venha. Vamos visitar a Capital do Povo, depois partiremos para as Estepes ao Norte.

O rosto do filho se iluminou com aquilo. Juntos, os dois desceram os 99 degraus na montanha. Então deram com uma pedra antiga, onde estava escrito: PARA ONDE OS RIOS FLUEM E O CÉU TERMINA.

Uma lufada de ar repentina tocou as bochechas dela. Lan teve a estranha sensação de que alguém os observava. Quando se virou, não encontrou ninguém, apenas um pátio vazio, com pétalas de flores de ameixeira espalhadas pelo chão. A Câmara da Cascata dos Pensamentos estava vazia, porque a aula de Selos tinha terminado. Quando Lan olhou lá dentro, no entanto, sentiu de novo uma brisa soprar pela montanha, sacudindo os pinheiros e as árvores floridas cujos galhos cobriam a escola. Em um canto da câmara, uma cortina fina esvoaçou, a luz e as sombras se alterando. Por um momento, e apenas por um momento, Lan pensou ter visto duas figuraram aparecerem ali, debruçadas sobre tinteiros, pergaminhos e livros. A garota se ajeitava, com um pincel de crina de cavalo na mão, enquanto os dedos gentis do rapaz envolviam os dela, guiando seus traços.

Com um piscar de olhos, os dois sumiram. As cortinas finas esvoaçaram, as lanternas tremeluziram ao vento. Era a luz pregando peças.

Sòng Lián sorriu. *Na próxima vida, Zen*, ela pensou. Então pegou a mão do filho e saiu para o Reino das Dez Mil Flores.

AGRADECIMENTOS

As pessoas a seguir enfrentaram demônios do deserto e monstros mitológicos, derrubaram exércitos malignos e descobriram as maravilhas dos deuses-demônios comigo na jornada desta série: Krista Marino, absolutamente destemida, perspicaz e brilhante, empunhou a poderosa Aquela que Corta a Enrolação e conjurou o selo do desenvolvimento da trajetória dos personagens parar elevar este livro a outro patamar, em todos os aspectos. Obrigada por sempre fazer com que esses livros atinjam seu potencial. Eu tive muita sorte de encontrar você e suas histórias malucas sobre festas da espuma, donas de casa da televisão e viagens que deram errado.

Peter Knapp, o mestre anônimo dos Agentes, que segue sendo um dos meus maiores defensores. Obrigada por sempre me apoiar, por garantir que tudo corra tranquilamente e por ser um dos maiores parceiros do ramo.

Lydia Gregovic, editora assistente extraordinária e futura colega discípula do Templo dos Autores! Muito obrigada por supervisionar os Pokémons Lendários até o final. Sou muito grata por ter contato com seu olho afiado e por nossas conversas sobre o equilíbrio entre escrever e trabalhar.

Às mestras da Delacorte Press: grã-mestra Beverly Horowitz e mestra da Divulgação Mary McCue, obrigada pelo trabalho maravilhoso e por apoiarem minhas histórias. Um agradecimento enorme a Colleen Fellingham e Candice Gianetti, guardiãs da magia antiga, misteriosa e infalível da preparação de texto; Sija Hong, por outra ilustração deslumbrante, e Angela Carlino e Alison Impey, pela bela capa final.

Stuti Telidevara, Andrea Mai, Emily Sweet, Kathryn Toolan e a equipe da Park & Fine, agradeço por terem apoiado meus livros ao longo dos anos e feito com que atravessassem fronteiras e oceanos. Sou muito grata por trabalhar com os melhores desta indústria.

Meus amigos, que me apoiaram e inspiraram durante todo esse tempo, sempre demonstrando interesse e entusiasmo com minha carreira de escritora. Assim como leva tempo para cultivar a arte da prática, leva tempo para aprender as verdades e explorar as profundezas da amizade. Sou grata por ter cada um de vocês na minha vida.

Mamãe e papai Sin, Ryan e Sherry: obrigada por todos os feriados que passamos juntos, como família, e pelos maravilhosos dias ao sol em Redlands, no Império de Sua Majestade Olive. Sou a garota mais sortuda do mundo por ter entrado nessa família maravilhosa.

Clement, a quem eu escolheria neste mundo, no próximo e em dez mil mais. Sinto muito por quase ter esquecido de incluir você aqui, mas acho que o verdadeiro amor é isso. Se vamos ficar juntos para sempre, por favor, pare de comer toda a minha comida.

Arielle, minha irmã e melhor amiga, companheira de histórias desde que éramos crianças esquisitas da capital do norte, seu amor por *Melodia prateada* significa tudo para mim. Não consigo imaginar uma vida sem você. Você parece brava, mas é fofa, enquanto eu pareço fofa, mas sou brava. Você é a ENFP que completa minha ESTJ. Os Irmãos continuarão a guardar nosso império eterno, e Toga continuará a dobrar meias.

妈妈爸爸：感谢你们一直以来支持我的写作，给我讲述历史与文化，带我游玩全国各地，寻找《山海经》里的怪兽（哈哈！）。希望我们一直，一直可以一起"闯江湖"。

我亲爱的姥姥、奶奶、姥爷、爷爷：希望你们在天堂幸福安详，保佑我们平安。我非常想念你们。

Este livro foi composto com tipografia Electra Std e impresso
em papel Off-White 70 g/m² na Formato Artes Gráficas.